散文集

陌上花

高　勤◎著

天津出版传媒集团
天津人民出版社

图书在版编目（CIP）数据

陌上花 / 高勤著 . -- 天津 : 天津人民出版社，2021.1

ISBN 978-7-201-16524-0

Ⅰ . ①陌… Ⅱ . ①高… Ⅲ . ①散文集—中国—当代 Ⅳ . ① I267

中国版本图书馆 CIP 数据核字 (2020) 第 194198 号

陌上花
MO SHANG HUA

出　　版　天津人民出版社
出 版 人　刘　庆
地　　址　天津市和平区西康路 35 号康岳大厦
邮政编码　300051
邮购电话　（022）23332469
电子信箱　reader@tjrmcbs.com

责任编辑　伍绍东
封面设计　陈丽维

印　　刷　天津雅泽印刷有限公司
经　　销　新华书店
开　　本　710 毫米 × 1000 毫米　1/16
印　　张　17.5
字　　数　290 千字
版次印次　2021 年 1 月第 1 版　2021 年 1 月第 1 次印刷
定　　价　58.00 元

序

刘向东

老同学高勤要出版散文新作《陌上花》，嘱我写几句话。我原来读过高勤不少散文，留下美好感受，又读，感受加深了，在此强调两个感受。

高勤是有自己根据地的散文家。我说的“根据地”，是一个通俗的说法，换作学者来讲，可能叫“文学与人文地理”或“人文地理学”。高勤的根据地，是以香河为中心的她熟悉的天地人，那是她的根据地，也是精神的来源地，精神原乡。我们每一个人都有故乡，都有一个精神的来源地，一个承载或埋藏记忆的地方。这个地方，就是精神原产地，或叫精神原乡。所以这个地方不仅是指地理意义上的，也是指精神意义或经验意义上的。但凡好的写作，总有一个精神扎根的地方。在高勤笔下，就有那么一群人，是她一直在书写的，总有一些事情，是她一直念念不忘的。读高勤，自然就会想起她所书写的那个地方，包括其中的风土人情、世态万象，都成了一个地理、经验、精神意义上的写作符号，她和谁都不一样。她的写作，就是不断地朝自己的精神原乡回望，不断地辨析自己的经验。

高勤把一个地方和这个地方的人写扎实了、写透了，一种有风格的写作就建立起来。这令我再次想到，好的写作常常不是扩张性的，反而是一种退守，退到一个自己熟悉的地方，退到一个自己感兴趣的地方，慢慢研究、深入，慢慢经营，从不算大的地方开拓出一个丰富的大的世界来，或者打一口深井，找到不竭的泉源。假如想起一个作家就会想起一个人物或几个人物、想起一两件事，或者想起一个地方就会想起一个作家，这样的写作就开始风格化了。这也就是为什么一想到香河，我就想到高勤，一想到高勤，我就想起她笔下的人物或事件的原因。

我的另一个强烈的感受是，高勤的散文里总是有“我”，并且在场。她在《裁缝》一文中写道：

乡下，对裁缝有着比较高的礼遇。刘裁缝也配得上大家对他的敬重，瘦瘦高高的他，黄白净子，说话温和，态度谦谨。他就像个音量旋钮，世间的一切喧嚣到了这里都被拧低了声响。“刘记”的五间平房嵌在一排老式民居里，并无特别，因为落坐街南，北门便走得多些。经堂屋拐进东房，便是操作间兼门店。这间东屋的后山墙上开着两扇窗，南北通透，正是这点“与众不同”，让它在那条土褐色的街上凸显明亮起来。窗上有两块木头门板，早上卸，晚上装，算是刘裁缝和外界的一个应答。我常扒着那个窗台往里边张望，因为个头儿不够高，要使劲往上蹿，等双肘吃住窗台，整个人就像一只虾牢牢扣到墙上去了。刘裁缝双手捏着布角儿轻轻一抛，一块花布便飘落台面。一把木尺横竖一蹚，花布便由一个吵闹的顽童变成了斯文的女子。刘裁缝捏着粉饼，边想边在花布上勾勾画画，等一把长相怪异的大剪刀咔嚓咔嚓一路狂走之后，他才像得胜了一场战役，立起身，舒开眉，将一叠改变了形状的布片卷起放到一边。若抬头发现窗外的我，他会笑一下，招呼我进屋。我则不好意思地跑掉了。小孩子不懂什么远大理想或人生目标，但“长大当个裁缝”的想法当时还是有的。

写作和自我的关系，是一切写作的出发点，也是归结点。一种写作的质量如何，终归是作家自我的真实呈现程度。也就是说，文字的背后要有人，要有真实的心。但这个自我，同样需要作家去发现，只有“我”这个“个人”被发现了，写作才能说自己的话，才能说出自己独到的人生感受。

文中要有“我”，而且这个“我”，一定要在场。我们写文章，一般会有两个以上的在场者，一个或一群是我们笔下的人物，另一个必不可少的是作者本人，当然这个人有可能是隐身的。在我们笔下的人物经历不到的地方，作者加入进来或者为其站台，为笔下人物的缺憾做补充。有了两个以上的人物命运扭结在一起，就不再是一加一等于二的关系，而是有了一加一大于二的意义可能。“我”在场，灵魂才在场，灵魂是来为生命作证的，灵与肉都在场，是来为生存作证的。

很显然，在《裁缝》一文中，高勤的“身份”见证甚至决定了内容的意义。

说到在场，我们常常还会有这样的感觉，我们写文章，一开始设计了情节和走向，可是写着写着就写活了，人物就自己站出来说话了，贴着人物走，摽着语言走，文章朝自己要去的方向去了，不但偏离我们原来的设计，还有可能推翻我们原来的设计。这是来到了另一个现场，也就是说，我们从生活现场，抵达了文学现场，有了新的性格逻辑。这是正常的，也是非常好的写作状况：一来顺其自然，二来避免《圣经》上说的“自以为义”——就是把你的道强加给写作对象和读者。

为人物和作者在场提供依据和保证的，是物质基础和作家感官的调动。我说的物质基础，是事物，也是事物的纹理，也是俗世生活，也是细节和点点滴滴。真正的写作，必须对所描绘的生活有专门的研究，通过研究、调查和论证，要下笨功夫、死功夫，建立起关于这些生活的基本常识。

还有感官，也是写作现场不可或缺的。高勤写作，把眼睛、耳朵都调动起来了。她进入写作时，她的感官是打开的，那一刻，她是一个非常敏感的人。所谓一滴水里可以看到一个大海，有时，一个细节可以看到一个作家的家底。实证带来信任。我们当下许多文章之所以假，除了精神造假，就是细节造假，实为假文学。还有死文学，就是没有细密、严实的物质外壳，胡编乱造。好的例子有很多，在高勤的散文里就有很多，不再一一列举了，留待读者勘察。

是为序。

2020 年 1 月 17 日于石家庄

目　录

CONTENTS

来吧，喜鹊

有信仰的人是幸福的，因为那样可以把自己托付出去。那天，与一只喜鹊对视，我突然想问：你有信仰吗？

喜鹊的概念来自小学课本或某处图例……年代久远，记忆成灰，但那幅叫《喜鹊》的简笔画在脑子里留存下来：它盈盈如一枚大枣，挺立枝头，修长的尾羽给人以乐队指挥般的酷感。从那时起，我知道这世上有一种鸟，名字好听，叫着上口，离我们不远。因不曾相遇，喜鹊以一张图片的成色在脑子里收存，和我的生活到底有些隔膜。

放眼四野，北方除了望不尽的庄稼，就是扯不断的寒冬萧瑟，树木不多，平淡无奇。所见动物除了生死与共的家禽，就是不共戴天的麻雀、老鼠。那时候，家禽就是家庭财政，扛着我们的生活用度。麻雀和老鼠因窥探我们的生活底细被判为死敌。加入少先队、“热爱祖国、热爱人民”的具体表现就包括上交了多少条老鼠尾巴。出来寻食的老鼠还未露面，洞口边的草已被它抖得像寒风吹过。麻雀的日子也好不到哪里去，如今你在村里若闻锣鼓家什响，便知道有了红白喜事，而那时敲盆子、敲桶、筛锣的打击乐往往响在村外，那阵仗是大家在轰赶麻雀。不停地四散奔逃，别说去谷穗上啄一粒籽，因体力不支倒地毙命的麻雀时常有。

喜鹊的适应能力很强，分布极广，喜欢与人共居，但在离开村子前，我未曾见到过它们。我们背着草筐去给学校割草，背着粪箕子给生产队拾粪，穿田垄、过沟渠要走出很远。最具冲击力的一次经历，横过玉米地时赤脚踩到一条菜花蛇，那种冰凉的被电击的感觉至今也未散尽。所以，一只喜鹊带来的那份惊喜，我一定舍不得忘掉。

到了 20 世纪八十年代的一天，我和同事去往市里，沿途的树木因为树龄不长还身材单薄，地里的树也开始多起来。已是深秋，土地呈现出收获后的慵容，一丘丘玉米秸成为田野里的守望者。突然，一只黑色的大鸟儿从车前飞过，我惊叫一声："那是啥？"司机说："喜鹊，地里还有。"果然，从车窗望出去，远处土褐色的背景中，有几片黑色树叶似的鸟儿起起落落。这就是传说中的喜鹊？它们一时不能和我心里留存的那个相吻合，彼此冲撞着。原本冷清的世界像一首舒缓的曲子，现在切进几个活泼的音符，霎时灵动起来，眼前的景象也变得明快而丰富。

随着经济的发展，楼房在小城出现，即便只是五六层高的板楼，生活从地面迈向空中，毕竟有了不一样的跨度。

一九九九年十月，我家也搬进新楼。楼后是隔壁单位闲置的一个小院儿，院儿里有个锅炉房和几间平房，另外还有一座二三十米高的水塔。不久，它们全部废弃，小院儿锁起，无人问津。胡同的北面是个死葫芦头儿，有一堵墙隔开里外。北墙外，一棵杨树独自挺拔着。小院儿的后面是庄稼地。打开后窗就能看到嫩绿的麦子或绵密的玉米，空气清新而湿润，往窗前一站神清气爽、满心愉悦。这时，我看到了喜鹊，真真切切看到了它们黑白相间的穿戴。

这里的工程刚结束，纷乱嘈杂的情形刚刚尘埃落定，喜鹊便来了。开始是两只，很亲昵的样子。锅炉房的房顶是个两层的平台，稍出的檐子和我的后窗隔空相对。每天，抽空去看喜鹊成了我的一大嗜好，抱着胳膊站在窗前，看喜鹊在平台上蹦蹦跳跳，啄个小石子或衔一截小柴棍儿，它们有时各自为政，有时交头接耳，有时它们就站在檐子上相挨着梳理羽毛。在这样悠闲的时光里，我有了与喜鹊目光相对的机会。它转动小脑瓜儿调整角度，偏着头看人的样子就像个纯粹的婴儿，从它黑亮的眼眸里，你可以一直看到清明澄澈的世界。

眼睛是心灵的窗户，这话不只适合人类。任何动物的眼睛都可以把内心的温顺、哀怜、惊恐或愤怒透露给你。眼睛还是内心世界的晴雨表或温度计。我在楼下曾遇到过一只因伤跌落的鸽子，处理了它的伤处，在阳台上养了几天后重新放飞。鸽子栖在两楼间的电线上晃动不止，就在我的窗前，还不稳健的身体或是经历过的恐惧让它的眼神里满是痛楚，那只再度起飞的鸽子后来成了我心里若隐若现的牵挂。

不久，喜鹊多起来，错落的喳喳声开始环绕楼前楼后，生活似乎这才像个样子。令人更为惊喜的是喜鹊开始在那棵杨树上安家。晚霞斜照，喜鹊在树上起起落落，轻歌细语间，喜鹊窝在陆续增加。树上建有卧室，平台当作客厅，喜鹊们有时围绕杨树忙着理家，有时聚在平台谈天说地。水塔顶部朝外开有一小片悬台，有时它们就在悬台的栏杆上放歌。窗里窗外，时有喜鹊的叫声，抬头即见喜鹊在空中滑翔，心里舒展一如无风的河面。有喜鹊相伴的日子，门户里的争吵声都少了许多。

今年开春，某天下班回来忽觉异样——胡同尽头特别敞亮，那棵唯一的高大杨树不见了。视线被那堵墙挡住，猜不出墙外是什么状况。树就像个负气出走的孩子，都不给个理由即消失了。人的善变，喜鹊自是难以预料，辛辛苦苦构建的家瞬间化为乌有。几天后，闲置几年的小院被打开，有人蹬上房顶卷起上面的油毡。挖掘机开进来，三扒拉两扒拉，几间平房就像几块积木一样瘫到地上。挖掘机甩了个头，朝这边的锅炉房开过来。很快，锅炉房便举手投降。这个钢铁怪兽，像个绿巨人一样横扫了那个院子后停在水塔下。很显然，它们不在一个重量级，水塔那么高，我猜想小小的挖掘机应该不是它的对手，哪知，挖掘机前臂上的铁斗被换上啄木鸟似的钢钎，它就用那个铁嘴在水塔的半截腰嗒嗒嗒地啃起来。

推倒的墙尚能振动我的地板，那么高又那么近的水塔倒下来会怎么样？我跟家人打趣说："下班买把铁锨吧，想着回来扒我。"

不知喜鹊这会儿飞去了哪里，有没有再建家园的打算？

眼看着水塔轰然倒下，我跟着晃了几晃，还好，楼房又站稳了脚跟。半年后，水塔换成了钢架结构的售楼处，后面几幢二十八层高的住宅楼正不分昼夜地施工。这一天迟早会来。如今，县城内已是高楼林立，早在几年前，窗后的庄稼地已经变成料场。清新的空气越来越少，好在那时还有没撤离的喜鹊，守着一棵孤独的杨树和无人涉足的后院。

生活常过常新，等把一切安顿好，我就去看喜鹊，好比走亲戚。等这一波工程完工，说不定喜鹊还能回来，救赎和被救赎都是上天操心的事，喜鹊就像一群天使，始终不想放弃我们。

写于 2016 年 1 月

回　家

文化馆已拆分成文联、美协、图书馆，各奔了东西。现在的文化馆从原来的两层房、两套院偏到后院一角儿，住着一批东北来的男女，在“天下第一城”里演“皇上上朝”或歌伴舞什么的。前院卖掉后被翻盖成了商住楼，原来一左一右两棵遮阳蔽日的泡桐树只留在了我的记忆里。我从文化馆调到税务整整十二年，相对于待了八年的文化馆，这十二年却总是游离于局外、漂着的感觉。昨夜，梦见已经过世十二年的爷爷，说了我的这种感觉，他说：怎么有点儿像我想家的意思？

爷爷当年出来打游击，哪知道这一游就再也没能回家。

上小学时，离休的爷爷从城里来到乡下。因为寒腿而拄着拐杖的他往街里一站，看着远处，威风极了，只是眼神中时常有些空洞。那时，爸爸在部队，妈妈在供销社，奶奶是下放的，吃“商品粮”的我们为此承受了村人太多艳羡的目光，尤其在同学们眼中，我的生活简直像外星人一样被仰慕。打了折扣是在一次填表时。不知出于什么心理，一向优越的我在填着“张庄、王庄、李庄”的同学当中，填表却总是半捂半盖的，那天没发现肩膀后头啥时伸着个脑袋，当我在“籍贯”栏写完“武清县大黄堡村”时，那脑袋“嗷儿”的一声：“大黄堡，嘿嘿，她老家是大黄堡。”我猛地转身，有意要更正他把堡“pù”念成了“bāo”，却怎么也发出不来声，只是仇恨地盯着那男生，就像盯着他用惊讶在我面前立起的一堵墙，高墙下的我，一下子显得极为矮小，还有些冷。

是的，我的老家非但不是本村，甚至不是本县、本省。我的老家在我不知道有多远也不知道什么样的地方。从此，我幻想我的老家，渴念我的老家。那年我九岁。

老家产苇子，据说苇塘铺天盖地。我就想：它是不是就像海？只不过海里是苦涩的水，老家则是无边的绿。冬天收割的苇子可以盖房。偶尔，有堆着高高苇子垛的马车队从村后的国道上过。爷爷自豪地告诉我："这全是咱老家的苇子。"村上有人家盖房，需要苇编薄笆，来找爷爷。爷爷就在一片二指宽的纸片儿上划拉几笔，那是我远房什么爷的名字。每当村人像捧着阳光一样捧走那纸片，爷爷的话就特别多，但他绝不提苇子或老家。

小学校的西边是个大坑，水很清冷，坑的西侧有一小片苇地。那时，我是校篮球队成员，训练结束，水坑是我们常去的地方。我总蹚水到那片苇子旁，折一秆苇茎放进嘴里，嚼出满嘴清甜的同时也嚼出老家的味道。我还掰过苇叶儿交给奶奶包粽子，所以我一直觉得粽子味儿应该是老家味儿。冬天，我常滑着冰到那片换了衣服的苇子边，找上几管粗的拿回家，精心剥出苇膜儿，送给房东大哥。他有根笛子，很旧，但很光亮。他把我送的苇膜儿小心地夹进一个本子里，说：够用一百年了。可也并不因此拒收，甚至不悯惜把欢天喜地的神情送给我，然后就吹《松花江上》。"填表事件"后，有一天我听着曲子不知不觉冒出一句"其实，我们老家，不在这儿"。他不经意地看我一眼，并没停下来。曲子终了，他说了那句哲人式的话："人的老家，就一个。"

回家的打算一直有，尤其那年春节，已搬进城里的我们迎来一辆面包车，车上呼啦啦下来男女老少一车的老家人。我的眼睛馋馋地追逐他们，看这一个高鼻子像爷爷，看那一个虽然眼睛小了，但朗朗的笑声是我们家的……爷爷揽个娃娃在怀里不放，边笑边擦眼泪，很是坚定地说："这也联系上了，哪天我们也弄辆车，去老家看看。"

我一直在等这一天，直到爷爷去世。后来作为长房长孙的堂兄大拍胸脯，说："等有空，他们不去，咱俩也去一趟。"可后来的这些年，忙着长肉的堂兄，却瘦了他的这个许愿。

去年，我的一个同学因车祸去世，我们到殡仪馆送他。堂兄也来了，等出来后我想找他却找不见，正东张西望，有同学问我找谁，我说找我哥，一块儿去骨灰堂看看我爷。同学说："去吗？那里一排排、一层层、一行行的。"他连说带比画，迟疑中我随人群走出来。可事后，关于一排排一层层一行行和那同学的比画在我脑子里浓烈起来。当地人故去后，他们会从这最后程序里走进永远属于自己的土地，就如那句老话"入土为安"，所以，于故乡故土故去的人应是平静和心满意足的。那么，爷爷，还有那一排排一层层一行行的人，是什么原因让他们滞留在那里，不能得到一份永久的安宁？

后来我调到乡下，每天从殡仪馆门前过，有时候，望见那高耸的烟囱，似乎就看到一束没有了肉体的灵魂从那顶端探向不同的方向，而他们所面向的该是他们老家的方向吧？其中就有爷爷，我甚至看见了他眼神中的那份凄楚。才记起，这正是当年他站立街头所面向的啊！也才明白当年他眼神儿中的“空洞”竟充盈了情感。

有位朋友说我的婚姻线在东南——西北走向，听后，我心里苦笑了一下，那正是我和我老家的走向——我在西北它在东南，如果人命真的天定，那么我今生注定走不出它的包围。有位诗人曾写道：“乡愁是一枚小小的邮票，我在这头，母亲在那头。”他那片浓得化不开的乡愁尚能连接明确的这边和那边，而这边的我寄出去的思念，只是走个大概方向，那边的老家，也只是不知冷热地走在我的履历表中。

那天，在与文化馆比邻的小学校门口等儿子，一辆没有了风挡玻璃的大轿车停在原文化馆的门前，车上下来一群很靓的男女，正是在“一城”里假扮“皇上上朝”那帮人。我身边一个卖土豆的妇人撇着嘴说：“一群妖精。”其实他们挺好看、挺时尚，青春无限风光无限的样子，倒是这妇人显得有些委顿和邋遢。然而像风一样的他们，不会在这里久留，也许还会想家，而她，则可以守着她的土豆像个国王一样不屑于他们乘风而来的骄傲，因为她的家在这里，风是刮不走的。

“您这土豆咋这小啊，还抽抽巴巴的？”

“外行吧您，这才是正经的本地土豆，好吃。”

一买一卖，两个妇人的对话飘入我的耳朵，落到我的心上。我的精神赖以栖息的家园，已随风去流浪，哪里找寻回家的路？

爱人梦中嘟哝了句什么，我没听懂，正像他也不会懂，在这暗夜里因为想到“回家”两个字，我内心的潮热和无眠的理由。

哪天，我会背上个大大的行囊——回家，里边装上这么多年在外漂泊的委屈、辛酸、牵挂与疲惫，卸在老家的大坑上。它不会因为子孙这样的重负和这样的两手空空而拒他于门外吧？要知道，我的背囊里还有爷爷的骨殖和心里只属于他的浩瀚的苇塘。

爷爷，咱们回家！

写于2000年7月

何处寄乡愁

乡愁不是愁，是满满的幸福！是可以向自己的来路深深跪下去时的一捧喜悦！就像一块红薯，样貌平常，只要根扎进泥土，适意的香甜便慢慢走来。

在许多人眼里，乡愁是村外伫立的母亲，是祖屋前的老树，是一口长着年轮的水井。有些人的乡愁里飘着柴锅大灶的饭香，有些人年复一年做着回乡梦。“儿童相见不相识，笑问客从何处来”是乡愁中的酸楚；“夕阳西下，断肠人在天涯”是思乡不得的忧伤；“来日绮窗前，寒梅著花未？”是旅人对故乡沉甸甸的牵挂；“江水三千里，家书十五行。行行无别语，只道早还乡”是家人对游子的声声召唤。

乡愁不只属于诗人，也盘桓在每个人心头，就像殷红的血，日夜奔涌在我们的脉管里。然而，我却没有乡愁！不是生来薄情，而是我弄丢了生长乡愁的土壤。

曾祖父少小离家，从天津的武清远走山西大同，后来客死他乡；祖父一生漂泊，最后叶落河北香河。2005 年的春天，在祖父故去十六年后，才被我们送回到武清老家。

老家是个多水少树的地方，茫苍苍的原野上，鸥鸟翩飞于天地间织就寂寥。饱含盐碱味儿的泥土接纳了离家七十载的祖父，他终于可以一叙乡愁了。猜不出祖父的感觉，和老家人都说了些啥？但我知道自己在老家的那条路上一路走一路默默流泪，没有理由！

那天，回家的路上我们还找过祖母。祖母在她三十多岁时病逝娘家，当时祖父在外，家里只有一双年幼的儿女——我的父亲和姑姑。后来的这些年都是祖母的娘家表亲为她上坟添土。在被指认为祖母坟丘的地方，我们四外扩展找了许久，却最终没能找到祖母的骨骸……据说，坟丘也是能行走的！不可想象，在我们看不到的地方——万事万物内心似乎都有一个结，努力去化解，为此而奔走，那场面是多么壮观而又不可思议啊！人，生也走，死也走，生生死死都要奔去的地方究竟是哪里？

在老家，我们为祖母做了衣冠冢，只能聊补缺憾。

去年，老家捎来口信说他们搬进了楼房，老家整体搬迁，原址被划进湿地保护区……原本，祖父踮起脚尖还能望见自己的村庄，他循着故乡来，故乡却又一次弃他而去。而今，不知祖父是否就枕着那无边的荒凉，再度把乡愁重新咽下？

大伯和父亲安葬在这边的公墓，香河——美轮美奂的名字，一个给人以遐想的地方，他们在此生活了几十年，却终是浮萍。老哥儿俩现在离得很近，尽管地界狭小，挤挤挨挨。他们隔行相望，可以谈谈过去，可以说说儿女，可以他乡做伴儿，唯独不可以提及乡愁，因为那是铺展不开的啊！

作为女人，我不敢奢望拥有自己的一捧乡愁。祖谱里拒绝我的名字，至于婆家……有哪个女人愿意将婆家纳入胸怀而用来承载一份厚重的乡愁呢？

命运阉割了我的乡愁，从那天起，没有热望，没有焦灼，没有陶醉，也没有惦念。“皮之不存，毛将焉附？”没有乡，哪儿来的愁？我和我的家族就像一束稗草，在这世上注定了没有收成和被淫邪的风随意羞辱。

到不了的地方叫“远方”，回不去的地方是“故乡”。从来落花付春水，何处寄乡愁？或许，将来有一天，能否走得远点儿，再远一点儿，等到去国怀乡时，不知能不能生出一些甜丝丝的愁来，或者就在心里培植出一棵乡愁的芽苞来呢？

写于 2016 年 3 月

小片开荒

十年树木，百年树人。说的是一个“难”字。

两块废树坑，不大，能做什么呢？一楼的钱大爷拿它做了“道场”，在上边变起魔术来。

开始，人们不懂钱大爷究竟想干啥。他把树坑里四遭儿围的砖牙子起了，把土划拉平。过些天，又把坑里的土清出来，一锹厚的土层下竟然掏出不少的砖头瓦块。又过些天，钱大爷再次把蓬松了的土坑挖开，这回他动用了铁钎和铁锤，在齐腰深的土坑里叮咣叮咣敲出半尺厚的灰土块儿……路过的人啧啧称奇，钱大爷顺势说：“难怪树都长不好！”

春末夏初，说凉不凉说热还未热。钱家大爷光着个脊梁，一条毛蓝色的五分裤松松垮垮挂在腰上。年过七旬，老人家身板硬朗，含胸但不驼背，紫铜色的皮肤依旧紧实，绷出鞋拔子式的身形，自然弯曲而有力道。

看得出来，钱大爷撒了种子，润湿而平整的树坑一副若有所思的表情。至于撒的什么种子，大伙儿一时还猜不透。

小区是旧小区，入住已有二十多年。当初作为单位后面的家属楼，还带着福利的余味儿。这些年，有老人走了，有年轻人飞了，一茬又一茬。时势造没造就英雄？不知道，但确实造就了一处处房子，面朝人间，活色生香。

自打着手开荒，这便成为钱大爷生活中的一个突出主题。他骑着辆跨世纪的三轮车，今儿去捡截木头，明儿去扯块广告牌，后儿又从修路的地方弄几条牙砖拉回来，似一只衔泥筑巢的老燕子，勤勉而乐此不疲。在钱大爷的苦心经营下，废树坑逐渐脱胎换骨——扩大了范围、垒起了池子、支上了棚子……这是个循序渐进的过程，蚂蚁啃骨头般的。等他把家里的大小花盆、高矮水桶都码到树坑周围，小区里俨然多出个私家园林，此时大家已然淡忘了它原来的样子。

陆续钻出地皮的原来是韭菜，纤若毛发。密度有点儿大了，钱大爷就拿一把水果刀给韭菜间苗，间下来的苗舍不得丢掉，于是从左坑剜出来栽到右坑。钱大爷生在农村却并非农民，十几岁到大城市的药房当学徒，解放后公私合营，他留在城里的药店当司药，年岁稍长时回到这边的药材公司，又凑合着干几年便退了休。

因水量掌握不好，韭菜有些池了，过几天，左坑里出现了个别萎黄，钱大爷就把那些没成色的剜出来，再从右坑剜苗补上。有那么一阵子，总见钱大爷坐在马扎上不是左剜剜就是右剜剜，在两个韭菜坑之间闪转腾挪，身边又总是躺着黄的或绿的韭菜苗，过来过去的人大多绷着一张脸盯着他看，钱大爷及那两个原来的废树坑俨然成了舞台中央。

记得我们曾到村里去看望一个刚晋升为妈妈的同事，孩子哭闹，有经验的老大姐提醒孩子妈看看孩子是拉了还是尿了。同事偏腿坐在炕上，掀开小被子，打开捆着孩子胳膊腿儿的两道绳，将其从热窝窝里掏出来放到一边，再转回身来换褯子。正十冬腊月，大屋子冷炕，孩子就像一只白净的蛙在炕上四脚朝天。因事出突然，有人大笑起来，有人则批评“新妈妈”啥都不懂，遂演示给她看。“新妈妈”笑红了脸，说：“这还有一定之规呀？”

不知为什么，钱大爷那些被剜出来的韭菜苗让我想起那个在大炕上赤裸的孩子。生活中，有些“规矩”只是用来摆摆样子吓唬人的，于生命并无补益，有些则不然。

韭菜像模像样长起来后，钱大爷兴奋而自豪地站在那里招呼路过的人割韭菜。看着那在钱大爷眼里跟珍珠似的韭菜，谁好意思下家伙呢？钱大爷大声说：“吃你自己割来啊，保证没使药！”那人就说：“好！好！好！”也没见有谁真去割，但每个被让到的人脸上还是多出了笑盈盈的表情。如果说钱大爷的开荒起始还撩动些微词或斜眼儿，因为毕竟空间有限，路窄了，过来过去挺麻烦，倒车要谨慎，不然就会有剐蹭。可一来二去，起鼓儿的心灵都被时间和钱大爷联手摩挲平了。

如今，钱大爷家门前常常硕果累累、花团锦簇。右边一棵花椒树，左边一棵石榴，亭亭玉立。树下有韭菜、有葱，花盆里有扶桑、君子兰、茉莉，还有辣椒、圣女果和香菜。爬上房的丝瓜乐坏了楼上一家人，因为开窗就摘丝瓜，且绿色环保无污染。酒红色的花椒产量足还琐细，透着喜兴和精明，秋末冬初采摘之后，差不多每家每户都能匀到一小捏地道而纯正的调味料。至此，钱大爷的小片儿开荒已成为小区里一件不大不小的“盛事”，不光红花绿叶养眼，大家多多少少还能得到点实惠。

每年开春儿花椒树发芽儿，有人过去掐几片，香油一炸，用来拌面。有人还上前建议说：“你掐它一把，稍微炒一下，搁点酱油，开锅即得，拌面、拌菜，吃去吧，那叫一个香！”啧啧，光是听听也能舌底生津。不要以为钱大爷会为这些“掠夺”式的动作而脸酸，他倒是乐得更多的人来加入，似乎唯此他的开荒才更像个开荒的样子。但也有例外，比如有回一个喝高的人顺手揪了个核桃大的石榴，院里的钱大爷看到了，出来很不悦地说：“才那么大点儿，又不能吃，你摘它干啥？”那人本来就是酒烧心，手脚多余着，没想被钱大爷逮个现形，一个劲儿赔不是：“喝多了，钱大爷真对不起，我给您接上，我会气功，您瞅，这就给您接上。”边说边拿着石榴往上贴，一贴二贴，青石榴脱手掉到地上。

钱大爷说：“行啦你快走吧，你这不是气功，是气人！”那人很是过意不去，第二天还跟钱大爷找补。那以后，就时常停下来和劳作着的钱大爷拉呱几句。过意不去的其实还有钱大爷，事后想想，不就一破石榴嘛！从此，言语上对那人尤为客气，似在弥补亏欠，等石榴熟了，还特意留两个大的送他。那是个略通农事的人，与钱大爷的闲聊中难免多些“地头儿话”，像韭菜不能重茬，丝瓜要打打谎花儿之类。钱大爷获益匪浅，活儿越干越顺手，爷儿俩感觉还挺投缘，似又开垦出一片荒地之乐。

小区刚入住时，两栋板楼前各有一排柳树的。有人听说“前不栽杨，后不栽柳”，似关乎风水，因为“柳”通“溜”。有棵柳树站在门前，家里的金银细软说不定会脚跟不稳集体跑路，至于究竟是“前杨后柳”还是“前柳后杨”又没十分搞清楚，就把热水浇到了树坑里。也有人才不理它狗屁风水，就是不想栽树，想栽葱。树遮光，葱能吃，栽上一捆，半年不必愁葱花儿。还有人缺的不是树而是两根用来拴晾衣绳的木桩……柳树陆续被捣鼓死了，有的只剩下树坑，长着一撮荒草，汽车在上边碾来轧去，草们很凄惶；有的树已成枯树桩，这边和那边之间被拉上铁丝，晾衣晒物；有的栽上香椿，每年能吃上几天的香椿芽。然而像钱大爷这样借题发挥且效果不俗的，只此一处，别无分号。

古人有“折柳送别”，念的是“依依情深”，柳树在我们小区刚一落脚，差不多就着手准备为它自己壮行了。

当然，凡事没有绝对，两排共十八棵柳树，到如今还剩一棵站在西南角里“玉笛暗飞声”，虽然形销骨立灰头土脸，没有祥林嫂的双眼“间或一轮”来证明它的存在，但它拼命抓牢土地的样子无异于公序良俗的岌岌可危。

有时候想：作为拓荒者的鲁迅从我们的课本里出走后去了哪里？是不是又回到了他的三味书屋？见没见过钱大爷和我的邻居？

写于 2017 年 8 月

炊烟升起的时候

当第一朵炊烟在村庄上空盛开，晚霞已然通红。静谧是流曳的慢板，丝丝缕缕把这纯粹的人间烟火环抱。梦，就在一盘土坑上开始梳妆打扮。

无论走出多远，无论离开多久，小小村庄总是最让人魂牵梦绕的地方。那不只是一个人人生的起点，也是他一生一世的阳光。想家了，它会给你温暖，委屈了，它就是你孤寂中的光亮。

那天，流落在外的几个老乡聚会城里。酒店大堂的装潢流光溢彩，雅间温馨舒适，萨克斯管正把肯尼·基的《回家》演绎得千回百转。服务生递上厚厚一沓儿食谱，可来来回回翻了几遍，竟然找不到一款被大家认同的菜品。后来有人提议："上点儿家常的，纯家常！"啥？煮花生米。服务生一咧嘴说："大哥，这个真没有，想吃这个您得上外边地摊儿。"一副很是玷污了他们的小不屑神情。"大哥"把菜谱叭地一合，说："买，你出去买，大哥我今儿就想吃这口！"

接下来点的是拍黄瓜、水煮鲜螺蛳、十八天毛鸡蛋、小葱拌豆腐……服务生的嘴越咧越大，到最后差点儿哭出声来，估计他们家除了能提供盐和丰富的调味料，我们要的大概一样都没有。戏剧性的是，等把钱拍下，他们就变魔术一般，你要啥都可以有了。哥们儿还算不差钱儿，别说一顿饭，其中也不乏买下这家酒店而不必含糊的人。那又如何？即便你把酒店变成自己的，端上来的"家常菜"也一样会大打折扣，这已经不是钱的问题。

酒是二锅头，直喝得哥们儿、姐们儿热血沸腾，找不着南北。有人三遍两遍说他就愿意钻老家院里的黄瓜架，拧下一根黄瓜在手里一转，一手心的黄瓜刺和满口的黄瓜香，边说还边咂巴嘴，好像那黄瓜的滋味还没走远。有人说小时候爸爸常带他到潮白河里摸螺蛳，用嘴叼着个破脸盆，晒得后背爆皮，整个夏天都跟花斑豹似的。还有人说，当年姥爷带他去生产队的鸡房去看孵小鸡，进去什么都不用穿，还热得四蹄子喇喇汗……酒喝到高潮，已经没有了听众，几乎所有人都在自说自话，一遍又一遍如同复制，每一遍从内容到语气到表情都一模一样。对于我们每个人，那早已不是故事，而是种在心上存量不多的粮食。

很是奇怪，有时候钱无所不能，可以帮我们上天入地；可有时候，钱除了把我们搞得支离破碎，再无他用。

那天最后上来的是一盘韭菜鸡蛋馅馅饼，我们当地还称它“馅合子”。模样大体靠谱，但到底是被异化了的。首先韭菜不是鲜嫩的头茬紫根韭菜——那些带了原野上晨露味的韭菜啊！鸡蛋是鸡场的批量产品，你能吃出训练有素的鸡们消极怠工时的闷闷不乐。面里没有面香，包括所用灶具，哪里去找几把柴火、一面灶台、风箱、大灶上烙出的合子的味道呢？

奶奶当年就曾是灶台上的高手，尤其擅长烙馅合子。

小时候，常见奶奶和上半瓢面，剁上几刀白菜、大葱，用屉布把菜水挤净，切几粒豆豉。一块擀开的面片托起一捧菜馅儿在手心里转啊转……我在灶下烧火。有一天突然起意，要替奶奶和面，奶奶勉强应允，在一边看着说：“还是那么回事。”小试身手即得到奶奶肯定，我很是飘飘然。几天后，奶奶刚把面摊进盆里，我便信心满满伸手上前，说：“给我！”不想却被奶奶拦下了，她说：“不用，你的水化面不好使。”

当服务员把馅饼端上来时，我想起了奶奶，想起了当年和奶奶一起在村里时的生活。

若说奶奶的一生一无所有，不是矫情，反过来说奶奶的一生非常富足，也不是很夸张。奶奶才几个月大时，和家人从山东逃荒来到这边，被放在一户人家，不能说是遗弃，但从此与家人断了音信。后来，当她嫁给大她九岁的爷爷时，爷爷已是三个孩子的父亲，她身后没留下自己的一男半女。奶奶是我认识的人里最苦的一个，却从没听到过她的任何抱怨，我从小生活在她身边，看到的是她的乐善好施与开朗随和。因为爷爷的工作调动，他们搬过数次家，可无论到哪里，奶奶都如雨滴落到河里。奶奶最常说的两个字是“知足”，她对生活知足，对家里老少知足，对命运知足。

我曾跟奶奶探讨过，何以对烙馅合子这么有感觉？她说最中意里边的那个“合”字。她还说“那个字也是做人的本钱”。大字不识一个的奶奶，不会夸夸其谈，但是想得很开。

大道至简，在民间，“合子”取意团圆、顺遂、和美之意。水和面、面和馅、饼和火也讲究个和顺，不然，美味何以产生？而这个“和顺”，不是一团和气，而是指遵从自然、顺应时势，与万事万物和谐共处。

田畴万顷，村庄错落，绿树掩映中有花鸟鱼虫、鸡鸣犬吠，有炊烟袅袅升起……若乡愁有了寄存的地方，即便走得再远，心也是暖的。

写于 2015 年 8 月

一唱雄鸡

邻居为哄孩子，半年前在幼儿园门口买了三只小鸡崽。本来邻居是有些顾虑的，住楼房不比在村里，毕竟不可以太任性，怎奈五岁的孙子抓住鸡笼不走，哭喊着要，邻居拗他不过。

买回的鸡雏儿安置在一个鞋盒子里，摆在客厅中间。吃喝拉撒，鸡们开始了从集体剥离出来后的新生活，是好是坏——生存或者死亡，皆由不得它们。

通过斗争，邻居家小孙子取得了阶段性胜利，自是欢喜，游戏不玩了，动画片也不追了，连吃饭也要蹲到鞋盒子跟前。还给鸡崽分别起了名字，纤弱点的叫“妞妞”，借用楼上那家对他经常不理不睬的女孩的名号。另一个因背上一块先天的污色而叫作“黑背”。还有一个叫“钢铁侠”，这名字源自一部动画片。钢铁侠喜欢瞪着一对圆眼睛东走走、西逛逛。绒线团儿样的小东西不时被男孩儿抓在手里或贴到脸上。奶奶在一边吼：“你行啦，热手老抓它，快蹂蹭死啦！”小孙子不管，拎着一只鸡脚，让它像钟锤儿似的吊荡着，另一只脚则如一捏粉色的牙签在半空中乱划。奶奶到底给了孙子一巴掌，“钢铁侠”叭叽掉到地上，好一阵哆嗦。

不到一周，“妞妞”和“黑背”相继顺着垃圾道往生去了，只剩下一个“钢铁侠”。躺倒的同伴似乎没能动摇它的信念，男孩儿爆表的热情非但没将其扼杀，反倒成了一种十分受用的按摩形式而逐渐被它接受。

“钢铁侠”不仅披荆斩棘地活了下来，且没心没肺地一天天长大，鞋盒子换成了酒箱子，它也从婴孩长成了翩翩少年，退去毛绒外衣，换上很叛逆的“乞丐装”——上下够不着天不说，还一身的大小窟窿，眼看着要往一只秃鹫的路上发展。男孩拽拽它的秃尾巴，做出呕吐状，说：“真难看！”便有些热情丢失的意思。

奶奶抓住这个时机，将纸箱子抱下楼。说实话，邻居已经被这只鸡搞得有点寝食难安，复杂的味道在屋里盘桓不去，大热天，“钢铁侠”偶尔要大幅度抖动一下身体，不知是释放热量还是为松松筋骨，屋里就会来一阵漫天飞雪，更糟的是它还本事见涨，时不时玩个旱地拔葱跃到纸箱沿子上，开始很吃力，破翅膀扑拉扑拉拍得纸箱子山响，可没过几天，一蹿两跳后就开始在客厅里闲庭信步。

来到楼下，邻居犯愁了，左瞧瞧右看看，找不到合适的地方放下箱子。小区不大，就两幢老式家属楼，八十来户。晚上下班回来的车把不大的空间塞满，只身走人还要躲躲闪闪。我们又是靠里面的边角，别说额外安放一只箱子，就是多加一枚硬币都可能显挤。没办法，邻居将纸箱塞进自家的储物间。

楼房的身后有一溜儿小棚子，每家分有一个储物间，用于存放杂物。黑暗中的“钢铁侠”焦躁不安，啄得纸箱子嘭嘭响，走在门外就能听到，咕咕的叫声急切又沉闷，跟缺氧似的。后来邻居只好改变策略，撤掉纸箱子，在储物间的地上摆好餐饮，每天再抓空敞敞门，给鸡放放风。

热情锐减，并不说明男孩儿就此放弃了“钢铁侠”，时常还要找。每天从幼儿园回来，他要先在楼下玩一阵儿，不管是拥抱还是揉搓，“钢铁侠”都由着他。等到不得不上楼，储物间的门不得不重新关起，互相都有些恋恋不舍。

九月，男孩儿去上学前班了，和新伙伴说起他的“钢铁侠”，听得别人一愣一愣的，而这时的“钢铁侠”已完全进入放养状态。它的本分和识大体赢得了主人信任，不再被关禁闭。楼下某个固定位置有一个水碗和一小片捋到地上的残羹剩饭，“钢铁侠”每天吃吃走走、走走吃吃，自由散漫却又不失规矩，俨然成了小区一员。

可问题来了。那天在单位，有个同事说他晚上停车、开门，脚下一打滑差点儿摔倒，是踩到了鸡食上，一股憋了多日的怨气让他连食带碗统统扔进垃圾道，还发狠说：“甭让我逮着，逮着我就炖了吃。”我笑了，十分理解。鸡吃喝随便了，排泄自然也不大讲究，这就让我们的行走在家门口儿有了几分跳芭蕾的喜剧效果。据说，脚下的异物感，会造成人的情绪波动。

小区里没物业，卫生基本靠风，不凑巧的是这年月连天的雾霾也等着风来处理，可风呢？凡事常常如此，你越是盼得眼蓝，那东西越是稀罕得恨不能把谱儿摆到天边去。秋叶飘落满地，我动手打扫。拉开垃圾道的小铁门儿——吓一跳，那只鸡站在里边，昂首挺胸。突然的光亮大概也吓着了它，遂往起拔拔身板儿，圆圆的小眼睛很警惕地瞪着我。愣过数秒，我恶着声说：“出去！”连我自己都为语气里夹带的新仇旧恨有点儿不大好意思，可鸡只是又拔拔身板儿，拨浪一下头，换成另一只眼睛看我，蛮挑衅的。我把一簸箕树叶朝鸡扬过去，同时快速将铁门儿插上，恨恨地想：憋死你！

等我傍晚下班回来，鸡竟然若无其事地在楼后溜达呢。我斜着眼看它，它也装作不察，一步一顿，昂首挺胸，走得既有节奏又有弹性，把个“何思何虑，至大至刚”的傲慢一字一字重重地按到地上，那意思分明是：你不服？

楼的西侧是个仅两米宽的窄胡同，顺着它往南即可通出去。想不到有一天我和那只鸡会在这里狭路相逢。鸡轻易不越雷池半步，不知那天因何放纵了自己，来到胡同中间。我心下窃喜：只要把你从这个胡同赶出去，以一只鸡的智商，你是找不回来的，虽然我不会逮了炖你，可出了小区，你早晚会待在别人家的餐桌上，呵呵。

鸡以惯有的姿势站在我对面，往上拔拔身板儿，这动作忽然让我觉得它的前生一定是只斗鸡，从血雨腥风、金戈铁马的战场中穿越而来。我像个守门员，堵着鸡的回路。僵持有半分钟，我开始往外轰它。鸡却一挺身一哈腰，如同下网的足球，从我的脚边夺路逃回，一路嘎嘎嘎着，不知是惊叫还是欢笑。等它到达自认为安全的区域，便又恢复了悠然自得。这是一只要成精的鸡啊！似乎能猜透人的心思。

大概没人见过小孩子给鸡挠痒痒——鸡一副陶醉的样子。那天邻居也在，我没事多话，跟邻居说：“长真快，过年能宰吃了。”一直蹲在地上揽着“钢铁侠”的小男孩突然抬头瞪着我喊道：“你讨厌！”

我闹了个烧鸡大窝脖儿。邻居慌忙打圆场，朝着男孩喊：“臭浑蛋，没礼貌！”转而向我悄声道，“不让说——”这局面有点儿混乱，成年人的“礼貌”就是把一只鸡最终送上餐桌。对小男孩来讲，这是个敏感而又经常被不同人触动的话题。

冬天来了，鸡越来越壮硕。早上，人们各自把身体里的发条拧紧，上班的上班，上学的上学。鸡从储物间放出，就在楼后巴掌大的地界走来走去。人来人往，不管你是大惊小怪还是熟视无睹，它通通不予理睬，包括来找点小便宜的三五只麻雀在它的地盘上吃吃喝喝，它也无动于衷，似乎一个洞悉世事、看透炎凉的智者。天黑了，它会主动走进打开门的储物间。那天，看到这只鸡在两楼之间仅有的餐桌大小的阳光里闭着眼睛晒太阳，我差点乐了，这相当于七八十岁老人的智商，可不敢小觑了啊！

“哎——回来——”

是邻居。冬天寒冷的空气中这呼喊有一种凹凸不平的金属质感。鸡突然睁开眼朝邻居跑去，丢下身后的那小片阳光。

当罕见的“世纪寒潮”成为这个冬天的标志性刻度，总有思想在为开悟而寻找沸点。窗玻璃上冻着厚厚冰花儿，屋外狂风怒号，不知那个“钢铁侠”此时身在何处。之前，剩饭剩菜已经冻到地上，水碗冻成了冰砣，麻雀在那里不死心地敲敲打打，“钢铁侠”形单影只，从东踱到西，再从西踱到东，极寒的天气对它何尝不是另一种考验？

写于 2016 年 1 月

荷影莲实到故里

因为工作，案头有了一沓儿“统计表”。看上去它们稀松平常——密匝匝的“企业名称”和呆板的数字。定下心来看，“荷荷美美种植专业合作社”“一品香荷农业开发有限公司”，这样的名字藏在行列里，就像撕开铅灰色幔帐，打开了一扇窗，微风送来田野的青甜气息，翠绿的荷在天空下摇曳生姿。

有个与企业沟通的环节，电话打过去，问及“您是绿盈蔬菜吗？”这时不但愉悦了心情，口中似有生香之感。“雨露种植”“绿荷苗木”“清泉蔬果”“绿辛梓园”……一通电话打下来，窘迫的办公室里满胀的暑气也退去了，诗意葱茏。

原本，诗意只属于诗人，躬耕的农人是被遗忘在远古的原生符号，即便一时成为别人眼里的“风景”，顶多作用于刺激肾上腺素的分泌，来丰富歌咏吟哦时的表情。然而近两年，诗意就像那移植来的荷，落脚于北方的这小片洼地上，生根开花，渐成气候。

刘宋很小，小到这里的学生娃不可以不知道李敏镐而可以完全不理会“刘宋”为何物。这个暑假，当宅在家里的他们，戴着耳机、抱着 iPad 极不情愿地被父母拉到刘宋的万亩荷园跟前，一时有傻掉的感觉。

本以为今生再没有机会走在去“姥儿家”的路上了。姥爷走后几年，和他生活在一起的姨家搬去了市里。许多年后，姥儿家关门闭户，如同一条枝丫从根部斩断，一条生命的河在这里打个弯，拐向了别处，那个叫“姥儿家”的地方随着日升月落、时光流转，将渐渐融化在心底。

如果不是因为那天去刘宋看荷，自是过着一种“卧看满天云不动”的日子，且打算镇守着内心的这份平静到老，这辈子不想再打搅自己。从刘宋回来后，我在 QQ 空间敲下几个字——“不远四十里去看荷”，似乎轻松愉快，甚至带着嘻哈相。随发一组荷园景致照片，鲜活而生动，我用它们遮蔽了桌前呆滞的自己。有人说情绪这东西也会传染，那就把长得阳光、快乐的一面展示给朋友，水深火热的部分留待自行消化。

地道的儿话韵、卷舌音——“姥儿家”，非本地人不能体会这几个字合在一起时的妙处，重音、长音在前，“家”字发“阶”音，只轻轻一带而出。本地有句土话：“外甥是姥儿家的狗，有吃儿来，没吃儿走。”对这个说法我一直颇感疑惑，字面的逻辑是：外男、外女在姥儿家是喂不熟的……说穿了就是你“白投入，不产出”。倘若果真如此，就不应该拿狗来做类比。在自然界，狗是最讲忠义的动物，不管是来自民间的口耳相传，还是来自文学或影视作品中的形象，狗从看家护院到舍身救主，从讨你欢心到为你解难，口碑极佳。

美国有部电影——《忠犬八公的故事》。讲帕克教授收养了一条无人认领的小秋田犬，起名“八公”。每天教授上下班，八公就到附近的车站去迎送，风雨无阻。后来教授在工作时不幸突然离世，八公那天没能等到帕克回来。接下来的日子，八公一如既往每天准时出现在车站外的台子上，朝着不断开合的门，从进出的人群中找寻着它熟悉的身影。寒来暑往，九年后，已经非常衰老的八公没有了挺直的身形，就趴在台子上，继续等着帕克。电影用蒙太奇的手法将过去八公和教授一起生活的片断虚幻地推出，温暖而凄美，纷纷扬扬的雪落在合上双目的八公身上。随着拉远的镜头，是那个陪伴八公若干年的台子、台子上的那棵树，最后是一座雪中城市。其实，那已经不是一个人与一条狗的故事了。

作家张洁，七十岁时独自到欧洲旅行，她自嘲——“流浪的老狗”，并以此为题，七十六岁时出版了她的旅行随笔集。多么豁达又可敬可爱的老人啊！

古人讲“以媚字奉亲，以淡字交友”，一个“媚”字，容量何其大！倒真的愿意守住亲情，守住姥爷眼神中那属于我的无尽的疼惜，哪怕就做他的一只狗。

坐在姥爷自行车大梁杆上，是我童年最享受的一件事。当然，去住“姥儿家”也是那时候的我最为企盼的。遗憾的是姥姥去世早，我们无缘相见。一个人来到这世上，如果姥姥缺席了，这人生便有了极大缺憾。试想，茫茫人海中，你爱过、恨过、滋润过、苦涩过、风光过、暗淡过……可哪个不是过眼云烟？真正在意你的人就那么几个，失之即是切肤之痛。

至今记得姥儿家的旧宅院，记得院里那棵毛桃树，核桃大小的桃子很甜；记得上树为我摘桃子的姥爷如何呵斥我不准靠前，因为树上有虺儿，蜇人很疼；记得东侧紧邻的胡同和院前的空旷；记得村里代销点儿那厚重的绿色棉门帘，还有里面昏暗的光线；记得村街上那棵合搂粗的槐树，吃过它的槐花儿，捡过它的槐米；记得那条街上哪里有坡坎儿，哪里有雨水冲出的沟痕；记得姥儿家的味道还有色彩，闭着眼睛就能触摸到它的质感和纹理。

刘宋荷园离姥儿家很近，几乎就从门前过。我想象着，如果站在姥儿家门前，是否能看到绿波荡漾的荷？是否能闻到荷花的清香？原来，我们还可以如此诗意地活着啊！姥爷没有福分等到这一天，更甭说姥姥，我为他们错过了这份好而感到特别惋惜。登上荷园中间的瞭望亭，我不敢望向姥儿家的方向，害怕那结在心里密实的莲子，会散落成泪。

我知道，“统计表”上的许多名字因荷而生，一些产业因莲藕而活。香河这几年，除了刘宋的“万亩藕荷基地”，还陆续在潮白河沿岸开发了“千亩荷花景观带”和第一城的“百亩珍奇荷花园”。生活，在向翠绿的生机和高洁的品质一点点靠近，这应该是香河人共同的福分。

写于 2016 年 5 月

馆陶的陶

去馆陶要到北京坐高铁动车。

三月下旬，乍暖还寒，气象学意义上的春天还未真正到来，只是刚落脚隔壁。公交车从北京前门那条街上过，红墙外的玉兰花，一树粉，一树白，饱蘸温润的气息正含苞待放。据说，杭州人称将开未开的玉兰为“判官笔”，显然是取之形，难免给人粗粝的感觉，似丢了花儿的娇媚和雅致，然而细想，即便是个“判官”，以花作笔，激情一挥，判它个“春天快马加鞭”，倒是为玉兰增添了浪漫，加了些豪气。

细雨缠绵，润物无声，凉意如影随形，搁置时日的棉服又回到身上。窗外的北京湿漉漉的，皇家的威仪在时空中行走，这座有着三千年历史的城市，在一次次的割裂与重组、兴衰与枯荣里起起浮浮，一路走来，光名字就有过十几次的更改……

中午时分，坐上 G517 次动车开往邯郸。弟弟在微信里发来消息说“馆陶的黑陶很有名”，言外之意是嘱我务必看看。平时极少关注瓷器，尤其对黑陶更是不曾过心，可能是离我凡俗的生活太遥远了吧。这会儿，忍不住在心里描摹起黑陶的样貌来，就像一个古代书生在娶亲路上幻想他的新嫁娘，又终不得要领。之前，曾在一篇说馆陶的文章里看到过一句话，倒是印象颇深，他说：馆陶因陶而得名，这名字一用三千年……正是这句话，让途经北京的我想的却是馆陶——厮守着一个名字三千年不动摇的地方，自有它的独特之处和魅力所在吧？

陶器的出现标志着人类进步的开始，我们的祖先从茹毛饮血的蛮荒到学会用火，再到把食物放进一种叫“陶”的容器，千万年的孕育，文明的种子开始苏醒、成长，绵延下来，薪火到今。此行馆陶，与其说我是循着远古洪荒的气息而来，毋宁说是为了拜谒人类古文明的火种。

走进“黄瓜小镇”，似有清甜的味道扑面而来。沿街两旁的装饰画、农家门前的悬挂物，甚至路灯的腰身上都缠绕着肆意的藤蔓、翠绿的叶子和顶花儿带刺的黄瓜，这是个青翠欲滴的村庄。

在我们的生活里，黄瓜实在是个寻常物，超市的货架上，地摊的篮子里，翻翻拣拣，带回家无非就是个吃，再怎么花样翻新，都不过为了打点口腹之欲。等把“黄瓜小镇”走下来，才知道我们的想象力有多羸弱。

小镇确实小，小到简直可以盈盈一捧。青砖小巷，弯弯转转，有着最贴心的安静。当把“美丽乡村大学、黄瓜博物馆、黄瓜大学、黄瓜美容院、黄瓜酒坊、黄瓜食府……”逐一走过，似有点懂了馆陶人别样的情趣和对生活满满的热爱。

平时在单位就餐，同事总是惊异于我的盘子何以打扫得那么干净，我不是“光盘行动”的响应者，可节约意识的觉醒要早得多，这并非完全因为我从物质匮乏的20世纪六十年代走来。总以为，凡物都有它存在的理由和价值，不能因为我的轻慢令其失去存在的意义而到这世上白走一遭，哪怕它就是一粒米。即便如此，近乎患上“强迫症”的我对粮食的理解也仅限于用它来充饥。在馆陶，粮食不只用来填饱肚子，还能挂到墙上，千姿百态，以艺术的形式来反哺我们的精神。普普通通的米、豆、芝麻，怎么就在巧手下变成了山水、人物、花鸟？农事的喜庆，市井的温暖，乡愁的绵密，甚至还有《清明上河图》的宏大通过一粒粒粮食的排列组合来体现，除了艺术的美感，更有来自泥土的暖意，“粮画小镇”就是以这种惊世骇俗的姿态成为“中国十大最美乡村”之一！

从邯郸下车，到馆陶还有70公里的路程。出了高铁站很快就上了高速路，交通非常便利。这70公里的路程让馆陶既和发展所带来的“城市病”保持了距离，又和传统的、朴素的文化相依存，求变中带着“克制”，鲜活却又不失朴素。心灵是很文艺的田园，经济的高速发展，伴随了心灵的悸动，越来越多的迷惘和失落，对未来的期许，对回归的渴望。常常，我们望着天空，不知道究竟是要呼唤春天还是就等一场雨来。馆陶人的淡然、宁静与纯美的生存理念，有着悠远而厚朴的品质，就如一只年代久远的陶，或许这正是我们所苦苦追寻而不得的蓝本。

馆陶是生长智慧和慈悲的地方，这里的人们守着我们眼里的庸常，却让心灵沐浴着春光，从凡俗中挖掘美的极致，把寻常日子过成了“暧暧远人村，依依墟里烟”的桃花源。不难理解，为什么这地方有忠诚大义、直言进谏的“一代名将”魏征，还有那么多位忠臣名将、爱国志士、艺术家在这里诞生。

见过馆陶的孩子，在公交车上，在黄瓜小镇，在挂满粮画的寿东村，那些脸上有着黑色瓷釉光泽的孩子，那些围着屁股帘、穿着开裆裤、眼睛黑亮的孩子是大自然里长出的精灵，带了原野的青草香，看到他们，隐隐地，就像读懂了馆陶的瓷器。

“第十届河北省散文名作奖颁奖典礼暨百名散文家走进馆陶大型采风活动”在这里举行，三天时间，匆匆太匆匆！最终既无暇又无缘去看黑陶了，难免留下遗憾，可慰藉的是，足以向弟弟描述我看到的馆陶了。从进入视线的那刻起，馆陶就在我心里驻足，触摸到了它那像陶片一样的底色，收纳了一种情愫，带走的是一粒种子。

从北京西客站出来，天大晴，春风舞动，随手就抓拍到一张柳枝飘飞的镜头。玉兰花盛开，锦绣处，那是它给这一世界的留白。

写于 2017 年 4 月

秋　场

北方平原的乡间散落着村庄，疏密有致。它们的名字各不同，大多极尽简单，就像瓦屋上那缕炊烟、晨光中一声鸡鸣、邻里间一声招呼，却有着活化石样的自然光泽。村子大多叫“某某大队”，依了街巷和方位，大队下又分出若干小队。“三级所有，队为基础”，那是一个年代的缩写，小到可以忽略不计，大到作为国家的根基又足以安邦定国。一个小队要么十几家，要么几十户，枝枝蔓蔓，像盘在树下的老根，像同族同亲的果实，嗅着泥土味，梦着五谷香。

每个小队必有一块场院，叫秋场，用于收晒粮食，它们或在庄头或在村边街后，倚着一棵浓荫伞盖的老槐树，还有两棵老柳，皴裂的枝丫上挂着半块铁犁，每天叮叮当当把村庄唤醒。“钟”下泥土久经踩踏已光亮如石，既聚拢人气也支撑岁月。队长大多是农村政治家，全队人的吃喝拉撒、分柴分物、遣员派工包括民诉乡怨和自己的小九九都要装进心里，挥手振臂间纵横捭阖，文韬武略。旁边是一口老井，井绳把井口边的石头咬出“川”字，井水一直甘冽、饱满，供全队的人吃马喂。井台连着场院，场院连着村民的日月。热闹时这里昼夜灯火，沉寂天它又静如处子。奢华时要净水洒扫、麦秸铺面，要毛驴拉着碌碡熨帖每一寸肌肤，这叫“杠场”，直到它光滑如绸。落魄时它又蓬头垢面，咬紧牙关似乎打算一睡不起，一副“风住尘香花已尽，日晚倦梳头”的慵懒。土夯的院墙只象征性地围一段儿，或者就是柴火、麦草顺在那里。几间牲口棚更是简单至极——一面后山墙，搭一帘稻草，由两根老朽的槐木撑着，灰蓝的碎砖堆起个垛，上面横躺一只木质食槽。棚下，马牛驴骡各有各的位置，骡马的踢踏声，牛的反刍，驴在地上打滚儿都不会引起异类的好奇乃至引来嘘声或掌声。时常，它们同在一个槽子里拱来拱去，翻捡自己需要的食物，然后优雅地咀嚼，时光静好。对面还有两间猪舍，一间养着当年的猪崽，另一间里有两只已经肥硕的“黑白花儿”。

秋场里热闹的时节并不多，除了二大麦秋就是队上分秋的时候。所分之物除了那点儿口粮，不外乎花生、黄豆、红薯、生瓜蛋子、青萝卜和大白菜，虽不是富庶之物，却能养人。最热闹当数年根底下的宰猪分肉。临近年关，人心里本来就暄着，钟还未敲响，老少乡亲已经拥到场上。各家户主的手章长相迥异、七长八短，在地上排成蛇行。孩子们追逐打闹，女人们聚在一起家长里短，抓空回身骂一句跑得干呕的自家男孩儿，男人们大多围着屠夫观看手艺。队长和会计用卷烟纸做成阄儿，上写“蹄”“头”“上水”“下货”，即便没标明数量，猪蹄两只，猪头半个，上水半副……下货稍显吃亏，于是会搭上猪血，都是约定俗成，从不出争议。做好的阄儿装在一只旧把儿缸子里，队长往前一走，呼地就被众人围上，许多只手挤到一起，不是阻塞了通道就是将搪瓷缸子抢翻，纸团儿散落一地，人们嬉闹着将滚落脚边的一个捡起，背过身急忙忙展开。无论上边写的什么，每张脸上都笑容灿烂，就像晴空下一片片舒展的云。

“去暑找黍，拿镰割谷。”处暑一过，大秋陆续开始。磨好的找镰和镰刀，绑好的镐头和耙子，备好的筐和篮。小车上好了油，大车理顺了鞍。包括牛马驴骡也都蓄好了膘儿养好了神儿，农民带着装备和雀跃的心情扑向原野，此时，大地就是一位母亲，张开双臂迎接她的孩子。无论是割谷的沙沙声，还是掰棒子的咔咔响；无论是摘棉时的轻巧，还是刨红薯时的铿锵；无论是带了泥土味儿的风，还是秋意渐浓的雨，此时都乃乡间花事，在时节里盛开。

麦熟一晌。麦秋突出个“急”字，抓住晌晴白日，开镰收割，三两天麦子上场，脱粒、扬场、晾晒、装袋一气呵成，机器连轴转，人是歇马不歇鞍的。大秋虽说也是个急，但还要讲求个“四致”。不光考虑收，还要预备种。“白露早，寒露迟，秋分麦子正当时”，从“处暑”结束到“秋分”开始，中间虽然隔着两个节气，一个来月，说起来时间蛮充裕，但大秋的名目比麦秋多，黍子要收，豆子要割，棒子要掰，花生要锄，红薯要翻，棒秸、棉柴、谷草都得打回来。腾出的地种上冬小麦，若是白地连茬过冬，即使邻居不笑话，全队的人也会为此而有所愧疚，搞不好要遭别人鄙夷——“懒得要下蛆”。

勤劳不是农民的高尚品质，而是一种“毛病”，属疑难杂症，任华佗再世、扁鹊重生都不能将其根治。农民就像桑叶上的那枚蚕卵，像树枝上的鸟儿，唯有在大自然的怀抱中才能葆有生气，而劳作就是他们与大自然沟通的最好方式。

场院里还压有三间矮房，看场护院的人吃住用掉里外两间，另一间用来存放农具、粮草和一应杂物。那年月，住到场里的人多少有点儿“特殊”，要么鳏寡孤独，要么性情孤僻，后来还有“家庭出身不好”的。这些住在村庄边上的人，毫无保留地自卑着，但终不至搁浅，从生活的湖底悉心打捞被边缘的人生况味。事隔多年，想起那些背影，仍叫人眼眶发热。村人对他们的感情相对“复杂”些，有时瞧他不上，有时又不许别人伤他。会计是个青春烂漫的后生，好跟别人耍笑，有时也会闹到住在场院里的饲养员瘸二叔头上。瘸二叔一般只是笑笑，并不多言，残疾的腿脚不全是瘸二叔与人交流的障碍，更多原因是他那曾为一方财主的祖上，此时已变成一顶沉重的帽子压在头顶。瘸二叔的小屋还是晚晌登记工分的场所，在“工分工分，社员命根”的年代，一个壮劳力一天的起早贪晚儿能挣十分工，女劳力记到八分算是能干的，老弱病残、半大孩子记半工。一个工分的分值是一毛六分钱，年终凭此兑粮、兑物后所剩无几，如果家中劳力少、吃闲饭的多，十之八九要拉饥荒。小屋目睹了太多焦灼与渴望的眼神，装载了太多隐忍和失望的叹息，然而，生活中太多的艰辛与芥蒂都融化在了瘸二叔的眼里，当深夜来临，记工的人一拨拨走掉，说古论今闲侃的人散去，那些被荤素故事搞晕了头的懵懂少年恋恋不舍地最后离开，瘸二叔将场院上一扇圆木绑成的“门”掩上，端上筛子去给牲口再添些料草……

秋天，大田作物被人们一车车、一筐筐鼓捣回来，整个场上耸起一座座小山，棒子堆最高，占住场院当央，接天蔽日的样子壮阔而霸气。人们收工回家简单吃过晚饭又陆续回到场上，拎个马扎，拿个木凳或背个筐，身后跟着的孩子边走边啃着棒子饽饽，大家像是去赶一场露天电影。场上拉了几盏大灯，有一盏已经被挑到高处，专为那堆棒子打着灯光，草绿的蚂蚱、灰色的壁虎、褐色的蚊蛾成群结队，横冲直撞着狂欢。在农活儿里，剥棒子算是一种最消闲的劳动，人们围坐在棒子堆下说说笑笑，既做了活儿又消解了白天的疲累。

“来呀——”

“哎——”

“满啦——”

“得嘞——”

招呼声此起彼伏。有人专门负责将满筐的棒子抬着倒进新搭的棒子仓里，并在记工本上给登记一分。棒子山成了一座冰山，在人们的说笑间一点点融化，而逐渐壮大起来的棒子仓成了一座连绵起伏的金黄色山峦。

从来稼穑多勤力，何为五谷少敬惜？于天地间的劳作，总给人一种最古老的仪式感。若把村庄比作一本打开的书，一片场院即它的书名，赫然站在篇首，从这里可以一览原汁原味的风土人情。

借着光亮，孩子们各自找到阵地。男孩子打弹球儿，眼珠子瞪得溜圆，鼻涕要过河，有工夫就挥袖一抹，没工夫就涕溜一声响。打不着，他们会响亮地咳一声，似乎失望之极，打着了，他们就不动声色。女孩子坐在一起玩欻（chuǎ）拐。羊拐最应手，猪拐就蠢笨多了。攒齐一副——四只羊拐是件极不容易的事，常常要伙伴间你一个我一个凑上好久，这样一副羊拐便成了伙伴儿们共同的心爱之物。天越来越暗，四周的静谧越来越浓稠。月亮升上来，月光笼罩着这一掬人间烟火。农事不是盛大的，却是最为严谨的；农民是卑微的，卑微到可以匍匐在大地的脚下去倾听它的心跳，感知它的呼吸，同它一起或悲或喜，在长天浩荡的季节里收获最朴实的快乐。

“春种，夏忙，秋收，冬藏。”节气，有着严明的纪律。村上一位老者说：到了惊蛰那天，你揭起一块地砖，放上一根羽毛，地下的生发之气会把羽毛吹起。那景象一定非常神奇，好比我们与母体连接的脐带，断开——并非是为了忘记。

“秋场”作为一个时代的符号消失在乡间，农耕文化渐行渐远，农民这个“职业”一冷再冷。而作为一个记忆的载体，不知道它究竟还能走多远。怀旧，并非人类与生俱来的爱好，它就像杯里的茶，在想念以往的那点绿，在品着山岚中那抹雾霭和甘霖的余味。

写于 2016 年 4 月

求医记

陈思呈在她的文章里说：“病患里，我们似乎能得到很多健康时得不到的人生况味。”单看题目——《没病的人是无知的》就非常令人欢欣鼓舞。日本曾有个叫吉田兼好的人，他在《徒然草》里列举了几类不能为友的人，其中就包括“身体很好，从不生病的人”，大概因为这类人对生命缺少真情实感、对他人缺乏理解和体恤，故而不便亲近吧！

有病就要去看医生，讳疾忌医，大夫怎么办？有病扛着，医院怎么办？出于人道主义考虑，2016 年的春天，我踏上了漫漫的求医问药之路。

在当地医院挂号、检查、取药等系列完全可以省去不说，无头苍蝇一样东一趟西一趟于大小医院间的转辗往来顶多算预演。在“外援”帮助下终于拿到首都北京某大医院的号，我明白，这块寸把长的小纸条会带我走一段路、看一程景，或者就是这一生中曾有过的朝圣路上又一波心情记录，也未可知。

早早出了家门，天还墨黑，因为心里没底，不知路途会怎样，耗时有多少，不知错过候诊时间后果该有多严重。路灯亮着，它们一向看得多、说得少，为市井生活小心地拢着光。站牌下已有七八个人，朝着车来的方向共同眺望着，在初春的寒凉里站成一组生活群像。

赶早班车的人真多，公交车十几分钟一趟，才开出来没几站，过道上都已塞满了人，加上黑暗的挤迫，司机师傅的声音变得怪怪的：“往里走，劳您驾，往里走走。”人群艰难蠕动，发出窸窸窣窣的声响，大家有了同处一室的效果。常言道“百年修得同船”，显然这公交车也不是随便搭的，此时此刻的此辆车上，大概要做足前世今生该做的所有功课。左右看看，一张张木然的脸，哪里有“燕子不归春事晚，一汀烟雨杏花寒”的殷殷期盼？说到底，我们还都是“路人甲”。

发动机吼了一吼，就像钻洞的地龙，车子在黑暗中继续穿行。远处散落的灯光如同上辈子的私心杂念，有一搭无一搭地闪着。

车上有两行座位，左手边双人，右手边三人，我跟前的三人座上有两个女人，一个微胖，一个大胖，中间夹着个三四岁的小女孩儿。我问她们能不能把孩子抱起来，给我匀出点空间，孩子我抱也行。靠窗的大胖硬橛橛地答复我："孩子有病！"哦，我赶紧说："对不起！"不光把嘴闭上，把心思也关掉了。这时，坐在外边的"微胖"挪挪孩子，在边上腾出一巴掌宽的地方说："您坐吧！"一时，心里如沐春江水暖。

跨着个边边，半坐半悬空，以这样的姿势，带着一颗忐忑的心，我进京了。在接下来每月一次的往返中，上车后赶紧找孩子成为我挤座儿的独家"秘笈"。当你笑容可掬地张罗着去抱孩子，家长就会忙不迭地将孩子抱起，空出的便是满满当当的车上重新挖掘出的属于你的位置。这办法屡试不爽，就算有点纯农民式的狡黠，倒是挺实用。一次，上车后我太专注于找孩子，竟然让一个空位子从眼前溜掉而未察，等身后的美女抢先坐下我才醒过神来，只能懊恼不迭。比较夸张的一回，我问一个五六岁的小姑娘抱着她坐行不行，小姑娘还没吱声，她爷爷突然在两排座位后面站起来急火火地大声说："不用不用，我抱我抱，您后边去吧！"搞得一车人看我，似有拐卖妇女儿童之嫌，闹得我一时面红耳赤。

医院的门敞着，人们像潮水样涌来，个个生龙活虎、健步如飞，那感觉好奇怪，这哪里是来看病，分明是急着来投胎的嘛！站在滚梯上往楼上去，整个一层大堂的壮观景象尽收眼底，那热闹场面绝不输给春运期间的火车站。

治病的过程是个颇受打击的过程，这打击不光是因为病患。首先你不能独自挂到一张进医院的号，其次是进了医院你找不到东西南北，那种无所适从的感觉真令人绝望。再者是你到达候诊的地方却不会刷卡"报到"，不报到就看不成病，手里攥着命根子一样的"号"等于废纸一块；不会用五角硬币将锁在玻璃柜里的"诊疗本"换出；等待分拣"病历"总是站错地方被护士呵斥……整个过程环环相扣，做不好任何一环都得打道回府重新再来。进医院无异于进考场，考的是智商、心理素质甚至包括年龄、学历和体力，结果很残酷，它明白无误地告诉你：这是个被时代淘汰、抛弃的人！生不生病是你自己的事，看与不看，主动权已不在你的掌控之中。

诊室分若干，搞清楚自己属于哪个诊室、哪个医生处理，就在附近区域坐等。前方墙上有块电子屏，号码滚动前移，等到自己那个熟悉又陌生的名字终于出现在屏幕上，就像看到久别的亲人，心怦怦直跳。

诊室的门大敞开，一个医生被一个坐着和几个站着的病人葵花向阳似的围着。医生的神态和语气居高临下，由不得他不居高临下，每天有这么多祈望的眼神垫脚，日久天长，不抬到云里才怪哩！

在我前边坐下的人患了“硬皮病”，病程已三年，这种以往都没听说过的病用医生的话说：“抓紧看吧，不看会死人的。”

患者一脸错愕。

一旁的我后背直冒凉气，还没轮到我坐下就彻底慌掉了，如同待宰的羔羊。医患关系之所以有时候剑拔弩张，原来是从不好好说话开始！

轮到我坐下，医生三言两语后，我去抽血化验。

“赶仨小时路，候两小时诊，看一分钟病”是求医的基本模式，你有任何其他要求都属“框外”，想问的问题哪怕是写在纸上、复习N遍，在身后密集的目光和医生压抑着的烦躁形成的巨大压力下，最终会让你因扛不住而彻底崩盘，一句有用的话都说不上来。

那天在候诊室里坐等，忽闻耳边有嗡嗡嘤嘤之声，若隐若现，像有一团蜜蜂钻到这个乱糟糟的世界里来推波助澜。我四下里寻找，最终从身旁的一位中年男士身上发现了声源，只见他双手自然搭落腿上，双目紧闭，从那微张的口唇里传出诵经声。至此，我不知道是该平心静气还是该毛骨悚然，或者赶紧信上点儿啥，哪怕临时抱佛脚私聊一下如何躲过这个劫数。

一周后取到化验结果。那天，医生主动为我约了这周的号，从而少去了一番“搏斗”，因为有过第一次，大医院的门路也顺畅了许多。

医生溜一眼化验单，告诉我：没问题。

“我给你开点药回去慢慢吃，好吧？饮食忌辣、忌酒、忌海鲜。少吃含VC多的东西，当然一点不吃也不行，不吃会死人的，听见吗？注意休息，早睡早起，当然——”

他低头往诊疗本上写字，话停在那里，我替他接着说：“也不能忒早，忒早也是会死人的。”

医生抬眼看看我，笑了。或许这也是个没事爱幽一把默的人，别看长着一脸的木制品。他告诉我一个月以后再来。我问能不能再把号约了。他说不行，太早。让我提前一周到楼下大厅来挂号。我畏难地嘟囔一句：“还得跑！”

医生瞧着我，很认真地说：“不愿意跑？让你的使唤丫头来啊！”

没有使唤丫头，咋好意思乱生病？一羞之下，我把这个医生给炒了。

最刻骨铭心的是这年的 7 月 20 日，北京暴雨，后来才知道这天的降水量突破了历史极值。其实，那之前雨已经下了两三天，也看到了暴雨橙色预警。就诊日到了，心里纠结：去还是不去？那份煎熬堪比哈姆雷特的“生存还是死亡”。权衡之后在这天的早上，我打着雨伞出门了。

小雨淅沥，湿冷的空气属于多愁善感的诗人。我心里暗自庆幸昨天没把挂到的号取消，这点儿小雨，无妨！

历史经验告诉我：心存侥幸，往往是播下“不幸”的第一步。十一点钟看完医生来到楼下，外面已是暴雨如注。那把跟了我若干年的雨伞忘在候诊室的座椅下，等从诊室出来再找，已不知跑去了哪里。好在医院门口有三男两女怀抱数把雨伞在大声吆喝：“十块一把，十块一把，天堂伞嘞，钢筋铁骨……”这真是及时雨里的及时伞。

回家心切，又不知大雨何时停歇，重买一把“天堂”，穿过医院的两道门，我打开伞冲进狂风暴雨中。没出五步，那把号称“钢筋铁骨”的天堂伞就背叛了我，瞬间让我成了一个拖着扫把的巫师。

公交车等不来，出租车又打不到，过地下通道还出错了口儿，真的是蒙圈了，走出一站多地才发现大方向错了……有心求助于出租车，希望它能把我带出困境。出租车却少得出奇，经过的要么里面有人、要么根本不停，最糟的是在我几近疯狂地拦截下一辆出租车终于在我跟前慢下来，司机却在里边一个劲儿朝我摆手，雨刷忙不迭地击打雨水，溅到我本已湿透的身上。我以为是自己站错了地方，穿过马路站到对面，却依然如故。一时与人间失联的感觉，恐惧团团包围着我……

换的这位医生看上去轻描淡写，却总能平抚患者的慌乱。与前一个医生不同，他的诊室门是关着的，看过一个换一个。不怕你喋喋不休，他只是听，很少的话也是云淡风轻。他说：“忘掉它，该怎么生活还怎么生活。”没有禁忌，也无法根治，能不能缓解？全靠你自己！

就像打开一扇窗，跳出来的不是我，而是心里的阴霾。

生病犹如进学校，要好好念书，要讨巧老师，要心里长牙，为毕业后的再就业长本事。如果迫不得已，就认真地病一回，在刮骨疗毒般的体悟中，看着自己百炼成精。

写于 2017 年 3 月

人在他乡

出生地不是祖籍地，这对于我的生存来说似乎无关紧要，因为它无关吃喝，无关工作和生活，也无关生儿育女。作为女人，生如一缕烟或一片云，降生，不过一个起点，注定了的是一生飘移。从哪里起步既然无关紧要，那么祖不祖籍又有何干？可是，它也许关乎着我的心无处安放。有位同事，退休时把组织关系揣到了兜儿里，从此，一张纸片或许拥有了她的体温，但同时也熄灭了她自己的信仰和一份追求，这与我那因一直无处安放而揣在兜儿里的心有得一比。

原本以为家族的漂泊始于祖父最初的选择离家，却常常忘记曾祖父也是客死他乡，而且走得更早、飘得更远。2005 年，在祖父故去十六年后，我和我的家人一起送他回老家，回到他那已经离开七十余载的故里。在我，则平生第一次踏上祖籍地，第一次回到那个被称为“老家”的地方，一路上除了满眼的泪还是泪。

工作这么多年，填过各式各样的表格，那上面常常不少“籍贯”一栏。曾有人说填写“祖籍地”和“出生地”均可，为此我还和人家大抬特抬了一回杠，指着人家说：“错，籍贯只能是祖籍地。”人前“强硬”的我，人后却偷着查找“籍贯”的确切解释，结果证明错的是我。但这并没有改变我的坚持和对“籍贯”一栏的自我认知，而且今后仍会把我的“祖籍地”规规矩矩地填写在“籍贯”一栏，冥冥中像是在心里捍卫着什么，坚守着什么。

老家竟然有着那么多的水，一片连一片的鱼塘，望不到边的水沽。有水鸟扑拉拉飞起，咕咕地鸣叫，它们是海鸥吗？老家不在海边，却有海鸥。还有海风长途跋涉后在这里停泊，我闻到了海的味道。老家虽然不是干涸的，却也并非水草丰美。因为土质的关系，老家没有挺拔的树、规整的田，更没有城市的繁华、街区的拥挤，目力所及莽莽苍苍、雄浑寂寥。老家说不上美，没有那种灯红酒绿的繁华，但是自有一种孤傲和旷达给人以震撼，我唯一的老家啊！

一路走近老家，竟是忍了一路的委屈，以为回家了，倾诉终于找到了出口儿，以为血液里流动的族谱终于契合了出发地的旋律，可以歌哭有调了，心却被一种钝痛占据，动弹不得。安葬了祖父的骨灰，新坟旧土，没有陌生，只有融合……可那里却没有拳头大的地方用以将来额外安置我那颗流浪的心，还有比这更残酷的吗？原来老家也拒绝对我的接纳。

有人说我是骄傲的，或许吧，只是他有所不知，我的骄傲其实是用来装饰我的孤独，为了让那如影随形的孤独变得不再面目可憎，同时也为了给独自漂泊的人生一点点支撑，我抓住了骄傲，不想放手。

儿时在村里，看邻家嫁女。迎亲的马车上支着一弯新席棚，棚下也铺了一领新席。从院子里扶出的是泪流满面的新娘，当马车上垂挂的红布帘被人撩起，架上车去的新人哭得已是一塌糊涂，脚上的一双新鞋被别人脱下，掩进席子的一角儿。在赶车人的一声吆喝里马车起动了，带着一个人的呜咽声远去。那哭声最终成了我刻骨铭心的记忆，还有围观的一张张笑脸。听人说，“金豆子”留下来是件吉利的事，娘家的日子会因此好过。为此我多年不得其解，娘家好过的日子何至于让他们心爱的女儿伤心欲绝？如今才明白，其实她不是为了娘家，而是为她自己，哭的是她自己。此去，前边不卜，后边无路，冷暖是她自己的事，好坏都将是她一个人去担当，归宿——要历尽艰辛才修得圆满。对于娘家，她是嫁出的闺女，犹如泼出去的水；对于婆家，她是娶进门的媳妇，属于房椽子插门——横竖都是不合槽的。无论是“娘家闺女”还是“婆家媳妇”，在她，两样都是有着隔膜被推开来的。即便娘家开明，不拒她为外人，即便婆家厚道，待她如自家闺女，她自己终是不能摒弃那隔膜，抹去那距离，因为有些东西根植在心里，看不见也摸不着，却固若金汤地存在着。那些如烟似云——永远生活在别处的女人，“没有归宿”才是她们的最终归宿。

泰戈尔把泰姬陵比喻成“时间面颊上的泪珠”，相信那“泪”不只是为泰姬与皇帝的恩爱而流，也不只是为一座精美绝伦的陵墓而流。漂泊人生中的短暂驻足、孤独旅程中的一次凄然回望，已将时间面颊上的泪珠挂满，行行复行行。

带着孤独的心去漂泊，亦远亦近，沿途的风景与你无关。人，永远生活在他乡，更何况一个女人——过客中的过客，只见匆匆太匆匆！

写于 2011 年 7 月

游泳课

圣人说：智者乐水，仁者乐山。很遗憾，我上山怕累，下水怕死，耗时半个世纪，修炼到不智不仁的残次品。休怪圣人理不晓人，怪只怪“造化”这东西偶尔也不是很靠谱。

有个同学，一向以慈悲为怀，乐善好施，看在同窗的份儿上打算治病救人。鉴于我的状况，她想了想说：“先学游泳吧，要树立信心，没事！”非常感激她的留有余地，没判我个“死马儿当活马儿医”。

置办了装备，开始涉足泳池。

这世上，最柔不过水，融汇到生命中，存于一呼一吸间，当然，拥有气吞山河之霸气的也是水，正如老子《道德经》中所言：“天下之至柔，驰骋天下之至坚。”惊涛拍岸，一声声，一下下，是水在向这世间叫板，是水为世人写到岸上的“警世恒言”。

从来怕水，面对大江大海的波澜壮阔，只限于站在远处浅尝腥咸的潮气，进而胡思乱想。年少时拔草蹚水过渠，水一没膝就心慌气短。特羡慕同伴小黑泥鳅一样在水里钻进钻出的样子，实在扛不过诱惑，就在边上双手按地，用脚击打水面弄些响动过过瘾。俗话说：在家靠娘，出门靠墙。一旦到了水里，我就不知自己要靠点啥了，没抓没挠的感觉带来的是灭顶的慌乱。毫不夸张地说，到如今，淋浴喷头的水溜儿忽大一下，也有喊救命的冲动。

下定决心要玩一把“超越极限，挑战自我”。可刚往池边一立，水面一晃荡，就开始眼晕，两腿打软儿。同学——这时的身份是“教练”，抓着我的手连领带拖牵我下水，想跑是跑不掉的了。

第一步先学憋气，深吸一口气，把头埋进水里。经教练大概五十遍的劝导后，我终于平生第一次来到与世隔绝的水下，惊恐地睁开眼，怯怯打量。水面冷静而优雅，水下却是热情到沸腾。有人形容酒——具有水的外形、火的性格，水竟然也是，难怪人们常说“酒水，酒水”，原来它们是一对不分彼此的孪生兄弟。水的性格如此矛盾，既有浮力又有阻力，既不让你来，又拒绝你走，这就是传说中的既“能载舟，亦能覆舟”的水吗？

克服了心理障碍，迈过第一道门槛儿，接下来学漂浮。其实，这时只要憋住一口气，就像给吹鼓的气球扎紧了嘴儿，人在水里自会漂起来，这一关过得之轻巧险些让我在水里乐而忘形。等教练趁机撒手，我才明白自己乐得实在有点儿早。

随后的若干天，在水里只剩下了挣扎，动作不协调，手脚不配合，头抬不起来，浑身叫劲儿，就像掉进一张捕鸟儿的网，完全地纠缠不清。“划水腿不动，收手再收腿，先伸胳膊再蹬腿，手臂伸直漂一会儿。”蛙泳口诀倒背如流，可到了水里愣是不好使。

教练不时捅一下我的腰，说：“放松！”要么点一下我的头：“脖子，较着劲儿呢！”无论如何都找不到感觉，真让人气馁，游泳课遭遇了瓶颈。有一天，黔驴技穷的教练看着在水中挣扎的我，说：“你把自己想象成一块破麻袋片儿，铺在水面上。”边说边做铺躺的动作，蛮惬意的。

咦，脑洞大开！随后，不只是渐渐和水有了点“意思”，似乎也在瞬间摸到了人生的脉搏。

麻袋混到“破麻袋片儿”的份儿上，或许是悲哀的，可难说这不是一生中境界最高的时段，退去了青涩气，不再拘谨、僵硬。麻袋得为人所用，麻袋片儿却可以为自己而活——与时光和解，跟岁月言欢，执一蓑烟雨，任苦乐淡远。

好多时候，我们不甘心就做一块破麻袋片儿，更愿意当自己是那织锦绸缎，抱着想象中的华贵，在生活中无节制地矜持着。庄子说：“朴素而天下莫能与之争美。”他把朴素之美定义为“天下最美”，而“朴素”二字是可以渗透到方方面面的。

不怕您笑话，我最近就干了件极不“朴素”的事。那天晚上回来，一辆没熄火的丰田霸道堵在我家小房门口，我往车里望望没望到人，看看所剩空隙还可以让我的自行车挤过去，于是打开房门，门的外沿挨到车门的把手上，勉强把自行车塞进小房。如果这时我从小房退出，锁上门，便一切安好。哪知这时偏有一阵好事的风来，门呼扇一下磕到车把手。就听汽车前门嘭的一声响，一个精致的女人从车那边气势汹汹地绕过来，指着我说：“你撞我车了！”我说：“我撞你车了？我咋不知道？”她说：“你的门撞我车了！”我说：“门撞你车了，你找门去，跟我说啥？”

话自是越说越多，她说我撞了她的车，我嫌她堵了我家的门……楼上有人家打开后阳台的灯，还有人贴到后窗上要一看究竟。我就有点后悔，后悔没让他们花钱买票就看了出好戏。无心恋战，扔下一句狠话，赶快上楼，那个要气爆的女人还一路追着我。等关上家门，心里一边扑腾一边不由得偷着乐，乐自己修炼不够，活得还不够“破麻袋片儿”。她说我撞了她的车，就认了。她让我给她道歉，就道呗！总不至于如此这般地损失惨重。许多怒目圆睁、剑拔弩张的事一旦放松下来想，不过尔尔。你若问我那句“狠话”是啥，现在我都没有了再复述一遍的勇气。

学游泳已经满月，不知是否算毕业，教练还没颁发“结业证书”。最大的收获是跟水终于能和谐相处了，虽然时不时还要喝一口、呛一下，但不再彼此仇视或惧怕，也不必担心有人额外加收我的水费。更为有趣的发现是：即使像破麻袋片儿一样完全放松地铺在水面上，也还是要讲章法的啊！并非散到没边、松到没谱儿，否则的话也可能会在池底一睡不起。至于如何掌握那个度，还需要今后慢慢体悟。

写于 2016 年 5 月

一梦到潮白

我们常把身边的河称为“母亲河”，蒙享生养和哺育的恩泽，也常常像忽视母亲一样淡忘一条河的存在，无暇去倾听它，不记得上一次走近是在哪一年的哪一天。为儿女倾其所有，是“母亲”这一称谓的翻版；从母亲那里，我们除了索取好像也没有更多的事情可做。

广袤的华北平原，不比江南和东北，或有丰沛的雨水，或有冻彻天地的个性，我们这里一马平川。四季界限分明，春就是春，夏就是夏。“立秋”一到，多足的暑气赶紧卷铺盖走人，“霜降棉袄，立冬棉裤”是从不带讲价的。河道沟渠如网，那些地图上的蓝色脉管有粗有细，长长短短，昼夜不停为平原输送血液。

潮白河、青龙湾就像两条动脉支撑起我们，让生机、家园、历史、未来、渴望与忧伤等等衍生物因此变得立体而生动。青龙湾在县域南缘，与我们擦边而过，这条从著名的京杭大运河北部分支出来的行洪河道端庄、清秀，如同我们的一支“族亲”，虽走动不多，但根脉相连，唇齿相依。潮白河则在县域中间偏北位置横贯东西，它一把环抱了香河人，给了我们三十六摄氏度的体温。

最近住到潮白河边，每早沿河坡上的小道儿走走。正四月中旬，气温回暖，露是饱满的，翠绿的麦、鲜嫩的草、羞怯的花儿们顶着露珠在晨光下舒展。土地是绵软的，带有沙性，枯草、腐植和新钻出的绿芽儿把河坡及一条尺把宽的小径变成地毯，蓬松且图案抽象。露水不光打湿了鞋，还沾湿了裤脚儿。“常在河边走，哪有不湿鞋”最初一定是作为“感叹句”来道明一种自然现象的，至于后来如何演变成一种推断式的“问句”被引申去了别处，河全然不知，它依然故我，蜿蜒而下去寻找大海。

第一次见到潮白河时我并不知道它的名字。那是 20 世纪 70 年代初，我不过几岁。家在安头屯镇上暂住，祖父在县城上班，父亲在部队。母亲上班的供销社与家虽然仅一路之隔，但每天极少在家站住脚，上班没个点儿，晚上不是开会就是包包儿，那些起子、碱面、花椒、大料、红白糖们要从麻袋分解到巴掌大的草纸片里，包好，各家不同的人口有着不同的定量。棉线要从大团里分出绺儿来，留待售出，如果两口之家想买三人份儿，那是绝对办不到的。我们姐弟三个跟着祖母。祖母的户口落到村上，分有一小块儿自留地。祖母拢住大的和小的，中间的妹妹晚上被母亲带在身边，困了就搁在柜台上。有一回熟睡中的妹妹从多半人高的柜台上掉下来，一时失声，吓坏了母亲。

孩子成长的路上如果父母少于陪伴，会像刀一样割伤亲情，且难以弥合。孩子缺少了父母爱的滋养，就像大河无水，太多的茫然、深深的孤独和脆弱的敏感会在他们后来的人生路上如影随形。

当那个下午，从部队回来探亲的父亲骑自行车带我出村时，坐在前梁上的我一直沉默不语，隔膜就像空气横亘在我们中间。

不知走出多远，父亲在一条大堤跟前停下来，沿堤的陡坡推着车和我奋力前行，我几乎是被举在头顶上，回头偷眼看父亲。父亲笑着问："下来走？"我正不置可否，父亲却一加油、一个助跑，我们登上了堤顶。正值壮年，又出身军人，父亲的孔武有力一直是我心里的一缕阳光。

一条大河出现在眼前，宽阔的水面、奔涌的河水、清冽的风，深深的车辙在大堤上蜿蜒远去，一丘一丘的备土让本就强悍的堤坝有了动感。父亲将我从车上抱下，这时的我小若一粒尘埃。

父亲推着车沿堤后的缓坡很快到了坡底，我跟在后边一路狂跑。河上有座桥，只是暴涨的河水将桥当腰浸在水里，阻断了两岸的往来。那边的半截桥上，有几个赤背、光脚的男孩儿在相互追逐，桥头上有人用网搬鱼。黑色的大鸟在天与水之间或腾空而起或俯冲直下。那是什么鸟儿？我想问父亲，可最终没能发出声来。这是个仲夏的傍晚，橘红色晚霞映在水面上，跳荡的光影相互间似乎碰出了声音，叮当作响。我和父亲站在这边的半截桥上，直到天色渐暗。记忆里这是幼年时唯一的一次真正和父亲在一起，这画面时常回到眼前来，就像一张老照片，将岁月摩挲到暗沉。

多年后，知道了我和父亲到过的地方就是潮白河，离我们的住处不足十华里。

多年后，患病的父亲口不能言、四肢麻木，我给他按摩捶捏，当我的双手第一次握住父亲的臂膀时，内心蓄积的怨恨喷涌而出，我恨一切不能推倒了重来，我怨父亲怎么就把他的强大丢失殆尽？

多年后，上天赐我临河而居。晚上，站在二十四层楼的高处，关掉室内所有的灯，看窗外夜景。堤顶路上的灯忽闪忽闪亮起来，在随风摆动的树枝中间明明灭灭。潮白河大桥灯光银亮，犹如一条腾空的龙横卧西北；对岸楼群的人家灯火倒映在潮白河里，成了一河流萤。路灯的光把一条堤顶路划成等宽的格子，有车飞速驶过，如一星星光影穿越在史书的字里行间。偶有拖挂车往来，侧旁的指示灯闪着宝石蓝的光，一串串，半个夜空成了一个魔幻世界。

1999 年 1 月始，我曾在乡下税务所工作近两年。班车每天从义井大桥上过，单薄而老朽的桥时常破相，今儿被撞掉条栏杆，明儿被撞断根立柱，修修补补，新旧杂陈。时值改革开放初期，不知是人们求钱心切还是尚不稔熟汽车的脾气秉性，或者就是人心与人性从桎梏下挣脱后的贲张与失矩，单从一座每天面临分崩离析可能的老桥似乎也能一窥我们心底的躁动。

桥下是瘦得不能用皮包骨头来形容的潮白河，剩下的只是一条歪歪扭扭的肠子，恶浊而僵死的水泛着腥味儿，看得人心疼。河套里劳作的人，早上在那里，晚上还躬耕在那里。这情景深深刺激了我，曾经钟爱却不得已搁置十余年的文学表达在这个时候从心里悄然醒来，对潮白河满是倾诉和谛听的欲望。

早年的潮白河不叫潮白河，明万历四十八年（1620 年）创修和清康熙十四年（1676 年）纂修的《香河县志》里没有关于潮白河的确切记载，但能追溯到它的上游——白河与潮河的踪迹。

清光绪十二年（1886 年），顺义县李遂镇决口，上游的河水涌入箭杆河，自此共有五条小河汇入箭杆河，所以箭杆河又称“老五河”，即潮白河前身。当年因河道疏于治理，淤堵不畅，堤坝薄软，加上多有降雨，导致河水泛滥成常，不断改道。在《香河县志・康熙版》“山川、河流”部分仅两页的三百余字中就有“水泛”二字近十处之多。可以想见当时两岸百姓艰难困苦的生活状况。

“新中国成立后，人民政府围绕洪、涝、旱、碱等灾害展开了综合治理……1950 年 4 月 2 日动工开挖潮白新河，新河道自钱旺村乡焦康庄村西改道南下，途经七个乡镇，至安头屯乡商汪甸村东进入宝坻县……”（摘自许生主编《香河县志》第 157 页）。自此才有了我们今天看到的潮白河。

依山傍水不是祖先的浪漫，而是一种生存智慧。万物离不开水，人类和水的谈判似乎从来就没有停止过。1958 年 9 月，一万余名香河人参加了密云水库的修建，在白河大堤上，他们人手一辆“千斤车”，“突击队”“战斗组”顶风冒雨奋战在水库工地。1959 年 5 月 9 日，周恩来总理到工地视察，与香河民工支队政委陈春来紧握双手，盛赞他们的大无畏精神。

老辈人都记得“上海河”“出海河工”，那是当年对兴修水利、河道开挖及堵口工程的统称，是一代人的共同记忆。村村队队，家家户户，青壮劳力人手一辆小推车、一把锹，夹起铺盖卷就投入浩浩荡荡的治水大军中。那时没有推土机，更没有挖掘机，全靠肩挑、锹挖、人力推……完成了上游官厅水库、怀柔水库、密云水库的建设，进行了凉水河的疏挖和两麻庄的堵口，也建起了下游的青甸水库，从而根绝了水患。在那缺吃少穿物质极度匮乏的“三年经济困难”时期，人们凭借信念与意志“缚住苍龙”，变水害为水利。也正是当年数百万人的壮举，才有了我们今天两岸苍生的福祉。

作为驻京部队中的一名军人，父亲当年也在那热火朝天的密云水库工地上。他一定想不到，命运之舟有一天会靠岸香河，最终叶落潮白河边，更想不到后代子孙会在这祥和与安稳之地延续他的血脉。

进入五月气温升高，站在堤上抬头远望，翡翠样的河水，浅绿的水草，褐色的堤岸，深绿的护坡杨，蔚蓝的天空，色彩层层叠叠。风和日丽时，河面稳如明镜。风起，河面上搓起片片水纹，近处和远处不同，抢阳处和背阴处有别，此时的潮白河简直就是个淘气的孩子。在城里，正是柳絮漫天让人不胜其烦之时，再看潮白河，一河水漂着半河絮，好似天空中的白云跌碎到了河里。

又一个新的早晨，河上摇来一条小船，船上两个打鱼的中年人闯入我的镜头，水波荡起，画面灵动。我朝着河上喊：“师傅，拍张照行吗？”“行啊行啊，等我这就起网啊！”两个人热情有加，将船打横，一点点拉起粘网，数条一拃长的鲫鱼挂在网上，急欲挣脱，扭动中似揉皱了一幅《潮白河晨光图》。

我说：“师傅，老早就出来了吧？”

一个人答道：“也没忒早，五点，就为一个玩儿！”

从以往的不堪走到今天，从生存来到生活。如今，堤顶路都修成了小马路，车子在上边风驰电掣，再不见了坑坑洼洼和爆腾扬场，上下堤的缓坡不是沙石铺面就是水泥打地，沿河的主题公园时有新貌出现……

一条大河波浪宽，岸上有家，河中有梦。潮白河不仅给了我生活，也带给我生命的痛和感悟。最近，循着潮白河的走向，我顺流而下，来到天津界内的“千米桥”上。桥北，引泃入潮河与潮白河在此相汇，水域宽阔，水质清澈，两岸风景宜人。再往下走，河水汇入我们常说的“九河下稍”——海河，成为天津市的“生命之水”，经市区的三汉河口贯穿市区后于大沽口注入渤海。潮白河最终融入大海，抵达了它所魂牵梦萦的家园，在我，则又多了一层含义。

写于 2017 年 6 月

说　狗

楼后紧挨着一个小院，院子里是隔壁某单位废弃的锅炉房，房后有条小道，小道后边曾经是一片庄稼地。站在自家后窗里，可以看麦子由绿转黄，看玉米从种到收。雨后的清新和湿润被风怂恿着挤进屋来，连纱窗都可以完全推开，深深吸一口甜软的空气，醉透了。落雪的时候，虽不具“原驰蜡象”般的壮美，却也是一片冰清玉洁的样子。犹如一只置于体外的肾，那片田地滤掉了我身体里的杂尘，也洗去了心上的杂味，通体舒透。坐在小屋的书桌前，或读书或写字，心里特踏实。后来，房地产业升温，掘土机战车一样东突西撞，楼后的那片庄稼地一夜之间变成了建筑工地的储料场，从此我的生活改朝换代——从“远古”一下就迈入了“工业革命”，车马喧嚣自不必说，围墙起来了，小马路从里面铺出去，随着一座越堆越高的土山渐渐隆起，我算见识了现代愚公的战斗精神。料场大灯的强光每晚都铺展到我客厅的地上，带着入侵者的霸道。机器拌料的声音昼夜响个不停，咣叽咣、咣叽咣，节奏有些像刚起步的火车，也有些像街头秧歌队的鼓点，只是我的心思会时常伴随那咣叽声飞远，全不在了眼前的书上或手下的笔端。

雨依旧落下，有念旧的小草探出羞怯的头，在这陌生的地方寻找着同类，某天竟也爬满土山的头顶，给那片灰突突的景观涂抹上一块寒酸的草绿色。怎奈，西北风一刮，整个楼后旋即变成一首“朦胧诗”，完全淹没了它前边的浪漫主义。小草被片片连根拔起，才绿了几天的土山又变成了一个癞痢头。后窗加成了双层，以隔绝看不懂的“朦胧诗”，而那只体外之肾也似乎摘除了一般，不再与我休戚与共。

偶然间发现一只狗。

锅炉房旁边有片几步宽的空场，杂草丛生，几多荒芜，特别是在这个初春的傍晚，很有些古堡幽灵的味道。厨间，偶然向外一望，隔了两层灰蒙蒙的窗玻璃，影影绰绰看到空场上游荡着一只狗。在大门紧锁几年里没有人迹的院子里，一只狗的移动带了些鬼魅气。看得出那是只流浪狗，因为缺少了人的娇宠和呵护，不但没有了小袄、小裤的人样打扮，甚至因为远离洗发香波、电吹风和主人手指温柔的抚摸而变得稀脏和落寞。原本白色卷曲的毛发，已成土灰色一团。它东闻闻西嗅嗅，一条肮脏的尾巴要么卷曲，要么展开来晃一晃。地上干枯的杂草、散乱的柴棒、零落的砖头瓦块构成一个遥远而陈旧的世界，那狗跋涉其间，悠闲地寻找着什么。一扇糟朽的木门倒在瓦砾上，翘起一角儿，那狗走过去钻到下边，团起身子拱了拱，又用两条后腿刨了刨，深褐色的泥土带着初春刚刚醒来的湿润飞扬出去。这时，从一旁又跑出两只小狗来，互相追逐着也奔向那扇木门。其中一只稍显肥硕，形似那只大狗，而另一只略小，尽管也是一身的灰白，但毛发精短，全不像另外两只狗的风格，远处看去完全像赤裸了一样。搞不清这该是怎样的家庭关系，是一位母亲带着它的两个孩子？抑或是父亲？或者就是流浪途中的偶遇让它们成了拜把子兄弟？

三只狗挤进了它们临时的“家”——破木门伸出的一角儿，里边情形完全不见了。过了一会儿，粗壮些的小狗蹿出来，扑到一个物件上，专心致志啃起来。很快，那只瘦小的“裸体”也被吸引出来，挤在那只匍匐在地的狗的身边，却怎么也找不到棱缝，情急之下往后坐了下身子，再往上冲撞。肥硕的同伴有些恼火，两只前爪尽管还牢牢地按在物件上，但明显弓起了背，似乎还能听到它那类似警告之意的吼声。小“裸体”被吓住了，可又不甘心，站在对面，焦急地摇着尾巴，几次三番做出再进攻的架势。肥硕的狗却完全不予理睬。大狗从窝里走出来，在两个晚辈（权且这么以为吧）的一边坐下来，只是观望。小“裸体”朝着大狗吠了两声，不知是在告状还是指责同类的自私。肥硕的狗朝着另外两只狗狂吠了三声，大概是在为自己申辩。几个来回过去，大狗突然站起身，走了，走向一面围墙，然后一跃。原来那墙上有个洞，大狗很熟练地从那里跳到了外面。外面是个很短的死胡同，往外几步远的距离就到了那边的小路上。这情景有点像没了辙的母亲用最后一招吓唬孩子：你们不听话，不听话我走了。剩下的两只小狗却并不为所动，又争执了一会，就变成了在杂草间的打逗和游戏，叽里咕噜滚成一团，可能全忘了争执的起因。

大狗并不像我想象的那样，虚晃一枪马上回来，那条半截胡同被我望了好久，却再没见大狗的身影。我就有些怪这个不负责的母亲或父亲或什么的，而且以我的观察，两只小狗做不到像大狗那样从墙洞一跃而出，去追寻那有限的保护，更何况看上去它俩暂时也没这打算。

夜幕降临，故事交给了黑暗。第二天，第三天……那个荒芜的小院竟像变戏法一样，把三只狗彻底变没了。就在我怀疑自己的幻觉时，大狗领着它的队伍从胡同外边鱼贯而入，轻轻巧巧地陆续从那个墙洞跳进院子里。几天里，落过两场小雨，刮过一场大风，三只狗是在生活里面还是在生活之外？现在看到的是它们回来了，而且一起回来，这让人长出了一口气。

相跟着玩了一会儿，大狗又带头从墙洞跳了出去。肥硕的小狗紧跟着也往外跳，只是墙里比墙外地势要低，它的一跳便把自己整个挂在了墙上，头伸在墙洞里，两只后腿儿困难地蹬着墙。小“裸体”因为跟得紧，头被那两条正踢蹬着的爪子踏到了，它就往后退了退，然后一个助跑，肥硕的狗借着小“裸体”的冲力终于跃出墙洞。我以为剩下弱小的“裸体”再怎么折腾也是出不去那个墙的，没想到，它掉转头跑出一段距离，一个冲刺便跃上墙洞。

在楼后这个闲置的被人遗忘的小院，有这么一家子，在闹市中过着与世隔绝的生活。

春天很短暂，来不及听完你对它的赞美就带着一声叹息离开了。我打算把关闭了一个冬天的后窗打开，为漫长的夏天预订位置。拉开一层窗，只见两层窗之间的沟框里躺满细细的沙，一副躲进清静不愿被打搅的模样。我想：把它们和成泥，怎么也够打两块砖的。为此，我曾有意与后边的料场沟通，让他们保护好自己的沙子，以免它们到处流浪，不能尽其所用。不好意思的是，我七绕八绕，走出比较远的路程，终于来到料场北面的大门口前，只是立了一小会儿，就打道回府了。因为那门前趴着一条狗——棕黄色的，尽管它只是把自己平铺在地上，可是一见它的占地面积，我就裹步不前了。特别是当我看到那只睡得很投入的狗一动不动中突然立起一条尾巴，就像凭空举起一根棒槌，随后又叭叽放到地上，我就开始向后转。当时门房里还有个中年男人，见有个陌生女人过来，他从屋里立到了屋外，无言地盯视着我，目光说不上犀利，但也充满警觉，直盯得我都感觉自己似乎真的想随手带走一部拖挂车或捡一抱木柴回家烧火……总之有图谋不轨之嫌。从头至尾，狗眼一直没睁，人眼却一眨未眨。

退却的原因是我既怕狗，也怕人。为几粒开了小差的沙子，不值。心里这么想着，回转的脚步就变得理直气壮起来，看上去，我只是在料场的门前立了一小会儿。拖挂车轰然又庞然地进进出出，我淹没在它们卷起的尘土中。所以，有些沙子的命运不在一面墙上，而是被我用小铲铲进了一只垃圾袋，至于最终它们将会流落到哪里，那是沙子的事。

写于 2011 年 5 月

裁　缝

从第一块兽皮围到腰上那刻起，在人类社会的发展进程中裁缝就不可能袖手旁观了。童话《皇帝的新装》讽刺了虚荣和愚蠢的权贵，却隐遁了两个始作俑者。骗子是招人恨的，若试着将两个贼人换成两个心灵手巧的裁缝……或许我们会失去安徒生，但皇帝总不至于裸奔，相反，礼贤下士或许得到的是政治清明、国泰民安。当然，这只是一个假设。

我出生的时候，街上就有了“刘记”裁缝铺，方圆数里独此一号。儿时我所仰慕的，就是这家裁缝铺子。可巧，我家住处居中，礼堂在东，“刘记”在西，东西相距不足百米。毫不夸张地说，这一东一西一度成为我精神上的地标。礼堂时常是满胀的，节目会演你方唱罢我登场。我混迹在亢奋的人群里，像一片叶子落进际遇的掌心。

那时的裁缝铺是冷清的。做得起衣服的人不多，缝缝连连的事各家屋里女人一早一晚就打发了，从纺线织布、打夹袛纳鞋底到一家人棉的、单的、铺的、盖的，女人能不能干？根本没有商量的余地。好在衣袜粗糙——扯出棉絮，棉袄就变身夹袄，夹袄塞进棉胎冬天也就齐了。粗针大线连缀的日子，作为手艺人的裁缝几乎施展不开拳脚。但事情总有例外，比如镇上的老师，比如吃商品粮的人家，比如娶媳妇、嫁闺女，裁缝铺总有被想起的时候。

乡下，对裁缝有着比较高的礼遇。刘裁缝也配得上大家对他的敬重，瘦瘦高高的他，说话温和，态度谦谨。他就像个音量旋钮，世间的一切喧嚣到了他这里都被拧低了声响。“刘记”的五间平房嵌在一排老式民居里，并无特别，因为落坐街南，北门便走得多些。经堂屋拐进东房，便是操作间兼门店。这间东屋的后山墙上开着两扇窗，南北通透，正是这点“与众不同”让它在那条土褐色的街上凸显明亮。窗上有两块木头门板，早上卸，晚上装，算是刘裁缝和外界的一个应答。我常扒着那个窗台往里边张望，因为个头儿不够高，要使劲儿往上蹿，等双肘吃住窗台，整个人就像一只虾牢牢扣到墙上去了。刘裁缝双手捏着布角儿轻轻一抛，一块花布便飘落在台面上。一把木尺横竖一蹚，花布便由一个吵闹的顽童变成了斯文的女子。刘裁缝捏着粉饼，边想边在花布上勾勾画画，等一把长相怪异的大剪刀咔嚓咔嚓一路狂走之后，他才像得胜了一场战役，立起身，舒开眉，将一叠改变了形状的布片卷起放到一边。若抬头发现窗外的我，他会笑一下，招呼我进屋。我则不好意思地跑掉了。小孩子不懂什么远大理想或人生目标，但“长大当个裁缝”的想法我当时还是有的。

后来我家搬进县城，巧的是又挨着一家“马记服装”住下，铺子里是位女裁缝。

不知是否城乡差别，抑或因为时间已经来到了20世纪的八十年代，百废待兴。最早醒来的似乎不是人们的心灵，而是着装，过去的“灰黑蓝”像蝉蜕一样逐渐从人们的身上剥离，大家谨慎而又欢喜地朝向了花色和样式的丰富性。

不管是从百货商场撕的布还是由布头市上淘来的料，要想最终穿到身上，自是少不得裁缝帮忙，“马记”门庭若市。一卷卷剪的没剪的，一团团做的没做的，一件件烫的没烫的由地上码到台面再码到屋顶，甚至连外屋的灶台上也是。每团拦腰捆着的布下掖着个纸片，上写“肩宽、袖长、前襟、下摆”类的尺码，它们就像产房外的孕妇，焦灼地等待着新生命的诞生。

“马记”家男主人在机关上班，家里的活儿插不上手，站又下不去脚儿，所以时常见他揣着手，里外打溜丢儿。三个儿子不是中学就是小学，站齐了也是半面墙的。女裁缝很能干，从剪到做到熨烫，每天放下叉子就是扫帚。屋里两本《服装样式图例》，你只要点出，她拿眼一搭，成了，最后大体差不了很多。后来实在忙不开，就近找了三两个妇女帮忙做缝纫，从此，她只管量体裁衣。

女裁缝不光手巧，嘴也好，无论什么人来了都能拉呱上。往来者中间既有“白丁”也有“新贵”，话题涵盖家长里短和国内外大事小情。女裁缝从不为铺天盖地的“待产”们着急，倒像是很享受如此的人来人往，一卷布成了交谈的由头，做不做反而无关紧要。一件衣服说好十天后来取，你跑了三趟，可能布还原样卷着，你费劲巴拉地遮掩心急火燎，她还要拉着你聊“理发店里新近换了烫发的师傅”，“那边来了一家打点心的，专打蛋糕和桃酥”。

流年暗转，家也七搬八搬。在生活的深海，每个人都是不断漂移的板块，有些人迎头相撞，有些人一转身便是永隔。再见到“马记”女裁缝时，她已到了古稀之年。这期间，何时弄丢了裁缝，或者说“马记服装”何时从我们生活里淡出的？真说不准。

有位朋友是学服装设计的90后，最近通过微信朋友圈网罗人气，走“私人定制”路线。设计有个性、讲品质的服装、服饰，很受追捧。她的设计工作室只有两三个人，隐而不见的加工厂被一根根数据线牵向四面八方，包括与服务对象的关系也只是保持“网距”。网络有着惊人的能量，每天创造着神话。蓦然抬头，天还是那片天，场景却早已撤换掉了。

那天在街上遇到当年的女裁缝。她的背驼了，戴着宽边遮阳帽，一张脸上描眉打鬓、涂着腮红，短衣长裙，挎着个买菜的包包，很有点儿伊丽莎白二世的韵致，只是脚上一双旅游鞋和裙摆下的老式碎花针织秋裤暴露出她走来的年代之远和多么力不从心。这是个被时代淘汰的裁缝，但你能感觉得到，时至今日，她仍在用剪刀精心修剪着自己的岁月，表明着自己的生活态度和生命认知。

望着女裁缝蹒跚走去的背影，不觉一声叹息：一个时代，目睹了什么？经历了什么？又留下了什么？蓦然想起当年的“刘记裁缝铺”，一别四十载，“风景依稀似去年”。

想来，我们每个人何尝不是自己人生的裁缝？就像历史常常是社会的裁缝，而自然法则每天都在为我们的地球裁裁剪剪、缝缝连连……

写于2017年2月

万家灯火

春节是个仪式，从糖瓜祭灶、掸尘扫屋到除夕守岁、迎新纳福……一招一式，没有粗枝大叶，且年复一年。你看“春运”，这个纯粹的国产词语，如果按字面意思翻译给老外——春天翩翩而来，大家一准笑你像个诗人，忒任性。为了回家过年，数十亿人次的大迁徙成为地球上每年一次的壮观景象。

“年文化”是我们传统文化里的浓墨重彩，中国人有浓重的“过年”情结，又有极强的家族观念，过年是亲情的加油站，也是家庭向心力、家族凝聚力甚至是邻里间关系的再整合。

甲骨文“年”字是一个人背着成熟的禾，意指农人载谷而归。《说文解字》有“年者，取禾一孰也”之说。民间传说里，“年”也叫“夕”，是一头凶猛的怪兽，贪吃贪睡，岁末出来作恶，见人吃人，见物吃物，吃饱喝足后倒头一睡三百多天。百姓惧之，逢此便拉家带口躲避深山。直到有人发现了“年”的软肋，它怕光亮、怕响动、怕红色，于是大家一起敲锣打鼓放鞭炮贴春联，三十晚上，家家户户更是灯火通明。怪兽不敢再来祸害，国泰民安，过年的习俗沿袭下来，人们守更待岁过除夕，以寄托美好愿景。

今天的我们，“年”是千里万里也要抵达的岸，是老屋门上的新春联，是热气蒸腾的饺子，是廊前、树下、街巷里一丛丛红色的爆竹碎屑随风漫步。在我看来，“年”又何尝不是万家灯火和它传递出的淙淙暖意？古希腊神普罗米修斯，为帮助人类过上温暖幸福的生活到天庭盗取火种，不惜忍受众神之父宙斯的残忍惩罚，造福人类、俯瞰万家灯火便是他支撑下去的信念。

吃过饺子，春节晚会开始，这时候我愿意到外面走走。街上安静而空旷，喧闹过后短暂的喘息有着空谷幽兰样的美。淡淡烟火味儿缠绕小城，或远或近还有零星的烟花呼啸着在空中打开，炫一把灿烂，光亮笼罩下该是怎样的笑脸在仰望？快乐，时常要我们穷尽一生去寻找，有时就在我们身边触手可及，它如一个淘气的孩子，不是想取笑你就是要亲近你，神秘莫测又样貌平常。物质丰富了，生活水平提高了，日子天天像过年，有人反被过年的人情“拖累”，生了倦怠。

一进腊月，街上就多了几位电装师傅，一台起降机、几盘电线，小城“蜘蛛侠”们用一张美丽的网把柴米油盐的我们扮靓，等到挂有彩灯的电线在高低不同、形态各异的大树和绿植上连缀完成，合闸通电，节日气氛就唰地来了。夜晚，街灯很亮，走在迷离而闪烁的光影里，恍若来到海底龙宫。抬头，但见高楼林立，窗口繁星样灯光次第铺展，像一条条银河从人间伸向天空，与这一街的流光溢彩交相辉映，亦真亦幻，正可谓“灯火万家城四畔，星河一道水中央”。

心里云淡风轻，什么都不必想，只管享受这份静好，有时又不由得想很多。想奶奶，想四合院里的东厢房。头上拢着驼色头巾的奶奶，一只脚踏在灶台上，手握两节茬子用大锅炒棒花儿，我在灶下烧火，灶火嘘暖了脸。挂在高处的煤油灯醉眼迷蒙。在噼啪的响声里，不时有爆米花儿蹦出，落到地上，酷似一朵朵花开正足的茉莉，我欢快地捉住捡进嘴里。院子的墙角雄踞一口大缸，个头儿比我还高，腊月里奶奶不停地将馒头、团子、年糕、炖肉、炸鱼……往里放，梦里也能闻到那满是期盼的味道。蒸好凉透的黄米面年糕切成一扁指宽的薄片，奶奶将切年糕时落在案板上的白豇豆和红枣皮捏起来，塞到我嘴里，那份香甜简直是人间最美。我相信味蕾是有记忆的，或许，那是最后一条引领我们找到“乡愁”的小径。想起爷爷，两毛一张的压岁钱总是换成新的。一本塑料皮《新华字典》一块钱，为了得到那“额外”的八毛，整个正月我都在爷爷身边磨叽。如今，爷爷、奶奶走了，大伯走了，父亲也走了，唯一的姑姑去年九月也不辞而别。同样是刚刚过去的这一年，侄子结婚，外甥女出嫁，儿子第一次把女友带回家。家也是要吐故纳新的。

踏着落英一样的红色纸屑和散落的黄土，看着躺倒在地曾经炫目的爆竹余部，生活的寓意在心里悄然打开。有灯光洒出的每扇窗里都会有一家人，每个家都有各自的故事，有烟花的华美，也有一地的狼藉。光阴涤荡着鱼灯腊火，也为我们洗却心上的经年尘埃。我们在同一条生命的河里，奔流向前，只是看不到那里的千帆竞过。

如果把人的一生比作一篇文章，有开头有结尾，有高潮有低谷，那么一年就是文章中的一个自然段，“过年”就是叙述中的一个逗号或分号。一点一顿间，可以望望风景，聊聊天儿，还可以打扫一下心里的角角落落，让邪魔的念想沉睡下去，让生活的憧憬更美好。

随着时代发展，年俗的形式在变，不变的是它在中国人心里的分量和无法撼动的位置。“过个大年，忙活半年”的日子早已远去，代之以看春晚、抢红包、微信拜年……有趣的是，这两年举家南飞或结伴北行到异地过年的人逐渐多起来，在我们这个冀中小县，原来从腊月里就此起彼伏的爆竹声则明显减少。生活的品质与品位在变，你能看到大家在共同关注生存环境，并为此付诸努力。

国即是家，家即是国，大大小小，情同一理。正如一首歌里唱道：

> “一玉口中国，一瓦顶成家。都说国很大，其实一个家。一心装满国，一手撑起家。家是最小国，国是千万家……有了强的国，才有富的家……”

灯火万家，正是一国之治的最好体现。

出了正月，八九到了第五天，燕子回来了，柳芽儿开始从枝头萌出，春天一如既往翩翩而来，又到了播种的时候。

写于2017年3月

穿越旋风

在我眼里旋风是神秘的。哪怕多年后明白了它的成因，明白了旋风不过是空气、尘土和随便它能捡拾到的东西乘兴扶摇直上或笔走龙蛇，但都不能将我内心深处的神秘感打消。

第一次在野外遭遇旋风，似乎整个世界都在颤抖，它裹挟着惊恐一同掳去了我的魂魄。当时小学二三年级的我正走在去割草的路上。擦身而过的旋风最终消失在远处，惊魂未定。同伴儿年长我几岁，经多见广。她告诉我："用红布蒙上眼睛，就能看见旋风里的一切……"我诧异地望着同伴儿神色凝重的脸，从此对旋风的世界充满好奇。

在院子里碰到的第一个人是韩家二哥，我叽叽喳喳像只喜鹊一样迫不及待把疑问倒给他时，二哥愣了一下，然后很沉闷地哦了一声，反问我："是吗？赶哪天你用红布蒙上眼睛试试看。"二哥当兵复员刚回来不久，模样英武、强壮，也算是个走过南闯过北的人，足可以信赖。

二哥总是闷闷的，用奶奶的话说：就跟别人该他几吊钱似的。其实，二哥的沉闷不过是暴风雨之前的气压走低，在一个晚晌儿彻底爆发，大雨倾盆而下。二哥和韩家老爹大吵了一架后，哭号着冲出家门。原来，二哥从当兵的远方带回个姑娘，可家里无处安置，更别说迎娶进门。

我们住的四合院是过去地主家的老宅，青砖黛瓦，拱脊飞檐。正房五间，石头台阶，东西厢房，高门楼，院子里蓝砖墁地。我家住在东厢房，对面西厢房里便是韩家——一个老爹带着五个儿子，也就是说，一盘炕上睡着六条光棍儿。

一到开春儿，生产队会派几个女工过来，替韩家拆洗被褥和棉衣，院子里多日缭绕着灶火和浸泡衣物的味道，夹杂着热水冲碱的气味儿。院角的捶布石总是噗噗地响。院子中央铺上炕席，直到她们在上面把被褥和棉衣重新做好，这个春天也悻悻地从小院离去了。

正房的东两间住着个孤老太，我叫她周奶奶。周奶奶有个妹妹，住在另一个村子，偶尔会过来看姐姐。除此，每天便是周奶奶一个人踱着一双小脚儿挪进挪出。就是那双尖笋样的小脚儿，曾让一向说话温和的周奶奶对我大光其火，只因为在她洗脚的时候我闯了进去。

若干年后，再回忆当时的情景，岁月已像一场旋风卷走了所有的碎屑，单单那样一种“仪式感”突兀地留在原处，还有一个瞪着一双好奇的眼睛每天这家进那家出的懵懂女孩儿。

那天，周奶奶坐在炕上，上午和煦的阳光从木窗棂牙白色的茅头纸透过来，铺展在老人灰白的发髻和旧蓝布衫上，盆沿儿上搭着一双不可以再称之为脚的脚——其丑无比，时光屏住呼吸。面对我的突然闯入，周奶奶忙用手中的旧白布擦脚巾去遮盖双脚，慌乱中差点儿将木盆打翻，水还是漾了一炕。她呵斥了我的不请自到，但这绝不是她为之暴怒的真正缘由。

在正房与厢房之间有个简易柴棚，里面堆着清香的干草，和同伴玩藏猫猫的我躲进柴棚，扒开干草，一口棕红色的棺材赫然露出头来，高大威猛，着实吓坏了我。奶奶告诉我，那是周奶奶为自己备下的安身之物，已有好多年，不知他们究竟是谁在等谁。

和周奶奶共用一个外间屋的也是个老太太，住着正房的西两间，夫家曹姓，奇怪的是我不可以像称呼周奶奶一样称她为“曹奶奶”，而是随着大家叫她“曹老太太”。这是个瘦小而精干的老女人，用现在的话说，她“出身豪门”，见过的桥比别人走过的路多。黑平绒的夹帽下是一张窄而尖的脸，唇上、鼻下有颗醒目的黑痣。她常常横握一杆旱烟袋，用嘴角含着汉白玉烟袋嘴儿“吧嗒”烟的样子，满是对这个世界的蔑视。她有个身为“政治犯”的儿子押在牢里，但她并不因此而气短，似乎儿子只是出门在外，随时都有可能叩动家门。原本还有个儿媳带着一双儿女和她一起生活，男孩叫燕明，稍长于我；妹妹则小我两岁，是个哑女。婆媳间矛盾激烈，口角不断，经常有大人骂架、孩子哭号的声音从他们屋里传出。后来，儿媳带着儿女改嫁他人。

当太阳把地上某处晒热，膨胀的空气就会被挤迫上升，随着高空温度逐渐降低，空气又像随波逐流的水一样向下沉降，最后下沉到地面，气压在空气的流动中不断变换着大小。地球自西向东不停地旋转，为空气的流动推波助澜，从四周吹来的冷空气围绕着受热的低气压区旋转，形成逆时针转动的空气涡旋，便是我们看到的任性、狂野甚至带着鬼魅气的旋风。

一直想看清旋风里的世界到底是个什么样子，我选择用红领巾来蒙住双眼。刚刚加入少先队，对红领巾几近爱不释手，恨不得睡觉都戴着，再去拔草时我先把红领巾系在了脖子上。有备而来，偏偏旋风退避三舍。后来的日子基本如此，不是旋风没来，就是红领巾忘带。一年又一年，寒来暑往，旋风和红领巾就像太阳和星星一样总是不能厮守同一块天空。渐渐地，旋风就成了一块被时光摩挲得发亮的疤，沉到心底去了。

我在四合院里出生，当时一家人在此借住，那里是我人生的第一个驿站，十三岁那年搬离后便咫尺天涯。

1987 年的夏天，我专程回去过一次。面前已是萋萋荒草和沉默的废墟，还未倒塌的五间正房像个黑漆漆的骨架。以往的那些夏天，就在这个院里，大人们坐着小凳聊天，小孩子躺在马扎上，夜空繁星点点，月光泼洒下来，肃穆的宅院变幻着它灰色的影子，就像个洞明世事的老人，淡然地微笑着。夜已向晚，奶奶撵我回屋，我却宁可忍受夜露的湿凉，也不愿独自去面对屋里那空洞的黑暗。

不过才十余年时间过去，我特意来看它时，这里已成了一个落幕的舞台，灯光尽闭，鸦雀无声。在废墟旁辗转不忍离去，我敲开了街坊的门。

韩家搬到后街盖了新房，日子逐渐好起来；曹老太太的儿子终于平反归来，还给燕明安置了工作，就在曙光来临的时候，燕明却把自己的生命结束在正房西屋的房梁上，那间装满他儿时苦乐的小屋成了他最后的家园；周奶奶走的时候，到底没能享用到她为自己备下的那口棺材，因为殡葬改革早已在全国推开。

不知道这是否最接近谜底，或许就背离了我当年的寻找。花开就有花落，风乍起，吹皱人间故事。我一直等待一场像样的旋风，在街巷，在荒郊野外，手里攥着一块红布，不时担心着它的颜色被岁月一点点漂白。

写于 2016 年 5 月

再别青岛

新年伊始，有个机会到青岛小住，时间不长，五六天。行李简单，能省就省去了。心里装着些念想，亦不多，压在心上，到底有些沉闷。

同行数十人——只是同行。喜欢一个人面海而坐，什么也不想，什么都不必说，就像守着一个沉默却知心的朋友。落日余晖下，海的味道一波一波拂来，带着冬的凉意，像是来问候内心涌动的凄清，静观时光卷起的泡沫拍打着岁月的堤岸，响声轰然，震颤直达心底。海子说："从明天起，做一个幸福的人 / 喂马，劈柴，周游世界 / 从明天起，关心粮食和蔬菜 / 我有一所房子，面朝大海，春暖花开。"我愿意相信，海子是面带微笑写下这诗句的。阳光明媚，有淡淡的鱼尾纹在他不满二十五岁的眼角执意登临，等待着春暖花开。

1987 年的 5 月，我到过青岛。那时临近毕业，班上有个"社会调查活动"，其实就是自由结组，各奔东西。因为是干修班，学校也没什么特别要求和安排，面对校园里长出的这株很异禀的植物——他们来自社会、年龄七长八短，有些人足可以做新任班主任的长辈，学校的宗旨：只要你们哄着自个儿不哭就是晴天。在一位师兄的带领下，我们开始了青岛、烟台、大连的行程。掐指一算，已有二十八载。

从记忆的冷库拎一段往事出来——似曾相识又物是人非，回放的镜头间断而模糊，好像别人的故事，冷暖咸淡已是遥不可及，甚至同行何许亦不能悉数想起，人，竟然如此健忘，简直能羞到自己。当旧地重游，一些景致、一些字眼儿、一些味道、一些声音就像一枚枚铁杵扦进内心封冻的堤围，一切便如泄洪一样——哗地来了！

清幽雅致的八大关；一脚迈进海里的栈桥；赶海的妇人；垂钓的长者……原来一个个画面犹如一张张黑白相片存储在人生经历的档案里。记得港口那条军舰，舷窗里一张年轻军人的笑脸和一小盆冬青；记得师兄的同乡——一位英挺的军官讲潜艇上的故事；记得挽起的裤管儿，肌肤贴近海水的感觉，从岩石上抠下海蛎子学着别人的样子试着放进嘴里，咸腥而滑软是如何在瞬间征服了味蕾；也记得一份青涩与懵懂的情感在天意的佑护下悄然绽放，那份忐忑与不安是如何令我惊慌失措……时光如果能倒流，我一定要好好心疼自己，因为生命的美好没有试用期，等光阴流逝，人被生活的磨砺锉去一层又一层，又被柴米油盐的味道所浸透，直至成为一块没有了筋骨的膏腴，空恨回天乏术。

有时候，很想拨通一个电话给旧友、同窗或老同事，心里记挂着他们，可又害怕除了那句“你还好吗”之后的一大截儿空白，那是一个难以跨越的荒原。如今，找一个话题远比找一个饭辙难得多。更何况，我们共同拥有过的一切在后来的日子里已经成了一品地道的私家菜，不一定是美味珍馐，但绝对可口，怎么可以轻易端上桌呢？

天真烂漫或年少轻狂，至真至纯或不谙世故，肆意妄为或不懂珍惜，如今都远去了，丢在岁月的海里随波流逝。人生大戏唱得咿咿呀呀，单等曲终客散，剧场将灯光收尽，躲在台后一角擦拭脸上的粉彩。屋外廊檐细雨的滴答声响起，又是一年春草绿。潮涨复潮落，它们近乎刻板地循迹而来，只为等待一个拥抱。路人的手机里放着歌曲，唱的是“人间暖阳”。

不忘初心，方得始终。那么，将一颗赤子样纤尘不染的初心何处安放才能保有始终？

在青岛的几天，有幸参观了青岛啤酒厂。通过一些文字、场景复原及博物馆的展出，我了解了它的历史沿革和生产规模、经济效益，还品尝了刚从生产线上下来的新鲜啤酒，它回甘醇厚、味道纯净，麦芽儿的香气萦绕在唇齿间，连我这个根本不懂酒的人也能体会它的好处。遗憾的是这种啤酒的保质期不超过二十四小时，不知道离开此地的啤酒还是否真正意义上的青岛啤酒。然而，我更感兴趣的是它的生产工艺，本来不相干的麦芽儿、大米、酒花儿和水，在酵母的极力撮合下最终有了完美呈现。在啤酒酿造过程中酵母有着“魔术师”的美誉，这种只能借助显微镜才得以观察到的微生物，生来有着高贵的品质，它与时间和环境默契合作，悄无声息地改变并提升了某些物质的品性。这好比一个初心依旧的人，纯粹和高贵将会贯穿一生，成为他血液里流动的最宝贵的生命元素。

当夜幕四合，从海边站起的我已不再是二十八前的我，甚至不再是刚才的我。对大海一向充满敬畏，不全是因为自己太过渺小，而是每一次的走近都会心生一种参禅般的肃穆感，抚慰心灵，开启心智。我把自己交给了大海，在它的博大里洗去尘埃，在它的宽厚里汲取养分。

对于青岛，我依然只是个过客，来去匆匆，然后是回到生活里去践行海子“做一个幸福的人”的期许。幸福的定义从来因人而异，其实，只要天高地阔、心里敞亮不打上死结，就有幸福的可能。

夜深了，窗外就是大海，海浪涌动的声响就像大地的均匀呼吸，这世界好安静！

借着月光，在手机的“记事本”里存下几个字：在青岛，明天回。

写于 2015 年 4 月

有一种生活如梦如画

那时的老城好像很老，似《清明上河图》的质地。西街有座文庙改建的文化馆，也算同族同宗；东街有个照相馆，橱窗里的样片是后上的色，太阳每天擦来擦去，颜色淡了，那人的微笑却一直干净；南街有原来的护城河；北街有失去城墙的“北门口”。小城在时间的河里缓缓向前，一梦千年的样子。风从街头巷尾款款而过，总是熟门熟路。

文化馆东邻有个两进的院落，蓝砖头砌的围墙上钉着一块棋盘大小的铅铁，上边竖排五个红字——“修理黑白铁”，笔式很民间。院主人是位武姓师傅，高高瘦瘦，跛足。从敞开的门前经过，总能看到院子里的武师傅，蓝衣灰帽，坐在马扎上，身边围满壶啊盆啊锅啊，像一群饥饿的小兽，又像一群惹了麻烦而眼巴巴望着老师的孩童。等把它们一一打发了，武师傅还要箍水桶、打簸箕、卷烟囱，活计多着嘞！柳树下，一个石像般劳作的人，那场景也是多少年不变的，好似一幅挂在那里的水墨画，岁月的包浆不动声色地温着。包括在铁砧上的敲敲打打，不管是舒缓还是紧迫，都暗合着生活的节律，敲打出该有的隐忍和熨帖，在四季里回响，不慌不忙。节煤炉里的十几粒煤球燃着，温度不会高一度也不会低一度，炉膛把烙铁焐红了，铁盘上的锡块已等得心慌。“嗞”的一声响，坚硬的锡块便有一滴泪似的液体弹落，身旁的世界静如一池睡莲。时光碾磨后的破损处被锡水弥合，粗茶淡饭的日子上皲裂的伤口被温暖，笃定的生活一如既往。

武师傅手艺好，人也厚道，十里八村换个锅底、壶底，补个盆子或置办个黑白铁家什都奔他来，步撵的，骑车的，修补过的东西拿回一用又是好多年。那时候的日子是瓷密的，穷虽穷，但人们不会因为穷而焦灼。精打细算是每家的必修课，好像粗手大脚一点所要承受乡邻的耻笑远比生活窘迫来得有压力。拆洗的被褥晾在院里，不光有里有面有棉絮，还有拽出的棉线，洗净后一根一条晾在绳上，再度用于穿针引线。风就那么攥着白色棉线的一端悠来荡去，似乎为它们把生活做成绵密、平实的针脚也深表赞同。

三十几年工夫，变化天翻地覆。吃喝别说不再犯算计，你要锦衣玉食也无不可。家用小汽车像雨后蘑菇，似乎在一夜之间疯长出一片，漫过车道，豪横地拦住行人的去路或挡在人家门前，像个新生贵族。一幢幢高楼像一墩墩水土丰盈的大葱直戳戳伸向天空，望不见楼顶是在云里还是在霾里。都说房价忒高、楼市不稳，可开发商刚抢到手的一块好地，连图纸还没有就被卖脱了手，那叫卖楼花儿——语气是地道的京腔京韵，好像那不是二十几层像山一样的庞然大物，而是一棵五月里飘着花香的槐树。

怀揣乡愁的故人，哪一天踏上回家的路，定是免不了一场"对面不相识"的尴尬。像文庙、照相馆、护城河、城墙根那类的老古董早已灰飞烟灭。制高点上堪称小城标志性建筑的新华书店在林立的高楼藐视下也日渐委顿，如一位迟暮的美人，于冥想和回味中瞌睡连连。每每走过曾经有过文庙的那趟街，忍不住在心里描摹它当年的样子，也会想起武师傅和他的白铁铺，想起旧时光，不知他和它们如今都流落去了哪里。

"岭外音书断，经冬复立春。近乡情更怯，不敢问来人。"我不通诗，只是想知道诗人忧从何来。世道在变，人也在变，可对家园的一往情深却一直绵延着。

邻居家十九岁的孙子总是不解七十岁的奶奶何以节俭成性，家里有房有车有存款，奶奶却每天为三块钱一方的自来水算计到恨不得一滴一滴数着用。孙子出门能开车就开车，否则就招手打的。奶奶是能走就走决不坐车，哪怕走上个把小时。孙子要开车送她，反会遭她抢白。买回的棉袜打开包装发现一只上跳了线，孙子顺手扔进垃圾桶。奶奶偷偷捡回来洗净，戴上老花镜，坐到窗前，一针一针挑织上，然后放进孙子的衣橱。孙子却像回避自己的错误一样，将一双袜子掩进角落，不愿问津。奶奶总是看不懂孙子，孙子总是瞧不起奶奶，如果不是有亲情像钢筋似的拽着，祖孙俩之间不可调和的矛盾早就让他们的关系成了一宗豆腐渣工程。

有些东西是被我们扔掉的，有些东西在人海中与我们走散。有人以为让"国学"重回课堂就能找回我们所失，其实不然，这好比缘木求鱼或刻舟求剑，说不定子孙后代会笑话我们冒傻气。

我们丢掉的是一种品质、一种精神、一种对生活的理解和体贴，不是说找就能找回的。

街角有过一个长途汽车站，曾经像小城的礼宾长，站在外环上迎来送往，十几年前被爆掉了。如今这里有了一个小公园，每天早晚聚集着广场舞爱好者，不管雾不雾、霾不霾都会过来，堪称城中一景。

> 你是我的小呀小苹果儿，怎么爱你都不嫌多……

曲子透着喜兴，舞者很投入，路人往往会心一笑。这是一幅墨迹未干的新画——属于小城的今天。也许，新画旧画没啥紧要，紧要的是爱生活，爱种植了我们生活的这片土地，爱它，就该让它优雅入画，梦也心安。

写于 2015 年 2 月

印象澳大利亚

1. 纯净

5月15日到达澳大利亚新南威尔士州的首府——悉尼，当地时间是早上八时许。从机场往外走，一丝丝清凉渐入肺腑，有我们早春的湿润或仲秋的体贴，这里的季节则是准备入冬。一步迈到街上，最先映入眼帘的是澄澈的天空上飘着洁白的云朵。

喜欢抬头望天，寥廓无涯也好，闲云几朵也罢，总能聊慰内心。若用手机拍下，天空万象，既给你以框取景的美感，也便于不时浏览和回味。接下来几天，手机里的大部分空间被澳大利亚湛蓝的天空和姿态万千的云所占据。不管是白天还是夜晚，不管是闹市还是乡间，只要抬头，就可见天净如洗，云美如澜。俯仰间，长久的颈部不适不知啥时候也跑了。

澳大利亚曾属英殖民地，1901年成为独立的联邦国家，国土辽阔，物产丰富，经济的快速发展使其成为南半球之最。令人感喟的是，在这里，经济的发展不是以破坏自然环境为代价。相反，你随时随地可感受澳大利亚人对待大自然是如何充满敬畏、呵护并与之和谐共处的。海鸥、鸽子、老鸹和许多叫不上名的鸟儿在人群中嬉戏，袋鼠和考拉在公路上出没。物种的进化，远未教给这里的动物如何规避人类。从悉尼到蓝山或到首都堪培拉，一百、三百公里的车程，沿途没有高楼大厦，甚至少有人居，满目都是老而又老的树木、大片青葱的牧场和悠闲的牛羊。

澳大利亚四面环海，横跨两个气候带，地处南部的最大城市悉尼属于副热带湿润气候，全年有降雨，独特的气候条件只是这里纤尘不染的因素之一。不管是曼丽海滩还是皇家公园，累了，或躺或卧你不必顾虑；街巷或路边，席地而坐不必担心灰尘粘衣；绿草坪随处可见，任你随意踩踏。

澳大利亚之行感触最深的便是那里的纯净，不单是外在的自然环境。

飞机还未停稳，忍不住对这个陌生国度的好奇，趴在舷窗往外望。地面上，一个黑人开着拖车过来，朝飞机打出胜利的手势，一脸灿烂的笑容。

临时住所在一个叫 Marrickville 的小镇，距悉尼市中心四五站距离。镇上民居是那种透着童话气息的小房子，临街栅栏过人膝高，栅栏门上随便一个搭扣，任何人都可以推门而入。每家的庭院都绿意葱茏，有着形态各异的花草树木。窗前门廊下放一只圆桌，两把椅子，是完全开放式的，坐下聊天，路人便能闻其声。打开那道老式木门上的一把撞锁，就到了内室。

刚刚落脚就有客人上门，原来是邻居，问我们是否需要帮助。虽然言语不通，但他的笑容和眼神纯粹得让你心里踏实。之后又有过几次相遇，他总是老远就笑着“哈喽”，已然熟识的样子。

一位老人，坐在一把老旧的竹椅里，正捧读一本书。早上和煦的阳光透过高高的桉树叶，斑驳地洒在他身上，那画面宁静而美好。到前院儿晾被子的我惊扰了老人，他把书合上，抱在胸前，起身打招呼。遗憾的是尽管我能理解他的热情却听不懂他所言，幸好孩子及时赶来。老人来自加拿大，每年和老伴儿来这里小住。他指给我看院里那个简单的小屋，我原以为车库的地方就是他们临时的家。

第一次近距离接触土著人，脑子里有原本积累的信息碎片——原始、稚拙、未经开化的他们生活在蛮荒部落。当被邀与他们同台而舞时，讶异于土著姑娘颀长而紧实的身材，也看到了她的强健和灵动。舞蹈的动作都是对生活内容、天地自然的模仿，和着最原始乐器的节奏，随她认真而舞。曲终，她送我一个开心的拥抱，我则把她干净的笑靥悄然收藏于心。

总能迎面碰上清澈的眼神，一如这里明净的天空。如果有一种人际关系叫简单直白——你有，我也有，那么，这世界不知会省去多少能耗。

在去史蒂芬港的路上，有人问导游，澳大利亚有没有雾霾？导游是个早些年过来的北京人，他说，这里超过十就属于重度污染。车上一时无人接话。

2. 秩序

有人说，“自由和无拘无束”是对澳大利亚人生活的最好概括。没有异议，但我更惊叹于澳大利亚良好的社会秩序。“自由”与“秩序”并不矛盾，本来，自由就是建立在规则之上的。某位哲人说过：“自由不是你想做什么就做什么，而是你不想做什么就可以不做。”社会也和人一样，既有吐故纳新，也有生老病死。身体健康是一个人所需，而健康的秩序则是一个社会稳定的根本，是一个国家可持续发展的基本保障。

在那个一天到晚都静悄悄的澳大利亚小镇，尽管头上不时有飞机在轰鸣声中起降；尽管屋后就是火车道，类似我们地铁的小火车在那里快速穿梭；尽管人们步履匆忙或神色凝重，但是没有喧嚣和嘈杂，更没有混乱不堪。

马路，过还是不过？这是个问题。说实话，在悉尼过马路，非常不适应。路上车流极快，哪怕是在十字路口，车辆也是鱼贯着呼啸而过，看得人心惊肉跳，但只要谨记一点：遵守交通规则便保你平安无事。每个路口的电线杆子上都有个小装置——“叫停器”，没人过马路时，它发着懒散的吱吱声，像瞌睡猫。你要过马路了，按一下上面的金属键，一旦接到指令，它就像只惊醒的啄木鸟，嗒嗒嗒快速敲击起来，对面绿灯亮起，路上再快的车子也只能俯首听命。至于那些画有斑马线的路口，你则随时可以昂首而过。初来乍到，即便站到斑马线上，还是习惯于左顾右盼，心有余悸。后来发现，只要你走向这样的路口，汽车就会减速停下，对你的迟疑不决，司机会微笑着招手示意你大胆过。车窗内的人，肤色不同，年龄不同，性别不同，但笑容是相同的。

街区图书馆整洁明亮，只有两位管理员负责借阅登记。电子室、阅读室、儿童室……分门别类，各取所需又互不相扰；排队是人们的习惯，哪怕前边只有一个人；私家车都放在临街马路边，车窗关不关都无所谓；从网上订购的东西被物流放在门廊下，小到一个衣架，大到一箱红酒随便放上多天。街边散步，你会看到几乎每家门前都有新近购置而未收进的各色物品；放牧是全天候的，牛马羊成百上千，往牧场一搁，数十天不必管它……

3. 语言

语言是人际间沟通的重要载体。历史决定着我们的深度，文化标注了我们的宽度，语言和文字或许就能改写这一切。

澳大利亚土著人在这块土地上生存了五万年，1788 年以前，土著人是澳大利亚的原住民，约有三十万人口，五百多个部落，可谓“树大根深”，遗憾的是因为语言的制约和缺少文字，文化传统中断乃至逐渐消失，到如今被都市同化。他们也挣扎，也想坚守，甚至其他同住民也和他们一起为生存权利而努力抗争，但不可避免要面临被边缘化的窘境，甚至面临流离失所、贫病的困境。据 1987 年的官方统计，原住民民族占澳大利亚总人口已不足百分之二。

在悉尼歌剧院旁边，在情人港的桥下，曾见吹奏着传统乐器的土著人，形单影只，迪吉里杜管发出低沉的呜呜声。皮肤黝黑、扁鼻、曲发，爱画画、爱唱歌，曾经过着与世隔绝生活的那个民族，在我眼里是神秘的。

澳大利亚是个移民国家，奉行多元文化。

大小图书馆遍布悉尼的大街小巷，据说，这堪称澳大利亚一景。图书馆里不光有英文书，还有德文、中文、日文等多国文字的图书。中文里不光有我们当红作家的作品，也有被禁的或存有争议的图书。图书馆的纯“为人民服务”性质很令人称奇，它不收任何费用，办证不要钱，借阅不收押金，而且不限定你借量，只要扛得动，你把整个图书馆的书都借走恐怕也不会有人拦着，爱看书的人到澳大利亚会有捡了大便宜的窃喜。

这天深夜，当飞机着陆首都国际机场，望见海关的同胞面孔，尽管很平面，心里却是热乎乎的感觉。原来，在言语不通的世界里，再美好的东西也是有隔膜的，如同玻璃罩下的艺术品，许看不许摸的距离要多远有多远。蓝天白云固然美，人际间的坦诚、友善固然可贵，但生活习惯，包括某些认知是难以更改的。简单说：太阳同是从东方升起，没错！可在澳大利亚，正午的太阳挂在北面，树影在南，要努力适应这个与常识相悖的事实，我如害了强迫症一般。走在马路上，时刻提醒自己“靠左、靠左”，可走着走着就会和人家发生冲突，要一时定下，不仅要调整双脚的方向，还要调整心理的错位。

海纳百川，有容乃大。世界之广，总有我们不及的地方；人心很小，总有为我们留存的空间。

写于 2014 年 6 月

叶落如歌

落叶，是树上剥脱的日子，不经意间就满地金黄。来不及收藏起以往的希望、昂扬还有梦想，带着满心的不甘，任自然的风在路上戏谑。

不好定义那是种什么感觉，很小的时候就有了，现在暂且叫它“飘忽感”吧。虽然那时还不懂人生无常、变数莫测，但时时会有莫名的惊惧或慌乱无来由地从内心生出，弥散开的情绪就像一张抖开的网，瞬间，整个人即被掳去了。心，就像一片初冬的落叶——单薄、脆弱、没有着落。

童年，一柄槐树叶曾是我的依赖，口中默念“去；不去”或“是；不是”。有时隔一片掐去一片，有时隔两片、三片，掐去一片，最后的一叶存留，即是我求解的“答案”。那时，我既问它“是与不是、能与不能、该与不该”，也让它猜我姐弟几个、家住哪里，甚至在放学的路上，顺手从沟渠边的槐树上拽一柄柄叶子下来，问它：家里桌上饭菜何景……不懂占卜，实为那小小心脏难以支撑的期许和选择的艰难。和父母没有沟通，因为他们很忙；和弟弟、妹妹没有交流，因为他们太小；和老师、同学无法言说，因为距离……小而又小的内心空间由一柄树叶全权支撑……哎，也实在难为它们了。

人生的过程，是修炼的过程。从走到跑，再到走；从简单到复杂，再到简单，从混沌到清晰，再到混沌，不是重合的圆，而是盘旋向上。对每个人来讲，那过程也是一个独立完成作业的过程。也许紧张，也许孤单，也许惊惧，但无论如何都没有外援，也找不到帮手，假使你有再多的钱，也无从向他人套取“标准答案”。交上答卷的那一天，才是最后的“毕业典礼”。不会有人自告奋勇来替你走过人生之路，以求完满；教科书上的“成衣”套给任何人都不可能合身，因为，千篇一律的“人样”，有悖上苍造人的初衷。

那天，在原野上遇到一棵独自生长的树，猜不出它的年纪。沧桑的枝丫，皲裂的皮肤……在它善意的荫庇里，我久久凝望，如同凝望独自生长的自己……就像那树一样，风霜雨雪尽管来得，绿意也葱茏，生命也昂然。不知不觉于天地间的生长，是那一春一夏的铭记，是那一秋一冬的刻度。在这世上，你找不到两片一模一样的叶子，也没有可以复制的人生。这时才发现，脚边流逝的日子，就是从我们心上凋零的叶子。

记得，那时手中的一柄槐树叶，顶端既不倾向左又不倾向右，不偏不倚的叶子常常令我绞尽脑汁，因为它的归属，时常会造成结果的完全不同，却丝毫没留意，那顺手掐去、抛出的树叶在身边滑落时该是怎样的落寞与忧伤，一如我们对生活的粗糙和漫不经心，让一些景致和感觉擦肩而过，没留下任何痕迹。

其实，人的一生不过就像一片叶子那样简洁而单薄。从萌动到伸展；从稚嫩到成熟；从经寒历暑到褪尽春色。一定要刻意曲解，使之不胜繁杂，则完全是对生命的不恭。而每一片卓然不同的叶子又何尝不是一个人生的缩写？一叶知秋，一个“知”字，道尽千般滋味。

有段时间不聚的朋友或同学，再遇时，目光不由得急切又怯懦地奔向他或她的眼角儿和鬓角儿，不为求证时光是否会厚此薄彼，更不为打量韶华隐遁的角落，只因越来越惊心于岁月那匆匆前行的脚步。不敢直视一面镜子，就像不敢直视同学或朋友的一双目光，怕照见心中那对生活依然蒸腾的热气，也怕望到原本的热情像一只倦了的鸟儿一样落在叶尽的残枝上，打盹儿。

又一个冬天来临，满地落叶，把心里的苍凉与寂寥完全覆盖了，变得温暖而又怡和。远道而来的风撩动衣襟，也撞到了心中那个还未走远的季节，真切又模糊。指尖，或还残留着槐树叶的青涩，岁月却已远去，心里的许多念想，像风中的云一样，远了，淡了。原以为，生命起始于春天，其实，只要你倾听，就能听到一年四季每时每刻花瓣儿缔结生命时那一声幸福的叹息，哪怕是在落叶纷飞的时节。

冷的风、白的雪是季节的经纬，织成冬天的底色，一片片落叶才是画布上的油彩。苍凉，既是吹落树上叶的寒风，也是那随风舞动的叶。当一个人伫立在斜阳里的街旁，凝望余晖中的满地落叶金黄，看它们且歌且舞，该是多么温暖的画面啊！

写于 2012 年 12 月

走马新西兰

三月属于春天，万物复苏，草长莺飞，历来是诗人最爱的季节。地处南半球大洋洲的新西兰，三月则刚刚走出暑热，进入“一场秋雨一场凉”的初秋。

三月下旬到的新西兰。凌晨一点走出基督城国际机场时外面飘着细雨，凉意渗透肌肤，试探着走向内心，算是异国他乡一个礼节性的问候。撑开伞，整个人便躲到一片沙沙的絮语里，好安静。机场大门犹如一条国境线，一里一外判若两界。行走的急切、入关的忙乱以及等取行李时的人声、传送带的奔跑……嘈杂之声还在耳边回旋，出得门来，人潮瞬间鸟散。城市回归安静，就像一个孩子劈手夺回她的毛绒玩具重新抱在怀里进入梦乡。

安静是新西兰的特质，似与喧嚣绝缘，不管是基督城还是皇后镇，不管是但尼丁还是奥马鲁，无论你走到哪里都可以将身心平整舒展。看来，所谓宜居，不是制造几多假山、假水就能蒙混过关的。

阿卷来接机，开着辆依维柯。这个福建籍小伙儿中等身材，一头自来卷发，昵称“阿卷”大概由此而来。接下来的两周，阿卷和我们吃住在一起。

这里没有高速公路，不设收费站，依地势蜿蜒前行的小马路都是双向单车道。新西兰属于温带海洋性气候，雨水丰沛，既有大海大湖，也有河渠纵横。朴素自然的小河上横跨简简单单的小桥，水泥木栏，不做任何雕饰，只凸显着桥的功能。就像这里的汽车，充当的就是代步工具，不会顶着个“豪”字到处炫耀。路本就不宽，桥比路还要窄去一半，容车子只身而过。对面车来，会等在桥头一边，错车时司机相互微笑着招手致意，因为距离太近，对方真诚温暖的笑脸会一览无余，顺畅和秩序也无需红绿灯来维持。

阿卷话不多，笑起来有些腼腆，他不戴耳麦，也不挂扬声器，就那么一身“素”着，一个人忙前跑后却又不失斯文。半天开车两三个小时到景点是常事，有时一气儿要开五六个小时。我说很辛苦，他说：“没事的阿姨，习惯啦！”即便一路无话专心开车，阿卷也不会将重要内容遗漏而苍白了我们的行程，比如有时他开着车会说：“右手边，看到雪山了吗？那就是南阿尔卑斯山。”

我们惊呼起来。连绵的翠绿山峦、一望无际的牧场、悠闲的牛羊……蓝天白云间一抹白雪覆盖的高高山峰在穹隆下盘坐，端庄而挺拔，最高处就是有名的库克山。

一条库克海峡将新西兰分为南、北两岛，南岛与南极洲比邻，北岛与斐济、汤加接壤。这个直到 1947 年才从英殖民地独立出来的国家，以其独特的自然风光和高度文明与发达成为大洋洲最美的国家之一。

美丽的鲁冰花，在我国的宝岛台湾被称为“母亲花”，寄托一种情思，在新西兰它们还有个更家常的名字——路边花。无论是街巷还是公园，无论是海边还是山坡，随处可见她们俏丽的身影，那一簇簇的浅蓝、淡粉、鹅黄是馨香盈满的水彩，涂抹在大地上。

浏览新西兰，就像徜徉在大自然的怀抱中，它的美似出水芙蓉，不饰奢华，不矫揉造作。皇后镇的晚霞、普卡基湖晶莹如玉的雪山融水、摩拉基海边神秘的圆石……无不是大自然赐予人类的精美礼物。新西兰，与其说是“羊背上的国家”，不如说它是“大自然的孩子”。

人，至善至美；景，至美至纯，哲学家把自然之美视为审美的最高境界。如果说新西兰人是幸运的，坐拥“金山、银山”，那么，这些绝美的自然景观在这里也从未被辜负过。

我们来到但尼丁，在著名的但尼丁火车站前流连，一尘不染的蓝天白云衬托着这座英伦风格的宏伟建筑，尖顶的钟楼、文艺复兴时代典雅的彩绘玻璃窗、鹅黄色基调的屋顶，穿越一百多年的风雨陪伴着岁月。如今每天还有两班观光小火车从这里往返，延续着人们的记忆，那悠远的被小心呵护着的感觉，给人心里带来一份宁静。等我老了，能忘的都忘记，我会记得但尼丁火车站，记得在它的廊檐下穿过时那片阳光斜照的味道。

当然不能忘记的还有“袋鼠老人”。

在基督城安顿下来后，第一站就是去“袋鼠乐园”看袋鼠。那是由一位名叫 Gwen 的老人独自管理的园子。最早她是从野外将一只被撞伤的小袋鼠带回家，悉心救治。后来又陆续接收病残或遭遗弃的袋鼠，现在已多达百余只。

天上下着毛毛雨，车子开进一个院子，里面空无一人。阿卷介绍说：“Gwen

年岁大了，听说她一直在找人接管，不知道咱们今天是不是还能见到她。”这让我们心里隐隐有些不安。

袋鼠圈的围栏前挂着一个很原始的手拉摇铃，阿卷上前叮当摇响，摇了一阵不见谁来，阿卷就加了些力气。有人从房后绕出来，是Gwen。她穿了件酱紫色卫衣，头发灰白，背驼得厉害，淋在细雨里，比想象的苍老许多。

Gwen领着我们换好她备下的红色雨靴，每人分到一小袋颗粒状食物。随即Gwen给我们演示如何喂袋鼠——准确地说是如何对待她的袋鼠。要双手捧着食物，跟袋鼠说“哈喽”，要轻拍袋鼠的背或臀，而不能拍它的头……就在雨地里，Gwen一会儿扮作这边的我们，一会儿扮作那边矮着身的“袋鼠”，翻过来掉过去，不光用肢体语言教我们怎么做，神情里流露的是她与袋鼠间丰富而细腻的情感，似乎那就是她的一群孩子。

Gwen的住处不是我们概念中的“房子”，更像是在院子里搭的一个大棚，她的“房间”就在棚里一角，完全开放式的，你可以随便走动。老式壁炉，年代久远的缝纫机、挂钟，荆条筐里装着手编的围巾、帽子和手套，旧农具、旧家居、旧陈设……墙上挂着大概17世纪的白色裙裾，让人恍若走进一部旧电影。“屋”里缠缠绕绕的藤蔓植物和游游走走的花花草草占据了大部空间，还有小径在绿植间蛇行穿过。

常常想起那位慈祥老人，也常常因此而恍惚。

后来在奥马鲁——那个沉寂而荒芜了的淘金小镇，目睹已经锈迹斑驳的小火车头和它拖曳的一节装着一砣风化矿石的车厢，抬头看着一幢幢破败了的已经人去楼空的房子，想象那个曾经热于淘金的年代，想象着它当年的繁华与繁忙。谁见证过它们当年的疯狂，除了身边沉默不语的大海？又是什么最终让它们闲置下来，成了一处“景观”？我脑子里出现了Gwen踟蹰前行笑而不答的样子。

随着行程的深入，我们不断转移着住处，几乎没见过那些或平房或两层、三层小楼的主人，倒是遇见过住处附近有人在建造房屋。铲平一块坡地，钢架轻材，三五个工人，一边听着音乐一边搭搭建建，那情景不像是在盖房，倒像是孩子在搭积木。

每到一处，阿卷会在门口的一个电子装置上按下一组数字，一扇童话样的小门悄然打开，里边会躺着一把钥匙。每离开一地去往别处，最后离开的准是阿卷，他会里里外外仔细察看，看是否有遗落的生活垃圾，是否有未抹净的灶台，一向沉稳的他这时就像一只机敏的猫，直到看上去这里像不曾有人来过，他才退出来锁上房门，将钥匙收进那个小门儿。梦一样，我们就此别过。

来这里生活几年，阿卷已经有了不一样的文化浸润。在库克山国家公园，走九公里的胡克谷步道，来回要四小时。回来的路上跟阿卷聊天，我说，一般导游都是小旗儿一挥：你们去吧，原路返回，我在这儿等着，然后放羊一样。你开了半天车，为什么还和我们一起爬山？阿卷说："这里状况你们不熟，我怕你们走丢。"

阿卷大学读的英语专业，研究生上的是"电影制作"，做导游是他目前的一份工作。我问他什么时候去干自己的专业，他说："等拿下身份。"有个问题始终想问阿卷，可话到嘴边又几次咽下，那就是："你还回去吗？"这问题在我心里已经纠结成团，捆着发麻，吊着发木。我知道，他答"回"，我会失望，他答"不回"，我可能会更失望。

早上七点，初升的太阳挂在舷窗外，飞机从跑道上起飞，我们就此离开安静的基督城，离开了新西兰。想起徐志摩的那句："轻轻地我走了，正如我轻轻地来……我挥一挥衣袖……"我知道自己做不到他的"不带走一片云彩"。

写于 2018 年 7 月

旧房子

没有什么可以一劳永逸，大到江山社稷，小到一份情感，修修补补是常有的事。官话讲“与时俱进”，俗话说“小炉匠补锅，穷凑合”，日子都是这么过的。

下定决心重整住房，还真需要一股豁出去的勇气。旧房的本钱就是一个“旧”字，如同一个被时光重创过的男人——骨头缝里都生长着沧桑，任何改变对它来说都无异于刮骨疗毒，这年开春儿，我算是见证了它浴火重生般的艰难。

房子重装前首先要做的工作是“清场”，所有东西几乎都要过一遍手，打包、归类、移动或处理掉。这一清才发现房子多年来的忍辱负重，没用的东西那么多。还标榜自己是个崇尚生活简约的人，时刻把梭罗那句“没用的钱只能买没用的东西”铭记在心，物欲那匹野马从来都是被抓紧缰绳的，可有些东西还是会在某时某刻某一闪念的支配下轻率购得，不久即被打入冷宫，又未及时淘汰和清理，日积月累，房子苦不堪言。人总是这样：需要的不多，想要的不少，所以才人人喊累。

家里天翻地覆，暂时不能住了，只好另觅他处，吃饭的事也只能随方就圆。生活常态被打乱，很有麻将桌上被洗牌的恍惚感，一切的不确定性眨着诡异的眼睛藏在下一秒里伺机亮相，竟给我带来超然于生活之外的错觉。跳出三界外，不在五行中，用旁观者的视角来看这场景中的油盐酱醋，别有一番滋味。也许，“深入生活”的提法还有待商榷，我们一直在生活的坛底，就像一块腌着的老咸菜——渍着、霉着，全指望“偶有变故”像一只捞咸菜的手搅动出生机。

寻到个临时住所搬过去。走在那趟街上，正寻思着晚饭的着落，抬头看见“哈家特色小吃”，便停下来，观望一回它可谓宽大的门面，上面那些遥远的文字因为太过遥远而显得树大根深。香河肉饼名声在外，如果说做得正宗，首推“哈家店”，据说当年甚至得到过乾隆帝的钦点。推门而入，时间不在饭点儿，店内只有店家一人。噢，这是个我叫不上名字的“熟人”，只是多年不见，他有了很大变化。一首歌问“时间都去哪儿了”，让人心软得不行。其实，时光很黏人，一时半刻也不曾离开过我们，倒是我们常常把时光抛在脑后。这家店从最初在北街一面墙上辟出的三尺桌面，到东街上的一个小店，再到现在的政府街上立足，几十年光景，动作不大，却足可以演绎出一段耐人寻味的故事。店家是个很活跃的人，又好高谈阔论，当年也算是枚“帅哥”，总能把身边的气氛炒腾起来。还是在东街的时候，有回排队买烧饼，我问：“师傅，豆馅儿是你们自个儿烀的吗？”他说：“一瞅你就是香河人，除这儿没人说烀豆馅儿。”这话一说又快二十年了吧？我那个飘在空中的问题还没得到答案，他却稀里哗啦老将下来！披挂上沧桑的铠甲，简单几句交流，竟也是错着茬儿的。从来不知他怎么称呼，他也不知道我姓甚名谁，我们互为参照物，在这个世上背向着一起老去，这跟浪漫没有任何瓜葛，正如你和你身边之人的关系一样，这是我们共同的宿命——最终成为被时光咀嚼后的残渣。有人说老是一种“病”，谁又能幸免？虽说“家有一老是一宝”，可又有谁会把至老的人或物放到心上好好疼惜呀？包括我们的那些房子。

不妨把地球看成一座年久失修的宅院，住着其乐融融的一家人，至于是否重新装修或拆了重盖，那是造物主的事。

接下来铲墙、刮腻子、刷胶、推涂料、油窗户油门的过程咱就剪辑掉了，有点意思的是后期给厨房做一体柜。木工师傅一如既往地在耳朵上夹支铅笔，算是仅存的一点老派作风。对着抱来的几块胶合板，师傅用一把盒尺横竖量量，插上电锯三下两下切割完毕，简单一拼接，拿起射钉枪叭叭叭一通点射，动作蛮潇洒，也很随意。我上前帮忙扶住板子这边的对角，师傅也不反对，只是当师傅以百步穿杨的帅姿把那片立板钉好后才嘿了一声说：“装倒了！”我说：“哟，那咋办？”师傅说：“没事儿！”师傅一只手稍稍一用力，刚固定住的板子就从阵营里被掰了出来，突然暴露在底部的一排小钉子就像一拉溜儿恭迎圣上的臣子在那儿猫腰撅耻地弯着……

如今的木匠已不是传统意义上的木匠了，早先的“八级木匠相当于中级知识分子”之说已成笑谈。小时候，我家住四合院，在院子里见过一个老木匠打板凳，从此知道了锛凿斧锯，知道了卯榫的咬合，还有霸王枨，也看到卡好的墨盒如何在老师傅手指下轻轻一弹木头上就留下一条清晰的墨线。像变戏法一样，老师傅在没有一颗钉子的情况下愣让一条板凳站了起来，且纹丝不动。如今若干年过去，相信当年那条榆木板凳一定还在，也许会染上岁月的风霜，但一定也会在某个地方坚挺地站着，旧色只能成就其风骨，而不能最终将它吞噬。

眼前的木工师傅是个很风趣的人，他把一份手艺搞出江湖郎中的风格，吊儿郎当着就把活儿做了。成型的一体柜看上去很漂亮，金属效果的上沿儿，翡翠绿的面板上勾勒着白薯花的线条。师傅用白色塑料贴条把胶合板上裸露的沿口完全封堵住，很优雅也很直白地做了句总结：“都是揍屁的事儿。”我不置可否，上前拉开新柜门儿。嗬，弟兄们可够肝胆相照的！旧墙面、新厨宝、不够尺寸的挡板，甚至还有打歪的钉子……里面的状况如此这般很狡黠地闪着眼。一体柜一时成了华美的帷幔，遮挡了里面的任何一种可能，同时也遮挡住了一个被放逐的匠人的内心世界。

匠人，是理应受到敬重的一类人，他们以内心的那份专注和智慧养家糊口，赢得业界认可，非常难得，我的记忆里就有着一位重量级的理发师傅。小时候在村里，好像四乡八里就那么一个理发店，开在街上的一爿小门脸儿。师傅是个外省人，姓吴。不记得他开口说过话，印象里就一个画面：他近乎忘我地专注于手里的活计——剃头，刮脸，掏耳朵，让人感觉那会儿即便天塌了，他也会保持着一个劳作的姿势不变。小孩子总是讨人嫌的，那时我混在男孩子堆里，经常扒着理发店的门喊那不知谁编的顺口溜：“老吴老吴剃头不用刀，一根儿一根儿往下薅。”戏谑中也足见吴师傅的细致。无论我们如何吵闹，吴师傅从没扭头看过一眼，倒是坐在一边等候的人会抓过手头的东西扔出来，将我们一群轰散。吴师傅如果健在，大概已是百岁老人，他一定想不到，瘦小单薄的他在我童年的记忆里是如此高大上。

还是那条街，理发店的斜对面有过一个铁匠铺，那时我们也经常扒在门口看打铁，从炉膛里钳出鲜红欲滴的铁疙瘩放在铁砧上，两位师傅抡锤敲打，红红的铁花飞溅到他们厚重的革布围裙和鞋罩子上。当时不懂什么叫美感，只是莫明地为此着迷。和理发店的安静恰恰相反，铁匠铺里的嘈杂是让你喊破喉咙也听不清说啥的，而这时趴在门外的我们却又极安静。看着那些粗糙的铁疙瘩在叮当、叮当或叮叮当、叮叮当的节奏里变成镰刀、犁头、铁锹，感觉非常神奇。

旧街、旧景、旧人物却都长着一副不老童颜。真的很怀念我那些游手好闲的美好时光！1987 年的某天，在离开十年后，我特意回去过一次。没有了理发店和铁匠铺，当年的四合院业已破败不堪，没有了人气，我站在那里许久，一时像个与家人失散的孤儿。

心里有所老房子，里面住着世间百态和春夏秋冬，无意清理，也不打算装修，就任由着它固执地老下去吧。

写于 2015 年 4 月

小区里的狗仔队

无来由地怕狗。长而尖锐的狗脸天生几分阴郁，哪怕它夹着尾巴低头走路目不斜视，也自有一股“凶蛮”之气从体内旁逸斜出，令人生畏。在小区窄窄的甬路上迎面遇到那些随在主人前后穿衣戴帽形象萌宠却硕壮威猛的狗，我立马折返。人给狗让路，不算不明智。

前些时，早上到河套里遛弯儿。那里有家农庄，原本有狗两条，泰迪和柴狗的串儿，都板凳儿般大小，可是挺贫，把着个路口朝你狂吠，不时做出扑咬状。周边除了高矮的杨树就是胖瘦的坟丘，大概久居乡野，它们不知“闹市”为何物，故才少见多怪。路是一米多宽的土路，绕没法绕，躲又无处可躲，要打此处过只好朝两条狗跺脚、挥拳、弯腰——小时候曾听说，做出弯腰捡砖头的样子就能把恶狗吓跑。

没过多久，形影不离的两只狗就少了一只。心下疑惑，甚至还往敞开的门里张望了张望，无果。后来在路边一撮新倒的草木灰里看到啤酒瓶子盖儿和一次性筷子，一只狗爪混迹其中，上边连着少许土黄色体毛……又一出悲喜故事曾在人间上演过。

孤独的一只狗时，声势上弱去许多，有人过往，就象征性地嚷嚷两声，有时只抬抬眼皮，喉咙里呜噜一回，例行公事罢了。那天竟然趴在门口，像一张摊开的狗皮在那里假寐。就此省去许多周章，我不由得窃喜，轻且急地从旁穿过。哪知道，这时狗忽然起身，掀动的风扑到了我的脚踝，慌乱之下撒腿就跑，抬起的脚后跟触碰到狗的下颏，我十分崩溃地惨叫一声……

如果因为遛弯儿而被狗啃了，一定挺悲催的。人类吃狗的同伴儿，狗袭击人类的同伙儿，如此互黑的冤冤相报行径多见于武侠小说中。作为“路人甲”的我若不幸成为牺牲品，别说评个烈士，就是找保险公司理赔，人家都不好定损。改弦更张，河套是不能去了，改在小区里外走走。也就在这时，与一支“狗仔队”

不期而遇。

小区后面原是一片杨树林，现在荒着，就像一个沦落风尘的良家女子，样子恓惶得很。一行彩钢板将小区与荒地简单隔开，就此井水河水互不相犯。这天一大早儿，就在隔板的拐角处，几只狗扎在一堆儿像开碰头儿会。因为荒草没膝，最先看到一只硕大的黑狗后半截撅在外面，挡住了通往荒地的羊肠小道，我轻咳一声，以试探虚实。结果那狗就像听到发令枪响，嗖一下跳起来就跑，紧跟着一只，三只，五只，七只。

就在我眼前，八只大小不等、颜色凌乱的狗犹如惊弓之鸟，逃远了，搞得人单势孤的我一时不知所措，扭头看看它们刚刚为之忘情的地方，只见一片歪倒的草窠里躺着几根幸灾乐祸的骨头。显然，狗到底是狗。都说江山易改本性难移，不管是板凳儿大小与人拼命的狗还是被一声轻咳吓得抱头鼠窜的狗仔队，“骨头”既是它们理想的化身也是须臾不可或缺的现实。

后来，在小区里经常看到这支很特别的“狗仔队”。有时在路上，有时在草坪里，有时在花池边。个头最大的黑狗蛮威风，像个带头大哥。看到它雄狮一样走在前头，紧随其后白的、黑的、棕的雁别翅排开，不由得让人哑然失笑，那场面类乎一群行走江湖的侠客。殿后的总是那只处于哺乳期的京巴后裔，踽踽的身形，难以想象它是否也有过体面的家庭生活。

宠与不宠之间，远隔一望无际的沙漠。熟人中有的在养狗，那是毫无保留的宠，在家有铺的盖的，出门有穿的戴的，买狗粮去超市，喝水要软化的纯净水，打理毛发有指定师傅，有个拉稀跑肚，开车就去医院。在班上也要时常调出手机里的家居监控，一口一个“看我们家老大”，“啧啧，看我们家老二”，喜爱和自豪之情溢于言表。如果狗狗不慎走失，主家会疯了似的满世界找。狗这东西确实很灵，能看出眉眼高低，能揣摩人的心思。受宠之狗有着相当大的优越感，每有狭路相逢因畏惧裹步不前时，狗主人往往会出来打横：“走您的，走您的，没事儿，它不咬人！”那狗就越发扬着尾巴往你跟前凑，眼神里满是挑衅和一副被宠歪的坏孩子神情。也许您见过它们失宠以后那副落魄的样子，只是不以为意罢了。

英雄不问出处，甭管什么原因，既然选择了流浪，即使不冲着“诗和远方”，总得给自己一个说得过去的支撑吧？其实不然。这支看上去洒脱得有些炫酷的狗仔队，现实中的它们好像活得更加苟且。在出出进进的车流中，在密度颇大的人丛里，它们闪转腾挪，哪个发脾气的小娃把塑料玩具摔到地上，响声也会把它们吓得失魂落魄。如果和它们走在对面，不必害怕，甚至别有顾虑，就像在球场上，你做个过人的假动作也能把“带头大哥”晃个趔趄。它们依赖这份苟且中偷得的生活，随时准备逃离，心有余悸。有时，角落里也会传出它们响亮的叫声，只是稍加辨认你就能听出那底气该有多么不足。京城痞爷王朔曾在他的小说里写一个街头混混扬手打人，还口出狂言：“爷爷怕过谁？”等一个彪形大汉伸手抓住他细弱的胳膊并挥起老拳时，小混混马上改口道：“谁又怕过我？”那份混江湖的心酸，你从狗仔们尾巴的一扬一垂，瞬间完成的转换里也能窥得一斑。

小区里的每个傍晚都像一个盛大节日，锣鼓喧天，扭秧歌跳舞，打球跑步，文、体、娱、闲应有尽有。一块草坪上自发形成个“爱狗园地”，大到牛犊子似的，小到一把抓。主人将球或盘抛出去，狗撒着欢儿捡回，然后在主人跟前浑身上下晃成一朵花儿。那个写着“芳草青青，足下留情”的心形牌子像比萨斜塔一样歪在一边，宠物们经常朝着它做后抬腿功，也不管雅不雅，不知是为强化记忆还是为了领地划分。可不管它们每天如何标记，狗主人都会聚在一起，交流心得，推广经验。走在边上时常能听到“你们家‘宝福’怎么怎么样，我们家‘大贵’怎么怎么样”的热烈讨论，语气之柔和、自豪，那是连家里男人都不容易得到的。

此时，狗仔队成员大多在草坪的外围趴着，看着圈子里上演的“恩爱秀”，眼神巴巴的，就像一个春心萌动的少年望着他心仪的美好世界，那么痴迷。有时候球或盘抛到它们近前，狗仔会一时忘记自己的身份一跃而起，但马上就被呼啸而至的“宠们”吼开，那样子似乎在说：“讨厌玩意儿，瞧你待的地方，不长眼，滚！”狗仔们便讪讪地移开。

狗仔队里有一只纯白哈士奇，虽然也尊贵尽失，狗瘦毛长，却是队里最另类的一个，它时常恋着跳广场舞的地方不愿离开，每次都是同伴儿走远了，它才紧着去追。有时因站错地方被跳舞的人呵斥甚至拳脚相加，它便跳闪到一边安静地趴着。音乐响起，它居然随着节拍一颠一颤，究竟是陷入了对往昔生活的怀想还是纯粹的自我陶醉？不得而知。

这个夏天实在太热，一天夜里辗转难眠，我又来到楼下。小区里的喧嚣已然散去，蝉的嘶鸣在唱独角戏，空调室外机的喘息声贴墙而行，排水管把收集的水汽和各种味道顺到地上，一切似乎都按部就班。就在那块被我称作“爱狗园地”的草坪上，朦胧的月光下，浅浅的灯光里，几只狗仔在那里横窜、竖跳，尽情玩耍。“宠们”都回家了，失宠的“它们”释放着自己。我悄悄躲开了，以免惊扰了它们在这夏夜里无声的狂欢。

自从脱离开宠物阶层来到体制外，狗仔们便成了四处晃荡的游手好闲之徒，游离在生活的边缘。攥着大把的自由，除了稀脏的外形和风餐露宿的生活就是朝不保夕的团队。后来，狗仔队成员由八只到五只再到三只，等到这个夏天快结束的时候，想想，已经有几天没见到它们的踪影了，好像这支狗仔队在小区压根儿不曾出现过一样。

写于 2018 年 8 月

修一片荷园

初到刘宋荷园时，称其为“园”还有些勉强，规模不大，设施不全，荷的品种单一，游人寥寥，难免想到朱自清的“荷塘”，倒不是这里的因陋就简，而是一份同样的安静。苍茫天地间，青葱玉翠上，婷婷娉娉，似羞含笑，如邻家有女初长成，令人怦然心动，初恋般的感觉。

随后的两三年里，主动被动，因公因私，走马灯似的一次次为它而来。这期间，荷园里建了亭，挖了湖，有了故事，由二八少女逐渐长成风姿绰约的妙龄女郎。关于荷园关于荷，我这个旁观者又走过了怎样的心路历程？从初恋般的欣欣然到谈婚论嫁的程式化，再到居家过日子的左手握右手——一点儿感觉都没有。峰回路转，并非都是风光无限。

一拨又一拨的人来了，脚步杂沓。荷园如果有记忆，理应单建一个数据库用于存储细节。脚印如果有感情，那么这片土地会在季节里陡然升温。此时的荷园就像一个 T 台上走秀的丽人——挺胸、抬头、提臀、扭胯，风情万种。

这一天当我再次站在荷园的边上，面对眼前绵延不尽的翠绿和灿若星辰的粉红，眼睛里满了，可心里却是空的！

不知我因何而来，为什么站在这里。天意吗？不！苍天不至于如此琐碎。那么是机缘巧合？被岁月锻打浸润过的经纬怎么可以反过来织就市井凡俗的喧闹？一片园子遍地莲荷就足以让我们趋之若鹜吗？低头，便看到了心里那片空白……它生下来即一脚踏空，飞翔是它的魂，寻找是它的宿命。我发现每个人的内心都游弋着这样的空白，它们形态各异，大小不等，四处找寻、抢夺填充物，温热的空气里蒸腾着荷园被割裂时的疼痛。

下了公路，踏上荷园小径，一点点清凉伴着清甜气在刚刚开始的暑热里从脚下荡漾上来。抬眼望去，即觉出异样。在我们伸手可及的小径两侧，更多被剃成光头的茎秆，因为失重，它们在微风中生硬地晃荡着，那些曾经有过如今已不知去向的荷花，想必是被爱荷的人掐去带回家或放床头或置于台案，日夜与之眉目传情去了吧？至于那些被掳去的荷叶，大概是逞悬壶济世之能献身一锅米粥为他人消暑利湿去了。

蜿蜒的小径是荷园的脉管，除了清风做它的血液，还有肥甘厚腻的我们从中间流过。不知哪里能找到它的心跳，没有心动如鼓，若能感知它的脉动如琴也好。在这个世上我们相互寻找，累如苦役。

朋友的朋友是个“荷痴”，尤痴情于刘宋的荷。雨后，天地澄澈或小雨微酣时，或晚霞收尽喧嚣暂歇，她驱车前来，停在远处，然后一步步向荷园走来。泥土的香醇、荷花的迷离、奢侈的静谧让她的行走有了朝圣般的意味。坐在荷园边上，清风朗月，感受荷影婆娑妙不可言的夜晚，时间静悄悄流去。等到心净如洗，她挥手与荷园作别，一身轻盈犹如卸掉了铠甲。为看荷，她去过许多地方，甚至专程赶到把荷花做市花的山东济南，隆重的“荷花节”里，在美若仙境的大明湖上她流连忘返。然而走过很多地方，过眼那么多荷园，她说：哪里都不如刘宋的荷好，唯有在这儿，心里才踏实。一个“踏实”，胜过万千语言。与朋友的闲谈中知道了“她”和她的“故事”，即叩动了我心里那处隐隐作痛的空白，想象那该是个怎样的人，是黛玉式的多愁还是宝钗样的善感？是青石街巷里的烟雨，还是白山黑水间的风骨？有心与她结识，旋即又压下了念头。写作有悬念，书画有留白，内心的收藏或许才是景致的最好去处。

这个夏天出奇热，闷热的傍晚在小区胡同里遇到母子二人，男孩怀抱一把半自动玩具步枪，边走边腾跳起来去够墙上垂挂的爬山虎，忽然他跟走在前面的母亲说：“妈，热，热得心痛。”我不由得笑了。这是个三四年级的孩子，适逢“少年不识愁滋味，为赋新词强说愁”的当口。心痛——一个极其苦相的词语从孩子嘴里出来竟然充满喜感，令人赏心悦目，好似在清爽的荷园望向一株洁净的荷。联想到南宋词人辛弃疾笔下那个剥莲蓬的男孩儿，恍若有了隔空与隔世的眺望。

茅檐低小，溪上青青草。醉里吴音相媚好，白发谁家翁媪？大儿锄豆溪东，中儿正织鸡笼。最喜小儿无赖，溪头卧剥莲蓬。（辛弃疾《清平乐·村居》）

一位朋友说：认识的人越多，越喜欢孩子；走的地方越多，越喜欢宅着。孩子的纯真和“宅着”的求静都是对内心的一份关照。人生，无异于走在一条“进修"的路上，爬坡过坎儿或误入歧途都是"教材"，体悟的深浅，既是缘也是对一个人学习、修炼能力的拷问。有一句以讹传讹若干年的古训叫"人不为己，天诛地灭"，到今天，它那被异化的潜在"意义"已发挥到了极致，殊不知那个"为"字恰恰是指人自身的"修为"。

眼中有景，不如心里有"荷"，景色再美，到底是生活中的点缀，而非全部。不妨在内心的空白处修一片荷园，俯仰之间便有了风景。若让空白在心间长久滞留，会累及心灵的荒芜。

住处往北不远还有一片荷园，不大，在潮白河堤下的河套里。去年，一场小雪过后我骑车出门。心里早惦记着哪天去看一眼残荷，看看洗尽铅华素面朝天的它们，如果有薄雪私覆最好。天随人愿，所以等不及最后几片雪花落定就匆匆上路了。雪天路滑，唯有小心前行。堤顶路窄而又临着陡坡，走得人心惊胆战。从身旁缓慢驶过的汽车不停地按喇叭，空气也僵住了，我攥紧车把目不斜视。

薄雪覆盖的荷园就像一个披上婚纱的公主，娴静而谦逊的荷是它圣洁的微笑。小径上有成串或成束的"个"字，那是喜鹊的爪痕，一行"梅花"有时与它们并行有时又独来独往，大概是一只小犬曾误入这伊甸园。如果以框取景，那么就给这些小兽的作品起名"梅花竹枝图"吧。不忍心让自己的脚步打扰这片清幽，不忍心让自己的心跳惊动一个童话，我一步步退出荷园，只把冰清玉洁的景象私存在了心里，有了它，夏天不再热，冬天也不会冷。

至今，还无缘看过残荷雪景中的刘宋荷园，若把它装扮起来，那得需要一场大雪、好雪，那场面一定非常壮观、非常美！

走出荷园，与乡领导道别。他笑容可掬地与我们几个握手，说："欢迎下次再来！"乡镇工作实在不易——迎来送往、千针万线，岂是一个"累"字了得？好在还有荷香盈满胸怀，还有美丽荷园陪在身畔，那么，生活中再多的"迫不得已"是不是可以忽略不计了呢？

写于 2016 年 8 月

三人行

住进新小区实属偶然。

这是一处回迁楼，原本相邻的四个村子划拉到一起，从一棵秧坐下的花生果——各有各的窝，变成一颗石榴。生活有了密度，也多了甜度。

小区坐落在县城东北角。东侧墙外紧邻“白庙村中心小学”，村里孩子和外来打工者子弟在这里就读。虽然看不到孩童稚气的身影，但他们的吵闹声、招呼上下课的音乐铃声会活泼泼闯进来，盈满我的房间，一同进来的还有明媚的阳光。这样的日子里，难免会同情那些愤世嫉俗的人。

楼后是一块荒地，荒地后边是堤顶路，堤顶路后边有宽阔的河坡地，站在窗前就能看见——天蓝时深蓝、天灰时浅灰的潮白河。河对岸还有楼群和远山的轮廓，小到像是桌台上的摆件。

荒地上有草，有树，还有蛇形小路，行人寥寥，倒是晨练的好去处，伸胳膊踢腿可以无所顾忌，枝头跳跃的喜鹊、呼啸而过的鸽群、蓝天白云绝不理会人的心思或为你丢上好奇的一瞥。

如果说地平线是太阳的床，那么，每天太阳几点起床，我也几点起，除了走走跑跑就是面向太阳叩打周身。朋友圈里总有勤劳的“段子手”借助“大国医”的嘴告诉你身上哪些穴位需要经常敲打，有利健康，延年益寿。晨练是自虐形式之一种，起早贪晚，摸爬滚打，当然，目的是向“艰难困苦”索要健康长寿。这情形类似一些人的烧香拜佛，从裤腰里掏出香火钱和几多虔诚，是为了生活平安顺遂或其他更细微的诉求得到答复，所谓的“无利不起早”。

那年在庐山深处，见一块凸悬的岩石下面支撑着许多柴草棍儿和树枝。后来走的地方多了，发现这场景客串于不同的大山之中。有人告诉我，家里若有胳膊腿疼的人，在石头缝支上个棍儿，磨叨磨叨，就能消灾解痛。那时母亲正闹腿脚不好，我在迟疑中选择了“宁信其有”，遗憾的是身旁竟然找不到一截可以用来支撑的工具，足见需求之盛。最后从稍远处找到个干树枝，捡起来才发现中间有个折痕，弃之又不舍。同伴催促前行，只好为难它替我前去抵挡一阵。多少年过去，偶尔想起那截原本残疾的树枝，心里怅然，不知它为我在岩石缝里站了多久。

面向太阳，每天叩打别人所说的“穴位”——膻中、曲池、肩井、足三里……各三十六下，多一处不行，少一处则不好；多敲一下便过了，少敲一下似乎诚意不足。看上去我们像煞有介事，在太阳的注视下，一切又都可能成为噱头，天知道，如果没有太阳，我们会是什么。或许，这肤浅又虚伪的人世才需要更多和更坚挺的支撑，我们的灵魂在浮尘之上飘飘摇摇，常常无处可依。

在荒地上游荡的共三个人——我、她和他。“我”就是我——一个耽于幻想，行动力又先天不足的人。

“她”是个精神超常的人，两根齐肩的小辫子扎着红头绳，一身墨绿色的衣衫已成土色，男式塑料拖鞋，灰头土脸。每个早上我到的时候她已经在了，是否以荒地为家也说不准。每天不是把小路左边的荒草薅一抱放到右边，就是从右边薅一抱放到左边，所以荒地上总迷漫着一股晒青草的味道，犹如先祖时代的狩猎场。忙忙叨叨的她非常投入，脸上带着极沉醉的微笑，那笑容很容易让人联想到蒙娜丽莎那张惊世骇俗的脸，糟糕的是她偶尔会跳进荒草棵子里畅快地便溺。等我结束晨练收工的时候，又早不见了她的踪影。

“他”是位老人，穿件黑夹克，拄着根棍子，这里扒扒，那里捅捅，都是砖头瓦块或草秸木棒绊人脚的东西。有时他也推着辆三轮车来。开始我以为不过是个拾荒老人，直到那天有人跟他打招呼，他高声大嗓地说：“人要修善，一辈子修善。”我才注意到他的三轮车上常带一把铁锨，阴天下雨，他会在泥泞的小路上这里添锨土，那里垫块砖，使过往的行走免于艰难。

我做操时，能听到不远处咔咔嚓嚓劳动的声响。看上去他是想在楼后面的一排门脸房前修一条小路，横贯东西。那排有百余米长的门脸房空无一人，处于休眠状态，荒草漫上台阶，遛弯儿的人自不会放着草木间弯弯转转、情趣盎然的小路不走而非要选择这里的阴山背后，所以，不知他的路要修给谁，或者就修给他自己，也说不准。

虽然寒露未到，可两场小雨过后气温骤降，一早一晚人们添加了衣裳。她，还穿着夏天那件墨绿的半袖衫，换洗之事在她的世界里实在不足挂齿。这个早上，她瑟缩着，抱着双臂在小路上跳来跳去。如果睡在野地里，湿冷的夜够她一呛。

我刚这么一闪念，即见旁边的草堆上放着一件黑夹克、一条裤子和一双旧棉鞋。不好确定它们的来历，若是她捡来，应该知道穿上，再怎么着，冷暖还是有本能反应的，何以对着近在眼前的衣物却置若罔闻？我试探着朝她说："这儿有衣服，你咋不穿上？"她停在小路上，愣住了。令我没想到的是，她突然丢下一抱青草笑着跑开了，笑容里盈满羞涩，神态纯真得一塌糊涂，那是影视演员根本模仿不来的。

冷空气过后是又一轮回暖，他还在修他的路，黑夹克换成了一件中山装。因为有了关注，我看见他拿铁锹的手是抖动的，大概就是医学上描述的"帕金森"吧？这几天，电力部门在楼后布线安装变压器，开膛破肚，埋沟添土，七轧八轧，几天工夫他那从荒草里才挑开十几米的地方豁然开出一条平展展的路来，在荒地的边上，一副横空出世的做派，他被搞了个措手不及。可以想象，打个愣怔后的他一定还有下一个工程，但究竟会开在哪里？不好推测。"修善"是他的事业，与做什么、怎么做无关。

她还在薅草，每天一抱又一抱。季节来了，青草逐渐失去水分，站着的和躺倒的都一样枯黄起来，这给她的选择带来了难度，有时候她弯腰去抱一团干草，却是大部分还长在地上的，难免拉拉扯扯，她就很负气地扔下。有时候她蹲下身去薅草，却发现是她早些时候拔掉干在那里的，于是咯咯地笑出声来，这笑声让不远处正敲打穴位的我难免有些分神，因而乱了数目。需要交代的是，这时的她已然穿上一件湖蓝色羽绒服，很可身的那种，甚至还多了点洋气，这让随了大溜儿的她看上去便正常了许多。黑夹克一直闲放在草堆旁，一场小雨之后，它和那两件衣物就像长到了地上，逐渐模糊了自己的影像。

若将荒地上的三个人合在一起，就是一个普通人的平凡一生。"她"是童年，少不更事，天真无邪，或者疯疯傻傻；"我"是中年，刻板机械又自以为是；"他"属于老年，执着于一场修行。我们在这块荒地上相遇，与天意无关。凡俗中的我们，也许少有"信念"，却被大大小小的"执念"所支撑，成为互不相同的个体，又同在一个世界上休戚与共。

太阳升起的时候，我们三个在荒地上散去。小学校里，娃娃们唱读的声音飘过来：

独在异乡为异客，每逢佳节倍思亲。遥知兄弟登高处，遍插茱萸少一人。

跌跌宕宕，像是从另一个世界走来，经历了千百年的跋涉。

写于 2018 年 10 月

车　站

如果说人生是一段崎岖坎坷的旅程，那么，长长短短的旅途中道具一样的各色车站就是我们的回眸一瞥。它不关心你来自何方或奔向哪里，在某个不特定的时间里，你被它网入视线。细看，它却冷漠地遥想着别处。

送别是在一个似雨非雨的六月天。省城像是被一块铅灰色的布包裹了，闷得人心里阵阵胀痛。因为是下午，火车站里人不多，陈旧灰暗的候车大厅里空荡荡的，如一艘泊于海上的舟船，飘忽不定。

她说：我该走了。把手里拎的包挂到肩上。

可他，并不把旅行袋交到她手上，只是定定地看她，那眼神是能将人融化的。因为没有足够的勇气说——你留下来，也没有合适的理由说——我跟你走……他真的无法承诺。她的家在县城，有着可算优越的条件和环境，一份可意的工作等着她。而他的家在大山深处，很美，却很闭塞。他清楚自己不会重回大山，却又不知自己将落脚何处，如影随形的将是一份艰难、困苦和不可知。有句话和那份沉闷一起沉沉地压在心上。

不敢看他的眼睛，感觉自己被雾化了一样飘飘摇摇。女人永远是感性的，她多么渴望就那么被融化掉啊，无需任何理由……恰在这时检票开始了。

不知怎么离开的那座城市，只感觉灰蒙蒙的车站越来越远。人被裹挟着前行，奇怪的是，助推的人里似乎还有她自己的一双手。

一晃十年过去了。十年，相对于这个世界可谓太短，对一个人来讲也不过白驹过隙。十年的日子，就像一截饱满的香肠，被琐碎和欲望填得满满当当。十年后重回省城，已物是人非。改建后的火车站一扫以往的陈旧与灰暗，气宇轩昂地立于闹市，这让她无端想起自己起步的那个小小汽车站，它窝在县城边角上，满腹心事、沉默不语，目送她出门，也等她回家，冷暖自知的样子。大站与小站的区别在于——大站更像“车站”，从不问人间冷暖。

两天的同学聚会感觉最多的倒是在车站的迎来送往。他和她的目光在觥筹交错或人头攒动中磕磕绊绊地寻找着，想说的话能说的话似乎很多，又很少。

送别的人隔了车窗握手，互相祝福和道别，他却站在人群之外，有些木然。待发的列车、喘息的人流、微微震颤的站台汇成一条流动的河，他成了一棵立于河中的树，以至于奔流的水要绕他而行。依旧不敢触碰他的眼神，十年后，不是因为它的温度，而是因为它过于奢华，如一件年代久远的瓷器，直白的目光也能将它击碎。

心痛的感觉是随火车一同启动的，渐行渐远的并非仅仅是那座目空一切的车站，随列车的前行，肢体的某一部分在一点点被车裂，直到打了场好架，只因那卖雪糕的小伙子怀抱的纸箱碰到了她……没能使自己成为一件品相奢华、年代久远的瓷器，也好与他比肩，却演变成一桶炸药——伤了别人也粉碎了自己。

事隔不久她接到个意外的电话。他说要去南方出差，绕道小城，那会儿已经在街外的车站上了。她被打了个措手不及，拎起包就往外冲，临了却发现那是一包洗漱用具，没来由地浑身一阵燥热。换过包儿，又补了一下妆，一份近于冷静的平静终于找回，她吃惊于自己的“努力”。

秋日里的阳光有点模棱两可，就在那模棱两可的阳光下，他和她坐在车站边上一家酒店的大堂里，聊了很多，但话题差不多只有一个——当年的同窗。他们就那样没有现在更没有将来地聊着，从上午直到下午。马路对面，小而简陋的车站像一个逗号，不时晃进他们视线，断开那长长的貌似热烈的乏味。

他说：外边下雨了吗?

她说：没有。

他说：噢，下雨就好了。

她不解其意地看他,后来就和他一起望着窗外,说:下雨也不是十年前的雨了。

许久，他说：我该走了。

她站起来，和他握手。

只一会儿工夫，车站里就剩下了她一个。暮色悄悄降临，暗淡下来的世界里，车站也在悄悄隐去。

在人生旅途上，车站只是一个点，可延伸至不同方向；它又是一个不确定的点，可在城南，亦可在城北；它不属于谁，也不曾拥有什么。

有首诗说：你是我的车站/匆匆旅途，匆匆心跳/被安置在站台上/不是没

有出口 / 不是人潮汹涌 / 只因那过客的身份和命运的注脚 / 你是我的车站。

突然有人在她的肩头拍了一下，回头一看，是她的爱人。

你——

散了会他们去玩儿了，我提前赶回来。

爱人出差去了，可巧也是南方，而这件事一整天都未曾想起，似乎被屏蔽掉了。

爱人说：刚下车就见你在这儿，走，回家吧。

绕出小站，街灯已经亮起，因为天还没黑透，看上去像一只只急红的眼睛。

“去的去了，来者来；悟的悟了，迷者迷。看相算命问前程啊，不灵不要钱。”一个在街灯下打地摊算命的老男人还在寻找着最后的机会。她和爱人回过身来，只见身后的车站已掩进一片迷蒙中，很落寞的样子，对面才是小城——有着生活的琐碎和真实。

写于 2007 年 3 月

惦　念

眺望是一种生活姿态，它能延伸我们的触角，将一种牵挂揽入怀中。十几年前，曾在一篇小文里记述我与廊坊的交集，历历在目。当新中国迎来七十华诞之际，也是廊坊建市三十周年之时，抚今追昔，心里颇多感慨。

不好说廊坊像什么，它不是大家闺秀，出身名门，也不是小家碧玉，长于乡野。这座新兴城市是染着七彩头发、听着爵士乐、透着鲜活和时尚气息的青春女孩儿。它和我记忆深处的那个廊坊已相去甚远。

这些年，偶尔也到廊坊，但往往来去匆匆。感知它在变化，却像感知自己的一个旧梦——遥远而模糊。它是一个生涩的乐手，每每都拨痛我心上的弦。我曾惊魂于廊坊，噩梦于廊坊。

2002 年 12 月 20 日，市文联有个会议，其间安排了一项活动——参观“新奥集团”和“北方大学城”。因为没有闲事的牵绊，暂且远离了浮躁，拥一份平和的心情，更有市签约作家班的同党们在一起，舒舒展展坐在大巴里，我要认真地感知一下廊坊。

车从城的西区起步，慢慢游进市中心，如同荡漾于五光十色的多彩世界。现代化都市该有的它都有，高的楼房，宽的马路，恢宏的招贴牌，优雅的绿化树，婀娜的街灯，温情的盲人道……流溢着青春之城的风光无限。所不同的，它少有大都市的奢华与嘈杂，更多些清纯与贤淑。

不知过了多少条马路，也不知穿过多少条街，连时间也不知过去了多久，大巴在新奥集团的偏门前停下来。这是家垄断了整个华北天然气经销、经营内容跨多个行业的大型企业。廊坊因如此众多的企业在此落户而日渐丰满，丰满起来的廊坊因它的越来越美丽又吸引了更多的目光。

车驶进北方大学城，凡来过这里的人无不惊叹于大学城的“大”，但因时间的关系，我们只好走马观城了。

下雪了，车外飘起娇小的雪花，这些轻舞的精灵，让空气变得清甜而微凉，廊坊也掩进一片迷蒙的轻纱中，这是我熟悉又陌生的廊坊吗？在回返的路上，不由得从心里抽出那张存留了很久的黑白老照片，它是关于另一个廊坊的。

1976年的7月，我作为地区中学生篮球赛中被选拔的队员之一，在安次区体校参加集训，准备八月的省中学生篮球赛。那年我十三岁。那时的廊坊还不叫“市”，叫“地区”。

地区体校坐落在城中心。所谓的城其实很小，往东几步路就出去了，往西就是最繁华的城中心——三角地，我和同伴常常偷空中午去买三分钱一根的冰棍儿，冰棍儿吃完也就回到了体校门前。往南能望见庄稼地，往北能听见村里的狗叫。那时的廊坊最盛产的是蚊子，臭水沟环城而过，蚊子们丰衣足食，繁衍生息盛世一片。我曾在自己的胳膊上一掌击落两只蚊子，展给同伴儿看，同伴儿笑说：“够炒一盘儿了。”

当时，其他单位好像也有人在体校食堂吃饭，经常，我们在这边，他们在那边。有一天，那边桌上两个小伙子的对话让我省下一个馒头。一个说：“你吃吧，吃点儿就好了。”另一个说：“我实在吃不下，想起来就恶心，粉不拉儿豆腐脑儿似的。”“头一次都这样儿，习惯了就好了。”同伴儿悄悄告诉我，他们是行刑队枪毙人的。我不敢再看那边的小伙子，赶快离开了餐桌。

体校内是一个不大的体育场，我们的宿舍就在看台下。27日这天的天气闷热得厉害，训练简直痛苦难耐，好不容易熬下来，队员们似都到了极限，没想到还有噩梦藏在第二天凌晨。夜里曾被狂蹿咬闹的狗吵醒，这对困盹已极的我们是极少见的，通铺上我身边一名来自霸县的队员也醒了，我甚是紧张地问她：“门插好了吗？”她说：“插好了，我还顶了把椅子。”疑疑惑惑地重又睡去。后来，不知怎么就跑到了院儿里。

地震了。

等教练打着手电过来，我们几个正瑟缩在一块儿不知是谁慌乱中带出的毛巾被里。天亮以后才发现，有血从我左小腿的迎面骨流出来，流成一条刺目的红线。有消息说，市医院收治了第一批来自香河灾区的伤员。香河——有我的家和我的亲人。集训队里来自香河的共三个人，我们急忙赶往医院打听消息。医院的走廊里，躺着很多受伤待治的人。有人说：“香河，平了！”那一刻，对于我们三个十几岁的女孩子来说不啻于天塌地陷，通信不发达，本就不便的交通还瘫痪了，我们像一下子被抛在孤岛上，当年的鲁滨逊也不过如此吧？

夜里，不能再住进宿舍，街北有个新开辟的运动场，因为才开过运动会，主席台上的棚子还没来得及拆，教练领我们“住”到那里。铺上体操队训练用的垫子，队员们就在那里和衣而卧。尽管教练极力用新打听来的消息一否我们所听到的讹传，用以安抚我们（后来的事实也证明，香河县是上报灾情最早但不是最重的地方），那时的黑夜——廊坊的黑夜给我的是极度的恐惧与绝望。抬眼就是黑魆魆的天空，震后还小雨不断，阴冷而凄凉。当时最大的愿望是逃离孤岛，逃离廊坊，我要回家。然而，破碎的天空劈头盖脸打过来，在天快亮的时候我昏厥过去。

人的一生经过生死历练的机会并非很多，在我，刻骨铭心的一次，可以说是廊坊给的，说起来，我们也算有过患难之交了。唐山大地震过去已经四十多年，其中适逢改革开放的黄金四十年，对于经历过的人们，对于廊坊，乃至对于我们的祖国这又是意义非凡的四十年！

时间的脚步真快，在匆忙的行进中它把一个矮小、丑陋甚至肮脏的廊坊带到了今天的靓丽。对于廊坊来说，我不过一粒浮尘；对我来说，廊坊也并非我所钟爱，只是，这么多年它总是我的一份惦念，就像惦念一个云游四方的朋友。朋友不断把它的好消息传递给我，我感到特别欣慰，如同有一只慈爱的手，在轻轻擦抹我心里那张老旧的黑白相片，让它变得只有珍藏价值，却不再有任何遗憾。

写于 2003 年 3 月；2019 年 3 月修改

千年银杏

初春的一天，从县城出发，到香城屯去看银杏树。

春天是柔软的。从孩童眼仁里倒映的两汪浅绿，从微风中轻轻摇曳的柳枝，从渐渐温润的大地伸出的第一个懒腰，甚至从我们贲张的血脉里开始提速的流动之声……无不带着窃窃私语般的柔软，令一份感动在心底里慢慢化开，浸润希望。哪怕它是千年古树——已阅尽人间春色，哪怕它体魄苍劲、枝杈虬结——试与天公论高下，却依然满腔热情孕育一个芽苞、一片嫩叶，为春天送上祝福。出了县城往南、往东、再往南，沿着小马路，循着乡间的宁静与质朴一路赶来，当两棵高二十余米、直径各一米多的银杏树闯入视线，就知道它身后的村落定是香城屯了。

关于两棵银杏树的来历，找不到确切记载，据考已经有近千年的历史。至于它们当初是如何在方圆百里难寻其同宗同族的情况下从何方辗转、飘零最后落脚这里？又是什么样的人伴随其左右，直到用温热的双手安置了它们的家？这期间又有着怎样的故事和经历？恐怕永远是个谜了。但只要一想到它们就像一对鹤发童颜、睿智而亲善的长者，站在这里经历了千年的风霜雪雨，目睹了无数的朝代更迭和世事变迁，心里最柔软的地方就有种被拨动的感觉。

如同一个古老的命题：先有银杏树，后有香城屯人，还是先有香城屯人，后有银杏树？也同样没人能给出确切答复。只知道，正是在两棵树冠大过一亩的荫蔽下，这里的人们世世代代男耕女织、繁衍生息。从村边发现的三合土墙基也不难想象，城郭、行人、烟火、俚语结构出的是怎样一幅生活画卷，而这张画卷就铺展于两棵高高的银杏树下。

1958 年，全国人民大炼钢铁，因为没有足够的薪柴来保障炉火的昼夜不熄，于是有人提议砍伐两棵银杏树。提斧拿锯的人群呼啸着朝村西北而来，却不得不中途停下，因为前边传过话来：银杏树砍不得，一砍就流血。甚至已经有人看到红褐色的液体从它的伤口处流出……恐惧震慑住了人们前行的步伐。不知是否真的就有人看到了银杏树的血，或者看到的仅仅是一种“民间智慧”。不知是银杏树施以“魔法”，还是村人给自己找到了一个弃恶的理由。就像许许多多的谜一样，这一页，又为银杏树的身世增添了厚度。

“银杏树又名白果树，古又称鸭脚树或公孙树。原产中国，是世界上十分珍贵的树种之一，是古代银杏类植物在地球上存活的唯一品种，因此植物学家们称之为‘活化石’，与雪松、南洋杉、金钱松一起，被称为世界四大园林树木。”“银杏树为高大落叶乔木，躯干挺拔，树形优美，抗病害力强、耐污染力高，寿龄绵长，几达数千年。它不仅以其俊美挺拔、叶片玲珑奇特而具有极高的观赏价值，而且适应性强，药用功效大。银杏树的果实——白果，品味甘美，医食俱佳。”难怪宋代大文学家苏东坡题诗赞曰：“四壁峰山，满目清秀如画。一树擎天，圈圈点点文章。”

香城屯村的两株银杏树一雄一雌，南雄北雌。南株挺拔、伟岸，直径 1.16 米。北株稍倾，故姿态婀娜、妩媚，直径 1.06 米。犹如一对柴米夫妻，磕磕绊绊在所难免，所以你看到了它们互相的推拒和因此产生的嫌隙。但后来，男的会说：“就算是我错了，还不行吗？”并向妻子伸出了以示和解的双手，看上去既勉强又无奈，可到底是包容和宽厚的。再看“妻子”，半扭着腰身，似乎还要刻意坚持，但已松弛的双肩和背到身后的双手还是泄露了她心底的秘密。不管怎么说，它们的枝枝叶叶相拥在一起，它们的根在地下握在一起，相濡以沫，天长地久。

那天傍晚时分来到香城屯村，来到银杏树下。初春的气息还有些微凉，但大地蒸腾起的泥土芳香已四处流淌。只见两棵银杏被一副汉白玉的围栏圈在当中，围栏鲜亮的颜色对于原本古朴的它们来说似乎有些奢华，然而以它们的身价和年龄，享此待遇又完全相得益彰。踏上入口处的七步台阶，才发现圈起的银杏树周围刚刚浇过透水。有三三两两的村里人聚拢来，说是前一天来了一些人，给树施过鸡粪，垫的旧土，浇了水……只两天的工夫，绿盈盈的叶芽儿就钻出了头儿，比往年都早，村人还说：“这下好了——”至于怎么个好法，他们没说。

给树搭围栏、施肥、垫土、浇水，这些细节让人不由得心生暖意，我问：这个人是谁呢？村人说是一个叫“洪学敏”的生意人。我“噢”了一声，马上联想到“利益”二字，因为听到和看到的关于“无良商人”“为富不仁”的故事实在太多。我说：“那他是想把这里当成一个旅游景点，然后卖门票吗？”村人笑了，说：“不是，他就想真正做点有益的事，别无他求。”

哦，原来是这样。

仰头看着苍苍老树和它上面的点点嫩绿，看喜鹊从窝里跳进跳出，看一只只啄木鸟忙上忙下，看夕阳用它橘红色的光把这幅生活图景描摹得如诗如画，仰望中，内心里一棵希望之树从这柔软的春天里慢慢地发芽、抽枝、生长，有什么理由不祝福它繁花似锦呢？

写于 2011 年 8 月

村路的咏叹

进村的土路曾经很颠簸，深且弯曲的车辙里如同藏着一个个恶作剧的顽童，会伺机搞一下你的车轱辘，车子一滑，心陡然一惊。

在柏油马路上骑车，整个人是飘飘的，说肆无忌惮也无不可，看一下东，望一下西，给人“我欲乘风归去”的错觉，可以全然忘却脚下的路。车子一拐下大马路就另一回事了，仅仅三余里的田间土路，一米一米走下来，它不光锁住你的脖子和双眼，甚至锁住你的心，叫你不得“旁骛”，稍有不慎，即便它不给你来个人仰马翻，也会叫你七魂惊掉三对半。每次回婆家，这曾是最让我心有余悸的一段路。

念书时，看见“哲学”就头皮发紧，在终于考过被放行后，哲学课本连同笔记被我一毛钱一斤统统卖掉了，从此各奔东西。然而，三里多的村路让“哲学”从我心里的“贮藏室”灰头土脸地钻出来，它说：人生得意须尽欢。它又说：也别忘夹起尾巴做人。它说：看天，因为有希望。它还说：看地，为了心里踏实。就这样，村路以及它远端的村落与我的生活休戚相关，与哲学互通款曲。

后来，“村村通”把那条土路变成了砂石路，若干年后又换成了小马路。没有了颠簸，也不见了车辙，告别雨后泥泞，皱皱巴巴的心得以舒展。车轮碾在上边，发出沙沙的声响，无疑还在提醒路人要记得它的与众不同，路过一个村头，还有为车辆强行限速而叠起的道道鼓梗。村庄在且进且退中犹疑，村路在“新与旧”“原始与现代”“挣扎与渴求”中是这样地胶着。

去婆家的这条路来来去去走了二十多年。人说：嫁人就是嫁给一种生活。那么，正是从这条村路我走进了原本陌生的日子。尝过酸甜苦辣，也记得寒来暑往，同时也感知着这条村路点点滴滴的变化。寒冬时它冷硬而青灰色的脊背上皲裂的纹路，夏日里它被小雨溽湿的那份柔软，都曾从我的脚下走到过心里。一回，坐在后车架上的儿子被颠下来，滚进旁边干涸的沟渠，我还在那里呆愣。一位放羊的老人跑过来，抱起孩子，半蹲在渠坡上，胡噜一把孩子的头……他那份真切的担忧和虔诚的默念岂止是安抚了我的儿子，也把我那吓丢的魂儿“叫”了回来。

在社会变革中，村路完成了它从原始到现代的一次次蜕变，如今已脱胎换骨，但终归还能引导人们走向村落深处，走进村庄生活。它到底是作为一条路而存在着——土的也好，砂石的也好，柏油的也好，它就像一个符号，昭示着这个世界平和与安宁之所在，让人心里踏实。

去年春节回婆家过年，往日的小村，不仅因为节日的到来而躁动，一条关于“新农村改造”的消息令全村男女老少兴奋异常。具体讲：在全县统筹的经济建设规划中，农村集中建区，老百姓搬进统一安置的住宅楼，腾出土地、旧宅用来搞经济开发……

要告别祖祖辈辈居住的老屋而搬进新楼，要丢掉世世代代握过的锄把去做工人，难怪有人已经在掐自己的大腿，以判断其是否在梦里。

我出生在农村，却并非真正意义上的“农村人”，长在县城，亦没做成实实在在的“城里人”。曾经很排斥城里男孩吊儿郎当的做派，可当真和土生土长的“农村人”一路生活下来，才知道到底把自己煮成了一锅夹生饭。喜欢农村人的朴实，但也看到了他们的狭隘。认可城里的生活更随心随性，但也常常畏惧小市民的冷漠和工于心计。关于农村和城市，在我的感觉就像面对自己的左手和右手，都是肢体的一部分，与取舍无关。

曾有过在基层税务所工作的经历，那是 1999 年的冬天。几辆经过改装、重新喷涂的小公共汽车刚刚在乡际间投入运营，艳俗的车身和里边不洁的内置、糟糕的车况倒也呼应一致。时常有半袋子铁器、半扇子猪肉或两只活鸡随主人一同跨上车来。抱着孙子的老奶奶在车上为孩童把尿，口中会自然伴以最原始的哨声，七大姑、八大姨乡音俚语的呼唤也常常在车前车尾遥相呼应。还有那足以让你惊掉下巴的“司乘人员”。曾见过，乘务员把去了壳的毛鸡蛋放在引擎盖子上，再抖抖手里的白色小瓶子，给毛鸡蛋淋上几星盐花儿，司机一手把着方向盘，回转身，用另一手捏起“收拾停当”的毛鸡蛋放入口中。也见过司机和乘务员在车子的行进当中交换位置，同时也交换了身份。当时在车里为此情此景瞠目结舌的人大概只有我一个，我震怒于人的生命如此被漠视，简直要拍案而起，可环顾左右四邻却是波澜不惊、谈笑自如，似乎性命相托不过行李寄存，既然交出去了，就没有理由再一惊一乍。我压抑下自己，把头扭向窗外，看远近灰蒙蒙的村庄一簇簇从眼前跳过，很隔膜的感觉。

这天，窗外飘起了大片的雪花，车在短暂的停顿后，上来一位老妇人，中式对襟碎花棉袄，一块方巾从头前拢向脑后，肘弯挎着个大包袱，如果拍旧式电影，这些都不必化装，也不用安排道具和场景。上了车的老妇人有些拘谨，她微笑着将车里的人从前看到后，不知是算作打招呼还是找座位。车子本就不大，已经客满，她就顺势坐在引擎盖子上，把包袱抱到身前，然后问身边的人："坐一回多少钱啊？"显然，这是她的第一次。和老妇人挤坐在一起的正是刚刚从司机位置换下来的小伙子，他笑着说："不要钱，大妈您随便坐。"边说边抬手掸去老妇人肩头的雪花。一个中年男人接茬儿说："您可别信他的，他臭王八蛋不跟您要双份儿就算便宜。"一车人都笑了，老妇人也笑了，说笑间她并不躲闪小伙子那只还在她肩头拍打雪花儿的手，那场景自然如一对母子。大城市的公交车正规而舒适，训练有素的乘务员礼貌又周到，能坚持着笑到第八颗牙齿，也会让你把自己的咳嗽小心地压下去。

无意做对比孰优孰劣。经历除了丰富我们的感知，也会扩大我们的容量。"自然"是乡村的性格，裸露着的情感就像蒲公英一样开遍原野。再望向窗外，从眼前晃过的一簇簇村落，有缕缕炊烟袅袅升起，在高处相拥、缠绕，如仙似幻，却是地道的人间烟火。

婆家灶间的八印锅里炖着满满一锅肉，真香。吃饭用的大碗哪怕是空着，一上手已是沉甸甸。坐到饭桌上自是一番推让，婆婆是真心地让，我是坚决地推，因为怕长胖，怕"三高"。在城里，不光拿捏着做人，也拿捏着胃袋，"纯天然"往往只是电视里的广告语。

写于 2011 年 11 月

流　年

老物件的老，不在岁月的包浆有多厚，而是因为它曾经与人们有过的耳鬓厮磨，积淀下一种叫情感的东西，挥之不去。

老理发馆是在20世纪90年代时拆掉的。改革开放伊始，人们逐渐冷淡了剃头、刮脸、剪短之类的“顶上功夫”，代之以烫、染、美的“毛发生意”日渐兴隆。当大大小小的“美发店”“千丝屋”像雨后蘑菇般钻出地面，占据县城制高点的理发馆只好黯然退场。等到深街浅巷里不断涌现的不带一把剪刀的“发廊”遍地开花时，估计老祖宗就是把眼睛瞪圆也搞不懂那究竟算是啥东东了。

早年间，全县就一个理发馆。没有莺歌燕舞的名字，简简单单“理发馆”——直白却又端庄。性质属国营单位，服务公司管辖，坐落在县城中心。当时若能在理发馆谋得一份差事，也是件很牛气的事。

所谓县城，不过弹丸之地，四条马路从东西南北推上来，便有了最高处的“阁底下”。立于此，没有“一览众山小”那样的壮怀激烈，爬坡的过程每每都像是在替生活向人们索要谦卑，只是一旦从坡顶飞驰而下，所带来的愉悦又昭示着高处的诸多美好。诱惑总是带着它特有的香甜味儿，在空气中游走。

理发馆几乎就在坡顶上，坐北朝南。在我的印象里，它就像一座旧教堂，自带威仪。牙白色木门，漆皮已然暗淡，门脊上粗大的黑色弹簧牢牢把持着开合，看力道，还是一副正当年的样子。推门进来，豁然开朗，屋子虽不是很大，但是很高，上下两层窗户，矮处可以望见街景，高处有阳光打进来，既温暖又多了几分神性。靠南墙有两张木条椅，坐上去吱扭扭响，上边常坐满等候理发的男女老少，每张脸都是街头上熟的或半熟的，拉呱起来也许海阔天空，也许家长里短，是当年一个纯粹的“百家讲坛”。沿西墙到北墙再到东墙分列十几把太师椅，一样的牙白色。负责升降的摇柄从椅子下边探出头，理发师傅一只脚掌踩上去，咕哧、咕哧两下就找到了可意的操作位置。每把椅子对面的墙上都挂着面大镜子，镜框也是牙白色。加上每位师傅的白大褂、白帽子，白色成为理发馆里绝对的主色调，间或飘落的黑发在其间穿梭。一切颜色都淹没在白的汪洋里，而这铺天盖地的白，到底又区别于医院里的肃穆和阴郁，它像是深井里的水，带着清凉在我们的生命里流淌，又将生活加给我们的污秽和累赘带走，还你一个新生般的轻盈。

“身体发肤，受之父母。”古时，人的毛发是不可以随便剃除的，男女及至成年，行过“加冠、及笄”礼之后，便将长发束起，不同性别有着不同的束法，理发这个行当所做的是为人“沐发”与“梳栉”。清朝建立后，为达到长期而有效的统治，清政府曾颁布“剃发令”，将汉民族的束发为髻改成金钱鼠尾，还有过“留发不留头，留头不留发”之说。朝廷派出若干工匠，挑着剃头担子，随走随停，强行剃去男子额头与顶上头发，只蓄脑后一根独辫。沿袭下来，那个一头挑着小火炉一头挑着板凳和工具褡裢走街串巷的人便是剃头匠，也是俗语“剃头挑子——一头热”的出处。边走边敲的铁音板名叫“唤头”，悠悠地响在岁月深处，而放褡裢的地方最初挂的是一柄明晃晃的砍刀……简单一捧头发，今天去留随意，可在封建时代的道德框架内却有着不简单的纲常、伦理、朝政等等多种属性，甚至时有性命之忧。

理发馆里的场景要温情得多。一架大铁炉子雄踞屋子中间，被那些宽大稳重的椅子所围绕，炉火上坐着铁壶，氤氲的水汽，壶盖轻磕，光看这局部，犹如一座深山古刹的清晨。炉子旁边的条凳上摆有三四只白瓷盆，热水浸着白毛巾。理发不只是剃头或修剪头发，还包括洗头、修面和挖耳。修面俗称刮脸，之前，一碗事先调好的肥皂水必不可少，给客人涂抹擦净后再用白毛巾热敷，等毛孔完全打开，修面的过程才能细致流畅。据说，早年间的理发学徒，拿新摘的冬瓜练手，用一根小拇指做支点，捏刀悬腕，刀过如春风扑面，既不能伤到瓜皮，又要把白霜剃净，那份敬业的基本功如今已难觅踪影。

剃须、刮脸，连眉毛和鼻孔都要修整一番。最后师傅拿过一面圆镜，在客人身后，跟对面的大镜子一对脸儿，左照照右照照，你不露出笑脸都不必给钱。时至今日，偶尔迎面碰到位鼻孔里杂草丛生的男士，眼前不禁浮现出流年里的那些岁月……不能说如此就有碍了观瞻，可粗鲁了的不仅是一副面相，也粗糙了我们对生活的感觉。

老理发馆的颓势，看上去缘起那间简易理发室的开张。它没有名字，就在理发馆旁边，里面的杨师傅原本也是馆里人，说老不老，说小也不算小了，从业十五六年光景，长得人高马大，却斯文儒雅。改革开放以后，政策松动，街头巷尾个体经营的小理发店逐渐多起来，这些小店熬的是时候，挣的是辛苦钱，不像理发馆那么“大牌”，到点儿上班，到点儿就下，该休息休息，铁板一块。服务公司领导洞察到这一新情况，经研究后决定就在理发馆的东侧另辟一间，时间上灵活一点，以留住老顾客，工资上也灵活一点，以鼓动从业人的积极性。当这一决定在员工大会上宣布时，遗憾的是并没有一个人响应。

不知道是在什么情况下，最后拨过去了老实厚道的杨师傅。刚开始，杨师傅的小屋里人并不多，尽管一早一晚他都在，比这边理发馆的营业时间要长。好在一应活计都是他一个人，有的干就干，没的干就闲待着，不用着急忙慌，也没多大压力，放低的这个身段儿是整个理发馆的，与他似乎并非你情我愿。

我带孩子走进杨师傅的小屋，有点儿迫不得已的味道。儿子那时两三岁，给小孩子理发是件挺麻烦的事，搞不好要哭要闹，鸡飞狗跳的，所以常常会遭到理发馆的拒绝。想不到杨师傅的小屋里备有幼儿玩具，耍耍这个摇摇那个，孩子很快安静下来，玩具还没玩够，头发就理完了。

到后来，杨师傅这边越来越忙陆续增人时，他旁边的理发馆已是一副岌岌可危似乎一碰就要倒下去的样子了。如此又支撑几载，终被一家银行的营业厅挤出了局，树倒猢狲散的理发馆逐渐消失在人们的记忆中。

街心向东一扩再扩，大街小巷各式各样的美发店越开越多，个儿比个儿地富丽堂皇。理发师傅大多是些青葱样的小伙儿，白皙的手臂上文着一枝黑玫瑰，后脑勺上扎着个小丢丢，挑染成黄的、红的、灰的甚至是白的，就像一只只短尾巴兔子，引领着时尚。

我在小区附近一家额外搭出的棚子里看到过杨师傅，门口的砖墙上用毛刷写着“理发”两个红字，简单、随意，又古风尚余。说不上门庭若市，但老主顾常有，他这一干又是好几年。后来街道规整，简易棚拆除，不知道杨师傅又搬去了哪里。

这两年，小公园门口出现了支摊儿理发的流动三轮车，简便易行。从最初试探性地一位两位，到不同地方的不同面孔。简陋的折叠椅、白大褂、白帽子，一面老式镜子挂在小公园的栏杆上……旧情旧景扑面而来，拂去人们记忆上的灰尘，露出旧时光的边角。人是有记忆的动物，老景致、老物件是人生四季里一帧温暖的图画，陪伴着我们，在流年里暗香浮动。

那天，上班路过小公园，老远望见八十多岁的老母亲也在三轮车旁等着理发，我的心里顿觉一热。

写于 2019 年 7 月

野茉莉

野茉莉也叫草茉莉，学名“紫茉莉”。因晚开早合，俗称晚饭花儿。另有个生猛的叫法——地雷花儿，缘于其黑色种子的外形。不管文武还是雅俗，此茉莉跟那个“芬芳美丽满枝丫，又香又白人人夸”的彼茉莉并非同宗，甚至是八竿子打不着的。

《红楼梦》第四十四回写平儿无故挨打，委屈万分哭到哽咽。怜香惜玉的贾宝玉极尽安抚，打开宣窑瓷盒，拈起一根玉簪花棒，挑一点胭脂到平儿掌心。那“轻白红香，四样俱美”的胭脂便是野茉莉的种子研磨后“配了花露蒸叠”而成。如此豪华的一次盛装出场，不是因为倾国倾城的长相，倒是仗了那黑不溜秋的种子。

野茉莉不是高贵的公主，而是寻常人家的灰姑娘。它花香平和，花期很长。春天萌出后，六七月进入盛期，枝繁叶茂、花团锦簇，一直到十一月，西北风来了，那时的北方渐入萧瑟，野茉莉则花香依旧。

将一把黑珍珠似的种子撒进泥土，野茉莉就欢欢喜喜生根发芽儿，活泼泼地长起来。一个“野”字当家，除了说它有顽强的生命力，也表明摆脱了所有窠臼和束缚。可以亭台阁榭，也可以穷乡僻壤，不要娇气，不玩矫情，旱忍得，涝也耐得，不长虫，不生病，无需肥料，更无求管理。在季节里来去自如，直管个“一岁一枯荣”“年年岁岁花相似”。若说它们是这天地间倔强、真实而又洒脱的生命形式，总不为过。

在世界文学的人物画廊里，有着许多像野茉莉一样绽放的女性，比如《静静的顿河》里的阿克西妮娅、《飘》里的郝思嘉，比如《卡门》里的卡门、《简·爱》里的简·爱……她们身上无一例外都带着不羁的野性，对传统礼教充满叛逆和反抗精神，崇尚自由，敢爱敢恨，天性纯真善良却又工于心计，坚强勇敢却又温柔多情。村上春树在《挪威的森林》里塑造出这样的绿子：“全身迸发出无限活力和蓬勃生机，简直就像刚刚迎着春光蹦跳到世界上来的一头小鹿。”绿子身上自带“野茉莉的清香”，不仅是读者眼中的一个可爱形象，相信一定也是村上春树所中意的角色之一。

窗前或是院外，与庄户人家相伴的往往不是一簇白薯花就是一簇野茉莉。多少年来，这一高一矮、一胖一瘦的花草搭档，承包了乡村四季的馥郁，成为农家生活的底色和田园陋舍深处的顽强生机。偶尔，我去村里，在日渐清寂、消瘦的村庄里，还能见到我们熟悉的花草在坚守家园。只是在它们的顾盼间，似乎多出了重重心事。

当年，因为祖父到这个公社工作，祖母才随着借住到一个四合院的三间东厢房里。在部队服役的父亲与在当地供销社做营业员的母亲就在东厢房的南屋结了婚。一年多后，我在这里降生。这座老宅里另外还住着三户人家：一个父亲带着五个儿子住着三间西厢房；正房的西屋是个地主遗孀，她唯一的儿子因“现行反革命罪”被抓入狱；正房东屋也住着个孤老太。四合院里的四户人家就像四截树枝，在命运的海里被冲刷着、激荡着，拥到一起，打了个照面，又各自漂去。

夏夜的蝉鸣鼓荡着阵阵暑热，在我童年的记忆里，四家人同在天井纳凉的情景最为深刻。我在奶奶身边，躺在三只马扎上。天空满是细碎的星星，就像是谁随意抛洒的一捧冰花糖，夜幕幽深、湛蓝，沉沉的，似要滴下诱人的甜水来。如今半个世纪过去了，世界变化之快令人瞠目。四截树枝漂向不同方向，有的朽去了，有的上了岸，有的依旧在生活的海里沉浮。已记不清当年的细枝末节，更不曾想起过属于那个四合院的我不甚明了的语言，但清晰记得那时我的耳朵上经常别着茉莉花儿，那熟悉的味道经年不散。有一晚，祖母的耳朵上也被我别了两朵，如果不是被她喝住，我会将手里攥的一把野茉莉别到院里每个人的耳朵上。那是20世纪六十年代末、七十年代初。

一个大雨初歇的傍晚，天依旧沉着脸，空气湿漉漉的。我坐在外屋门槛上，面对空旷的院子，还有对面西厢房门槛上的另一个人。村里人喊他“仝瞎子”，我却一直叫不出口。不知其他人都去了哪里，那会儿，好像这世间就剩下了我们两个。隔着那块被雨水浸透的院子，他说他能知道啥时候要下雨。我不信。

他说：“等着啊，你等着。”

那张苍老的脸遂望向天空，眨动的双睑下本该黑亮、清澈的地方却是两片僵死的白，这在我童年的心里投下一抹阴影，忧伤胜过恐惧。在那个特殊年代，和蔼可亲的面孔少之又少，我玩伴不多，更多的时候形单影只。“仝瞎子”是一个待我特别温和的人，像这样一老一小在雨后的旧宅里坐在门槛上相对聊天的情景，悄然走进心里，被我珍藏下来。

等他说“来了来了，这就来了”，稀稀落落的雨点果然重又落下。我无声地笑了，觉得很神奇。他也笑了，有点儿小得意，又问：“你闻到什么味儿了吗？”我收敛了一下精神，闻了闻，答：“雨味儿。”他呵呵笑了，说：“不对，是茉莉花味儿，刚开第一朵，不信去看，等你跑到外边就开十朵以上了。”

院外东侧有一棵很老的枣树，树下有一片野茉莉，一只只紫的、粉的、白的或紫黄相间、紫白相间、色彩艳丽的小喇叭可劲儿吹着，那是我童年的一处乐园。每年开春儿，它们随着大地一块儿醒来，打个哈欠，伸个懒腰，就到了我的膝盖高，然后郁郁苍翠、阵阵花香。深秋一到，寒冬将至，我便扎进凋敝了的花丛里捡花籽，将大个儿的、饱满的装到兜里，再收进瓶子……不记得那些种子的最终去向，因为门前不必播种，春天来时它自己会来，他处又无意收留它们。那么，曾被我精心存储的种子最终去了哪里？真的忘记了。倒是野茉莉淡淡的香味儿和薄薄的青草气从童年的夜晚走起，从那个青砖黛瓦的庭院开始，一直伴随我至今。

我所敬重的作家史铁生曾讲：“味道是最说不清楚的。味道不能写只能闻，要你身临其境去闻才能明了。味道甚至是难于记忆的，只有你又闻到它你才能记起它的全部情感和意蕴。”

搬进的新小区是一处回迁楼，一晚在楼下散步，猛不丁闻到野茉莉的味道，便急切切地寻找。白天忙忙叨叨，无暇眼观六路，小区里除了大道小道、片片草坪，便是疏落的碧桃和几棵不大的黄金槐。进进出出，也没见野茉莉的身影呀？借了昏暗的灯光，终于在一幢楼前一层人家的窗下发现了悄无声息的它们，掩在暗处，淡淡的清香正是从那里传出来，在小区里游走。我站下了，默默地望着它们，像是望见了自己的一个旧梦，也像是望见了乡间那梦中最后的呢喃。

写于 2019 年 8 月

家的味道

“家”最初的形态，大概是从祖先在龟甲骨上刻字开始的，它融入了祖先的智慧和情思。不得想象，身边散落着龟甲板、手握简陋又粗糙工具的先人在心里勾画“家”时，是置身落日余晖的洞穴中还是盘腿坐在朝霞满天的原野上？脑子里呈现的画面，是用来祭祀——简单却神圣的棚屋吗？关于家和家园，他们是否联想过后代子孙该有着怎样的秉承和创意？

家，说它是社会的细胞也好，说它是一个人的全世界也罢，每每提到，谁不为之心头一热？哪个不是为它魂牵梦萦？哪怕你的那个家像一块浸透油烟的抹布——琐碎又市井；哪怕它凌乱、矫情、差强人意甚至暗流涌动……可家就是家，你的家就是你的家。下了班、收了工要回自己家，如果走错方向，肯定是哪儿出了问题。家，已成为肢体的一部分，与你血脉相通、息息相关，而不仅只是个配件，它有着只属于你自己的风景、冷暖和五味杂陈。常常不好理解：在外醉酒的男人，可以言语失当、行为失常，却能踉跄于回家的路上，最终打开家门，而事后才发现记忆曾经短路，那时，回家只是一种本能。

家是什么？诗人说：家是一只船，在漂流中有了亲爱。是啊！苍茫人海，家是一叶扁舟，载着我们顶风逆浪，绕过激流险滩，躲过万般劫数……有人说：“家是温暖的港湾。”假若你远航归来，望见地平线上摇曳的星星灯火，一股暖意定会从心底升起。著名学者周国平先生对家还曾有过别样的诠释：“家是永远的岸……不要说我们赤条条来去无牵挂，至少，我们来到这个世界，是有一个家让我们登上岸的。当我们离去时，也不愿意举目无亲，没有一个可以向之告别的亲人。倦鸟思巢，叶落归根，我们回到故乡故土，犹如回到从前靠岸的地方，从这里启程驶向永恒。”在他眼里，家的概念是宽泛了的。

法国人伏尔泰讲过：对于亚当而言，天堂是他的家，然而对于亚当的后裔而言，家是他们的天堂。

没去过“天堂”，尚不知其门牌几号，依我的理解，天堂之所以美好，并非因为它的高高在上，倒有可能是无可救药的烟火气……我管它叫“厨房味儿”。不同的家有着不同的味道，当你面对一扇陌生的门，敲开的那一瞬，从里边飘出的一定是陌生的味道。

家，不只是进门可以脱掉外衣的地方、吃饭的地方，还是可以为心打开包装的地方。面具放在门外，出门时，除了钥匙和手机，一张面具也必不可少。身心自由是“天堂”的基本元素，家有这个共同属性。在家里是可以解除一切桎梏的，甚至可以粗俗、抓狂、搞怪。可以坐没坐相、站没站相而不用考虑形象雅不雅的问题。可以横着走、倒着走，如果楼下不抗议，你蹦着走也没关系。很响亮地放个屁，不会自己与自己难为情。坐在马桶上唱歌，哪怕荒腔走板、缺五音少六律也不必脸红……家是人最本色的地方，最能包容我们俗的一面。官员再怎么会打官腔，也不可能在家里抑扬顿挫地“小王同志你过来……”，然后给老婆列出一二三条需要过来的理由；商人再怎么能算计，在家里恐怕也难以施展拳脚。

本真，是家的质地；安稳，是家的屋顶；爱，才是家的根基。

我们的精神赖以栖息的“天堂”，虽然形式不同，味道千差万别，却都是地地道道的“人间烟火”，它拒绝虚构。明明是粗茶淡饭，却一定要搞出国宴的味道，那么你会不知将自己搁置在何处，是门卫还是首长席？东方明珠上的瞭望台足够高，人家也不会由着你随随便便支张床。被异化的家不是家，对自己家的味道可能没感觉，可一旦被置换，有一段时间你会像个孤苦无依的孩子。

除此，家里还应该有点“书墨”的味道。

随着经济社会的不断发展，多媒体的广泛应用，阅读的功能逐渐在国人身上萎缩，甚至退化。书的墨香已经很难挤进许多装潢精致的家门。曾经有人做过一个调查，2004 年，我国平均每人用于购书的费用是 35 元人民币（约合 4 美元），不足人均 GDP 的 4‰，而早在 1999 年，美国的人均购书消费就已达 93 美元，法国是 122 美元。难道说他们的网络、信息技术不如咱们发达？

如今，对许多人来讲，看得最多的是“短信”，读得最上瘾的是“工资条”。年轻人的婚房，布置得华美而丰富，却不让一张书桌和一只书架落脚。

不读书的民族，前景会如何？缺少书墨香的家里，会不会少一些情理，多一些计较，少一些情趣，多一些无聊？有个我们耳熟能详的说法——不能让孩子输在起跑线上。所有为人“父母”或“准父母”们为了孩子而拼尽全力，殊不知，孩子的“起跑线”并非划在他落生的地方，也不是你为他选择的贵族幼儿园、重点小学，恰恰是划在他的父母，甚至祖辈头上。有副对联特别好：“忠厚传家久，读书继世长。”读书是一个家庭里几代人的事，没有“现接利”。书香味儿会令一个家醇厚而莹润且世代传承。

另外，家里最好还要有点植物的味道。

哪怕楼层高得让人仰断脖子，屋里也要有几盆绿植，花也好，草也好，因为它们不仅具备接地气的本事，也表明这家主人的“心气儿”。人对生活的热情就像洪峰一样，挡是挡不住的，几盆花草虽然说明不了问题，但总是一种传达。假若你的“天堂”晦暗、阴冷、潮湿……，就是花花草草也受不起那个罪。

家是一种小调儿，各自吟唱，高低有别，却是大自然合声里的音节组成。古人说：治天下之国若治一家。不知是把“治国”说得过于轻巧，还是把“治家”说得有些隆重。

家是庸常的，再普通不过，家于我们，又是如此生死相依。只要用心经营，总会有清新的气息传出，一如郑板桥那“青菜萝卜糙米饭，瓦壶天水菊花茶”的味道，让人心旷神怡。

写于 2012 年 12 月

城市的早晨

早上醒来的城市，没有体重。它空灵、单纯，连呼吸都是简约的。像懒散的风，像无骨的云，像心灵与心灵于无声中默默地目光交流……

不知什么虫儿在低语，长长短短，远远近近。如果说清晨的城市如一首舒缓的音乐，那么这虫鸣即背景音乐中的和声。滤去一切杂质，随夜而来的静谧因为擦拭了晦暗，变得透明与轻盈。抬头，只见疏朗的天空下有几只小小鸟儿在奋力振翅，墨黑的几点，像极了五线谱上跳荡的音符。见过大雁，目睹过它们规整的队伍、漂亮的滑翔，再佐以颇多的典故和寓意，南来北往的雁们或许因为背离了“原始”，羽翼上涂满俗世的色彩而多少有些沉重吧？眼前这些飞不高的小小鸟儿，个儿大如豆，飞相不雅，在空中不停地扇动双翅，时时给人坠落之惧。提到它们的名字，难免让人哑然失笑——家雀儿、家八，即便文雅一点儿的书面语——麻雀，也同样会令人类睥睨。且慢，还是收回不屑的目光，回身反观，平凡而又渺小的人类众生不就是那小小麻雀的倒影吗？我们挣扎于恶浊而惨淡的天空下，为了生存振动并不宽阔的翅膀，风里雨里，严寒酷暑。

一个店面打开，慵懒的女主人把一块用了三个月的招牌戳到门前，上写：“最后三天狂甩。”还有三个粗黑的“叹号”紧随其后，大概是为了强调自己的真实与真诚。其实，现如今，“真实”往往在声嘶力竭的呐喊声中隐去，“真诚”则更显得珍贵了。

《城市的早晨》，这题目有些大。所居弹丸之地，尽管还无颜称之为城，但从形式到内容，从想法到做派都在努力向“城市”贴近。

一座城市有一座城市的历史，没有历史的“城市”就像浮萍。青砖黛瓦的四合院，飘出豆汁的香甜；白塔、红墙下，着黑衣、靸鞋的长者正把太极打得韵味十足；踏着晨露遛鸟儿的大爷，哼一哼《三岔口》，字正腔圆……这说的是首都北京。

巴黎的历史变迁常被看作源于塞纳河，这座有着两千多年历史的世界四大城市之一，当晨曦依次泼洒向罗浮宫、埃菲尔铁塔、凡尔赛宫，塞纳河水清波荡漾，从那些属于整个世界的不朽杰作和这座城市的历史前缓缓流过；圣母院塔楼上的敲钟人不会再是“卡西莫多”，而圣教堂屋顶的圣婴神情依然醉人。

英国首都伦敦，曾经被1666年的“伦敦大火”所摧毁，随着工业革命的到来和商业的再度繁荣，重新崛起的伦敦，依然以大英帝国的姿态屹立于世。美丽而丰腴的泰晤士河穿城而过，又孕育了怎样的城市历史与文化？在某个雾气浓重的早晨，狄更斯是否与一个“孤儿”不期而遇？萧伯纳是否也曾伫立河边，思考“资本主义社会最本质的问题”在剧本里通过什么样的方式来体现？当伯特兰·罗素，这位集哲学、数学、逻辑学于一身的大家，在1920年的中华民国，与一位青布长衫、担担叫卖的中国人于晨光中迎面相会，他那“多元的人性论”理念是否也一样有所参照？

悉尼的早晨也是忙碌的，这个澳大利亚最大的城市，有着才不到二百年的历史。但原属英殖民地的浸润，自有着“贵族”的质地。赶班的车队也可能被堵在路上，但你看不到人们脸上有任何焦灼；踏上公交车的青年，会很温和地招呼遇到的每个人“早上好！”，哪怕他们素不相识。

还有夏威夷的早晨，宁静的海、瓦蓝的天、细软的沙……尽管有林立的高楼做背景，但人与自然的交融则恰到好处。

印度教最古老的经典《吠陀经》里说：“一切悟性都随着清晨苏醒。”在环球同此凉热的今天，美国的次贷危机，乃至欧洲的债务危机让整个世界的经济和民众生活跟着潮涨潮落，但每个城市的早晨却在不同文化、不同历史的大背景下演绎着各自的不同风景。

到了夜晚，城市会变得沉重，因为承载了太多的喧嚣、浮躁和欲望。当最后一盏街灯灭掉，我们的小城昏昏睡去。就像一个健忘症患者，城市常常在遗忘中醒来，接下来，一切都在貌似简单中变得复杂。好在，一个平平常常的早晨，在短暂的静谧与寡淡中，静心捕捉，不远处还有虫鸣与我们相伴，并不透彻的天空，还有不起眼儿的麻雀在翩翩舞动，尽管不是很美，但足可给人以安慰。街旁，还有挺立的树燃烧着它那执着的绿，还有上学的孩童在路上蹦蹦跳跳……刚刚醒来的小城，在等待着它的日出。

写于2012年11月

待到重阳日

这年深秋，一个偶然的机会，我来到大城县，虽隶属同一地市，却从未谋过面，这个原本并不遥远的地方其实还勾挂着我心里的一份记忆。当“大城”像电影镜头一样终于被推到近前时，心底那份隐隐的痛也随之弥漫开来。

小时住的村子离姥姥家十几里路。姥爷常来接我，有时在家里，还在外边玩，听到姥爷的一声招呼，就像俯冲的鸟儿一样飞奔过去。姥爷一只手扶车，另一只手臂朝我身上那么一揽，一提，我就坐到了他那辆自行车的横梁上，脚面往下边的斜梁一别，双肘往车把上一架，回头跟姥爷说：“嘀——嘀——”

十几里的路有七八里国道，余下的便是曲曲折折的田间小路。坐在车上的我伸手能够着两旁伸展着的棒子叶。寒冬腊月，姥爷骑车会小心地绕过地上冻裂的伤口。一路上，姥爷用他满是硬胡茬儿的下巴蹭我的头顶，发出沙沙的声响。有时我会一缩头，跟着再一挺身，头顶碰到姥爷的下巴，听到他牙齿碰响的声音，我会笑个不停。有时姥爷用下巴按住我，如同按着一只淘气的兔子。那时候，颠簸的小路总是太短，幽深的庄稼地满是享不尽的清凉，寒风再刁钻也甭想找到藏于姥爷怀中的我。想必，那会儿姥爷也是最愉悦的，不然他怎么会把那戏文唱得八分迷醉？

“六郎我坐镇点将台，大刀一挥贼寇退，金枪一指锁秋阳……”

除了在路上，我没见姥爷在任何场合唱过。姥爷唱的时候我从不捣乱，安安静静地听，尽管懵懵懂懂，尽管他的气息在我的头顶和颈项里钻得奇痒。

姥爷的哼唱一停下来，我就仰头看他，头顶杵在他的胸上。姥爷慈爱的目光含着我，就像晚秋的午后阳光。那种视角，那种感觉，直到今天我也没能找到准确表述它的语言和文字。多年后，当我在一篇文章里看到那句“爸爸的头像地球，有山有水有河流”时，便会心地笑了，知道作者从一种特别的视角，带着一种特别的感情，这让我想起在姥爷怀里并能仰视他的日子。

姥爷家东屋的门后，立着个老式橱柜，对我来说简直太神秘了，因为那里在我够得着的地方总能找到弹球儿、彩绸头绳儿，还有能当笛儿吹的彩泥公鸡。年节，还能找到一包拆分好的小鞭炮，揣进兜儿里，在宅门外把单个儿的鞭炮插进因老旧而虚空的院墙缝儿，然后用手中的香火头儿点燃。看到别人家的孩子站在远处馋得要流口水的样子，我简直飘飘欲飞。许多的玩伴都愿意跟着我，不光因为我的玻璃弹球儿总是最好的，橘瓣儿、白泡子、星星转儿，五光十色，簇新鲜亮，还因为玩起来我从不计较得失，输赢洒脱，关键是姥爷从没让我那装弹球儿的小布口袋饿过肚子。那时的生活很窘迫，不知姥爷是如何做到的对我保障供给，也曾因疑惑问询过姥爷，他答："我是神仙，会变。"

后来，我又遇到个自称"神仙"的人。

一阵拨浪鼓的响声在街上响起，紧跟着是一串吆喝："……起子碱面酱油醋，针头线脑小百货啊——"我拉开宅门跑到外面，只见一个精瘦、黧黑的中年男人，推着一辆独轮车，玩杂耍一样推着一个花花世界。一个超大的笸箩被截成大小不等的若干格子，里边装满花花绿绿的东西，车头前撑起一面旗子样的布帘，上边别满绒花、发卡和木梳，车的两旁则挂满坛坛罐罐。我都看傻了，这就是传说中的货郎。

货郎把车子停在不远处，竟微笑着呼出我的小名，这让我更是惊讶不已，问他是怎么知道的。他说："我是神仙，会猜。"我很是不服气地哼了一声，然后说：既是神仙，给我变几个弹球儿出来。"神仙货郎"递来的弹球儿竟和我兜儿里的一模一样。当然，从他的车上我也看到了同样的彩泥公鸡和彩绸头绳儿……突然间就看到了姥爷的谜底，这令我兴奋不已，掉头就往家里跑，却一头撞在姥爷身上，原来他一直就站在我身后。

后来姥爷告诉我，那个有点儿像西方圣诞老人的货郎家在大城，一个很远很远的地方。

姥爷好喝两口儿，而且常常是在家里约上仨俩好友，对此，妈颇多微词，还说姥爷的脾气怎么怎么样……人是多面体的，且每个面又各不相同，我知道姥爷把他最好、最柔软的一面给了我。有一次，姥爷带我去他的一个远房亲戚家随份子，那时的一顿小米干饭、饹馇豆腐对人是充满诱惑力的。行过礼、交上份子之后，姥爷来到屋里，发现两个和我差不多大小的孩子一人手里捧着一块糙点心在吃，我则立在墙角儿，一定是备受煎熬的样子。姥爷一时火起，拉起我就走，任一群人在后边大呼小叫，任小米饭的清香在身前身后肆意缠绕。从此，姥爷竟和那家亲戚疏于来往了。

我占据着姥爷心里最重要的位置，他以为别人也应该把重要的位置留给我，看上去他爱得狭隘又自私，可这狭隘又自私的爱让我直想跪下来，求上天恩准：姥爷——来生让我也这样疼您。

不知道岁月在悄然流逝，看不见自己的拥有在一点点被剥蚀。在我十八岁那年，虽然已经参加工作，可不够聪慧、依旧单纯的我几乎仍是个懵懂少年。那时，我家已搬进县城。有一天，姥爷骑车赶了二十多里路来到我们家，正好我一个人在。姥爷进门拉过一只马扎很疲惫地瘫坐上去，脸色铁灰的样子让我一时手足无措。不久，姥爷即被查出罹患肺癌，几个月后，竟撒手西去。

这一走，姥爷再也没回来过，随他一起走远的还有那“神仙货郎”的吆喝声，只是有时我还会傻想：在我的童年，那来自“遥远”的大城，推着一车阳光、色彩和美好的货郎，会送给姥爷一些什么呢？

写于 2008 年 11 月

游戏的维度

系统内搞培训，有半天课程请的是职业培训师。课上做了两个小游戏，一个是“传话”，人员分五列落座，每列十人。一名培训师将事先准备的纸条展给队尾的人看，任务是把上面的内容由队尾传至队首。规则：不许出声、不许借助通信工具、前边的不许回头、后边的活动范围不许超过前边人的两肩，这样一来，每人可资利用的材料只剩下面前的一块后背。三分钟的小组密谋敲定暗语后，游戏开始。

第一轮下来，溃不成军。人们在“规矩”内挖掘最大可能，竭尽全力以最快速度要将最准确信息传给前面打旗儿的“队长”，由队长把结果写到前台标注队名的纸上。虽然同系统，但人员来自四面八方，由于相互间协调不畅、个体差异、团队合作等等都尚待磨合，有人笑得乱颤，有人后背怕痒，有人感觉表达不清情急之下回头说“再来一遍”造成犯规。结果各队把“66069”一组数不是传丢就是传错，忙乱中还有的将答案写到了别人家纸上……极度不适妨碍了人们的判断力，而兴奋着的情绪又不能很好地集中人的注意力，大获全败也就在所难免。

我们队在找出问题所在和解决方法后，个个信心满满，先有了胜券在握的表情。只见街坊队抓时间演练改革后的“新政”，拽一下前边人的左耳又胡噜几下头，不知搞的啥名堂。三分钟“碰头会”后游戏重新开始。我们的“消息”还在路上，街坊队复杂的盘旋还在艰难中，却有人跑到前边写答案了，一时引起小小波动。有人捅队长：“还等啥？快去，他写啥你写啥呗！”队长们纷纷跑上台，在抢一支笔的同时也都抢到了答案。

培训师整着一张脸要作废这轮成绩，征求大家意见，大家齐声说：“不行——”培训师笑了，一脸的严肃瞬间松懈下来，强调一回纪律，大体也就是撑撑门面，法不责众！这样每队都有得分，虽然按顺序先后有弱小差距，但到底皆大欢喜。

嘈杂声是随着游戏的进行而逐步提高的，这期间不光有了“发声”，还有了“越位”。有聪明者说：“用手机传给队长，既快又准！”有人补充道：“假装画画，不能立马儿上去，那太假了。”“对，搭上就走，注意配合！”

游戏在继续，“规矩”在慢慢退后，直至被完全肢解。六轮下来，名次排出一二三，获胜者无愧，败北者亦无所谓。在培训师疲惫又无奈的笑容里，游戏及时结束，再玩下去，恐怕他也会被拖下水。

有个美国人带孩子，把孩子放在墙上，让孩子往下跳，说：“来，宝贝，爸爸接着你。”孩子就跳，爸爸却没接。中国人说了：瞧，资本主义多阴险，老子竟然糊弄儿子。其实，我们看到的是表象，它还有深层次的表达：我可以生你、养你，但不能替你生活，将来的一切全靠你自己，连亲爹都靠不住。我们常说：“父爱如山，母爱如水。”指的是伟岸到顶天立地的父亲和无微不至的母亲，没人客观地告诉你父亲的脆弱和他作为一个凡人的渺小与不够完美，没人提醒你母爱并非大到无疆，除了做你不拿工资的全天候保姆还要替你拉把孩子，而你只负责刷刷微信和玩玩游戏，如此“母爱”远比美国人的“糊弄”要凶险得多。

德国人见面打招呼不是“吃了吗”，也不是股市如何，而是“Allesin Ordnung？”（秩序还好吧？）。在德国，地铁和景点不设闸机、围栏，也不会有人逃票。哪怕是半夜十二点，过马路的人见红灯也一样要等。在云南滇池螳螂川有座建于1911年的石龙坝电站，所用水轮机、发电机和变压柜全部产自德国，一百多年过去了，至今运行良好。

第二个游戏叫“逃爸爸，逃妈妈，逃宝宝”。人们手拉手围成一圈，情形好似“五十六个民族同唱一首歌”的节目录制现场。培训师站在中间，随着他的口令，近邻三人组成“临时家庭”。假爸爸和假妈妈拉起手，中间蹲下个假宝宝。当游动中的培训师突然喊“逃爸爸”时，假爸爸撒腿就跑，去插足别的家庭，那家的“爸爸”一样要另觅他处，以此类推。等培训师喊“停”的时候，总有飞出“家庭”之外无处落脚的一个人在圈子里讪讪地溜达，挺失败的样子引得大家爆笑，同时各自暗喜：幸亏不是我。第一轮刚结束，“邻居”就过来提出跟我们联谊。接下来，无论培训师喊“逃妈妈”还是“逃宝宝”，我们“两家”都会互换成员，做到了忙而不乱、进退有据。遗憾的是，笑到最后的却不是我们。问题出在培训师保留了一部分游戏规则，故意引而不发。等游戏结束，最终“被剩余”的四名“无家可归者”每人得到一块丝巾作为奖励，这时大家才明白：思维的逻辑变了。

我们习惯了抢，习惯了争，习惯使出浑身解数要站到人群前面。“逢一必争”曾作为我们工作的标杆和鼓舞士气的兴奋剂，让锦旗插遍系统内外……印第安人有句话广为流传：走得太快了，有时需要停下来，等等我们的灵魂。

改变了的游戏规则，无疑打乱了我们的思维惯性。丝巾不大，却有着非同一般的意义。

我国某大型企业从德国进口一套生产线，却摆布不了，向德申请技术支援。不久，来了一名工人——蓝领。受到人家如此轻慢，令人颇为不爽，又无计可施，只好静而观之。几天工夫，一条流水线便顺畅地转起来，这名德国工人，从理论到实践，从深度到广度都乃一流。与之稔熟后，有人试探着问：您这样优秀，为什么不考个工程师，搞个院士什么的？言外之意——你就甘心当个工人吗？没想到这问题让德国人一脸的诧异："这有什么不好吗？"

写于 2015 年 12 月

太极缘

晨光曦微中，小城刚刚睁开迷离的睡眼，静谧而安详。晨露的湿气一波又一波，将青草的气息铺展开，一笔一画都柔软。薄雾像一片素纱，给生活的真实罩上一层魔幻，让突兀的高楼不再生硬。绿树掩映间，盘拳走架的“太极身影”非常缥缈。

公园不大，场地也不宽裕。晨起散步的人们，或疾或徐走在公园内的环形小路上。被小路环绕的中心部分有一块不大的场地，一年四季的每个清晨，总有十几个人在那里打太极——太极拳、太极剑、太极扇。不知他们起于何时，如今已成公园一景。他们的人员组成并非一成不变，生活犹如一棵树，挺拔向上的主干自是少不了旁逸斜出的枝丫来烘托，比如身染微恙，比如出差旅行，比如家有状况等等，难免你来他走，但队伍总能保证规模，所以旁人总能在清晨的公园看到他们的一招一式。在中国，可能有公园的地方就有晨练的人，而晨练当中又必有习“太极”的人。有人说：太极拳是无言的诗、立体的画、流动的雕塑。不知是否准确，但可以明确的是：如果没有了他们，公园会因为缺少生气而显得呆板或不再灵动。

我开始研习“太极”是在 2008 年，正是中国的“奥运年”。而对太极拳感兴趣还要早一些。本来早晨只是散步，对场地内的“太极一景”熟视无睹，更无从了解这项运动。某天，不经意间却发现场地内的“比比画画”原来有着很大不同，有的人只是在动——伸胳膊伸腿儿，毫无章法可言；而有的人步伐移动中竟给人行云流水、自然顺畅的美感。这一发现让我放慢了行进的脚步……就像王菲在《传奇》里唱的那样——“只是因为在人群中多看了你一眼……”，就走进了心里。可那时我还没有与之谋面的决心，杂事太多！

2007 年外甥女参加高考，七月底，家人外出旅游，那是第一次也是唯一的一次同父母、家人一起去旅行。我们先坐火车到宜昌，然后乘游轮，沿长江逆流而上。几天的行程，吃住基本都在那艘叫“总统四号扬子江”的豪华游轮上。沿途，曾一睹三峡大坝泄洪时的壮观，见过“鬼城”丰都，漂了“神农溪”，甚至有幸一瞥长年隐于云雾缭绕中的“神女奇峰”。还有许多细节性的东西一同封存在了记忆里，包括早上父亲在宽阔的甲板上打太极拳时的样子。游轮是艘涉外游轮，所以船上有外宾，有些安排是考虑人家生活习俗的，像“早咖啡时间”。每个早上七点钟，在二楼餐厅备有免费咖啡，当然，“船家”对国人的偏好也是有所考虑的，所以同时备有“早茶”，堪称中西结合之样板。还有更为突出的，就是那个时间段里教游客太极拳。来喝咖啡的人不少，来喝茶的人不多，不管是喝茶还是喝咖啡，看上去他们其中更多的人是来关注前台上学练“太极拳”的。教练是个小伙子，不言不语，上来就随着音乐动作起来。我看不出什么门道，说不上好还是不好。几个外国人站在他的前后，松松垮垮，打得东一榔头西一棒子的。尽管有的人一脸严肃，有的人打到半路就把自己笑垮下来。父亲走进场子，在边上自顾自打起拳来。打着打着，其他人就停下了，包括那个教练。并不宽敞的前台上一时成了父亲一个人的天下。

父亲从工作岗位上退下来的第二天就去广场学拳了，没有过渡，没有落差，更没有许多人在突然退下来时的不安与不适，欣欣然，似乎对人生的起承转合少有过意，抑或是对闲云野鹤样的散淡生活早已心向往之。置办了打太极的所有装备，他上阵了，这一打就是十几年。父亲是个很看得开的人，这首先契合了“太极精神”。

为了不影响别人的教与学，第二天早上，父亲转移到后甲板上。尾随而至的除了我还有两个外国人，看上去他们像中东人。雾气迷蒙，凉风习习，滚滚的长江水击打着船舷。父亲背对长江微屈双膝，云手、推掌、穿拳下势……船体的微微晃动非但没影响他的节奏，反而因为沉稳倒平添了一股神韵。上下相随、气定神闲、自然流畅，神情专注如入无人之境。正是从那会儿开始，我为太极而心动。

“太极者，无极而生，阴阳之母也。”无极生太极，太极分阴阳，阴阳合太极。“一阴一阳谓之道。”道是宇宙万物之本源，为一种武学冠之以“太极”自有它的理由。

太极功秉承自然，以中华传统文化为依托，讲究以神领意、勤于修为。研习的过程即是一个由步入“阶及神明”到“明心见性”之境界的升华过程。对于涉猎不深的我来说，别说“境界”，连门还不知何方朝向，但体会总还是有的，比如专心。打拳时必须全神贯注，排除一切杂念。做到不惊、不喜、不悲、不愠。动中求静、虽动犹静，切忌心猿意马。那边来个熟人，你要打声招呼；一边打拳一边想着菜市场的采买，一准会跑神漏气儿乱了章法。甚至因为一个人的不专心打错路数影响到同伴的节奏。如果是特别专注、全身心投入，那么打完几套拳、几套剑后会呼吸顺畅、全身通泰，否则，感觉会很别扭。几年下来，虽然拳技长劲不大，但从性情上逐渐戒除了心浮气躁和争强好胜。

天有三宝——日、月、星，人有三宝——精、气、神。习的过程更是一个悟的过程，也是个人意志淬火的过程。“太极功”也许不能决定我们生命的长度，但一定能提升我们的生命质量。

今年的七月六日，父亲远走他乡，临了，忘了带走他的太极剑，衣橱里若干套练功服因为弄丢了主人而神情落寞。横陈在窗台上的太极剑有着和我的一模一样的剑套，因为它们同出于母亲之手，在这世上绝无仅有。

写于 2012 年 9 月

我们离体面有多远

2006年的某一天，来访的斯洛文尼亚总统德尔诺舍夫做客央视的《高端访问》。访谈接近尾声，水均益很套路地问其“人生目标”。德尔诺舍夫略一沉吟，然后很郑重地说：“我的人生目标是世界上所有的人都生活得体面，可以简单，但一定要体面。”这是个出乎我意料的答案。德尔诺舍夫的答案和他说这话时的神态植根在了我的心里，让我常常自问或想问人：你体面了吗？

“体面”二字的注脚千差万别。2500多年前的思想家孔子，将“仁”作为其思想体系核心，讲的是对人的尊重和同情心。“夫仁者，己欲立而立人，己欲达而达人。”他将“仁”看作道德的最高准则。尊重自己，亦尊重他人；饮水思源、念及过往是感恩；源远流长、荫及子孙是积德。被人尊重是件很体面的事，学会尊重他人同样也是另一种体面。

体面不是一个词条，加上注脚就限定了一个概念。体面是一种生活质地，是对生命的最高褒奖，是被学养、道德、品性浸润透彻后的一种自然呈现，它远比“安居乐业”有难度。“虽在庙堂之上，然其心无异于山林之中”是一种帝王的体面；“采菊东篱下，悠然见南山”是文人雅士的体面。富有富的讲究，穷有穷的尊严。形式不同，内容不同，但曲径通幽。司马迁说“仓廪实而知礼节”，如果吃喝尚且不足，还能保持一种气定神闲的风度，显然，体面已经长到了骨头里。

体面亦曾被曲解，或者说被嫁接过，长出别样的果子。达官显贵似乎从来都是“体面”的代言人，锦衣玉食，豪宅香车，物质生活的体面似乎不足以表达他们精神生活的同样“体面”，于是，豪宅里也有富丽堂皇的书房，顶天立地的书架上排满古今中外名著，然而像队队列兵的它们充当的是没有生命、了无生气的道具，支撑的是空虚得衣不蔽体的灵魂。曾有一位富豪，酒后归来，醉倒在自家别墅小区的近前，保安上前将他扶起说：“我送您回家吧。”富豪说：“家？哪里是我的家？”保安往前一指说：“就在前边。”富豪说：“那不是我的家，那是我的房子。”

“天下兴亡，匹夫有责”这句话出自思想家顾炎武的《日知录》，他强调：

人要有知耻之心，首先在于人人“行己有耻”。“廉耻，立人之大节；盖不廉则无所不取，不耻则无所不为。”人若没有知耻之明，又何谈为人的正派体面？知耻，才会弃耻向荣，才会“见贤思齐，见不贤而内自省也”。才会有所为、有所不为。如果把良好的道德逐渐内化、固化为自觉的日常行为习惯，也许我们离“体面地生活”就不再那么遥远。

体面是一棵大树，需要阳光、水和肥料，更为关键的是它首先是一棵有生命的树——活树，枝繁叶茂靠大家。请少一些给猪肉注水、给水果上色、给鱼吃激素、给鸡喂苏丹红一类不体面做法；请不仅关注自己的衣着，也小心一下自己的言行；请惜水如油、自觉自愿不浪费、懂节俭；请爱护花草树木，同时也爱护它们之外的其他生命；请省去一些钩心斗角、尔虞我诈，让人与人之间多些坦荡、包容和关爱。

写于 2008 年 11 月

年　景

年，说过就过去了。它不因你的重视而增重，也不因他的特殊而滞留半步。正如古人所说：“寒灯短烬方烧腊，画角残声已报春。明日便为经岁客，昨朝犹是少年人。”时光以它亘古不变的节奏敲打出斗转星移、四季轮回，不以物喜，亦不以己悲。但不管怎么说，年味儿还是绵长、醇厚的，犹如一道美味佳肴，总会在人们的唇齿间留有回味，有的，还会留在一个人一辈子的怀想里。

老妈年届古稀，和她的外孙说起小时过年的情景，恍若昨天。

那时，一过腊月十五，家家开始轧面、碾米。磨房里从此不分昼夜，欢声笑语伴着石碾子吱扭扭的应和。然后便是家家蒸一锅又一锅的年糕、枣糕、豆馅团子，放进院子背阴处的大缸里，要吃到出了正月。其实，那何尝不是祈盼年景越过越好、家人团团圆圆的满缸心愿？花上八分钱买一包牛油或羊油做的洋蜡，替换下辛苦一年已经黑枯燎烂的煤油灯。大年三十的下午，各家爸爸会在院里为孩子们糊灯笼。秫秸秆儿的骨架，牙白的毛子纸，贴上手剪的福字和红花边，最后在里面燃起一支蜡烛。好不容易盼到晚上，挑一盏这样的灯笼去街上会伙伴，可无论怎么拿捏着姿势都避免不了蜡烛的轰然倾倒，更何况还有淘气的嘎小子成心冲着别人灯笼而来。灯笼付之一炬，那份遗憾又畅快的感觉就像小虫咬着人心。

门神和对联要抓紧下午不多的时间贴上，爸爸举着刷好糨糊的门神，手指浮撑在门上，孩子端着盛糨糊的马勺站开一点点，用眼给爸爸吊线儿，往这边歪歪或往那边挪挪，等不偏不倚后门神才能落座。贴对联也是，绝不会马马虎虎潦草从事。太阳快落山时，在院门到堂屋口的过道上铺满芝麻秸，叫作踩岁（碎），既取“芝麻开花节节高”之意，又有避邪免灾之功，灾难和邪恶都不会光明正大来犯，任何响动都能令它们惊悚而退步不前。等吃过饺子，放完那挂一百响的小鞭，族亲里的第一位客人便将院里的芝麻秸踩响，拜年开始了。

女孩子最中意过年的不是拿到手里的几毛压岁钱，而是花布做成的新棉袄。

因为姥姥过世早，母亲不光缺失了母爱，也很早就品尝到了生活的艰辛。十三岁那年，姥爷送她一块碎花布，可做一件长身棉袍，自己还不擅裁剪，被街坊大婶剪瘦，直把母亲心疼得落泪，到今天也还记得那棉布的手感和花色，那剪刀似乎生生地剪在心上。

“您还有那天的衣服吗？穿上我看看。”

“早没了，还留到这天儿？”

望着红木座椅上的一老一小，敞亮的玻璃窗做背景，如一幅画，说的动情，听的入神。隆冬的寒意被挡在窗外，屋内的杜鹃花开得正浓。茶几上放着各色水果，有新疆的哈密瓜，海南的“黑美人”，有台湾的脆桃，甚至还有来自澳大利亚的大杏仁。那盒打开的“德芙”一副奢华、慵懒的表情，与生活的笃定很合拍。

儿子是标准的80后，姥姥对于童年年景的描述，他究竟能听懂多少？品出的到底是生活清贫的味道，还是清苦下边沉淀出的甘洌？不由得想起我小时候的年景。

记得，年几乎是从腊月初一就开始了。“腊月初一蹦一蹦，大人孩子不得病”指的是年节开始的第一道程序——炒爆米花。毕剥的爆响把不大的灶间装满，飞扬的沙尘随着蒸腾的热气把那只锈红的十五瓦灯泡团团围住。奶奶头上包着围巾，一只脚踏在灶台上，手抓两截茬子（大秋收割的玉米，存留下的尺把长秸秆，在地里干透后收回，备为柴火）和弄着锅里的沙子和玉米粒。我在灶下烧火，火光不仅烘暖了我的全身，也照亮不时从锅里蹦出的一个个硕大的爆米花，它们很快成为我的口中之物。第二天上学，每个同学兜儿里都揣得鼓鼓囊囊，不光有爆米花儿，还有白薯干儿，家里条件稍好的同学或许还有不多的炒花生。超载的装备不仅是为一饱口福，重要的是为互相间的友情交换。给谁不给谁，换多与换少，自有着小孩子远近亲疏的“原则”，很有些说道在里边的，尽管各自产品的味道同那年景一样出自同一个版本，不分彼此，但同学间照样换得兴趣盎然。

那时的年三十别说没有电视机，就连电也不常有。吃过饺子，能听到远近疏疏落落的鞭炮声。比较吸引人的是在年三十的晚上，我和妹妹、弟弟每人能得到一只大柿子。柿子是冻了一个腊月的冰疙瘩，可它对我们的诱惑是甜软到骨头里的。我们三个趴在被窝里，眼巴巴盯着地上的铝盆，半盆井水把柿子里的冰一点点拔出来，直到柿子软了，而水变成了冰，等待的过程特熬人。很奇怪，吃下去的明明是带着冰碴儿嘎喳、嘎喳响的凉柿子，一会儿却换来从心里往外漾出的暖意。一只平平常常的柿子竟也寄托了“事（柿）事平安”的厚重含义。

过年是快乐的，不管清贫还是富足。杨白劳给喜儿扯上二尺红头绳儿，也能换来过年的快乐心情。其实，过年不只是人们通过各种形式表达内心对来年年景的美好期待，过年也因为承载了人们更多的念想变得格外重要而令人心生敬畏，形式也就跟着格外重要起来。

过了年，儿子就要回悉尼上学去了，他说那边对过年不是很看重。地域不同则文化不同，尽管我们的过年形式随时代的变化在悄然改变着，可过年的心情始终没变，这里有亲情的加温，有芥蒂的释然，有对人间和顺之事的感恩，也有对好年景的祈盼。

老爸从外边回来，跟那边“讲故事”的祖孙俩悠了句什么，全家人都笑了。

“天仓二十五，小米干饭熬豆腐。”正月二十五一过，这年也就基本算过去了，那么，让我们共同祈盼来年的年景更好看，五谷丰登、风调雨顺。

写于 2008 年 2 月

给语言清清肠

给过节打上“过劫”名号的，要么是清静之人被它的繁乱打中，要么是口袋贫民被它的下手“太狠”打疼，个中滋味长。有人算过，一年三百六十五天，中国人有一百三十二天要么过节要么准备过节，基本是菜瓜打驴——去一半儿，不知此说是否有点儿过。

过节嘛，离不开吃。上下五千年，纵横八万里，民既以食为天，还以地为母。天滋地养，天地责无旁贷。胡吃海喝之后，“减肥”成为“节”后余生的重要话题。女人爱美，男人怕病；老人想长寿，儿童要睿智。“管住嘴，迈开腿”已成共识，减肥产品热卖，相关的按摩治疗诊室如雨后春笋遍布大街小巷，肥胖大有成为全民公敌之虞。遏制口腹之欲、消耗卡路里、清肠去油等招式纷纷登上各家“道场”，最终目的——甩掉吃出的赘物。

哲学家大卫·休谟曾讲：“语言，就其本质而言，是一种公众事务。”有迹象表明，这一“公众形象”在“节日快乐”的祝福声中，不知不觉也变肥了。

“人之所以为人者，言也。”能言是人之为人的标志之一。语言首先是供我们使用的工具，上网、看书以及日常交流、沟通，如果没有语言做媒介，很难想象，我们的生活会是个什么样子。

文学创作是语言的艺术，有高下之分，有雅俗之别，个人偏好无所谓伯仲，全得意于萝卜白菜，各有所爱。你爱莫言，他可能爱孙犁；你读金庸，他可能只看琼瑶。抛开文学作品的故事性、艺术性、历史性、思想性等等不提，单把“语言”拎出来，那也是一个说不完的话题。

汪曾祺的作品我百看不厌，汪曾祺的孙女汪卉对他却不买账。当年，才上小学五六年级的汪卉有一天气哼哼地回到家，说：“爷爷写的文章一点儿都不好！”原来，老师让学生从文学作品中摘抄华丽辞藻，以备不时之需，汪卉把爷爷的书翻了个遍，竟然一无所获，很是恼火：“爷爷写的什么呀，没词儿！”汪老听了哈哈大笑："说得好，没词儿！"过了一阵儿，他一边嘟囔一边咂摸："没词儿，没词儿，好！"汪曾祺是中国当代文学大家，被称为"中国最后一位士大夫"，贾平凹说他"是一只文狐"，林林总总的评价里汪曾祺却最中意、最认可孙女的这个，并以此为文学创作的至高境界，追求终生。

一个内心朴素的作家，自不会用花哨的语言来装点门面；一个崇尚浮华的社会，自不会拥有一套干净利落的语言体系。先不说我们的图书市场状况如何，阅读中，不管是网上还是网下谁都有过与"鸡汤文"撞个满怀的经历，当然也有人乐意长期泡在"鸡汤"里，还时不时舀上一勺四处分发。"心灵鸡汤"首先它不是汤，也无关心灵，大不了就是那些无所事事的禽类前刨后刨找虫吃，搔首弄姿赚你的点击率，可它所滋生的文字垃圾就像油垢一样淤堵在血管和肠壁上。

如今，上网即便不是生活的全部，也占大部。网络语言就像鲜榨橙汁，味道很冲，却难以持久保鲜。极强的时效性和鲜明的时代感能让其各领风骚个儿把月。"×××，你妈喊你回家吃饭。""且行且珍重。"这类的不用多说，你懂的！傅园慧在奥运会上亮相后，"洪荒之力"狂卷大江南北，连小孩子在夏令营的受训路上对着记者的采访镜头也借此调侃。心领神会让我们有了共通的语言，有了在场感，又有"合谋"的快感。只是，浅尝辄止是它的命门，太过就腻了。

口头禅是我们生活中常见又不以为意的"毛病"——"这个""那个""嗯""啊"不一而足，还有"对""对对对对对""谁讲话儿的""回儿再"……不胜枚举。我认识个比较奇葩的人，每句话后边都缀一个问句"知道不"。直播一段："原来这条道是个死葫芦头，知道不，根本过不去，知道不，去年完秋儿刚打开，知道不……"那个"知道不"已非问句，就像个楔子插在语言里，使其失去了弹性。

山东作家张大春在他的书《认得几个字》里提到他小时候有段时间常说"结果后来"，说得很快，听上去像是"就来"。有一天他家老爷子实在听不下去了，说："你舅舅今天不会来。"张大春一脸茫然。老爷子说："你成天价'就来''舅来'又是什么意思？结果是结果，后来是后来；'后来'还不算'结果'呢，有了'结果'，还有'后来'吗？"张大春如醍醐灌顶，不久硬是"戒"掉那个累赘。

你稍加注意就会发现如今有太多的人喜欢"然后"两个字，男女老少，大小孩芽儿，都在那儿"然后这个""然后那个"。最常见的是电视采访里，各行各业，白领、蓝领，将"然后"贯穿语言始终，但凡访谈画面下需要打字幕的，后期制作一般会把若干个"然后"直接删去。

不可否认，语言是有性格的。几年前的一天，我给朋友打电话，不巧，她先生接的。这位某局局长大人不是很随便地“喂”，也不是很正式的“你好”，更不是愣头磕脑地“你找谁”，而是“欸（éi）——”，就这么一个毫无意义的叹词生生被他拖了有二里地长。我心里这个乐呀，显然这位仁兄在官场沉溺太久，官腔才打得炉火纯青！如果哪位感兴趣，录一段“官话”放上几天，不听出肠梗阻来，算你有超强的免疫力。

语言不只是用来说或听，还是内心的表达和对表达的敬重。“活泼有趣”应该不是对语言品质的额外要求，人若无趣，生不如死。你看微信红包，一分钱大家也能抢得热火朝天，谁真在乎？无非是给生活凑个趣罢了。

“社会属性是语言的本质属性。”还我们的社会一个健康活泼、清爽通透的语言体系，把废话戒掉。

写于 2017 年 3 月

冬天里的挽歌

送大伯走那天，我没哭，可我看见老天哭了。

大伯的面容很安详，没有一丝不安，没有一丝遗憾，甚至没有一丝牵挂。超乎寻常的平静让他脸上一向的和善更清晰地呈现出来，温煦暖人。

曾经，也用过“音容笑貌”这个词，但不是真懂，现在有了切身体会。握笔的手是僵硬的，汉字艰难困苦地徐徐而行，眼前不是洁白的格纸，是大伯的面容，耳边不是时钟嘀嗒，分明是大伯谈笑的声音……就在前一天的下午，还坐在身边笑声朗朗，说澳大利亚、说悉尼、说金融危机、说接下来的经济形势会如何的大伯怎么能说走就走了哪？不过二十几个小时，怎么就阴阳两隔了哪？我不信，用手轻轻触碰大伯的脸——柔软而富有弹性，几多寒意不过是在这隆冬的傍晚伫立巷口的他等待儿女回家时的温度。我把我的感觉告诉身边的人，姑家表妹说：“不是的，二姐，你再摸摸大舅的脸，别回心里硌忌。”结果，我的感觉没变。我知道，大伯并没有走远，沙发上还留有他的体温，烟灰缸里还有他刚刚掐灭的烟头儿。

大伯个头一般，却有着不一般的大肚子，腰带总在胯下，同事笑谈中给他一个歇后语：“高玉亮的裤子——提不起来。”大伯笑纳，说自己大肚能容。那是他为人的标志，也是他做人的准则。话被别人抢了，他笑笑，感觉沉默也很享受；他不想探寻街上熙来攘往的人们究竟为了什么，就是整天足不出户也其乐融融。

大伯虽然不善言辞，但善解人意，疼人疼得很细微。1986 年我在省会上学，有一天大伯去那里开会，晚饭后我去他的住处看他。那时候的条件还不是很好，手头儿比较紧张，我在街上转转，却不知给大伯买些什么好，记得后来大概花七角钱买了两块烤红薯。我让大伯趁热吃，才吃过晚饭不多时的大伯真的就趁热吃了，而且吃得很香甜……

那年，堂姐生小孩儿，在待产室里的病床上最痛苦的时候，是大伯坐在床头握着她的两只手，这看似简单的一握，却是多少为人父者难以企及的高度。

我学习文学创作之初，大伯从没多说过一句话，却有一次拿着我的文章，指着上边他圈点下的标记说：“用字、用词要规范一致，比如在同一篇文章里，前边写‘八〇年’后边就不能写‘80年’，造句既要言简意赅，又得能让别人看得懂，你看这儿……”如今，大伯的话和他说这话时的神态还在眼前，可这时的大伯已不知去了哪里。

大伯一辈子爱看书，姑姑常常提起，说大伯打小拿本闲书往被窝垛边一扎就半天，你喊他吃饭喊三遍，他还反过来问你“干什么”。看上去，大伯一生都生活在他自己的世界里，远离尘嚣，乐在其中。其实，宽容、随和、与世无争的大伯将他天性里的善良活成了终身的本真性格。无论童叟，他都是不笑不开口；无论地位尊卑，他都以礼相待。那么多的人来为大伯送行，一位卧病在床的同事甚至委托自己的儿女从远处赶来……

就像一本通俗易懂的书，大伯的世界是通透的，随缘的，只是大伯最后留给我们一个绝尘而去的背影，实在让人无法释怀——他自己走下楼梯，自己跨上救护车，自己迈上医院的台阶，却没能自己回来……

老天也动容，将今冬的第一片雪花撒在大伯灵前的挽幛上，再用一片片晶莹为大伯铺就那通往永久家园的路，然后戛然而止。为一个活得并非轰轰烈烈的人举行了一个轰轰烈烈的告别，不是机缘巧合，或许这里暗合着天意：在善良变得越来越稀缺、宽容变得越来越难求、随和变得越来越珍贵、与世无争变得越来越不可能的今天，老天，为一个普通人掬一捧欣慰与感动的泪。这或许是对生命意义的最高褒奖，或许，也隐含着世道人心的美好希求。

写于2009年2月

说说幸福

被人认可，会有小小的幸福感，大概属于村上春树所指“小确幸”里的一种。生活中，无论是做一件事或一段经历，还是从事一项工作、一种职业，小有成绩，得到别人肯定，内心都会有美好的感觉产生。包括做官也是，并非拥有权力一定是为贪赃枉法提供便利，尤其初涉官场时，至于后来有人跑偏，则另当别论。你有多大能量、多大的掌控力，往往决定你所站平台的高度，用以展现自己的思想、表达意愿、追求价值。摈除机缘巧合的偶然性，那更多是一种智力的角逐、心性的竞技。无从体会伟人指点江山、激扬文字时除了“舍我其谁”的霸气外，是否也有强烈的幸福感。当我的叙述得到别人认同，我的文字入了你的眼——谢谢，感觉不错呀！假若有人说：我喜欢你的文字。那对我简直太有杀伤力了……吃喝穿戴可以不计较，风花雪月可能没滋味，只要有一张书桌、一把椅子、一台电脑，任我天马行空、胡涂乱抹……对我来说就是件幸福的事。

爱因斯坦曾说：“只要你有一件合理的事去做，你的生活就会显得特别美好。”幸福感是“美好”的衍生物，在你眼里，如果世界是美好的，那么，你的身心一定洋溢着幸福。据说，幸福感是具有传导功能的，你的幸福会感染你身边的人。同理，恶劣的心绪也会像感冒一样四处传播。

哈佛大学有过一项调查，记录 1500 名学生：所选专业是出于爱好还是因为赚钱。其中 1255 人回答是因为赚钱，即所谓热门。另外 245 人表示出于爱好。调查截至 10 年后，因爱好而奋斗的 245 名学生中有 100 人成了富翁；为了赚钱而工作的 1255 名学生中，却只有 1 人在富翁行列。对比之强烈，可见一斑。急于求财的人，不仅会被急功近利限制思维和决断能力，还会因理想与信念的不够远大反而欲速不达，同时他们还会失去工作所带来的快乐与过程享受，从没见过把不喜欢的事情做成功的例证。

有时候，人的趋利性、价值观、幸福观也往往与财富的多寡联姻，如“宁肯坐在宝马车里哭，也不坐在自行车上笑”“富豪征婚海选”的闹剧等。幸福都明码标价了，感情还到哪里去寻找货真价实？当然，幸福生活以物质保障为前提，追求生活的高品位、高质量，这没问题。问题是我们究竟应该把什么作为人生的最高追求？“日食一升，夜宿三尺”——造化弄人，人的自然属性很是打击我们的占有欲。若欲海难填、无休止索取，我相信，你错过的不仅是沿途风景，即便幸福俯拾皆是，也会被丢在路上。美国总统富兰克林·罗斯福有过一段至理名言，他说：“幸福不在于拥有金钱，而在于获得成就时的喜悦以及产生创造力的激情。工作的快乐和道德并不一定就会淹没于对过眼云烟的利润的疯狂追逐中。”

生活水平日益提高，幸福指数却每况愈下，究竟哪里出了问题？是我们那颗感知的心已经麻木，还是幸福的冲击太过乏味？是我们越来越难以满足，还是社会偏离了我们预期的轨道？生命对于我们每个人都是最可宝贵的，尽管来得偶然，去是必然。几十年光景匆匆而过，调整好方向，认真把握！幸不幸福是自己的选择，但命运绝不会给你选来选去的机会！

喜欢海子那首《面朝大海，春暖花开》：“从明天起，做一个幸福的人／喂马，劈柴，周游世界／从明天起，关心粮食和蔬菜／我有一所房子，面朝大海，春暖花开……”诗人一直想营造尘世间最质朴、最简单的幸福，这首写于1989年的诗，非但没有“海景房”般的奢侈，现实与理想的断裂，让我们读出惨烈，最终看到的是诗人那轰然崩塌的精神帝国。“明天”，对于海子来说，是个永远无法企及的彼岸。

幸福是一种感觉，幸福的得到也并非复杂。有人说，有个好身体和一个坏记性就是幸福；有人说，下雨天收到一把伞会感到幸福；还有人，把甘愿为对方付出看作是莫大的幸福。有人把幸福寄托于温馨的家、儿孙绕膝；也有人把心血倾注在自己所钟爱的工作上，以求幸福……

爱是获得幸福的阶梯，一步付出，一步包容，再一步关爱……你会走得更高；至善，是幸福的基本元素，遵纪守法、和睦邻里、修德俭行、乐善好施……幸福就会像一片祥云，佑护你终生。

说白了，幸福是人的一种满足感，即知足者常乐。它可以细微到一餐一饭、四目相对、暑热中的一缕风或烈日下的一片荫凉，关键看你是否存有一颗感知的心。追求幸福是人的权利，也是生命的动力，其过程有点像我们日常中的炒芝麻。看上去小如句点的芝麻，要炒得恰到好处，还真有一定难度。炒菜可以三下两下菜品出锅，小小芝麻要炒上近二十分钟，将水汽腾尽，轻搅慢翻，微火慢炒。如果心急火大，肯定是要糊掉的。另外还要边炒边看边听，看它的变化，听它的声音，关火时间的把握简直就是对心智的考量——晚一分会老，早一分会火候不到。芝麻炒嫩了不香，炒老了会苦。那天，我一边炒着芝麻一边想着“说说幸福吧”，心思跑偏，结果把芝麻炒苦了。这也说明，对生活若不够专注，接下来是要吃苦头的。

写于 2012 年 9 月

十月情怀

每年都有十月，这似乎不足为道。但对于每一个中国人来讲，“十月”又总是别样的。因为，会有温情从心底慢慢升起，暖暖的。会有感念从思想的深处悄然走出，金灿灿的。这又是中国人共同的情怀。

在我，“国庆六十周年阅兵式”的情景，将终生难忘。

很惭愧，不知道母亲的生日是哪天。也曾追问，提出要给她过生日，但每次都被母亲坚决地制止了。一辈子操劳、节俭、为别人着想的母亲仍然固守着她的“原则”。

母亲出生在旧中国，同饱经忧患的祖国一样，同许许多多的母亲一样，她的童年被战乱、天灾和各种苦难写满，之后是踩着共和国之初那艰辛的脚窝儿一路蹒跚着走来……作为备受轻贱和歧视的女性，她眺望过学校的大门却终不得进，甚至不能在出生年月的两个版本中确认其中的哪一个才真正属于她自己。

一次偶然，我窥到母亲一直藏着的身份证，于是把上边的数字默记于心。

2009年10月1日——中华人民共和国六十华诞的这一天，我一家、妹妹一家、弟弟一家齐聚父母身边，在等待国庆阅兵开始的间隙我拿出了自己的“秘密武器”，不无得意地说：“我知道了，妈的生日原来也是十月一……”父亲轻笑了一声，说：“什么呀，那是你妈后来选的日子。”

我一时无语。

母亲赶紧打岔儿说：“快看阅兵，阅兵开始啦！”

那天夜里曾落下过一场小雨，在金秋十月风轻云淡、碧空如洗的日子里，苍天也抖开了它蔚蓝、清爽、整洁的新衣，以应和这古老大地上人们喜悦与振奋的心情。

看见了金戈铁甲，也看见了气贯长虹；看见了鹰击长空，也看见了人心所向。当镜头摇向万里蓝天追逐战鹰长啸，让人眼睛发热的倒是那在一角与之遥相呼应的猎猎红旗。那鲜艳的红、那热烈的红、那燃烧的红，是亿万中华儿女的心！是无数为新中国的新生与崛起付出生命和鲜血的英魂，是刻在每一个中国人心上的图腾！它代表着一种流淌的情怀，代表着生生不息的传承，它是生命和活力的象征。当99岁的藏族老阿妈次仁曲珍在祖国的边塞，用一生的时间日复一日将五星红旗升起，我相信那决不仅是她一个人的仪式，祖国就站在她身后，各族人民都和她站在一起，因为有五星红旗的引领。

国庆阅兵我看过一遍，第二天从头至尾我又看了一遍，在家里静静地一个人看，让眼泪也静静地流，没有去擦拭，因为不想错过里边的每一个细节，不想跃过每一次的震撼与感动。祖国的强盛——看到了！祖国的希望——看到了！祖国的未来——也看到了！

从尧舜之初到秦皇汉武，从贞观之治到近代屈辱的百年史，从南京大屠杀的血流成河到帝国主义列强铁蹄下被点燃的圆明园……我的百孔千疮、灾难深重的祖国，作为你的儿女，我们不忍卒读你身上的累累伤痕和步履维艰。如果说哪一天我们终于可以告慰祖先、告慰英烈、告慰上苍了，那么不要压抑自己的哭声，去看“阅兵式”吧！

曾几何时，人们餐桌上的饭菜开始细致起来，“全民健身”已成为大众共识，晨练的公园里那边走边拍着手掌的人定是“养生堂”的忠实观众。不知不觉间“养生”不只走进了人们的生活，甚至成为人们生活目标的新方向。可是，如果日子过得朝不保夕，你养生何用？如果战火纷飞你又何谈养生？如果人活得连尊严都没有，你的“生”又从哪儿养起？正可谓“皮之不存，毛将焉附”？当你看到长安街上那流动的“钢铁长城”，那豪气冲天的威武之师……安心“养生”吧，只管让我们的生活日新月异。

父亲曾是名军人，而且是参加过1958、1959年两次国庆阅兵的军人，那样的人生经历对当时还是青春年少、意气风发的他是否会有终生的影响和刻骨铭心的记忆？我从没问过，但每当我看到他那达观、开朗、坚毅的性格和人生态度时，我是欣慰和庆幸的，并心甘情愿接受其影响。

在中国，不知有多少人具有“十月情结”，不知有多少家长给自己的孩子取名“建国”“国庆”。就在那天早上，楼上一家的女儿出嫁了。每年的十月都是结婚登记比较集中的月份，我们会意他们为自己一生的幸福而选择这个非常的日子，也有理由相信他们会有美好的未来。

从来，祖国和人民的命运都是休戚与共、息息相关的，既然如此，我们或许可以这样试想一下，将来的有一天，能否指给我们的子孙看：锦绣河山上，哪一条丝线由我织；高楼大厦上，哪一片瓦是我搭。套用一首歌说：“我拿什么奉献给你，我的母亲！我的祖国！”

诗人艾青写道：“为什么我的眼里常含泪水，因为我对这土地爱得深沉……”

为什么亿万中国人会情牵“十月”？因为我们的希望从这里升起，我们的复兴之路正是从这里迈步。也许，四季轮回，还有“春寒料峭”，但我们有“十月”；也许，还有恶浊与污秽，但我们有民心所向；也许，脚下的路还会坎坷艰难，但不足惧，因为历史的车轮轰隆隆向前。

懂了——母亲之所以把生日“选”在十月一日这天的真正含义。

写于2009年10月

杞人之忧

小说《霾来了》掂在手上，很有些分量。这是一部关于霾的宝典，从霾的成因到危害，到治理。来自官方的、民间的、自然的各种说法，显然，作者是用了心也用了功的。客观地讲，作为小说，它算不上好看，没有扣人心弦的故事，没有张弛有度的描写，也没有足够丰满的人物……内里的艺术元素被霾所吞噬，片片支离，丝丝零落。然而，一气读下来，文字却像雾一样淡远了，内心完全被沉重和雾霾所占满，挥之不去。鲁迅先生说："没有思索和悲哀，就不会有文学。"于思索和悲哀中给人以启迪和智慧的文学作品，正是它的价值所在。

围绕"探春花园小区"展开的故事颇具魔幻现实主义色彩，一只行踪不定的老猫、不守规矩随地便溺的狗被猫扇耳光、猫指点狗文明如厕，乃至上帝于天庭理案、的哥梦牵环保……虚幻中，读者被引领着在阴霾里艰难前行。善良、隐忍的"盼姐"，义务打扫垃圾、劝人步行、制止燃放爆竹和燃烧秸秆，对至美、至善的坚守让她仅凭一己之力，一寸寸去洁净这个世界。还有刚正不阿与为民请命的环保局长吕正天、才情非凡的郝大侃、幡然悔悟的能人老康，都能看出作者的理想主义情怀和寄情光明与美好的情愫。

雾霾笼罩下的C市，离我们很近，它像一扇窗，展示给我们看那叫人心悸的生活；也像一面镜子，照见我们彼此的心酸。天同覆，地同载。不要说抬头不见蓝天与你我无关；也不要说自然的惩罚离你我还很远，忧患意识堪比一份洁净的空气，对我们来讲不只是需要，而且是活下去的必要养分。

在我国西北高原，有一种树叫"左公柳"，有一条道叫"左公大道"，均因清代重臣左宗棠而得名。1866年9月，身在福建行办船政的左宗棠被朝廷急召赴西北平定叛乱。大军所到之地，穷山恶水、沙漠戈壁。面对大西北腐败的政治、羸弱的军事和百姓生存状况的极度恶劣，左宗棠开启了他于战事中的新政狂飙，带领将士一边打仗一边栽树一边修路。"相檄各防军夹道植树，意为居民取材，用庇行人，经复承平景象。”西北十几年，在左宗棠的号召与带领下，军民栽树一二百万，硬是在中国最贫瘠、最荒凉的土地上建起了一条绿色长廊。那宽三到十丈、长几千里，被后人称为“左公大道”的壮举，也成为后来西北发展的命脉。历代为官者，“为天地立心，为生民立命，为往圣继绝学，为万世开太平”的人屈指可数，古往今来，像左宗棠这样在战火中对百姓疾苦、对子孙福祉有一份担当的将军又能有几人？

我看的书不多，走的地方也很少，敬佩的人里有左公，走得最远的地方是地处南半球的澳大利亚。那是一次给了我极大刺痛的经历。飞机里整洁舒适，除了空间的狭小。当航班飞抵悉尼上空时，空乘人员说：根据澳洲政府的要求，着陆前，为了消毒和去除异味，舱内要喷洒空气清新剂。每人发给一块纸巾，嘱咐感觉不适者捂住口鼻。当得知这种特别的待遇只给特别的中国人时，内心的震怒无以言说……回返时，这样的要求不见了，到底是回家！哪怕走上舷梯扑面而来的是渐近渐浓的氨气味。就那么一路伴着厕所的味道，还有显然逊于人家的服务和环境品质，重新踏进国门。遭受歧视，是种羞辱，是件很令人恼火的事。

俗话说：贼偷方便，火烧邋遢。如果是个很脏的胡同，人们就会随意丢弃垃圾；如果是个很乱的小区，一切就不会有秩序可言；如果是座乌烟瘴气的城市，谁还会跟它谈品质？我们每个人既是恶劣环境的享用者，也是恶化环境的参与者。

霾来了，挤占了我们的生存空间，民生将退向何处？还有我们的良知与良心。这既是一道出给政府的考题，也是为公众打开的一张考卷。杞人忧天，意不在天，而在忧。容忍和麻木，将不只助长无良获利的阴暗心理，也会让我们成为最终毁灭这个世界的同谋。

诚如小说《霾来了》所开宗明义：社会需要规则、需要制度，更需要遵守规则和制度的人。

写于 2014 年 8 月

永远的珍藏

在我的生活里，父亲总是在家里的。每周五晚上，妹妹一家、弟弟一家和我们一家从东啊西啊聚拢来，鸟儿归巢一样，父亲称之为“星期五集合”。逢着刮风下雨或其他什么原因临时更改政策，往往是母亲下指示，父亲负责打电话：“天儿不好，明天再来吧，明天中午过来吃啊……”等我们到了，一准是母亲一个人在厨房，父亲则是被母亲派去超市采购了。等他乐呵呵地回来，又一准把菜价十块报五块或把自己超常发挥没按母亲指示买回的虾或烤鸭表扬一番，说它们如何好又如何物超所值。接下来，往往是母亲的一番回击：青椒净择大个儿的买，其实大个儿的皮厚，西红柿也是，个儿大好看，做汤一回用不了一个。母亲说：“要不是没空，我还真不爱用他。”笑说了一回，下次依然如故。母亲说父亲“就爱跑超市”，其实是厨房的活计轮不上父亲插手，倒是跑跑颠颠正合他雷厉风行的军人作风。完成任务后，父亲就去茶庄找老友们聊天。到了吃饭点，他自会回来。

一周当中，偶尔也会有点小插曲，晚上散步也许我会过去那边坐坐，也许是街坊邻居给的菜吃不了或母亲又蒸了锅饽饽，也会指派父亲骑车送过来。不管我是在家还是在单位，父亲都不停留，把东西交给我，回头骑车就走，风风火火精力充沛的样子。那次，忘了他来送什么，我接了电话在单位门前等他，又看着他骑车离去，直到过了路口的红绿灯，消失在人群中……并非多么久远的事，好像也就是昨天，想不到那竟然成为最后一次。更为想不到的是：父亲的背影有一天会成为我记忆中的背影。那般刺痛，任什么都无法描述！

那时，来也好往也好，父亲总能在我的视线内，整天乐呵呵，看见他，似乎天底下再无难事，再无不如意。他是家里的阳光，他在，我们的生活里不会有暗影和阴霾。我以为生活会永远保持这个样子，以为生活本该如此，包括父亲病倒后，我们仓皇地跑医院、找大夫；架着他迈步、带着他发声；帮他按摩，喂他汤饭。哪怕后来他已无法言语，我说："爸，用力攥我手。"躺在病床上的父亲就用力攥我的手……再难，我们都一直坚信：生活终会回归老样子。

无论如何也想不到，父亲会选择2012年7月6日这一天离我们而去。

"我不相信这是真的！"常常是失去亲人的人在最悲伤、最无助时的机械表达，在我，此时才有了切肤之感。以为老天爷不过是开个玩笑，不经意就开到了我头上，等它闹过了，玩过了，会把原本属于我的生活还给我，然后一切是熟悉的那样——每天一早儿背着太极剑出门的父亲总是精神饱满地回来。每个周五的晚上，都能看到我的父亲在家。他开朗、豁达、善良的天性亦如温暖的阳光佑护着我们……那才是让人心里踏实的日子啊！

一年过去了，当"时光荏苒""白驹过隙"这样的字眼儿再从我面前晃过时，心里是无边的苍凉。

渐渐地，"再也看不到父亲的身影"成了无法更改的事实，不管我接不接受；渐渐地，生活里真的没有了父亲的声音……对这一残酷现实的认知，成为我及我的家人至今无法面对的结果。

在我的目力所及，在我的梦里，在我的想象里，父亲无处不在。电视里遇到《星光大道》这样的娱乐节目，原本我是很快翻过的，可现在我会停下来，因为父亲喜欢看，并常常"评头品足"。这时我会有陪父亲看电视的错觉。手机里还留存着父亲的电话号码，短信里还有他在2011年4月25日给我的消息："晚上这儿吃来"……手机换过了，可这些内容我会永远带着。晨练，我时常会用目光搜寻头上的天空，看看哪一缕是来自父亲的关切。有时候从"茶庄"门前过，我会往里深望，看父亲是否就在他的老友中间，聊兴正浓而一时忘了回家。有时候在路上发现一个骑车人的侧影酷似父亲，我会赶上去确认……父亲似乎和我玩起了捉迷藏。

曾在一篇文章里我肤浅地说过"生活总要前行"，现在来看多么幼稚、多么苍白！这生活如果没有了父亲的参与，没有了父亲的存在还叫生活吗？即便是，也是残缺不全的啊！

我努力让自己坚强再坚强，淡定再淡定，因为母亲在强颜欢笑。某天，当我从一本老年杂志上"每逢佳节倍思亲"这个题目旁看到母亲用铅笔一笔一画地抄录时，便把自己的呜咽声在心里咬断了。

父亲用他的匆匆别离留给我们无尽的遗憾和伤痛，却也教会我们如何面对生活的真实。

如今，父亲已成为心中的珍藏，任时光流逝，终会历久弥新！

写于2013年5月

父亲的报箱

除了老干部局订送的一报一刊，父亲自己还订了一份《报刊文摘》。

《报刊文摘》的风格介于正式和非正式之间，既在显要位置用大部篇幅摘录国际风云、大政方针，也在边角空缝挂及养生保健、民间验方和生活小窍门儿。比如，教你怎么喝水、如何吃饭。按说，水咱天天喝，吃饭若干年，谁能不会？可报纸说你错了，且大错特错！每人每天的饮水量在2000mL至2500mL之间，多则过，少则不及。早起一杯白开水，胜过一日三餐。便秘的人要大口喝，宽肠；不便秘的人小口喝，养胃……凡此种种，反正你无据可考，又无伤大雅，信则可，不信也无不可。

父亲出身军人，吃饭喝水都如风卷残云。一杯水，一扬脖儿，干了。饭桌上，慢性子的人酒杯还未沾唇，父亲已经吃好起身离席。因为老友们等在茶叶店相聚聊天，要么就是牌场三缺一，都乃十万火急且雷打不动的约会，生活的章法成了琐碎的摆设被他浮皮潦草地应付掉了。至于报上那些说辞，父亲多是过目不见。可有时，父亲也会手拿着报纸点着上边的大标题跟我们探讨：台湾的选举热闹非凡，各党胜算几何？美国进入伊拉克，所为何事？国务院出台新政，哪些与民攸关？那份认真劲儿，犹如坐镇联合国总部。有时，父亲也把“自生豆芽”“苔藓治鼻炎”类的内容很正式地推荐给我们，或者把报上的东西原样搬进生活，一丝不苟地做起来，比如报上说生吃洋葱降血脂，于是白的、红的，切成丝儿、切成段儿以不同面目却相同味道出场的葱头每天像个攻占了无名高地的勇士，在餐桌上红旗招展。它的价值并非功能或功效，倒是充分体现着一份报纸在民间的巧妙渗透。

报箱就在楼下，门口左手边，是个铅铁的小箱子，箱门上有一把指甲盖子般大小的金色小锁，看了让人莞尔。不知当初是邮局的人帮忙钉上，还是父亲找的人，反正不会是父亲自己，要将五个钢钉打进水刷石的墙体，父亲无论如何是做不到的。想到这一层我忍不住笑了，笑不擅家务的父亲总能用诙谐的语言、完美无缺的态度遮掩住自己的这块短板。

《报刊文摘》是那个报箱的专属，每周两期，就像恋窝的燕子，到时就翩翩地来了。

我和娘家离得不远，定期或不定期过来。更多的时候，是母亲制定“政策”——包菜饽饽或者又买了鱼。父亲负责电话传达，或跑跑超市，搞搞采买，风风火火，似乎有一连的小伙子也比得下去。有时候在门口遇到父亲下来取报，我们就跟着上楼，有时在家里和父亲讨论报上的事，不管是天大的还是小得不能再小的，走进心里都落脚一个踏实。日子风轻云淡，不知不觉中，一天天，一年年。

和父亲在一起的生活开始于“生分”二字，那时一家人住在乡下，父亲在外当兵，虽不是很远，但到底不能常回。自有了记忆起，我的生活时常被一个冒冒失失的军人所搅扰，哪怕他带回吃的、玩儿的让同伴儿眼馋不已，却不能让我对他因此有所亲近，甚至都不能很顺畅地称呼他，直至许多年。最为抵触的是这个人可以随意打开我的书包，把里面的东西一样一样摊到炕上。我一向在意书本的规整，不许别人翻动，却不能反抗这个被叫作“爸爸”的人，只好嘟着嘴、拧着眉立在一边，小心眼儿上也起了皱。翻完了，他就给我出几道算术题，或听写几个生字。有一回，他说：“顿，一顿饭两顿饭的顿。”我竟一时想不起。他终于逮着了我的小尾巴似的，满脸快意：“这么简单都不会写，嗯？”恰巧这时有同学和他哥一起来送豆芽菜，见我艰难困苦的样子，嘴里一边“顿，顿，顿”着，一边抓耳挠腮左右踅摸，似乎要找个家什来帮我打通某个卡住的关口，一张脸却笑得像个开花儿馒头。我又羞又恼，恨恨地看着父亲，心里只有一个念头：快点儿回你的部队去吧！

说来，部队大院的生活对我倒是蛮有吸引力的。整齐的排子房，宽敞的甬路，高高的杨树挺拔而粗壮。门口有持枪站岗的士兵，院里有南腔北调的玩伴。早上被嘀嘀嗒嗒的号声叫醒，晚上有灯光场的篮球比赛，边场外的条幅上写着“兄弟连”。父亲做裁判，嘴上叼个哨子在场内跑来跑去。他笑我不懂，散场往回走的路上问我：“看半天，你知道谁赢了吗？”我很坚决地大声答道：“我们赢了！”父亲笑出了声，然后说：“谁跟你是我们？”我颇受打击，很情绪化地翻他一眼。通往营房的路上站着两排路灯，很高，远处是布满星星的夜空，深邃而神秘，一副疼惜万物的样子。

1974年父亲转业到地方，那年我十一岁。不久，我们搬进县城，一家人朝夕相处，这才有了真正家庭意义上的亲情滋养。

囿于伦常的捆绑，父母与子女的关系，大多处于“一切尽在不言中”的模糊状态。我们总是羞于表达和少于沟通，或者以为有大把的时间可供我们相互厮守，以为自己足够善就能得到上天的偏袒，殊不知现实的冷酷和岁月的无情。

鲁迅先生在他的《我们怎样做父亲》一文里抨击过那些维护旧道德、旧文化的“圣人之徒”，主张尊重人作为生物的自然属性，反对“父慈子孝”的报恩之说，血脉传承，他“心以为然的，便只是‘爱’”。那么，这种“爱”，这种与生俱来血浓于水的情感，是不是可以漠然视之，任其自生自灭了呢？如今，你可以理性做父母，也可以坦然释放亲情。父亲可以爱抚女儿，儿子一撒欢也可以抱起母亲，都是极其自然的事。做儿女的，和父母有了更多亲昵，让人好生羡慕！尤其是“独生子女”——这一特殊时代背景下长成的一代人，因为得到了更多娇宠，有着发散状的心理特点。他们涤荡了“尊卑长幼”，一扫家庭生活的陈腐气。只是，还像鸽雏一样稚嫩的他们，对岁月的理解和对苦难的认知又有多少？时光会由着他们随意挥霍来自父母或祖父母辈的舐犊之情吗？我们，终究是太缺少亲人间的有效沟通，缺少一种从主观上跟时间谈判的警醒。关于生死，关于生命，关于如何面对聚散别离，我们到底是缺了这一课的呀！

当我意识到这个问题时，父亲已然离我而去，留下来的唯有苦涩。

父亲生病后，为了行动方便，我们搬去了原来的一处平房。即便到这时，我也没意识到和父亲在一起的日子所剩无几。还记挂着绕道去楼下取报，开始还不忘掖一把钥匙，后来发现，报箱下边翘起一角，像只欲言又止的嘴巴，可以轻而易举将报吐出。里面的报纸积攒多了，还能伸进两根手头一叠叠拽出。一来二去，钥匙也不必带了，我把那个报箱拽成一只开了天窗的魔盒。风，穿过它空荡荡的肺腑，制造出嶙峋的呼哨声，生活自此也走进了一片黑暗。

每当在街上看到酷似父亲的身影，就会心生恍惚，即便确认了不是父亲，也还是会对那背影生出好感来。遇到父亲的老友，自然就会想起父亲。比父亲大的叫伯伯，比父亲小的叫叔叔，现在，伯伯还是伯伯，叔叔还是叔叔，父亲不在了，那些称谓突然变得虚晃起来，因为没有了挨靠而独自飘摇着。这些熟悉的面孔，在我是一种对生命温度的感知，也是对万物虚空的一种感悟。

到今天，父亲已经离开我三年又三个月零二十九天……

报箱业已消失不在，不知怎么没的，也不知丢于何时，诡异得很。墙上空留下五个小孔，那是父亲一时擦不掉的在这个世上的痕迹。

很想和父亲聊聊报纸，聊聊天大的或小得不能再小的事。讨论讨论，这一回是不是我们输了，不光输给了老谋深算的时间，也输掉了这辈子做父女的机会。曾经，我是父亲嫁掉的一个闺女，现在，我成了父亲一只外挂的报箱，在岁月的河里漂浮。还有什么重要或不重要的事情吗？《诗经》上的四个字“无父何怙”分明就挂在那面墙上，经着风，淋着雨，几千年。

写于 2015 年 11 月

瞧　病

那天一下楼，正碰到一家七口，大迁徙的样子……孩子爸在启动车，孩子妈抱着三四岁的孩子拉开车门，坐进副驾驶，孩子爷爷表情凝重，孩子奶奶抱着团衣物，孩子小叔和未来的小婶排在最后。我有些诧异，大冬天的，举家南迁？不大可能，车也装不下呀……那么一家人何故心事重重地朝着那辆白色小汽车移动？

“这是要出门儿啊？”因为是熟人，从边上走过时我打了招呼。

“咳，出啥门儿……”爷爷一声长叹，似乎心都沉到了脚后跟，说，“孙子感冒了，输液去！”

我“哦”了一声，心里顿了一下。

近期因为天气恶劣，伤风感冒的人骤增，据说连街道小门诊的大夫也操着浓重的鼻音在给坐着的病人打点滴。

一段时间以来，媒体上偶有专家、学者发出“不能滥用抗生素”的呼声。报纸更是把“冬天健康十问”——开窗通风，加强锻炼，小感冒不打针、不吃药等等作为春风化雨般的温馨提示。也有胆儿壮的，让“过度医疗”或“贻害百年”的字眼儿醒目地站在文章的标题那里。可效果如何呢？就像中国人的感冒药对待中国人的感冒一样——没有任何作用！

有位朋友在美国看孙子，一天，孙子感冒发烧，奶奶急了——中国的奶奶都是亲奶奶，她宁可从自己身上拉肉，也不愿意看着孙子感冒发烧，于是抱着孙子就往医院跑，路上跑丢了一只鞋也顾不得找。接诊的是位年轻的男大夫，这首先让中国奶奶心里咯噔一下，直犯嘀咕：别把我孙子耽误在一个“实习生”手里吧。年轻大夫极认真地给孩子量了体温，听听心肺，翻翻眼皮，摸摸额头，最后说：不要紧，回家冷敷吧。

朋友原本是英语教师，为带孙子提前办了退休手续，去了那边。情急之下一时不能流利地用英语表达自己的意思，就一边流泪一边朝年轻大夫挥着一只手，嘴里“No，no”地喊。这倒把年轻大夫给吓住了，一时不知所措。朋友稳稳心神，用最简捷的表达方式告诉他：药，输液，退烧。这回轮到年轻大夫急赤白脸喊了一大串：“NO——”僵持的结果是年轻大夫召集来“科主任”或院方领导样的五六个人，进行紧急会诊，可最终还是：回家冷敷，一片药也不给。朋友心里既着急又愤怒，电话向儿子求救。哪知儿子说了句：“您听大夫的，快回去吧。”就把电话挂了。此时朋友心里就又添了份委屈，一时间，“国富民强”“种族歧视”“弱国无外交”等等重量级的字眼儿挤满了脑袋却无计可施。

还好，事情的发展并没像朋友所忧心的那样。几天后，孙子不但好了，而且还是特别好，就像一时钻出地皮的豆苗儿，透着喜人。儿子说：小孩子感冒没必要大惊小怪，跟长个儿一样，是必需的。在美国，大夫随便给患者开药，是要被追究法律责任的，尤其抗生素，那是跟大夫的医德挂钩的，关系到是否对种族负责、对人类负责的大是大非问题，不是儿戏。

这件事对朋友的触动很大，而相关的启发相信也一定会不少。一种文化能呈现一种社会文明的肌理，一种信仰能传达出一个族群的品质。我们不可能要求“天气不要恶劣”，也阻止不了与我们相生、相携的病毒少些侵扰。如何与大自然和谐共生？又如何解读“物竞天择”？到底是个问题。相信，楼下那家被百般呵护的孩子也一定能好起来。

写于 2013 年 1 月

莫　慌

马年春节，家里迎进一盆兰花。喜欢花花草草，但苦于打理无方，何况养花弄草本是个耗时、伤神的营生，与之相处，你要了解它们各自不同的脾气秉性、习惯特点，想想都头大。如果时间有余，我还是更愿意看看闲书。家中一向素淡，甚至了无生气，一盆娇艳无比的蝴蝶兰来了，屈尊纡贵，它能拯救我的无趣吗？

在中国，所有的传统节日，都不及“春节”的分量。要说如今还有什么能让全国人民步调一致的口令，非“新年钟声”莫属，即便没刻意守岁，那回声也一定会响在你的心上，敲在你的骨头里。所以，大年三十这天如果还走在上班的路上，简直比买彩票中奖还要幸运。是的，我很幸运，年三十这天早上还走在上班路上。

要说这天也没啥特别，太阳照样升起，天空灰着，严肃的街道，高楼依旧整着脸，流浪狗在流浪。所谓特别，不过是我们的心情。没想到，生活中的一点“特别”却让我在这天收获了意外的清静。街上行人少了许多，车也少。走在路上，有孑然独行于世的错觉。往日喧嚣的世界，此刻就像个哭闹、磨人的孩子——累了，睡了，再端详他天真无邪的睡相，恨不得拥他入怀。想起唐朝诗人杜牧那句：“是非境里有闲日，荣辱尘里无了年。”真想来个穿越，上前握住老人家的手，再跟他借点儿“闲”出来，以滋养我的生活。

我们敬不敬历史，祖宗不在乎，但祖宗会冷眼翻看我们这些为蝇头小利而终日奔波劳碌的众生相。忙忙跌跌地活着，只是活着；急火火地赶路，却不知所向何方。慌慌然，错过了怎样的人生风景？木木然，品不出生活醇厚的滋味儿。英国著名作家、诗人王尔德曾讲：“活着是珍贵的，大多数人只是存在，仅此而已。”

裹挟于车流人海中，时常会心生恍惚：这些人都在忙啥？公路越修越宽，火车越开越快，机场越建越多，我们的生活似乎上了一条高速路，恨不能肋生双翼……让我们像王尔德那样活着吗？显然太过矫情。贵为公子的王尔德，不仅是“为艺术而艺术”的创始人，也是“懒散生活”的倡导者。他说：“无所事事绝非易事。”“悠游地生活”是他一生的追求。你我，形似撼树的蚍蜉，别说心存逆历史潮流而动的妄想，就是仅仅把握自己命运的走向，也将是一种奢求。如果可能，给自己的人生在后院儿留一棵树，给温热的心存一片荫凉，在落荒而逃的路上，只求别把自己跑丢。

前些天在一段文字中碰到“悠客”二字便停下来，想那该是一种什么样的状态？回归生命的本质，让我们的生活慢下来，学会悠然自得，以豁达和欣赏的心态来感受周围的人和事，以一名“悠客”的身份经世、立身、为人。思来想去，最后发现，这指标原来不是一般地高。正像王尔德所大声疾呼的那样：“我不想谋生，我想生活！”说到底，我们还都奔波在谋生的路上。

没有资格说我们想要什么，但可以明白我们所不要的；生活也许优雅不足，但心灵一定要努力丰盈。

在北欧的挪威，一档超乏味、极无聊的电视节目正在流行，这种被冠以“慢电视”的节目，没有故事，没有情节，没有人物，从始至终，镜头就对着一堆点燃的木柴，直到它燃烧殆尽，整个过程，23 小时直播。就是这么个令人昏昏欲睡的节目，收视率竟然高达 36%，而我们的号称年夜大餐的春节晚会，今年直播段的收视率也不足 10%。在讲究速度、追求效率的经济社会，那样的机会应该催生多少条像华少那样的“中国好舌头”来插播广告、用飞一样的语速数出赞助商的名单啊！挪威是个高度发达的工业国，多次被联合国评为“宜居地”，曾连获“全球人类发展指数”第一。当然，谈此并非为画饼充饥。我们不妨花点时间，从一堆木柴的燃烧中找一找心动的感觉，让生活暂时逃离定制的格式，不用彩排，无关利益，只看火焰的舞蹈，慢慢体会生命中的静美。

1989 年，“慢生活”的概念在意大利一出现，便风靡世界。这是一种相对于匆忙、纷扰的快节奏而言的另一种生活方式，它不是速度上的绝对慢，不是做事拖沓，而是让人们在生活中找到平衡，是一种回归自然、轻松、和谐的意境。台湾作家林清玄说过：“真正的生活质量，是回到自我……在外，有敏感、直觉找到生活中最好的东西；在内，则能居陋巷而依然能创造愉悦多元的心灵空间。”

慢慢生活，才能完全体味它的各种滋味，酸甜苦辣也好，清冽如水、淡至无味也好，只要纯粹。不过分追求物质，生活中多做“减法”，更多地融入大自然，看流霞满天，看草长莺飞，从容、恬淡，让生命之花开得自然而饱满。

想起同事的一个口头禅——莫慌，甚是喜欢。品味其意，和“慢生活”的理念颇为神似。此公平时常把这两个字挂在嘴头儿上，餐厅里打饭，他谦让着女士，被让的人不好意思地退后一步，说：“您先来。”他说：“莫慌，莫慌。”下班了，别人紧赶着回家，问他还磨蹭啥，他答：“莫慌！”那天，他又换了辆新车，来我的窗口办购置税，该划款时却找不见了银行卡，七八个口袋掏进掏出，反反复复，涨红了一张脸。看他着急，我笑着说：“莫慌！”他一边继续跟上上下下、里里外外的几个口袋战斗，一边头也不抬地说:“莫慌不行啊，它是真找不着了！”

我差点儿笑喷，看来这位老哥是真的慌了。

写于 2014 年 2 月

七十而立

老话儿说：三十不学艺，四十不改行。新局面的不易掌控，年龄上涨难度加码，不是让你知难而退最终无功而返，就是向你索要更大代价、更多付出，怎一个“难”字了得！母亲羞涩地拿起画笔，学起绘画来，这年她才满七十四岁。

那是2012年的冬天，父亲过世已有半年。

家，好赖从父亲掀动的旋涡里拖出来，家人惊魂甫定，母亲的落寞显而易见。她和父亲感情笃深，俩人共同生活了半个世纪，像许许多多的夫妻一样，风风雨雨，酸甜苦辣。借用最通俗的一种说法：父亲像山，母亲像水，既山水相依，也百转千回。我目睹了他们的琐碎和庸常，也体察着他们相互间的默契与融合——那些并非完美却琴瑟和鸣的岁月啊！当我们送父亲离开家时，院里传来母亲压抑着的号啕……那之后，她在我们面前对父亲只字不提。这让我悬着的心越发忐忑起来，既害怕母亲被她自己做出来的“坚强”压垮，又希望她是看得更开、想得更远。

捡起桌角一本《老年世界》，那是老干部局为父亲订阅的杂志，每月一期，还在固执地送着，就像一头有生命的小兽，“叭嗒”“叭嗒”来了，然后站下不走。

我迟疑着捧起杂志，慢慢翻着，它微凉的体温渗过我的肌肤。突然我僵在那里，一篇《每逢佳节倍思亲》的小文，黑体的题目上方多出一行稚气的铅笔字，一笔一画，同样的“每逢佳节倍思亲”。想必母亲曾与这些文字对视良久，有过许多言来语去。

母亲没正式上过学，姥姥过世早，姥爷做点儿小买卖，我还有个老姨，三个人相依为命。母亲不到十岁时就已经是一把好劳力了，无论是家里的扫天刮地、喂猪打狗，还是地里的耕种锄耪，扶耠子拉墒，小小身影挣扎在生存的沼泽中。解放后，母亲在村里夜校上了三个月“扫盲班”，就是这三个月的读书经历撬开了她人生的大门，顺着那一线光亮，她走了出来。

上世纪五十年代初，大量农村人口因贫困而流入城市。母亲不敢奢望随潮流而动，风雨飘摇的家怎么可以少了她的支撑？当那些有学识、有能力、有想法的人——尤其是年轻人涌向城市后，村庄便像患了贫血的老人，很快委顿下来，村里唯一的“代销点”也面临关闭。村干部找到我的母亲，却被她一口回绝，理由一是家里离不开，二是怕干不好。

凡事“要么不干，要干就干好”成了母亲这辈子的信条，每每看到母亲全神贯注认真做事的样子，我就觉得这世上没人比我更幸福！

村干部死说活说，最后以“先干试试，不行再换”为条件圈下了母亲，可这一挑起来就再没换肩。小卖部除了正常营业，还包括取货、送货。当时唯一的运输工具是一辆手推独轮车，取货要到十里以外的供销社，针头线脑还好说，油盐酱醋咸菜缸就麻烦了，推起来“哐哐当当”晃，不仅穿街走巷，还得穿田过埂……每次都像打一场战役。本就起早贪晚、摸爬滚打的日子，此时更成了披星戴月和寝食难安。寒来暑往，实指望有人来接替，恰在这时又被上一级的供销社借走一用，每天又增加了路途奔波的辛苦。几年后，国家政策调整，当大批“盲流”返乡时，母亲已调到另一个公社的供销社上班去了，也就在这时，她遇到了我那在部队服役的父亲。

那天陪母亲聊天，“每逢佳节倍思亲”的画面还在脑子里盘桓，我谨慎地寻找着话题。生活出现了拐点，等于生活又给我们换上一套考试题，无论如何，还在考场上。

我问母亲有过什么爱好吗？这话一出口，心里满是愧疚。我有多大，对母亲的疏忽就有多久。对待父母，我们时常不及一本杂志的温度和厚度。

母亲说：“能有啥爱好啊，这辈子除了干活儿？”她苦笑了一下，又想着说，“小时候，倒是跟人家学过画兜兜……”

兜兜，正式点儿的叫法是“兜肚”，顾名思义，用来遮挡前胸。一块两英尺见方的棉布，或白或红，折下上边一角横在颈下，上端用丝线绣上花花草草，左右两角在身后一系。当时的农村，这是每个女性（或者男性）——老少孩芽儿必备的内衣，夏天也有人用作内衣外穿。绣兜兜之前，要用铅笔在底布上勾勒图案，这便是母亲所说的“画兜兜”。

母亲说得很含蓄，但眼睛里分明有欣喜的光亮跳荡了一下，神情就像一个安静而纯粹的孩子，风清月朗。不能说我为母亲“爱好”的卑微而心酸，那是一代人的命运啊！生活再苦，总有被星光照进的时候，即便是因为生计需要而付出最原始的劳作，也总会有心灵的悸动与美同频。

我给母亲买来纸笔砚墨和绘画书，在老干部局的老年大学绘画班报了名。母亲开始是畏惧的，她是好静之人，不善与人交往，当然最怕的还是“画不好”。斟酌再三后，母亲还是决定去学画。

那个冬天，七十四岁的母亲把自己收拾得干净整齐，背着书包上学去了，好温馨的一幅画面。从拿笔开始，从把宣纸上的一个墨点晕开入手，母亲学画虾、画梅、画牵牛，学画鸟、画鱼、画牡丹。她的认真劲儿就像一滴雨落到海里，恣意而澎湃，更像是一粒蒲公英的种子，飘东飘西之后又抓牢了大地，开出花来。

父亲转业到地方后，我们家从村里搬到县城，母亲也从供销社调到药材公司的门市部。由卖物改为卖药，从形式到内容都有了根本的变化，这对当时已经四十岁的母亲来说，无异于一切从头再来。既要忙活一家子的吃喝拉撒，还要整天赶热活一般追着三班倒，常常晚上背“汤头歌”、记药方、练算盘。随着母亲的“花样翻新”，我的角色也跟着不断变换，或许是监考老师，或许是算盘陪练，有时候还充当写总结、写发言稿的“秘书”。

从门外到门里，从成药到中药，从县城到市级……母亲总是苛求自己做得更好。

曾经以为母亲这一生都在跟自己的“认真”较劲儿，当看到进入耄耋之年的她每天扎在屋子里，一画半天，今天画树明天画山，今天画植物明天画动物，乐此不疲，随着练习的深入，作品越来越精彩，也越来越得心应手，这时我才似有所悟：母亲，她这是一直在寻找她自己啊！

在中国，“母亲”一词历来是个代称，代指那些因丈夫、孩子、家庭而存在的女性。社会发展到今天，“母亲们”虽然都有了属于自己的独立称谓，不再“这个氏”“那个氏”了，越来越多的女性也多了份在为人母的同时不走丢自己的警醒。但是突然发现，树大参天、温暖如春的“母亲”一词竟然有着“悲壮”的纹理，它悲壮着性别的悲壮。

我那养育了三个子女的母亲，要努力工作，要伺候公婆，要看着她的孩子们各自成家，要拉把三个孙辈，要做父亲的陪衬……她竭尽全力去扮演命运赋予她的每一个角色，独独把自己的内心世界紧紧包裹起来，几近窒息。

墙上高挂的《虾趣图》出自母亲之手。简单的线条，简单的墨色，简单的构图，却有着呼之欲出的生命灵动和饱满爱意。

假若你有爱生活的能力，最好还是不要被生活所俘获。祈望天下女性——努力找到那个你所热爱的自己，然后十指相扣，一辈子不离不弃！

写于 2018 年 10 月

谁动了我们的秩序

“井然有序”是个特别有嚼头儿的成语，读它，总给人平安祥和之感。小到一桌一室的规整，大到非洲草原百万头角马、千万只火烈鸟横河跨境的大迁徙。若说其井然有序，是一种规格很高的褒奖。

井然有序的字面含义是有条理、有次序、整齐不乱。较早见之于清朝王夫之的《夕堂永日绪论外编》：“以制产、重农、救荒分三事……井然有序。”如果进一步探讨依据，春秋时期的《穀梁传》曰：“古者公田为居，井灶葱韭尽取焉。”古时二十亩为一井，因为集市交易，故称市井。井然，即整整齐齐的样子。作为中国古代社会土地国有制度的“井田制”，起始于商朝，到西周时已发展成熟。春秋时期，由于铁制农具和牛耕的普及等诸多原因，井田制逐渐瓦解。所谓井田制，是分割土地的象形，“井”字两横两竖，可以均分成九块，“井然有序”中的“井”字即取此义。

时常惊叹于祖先的智慧。原以为“日出而作，日入而息”不过是人类在进化过程中遵守自然规律的本能反应，与社会进步没有直接关系，在翻阅一些典籍之后才发现，并非如此！“躬天之历数，信执其中，钦敬阴阳，敬授民时。”遵从自然、观象授时是统治者的明智之举，借以规范或者说约束人们的生活习惯，使之合乎秩序，达到有效统治。

窥斑见豹，通过古代中国官方对民众作息时间的管理，也可见其如何维护社会秩序。儒家经典《周礼》所构建的理想职官体系中，有“掌夜时”的“司寤氏”一职。“寤”即“睡眠”，直译：管理睡眠的人。凭借星辰判断日夜时间，本着“日出而作，日入而息”的原则来安排人们的生活秩序，也就有了世上最古老的职业之一“打更”，其从业者即为“更夫”。到了夜晚，大街小巷的安全主要依靠更夫的眼睛和耳朵，睡梦中的家家户户都是巡夜人守护的目标。昆曲《十五贯》的第十六出《乞命》中更夫唱词：“星斗无光月弗明，衣寒似水欲成冰，人人尽说困便困个冬至夜，偏是我手不停敲到五更。”说的正是这些人，旧电影里依稀可见他们的影子，沿袭年代可谓久远。

唐代长安城街鼓是古代禁夜制度的标志性符号。每到黄昏，承天门击鼓四百挝，京城城门关闭。再响六百挝后，城内的坊门一律关闭，行人也禁止夜行。夜鼓过后至晓鼓未响之前，任何人在街上行走，即为“犯夜”，违者要笞打二十。居民去坊外一旦错过夜鼓时间，宁可忍饥受冻在野外煎熬一宿，也不愿入坊犯禁。大诗人韩愈有一次外出迟归，“才到城门打鼓声”，搞得他甚是紧张，虽然城门未闭，还可以入城，但到底坏了出游的兴致。

古人对夜晚时间的管理，也是对社会秩序的管理。良好的社会秩序，是一个开明盛世的集中体现，也是国泰民安、物阜民丰的基本保障。

改革开放以后，三十多年的进步与发展举世瞩目，因为大家要同心同德奔“小康”，要“聚精会神搞建设”，主要矛盾由政治斗争转向经济建设，社会秩序得到了根本改善。可随之而来的“经济过热”和“产能过盛”、利益分配失衡等，都对人们的传统道德观念产生极大冲击，引发社会的不良共振，动摇着我们原本脆弱的秩序……

弹丸小国日本，时不时拿钓鱼岛来挑事儿，有哥们儿大掌一挥说他们“欠揍”。其底气只源于我们的豪爽，而非实力。以日本的地理环境和人口密度，向外扩张是他们永远的“政治”。你不得不承认，日本是一个高效率的国家，也是一个非常有秩序的国家。在最为繁华的东京都，有数十条地铁、JR 线、新干线交会，是重要的交通枢纽，为了效率，到任何一条线路都必须乘用滚梯，到过那里的人们会发现：所有日本人一律站在滚梯左侧（日本车辆靠左行驶，乘用滚梯也是左站），哪怕是一对情侣、夫妻也不会在滚梯上并排而立，占用右侧。在我们的小小县城，堵车已成家常便饭，二百多米的街长，有时竟能堵上俩小时。有人埋怨政府市政建设缺少规划，马路太窄，车子又增长太快。殊不见，马路上人人都争先恐后、见缝插针，走路的不看灯，骑车的不管顺逆，开车的左冲右突就为挤到前头，理论依据是“我不过去，谁也甭想过去”，结果是谁也过不去。还说日本，即便是人口密度远远高于我们的东京，所有的人和车辆都依法而行，秩序井然，看不到拥堵和慢吞吞的爬行，相反，车子的速度反而可以开得很快。其实，平平常常的交通秩序，最能反映民众的协作意识，反过来也印证我们的秩序优劣。效率是秩序带来的，没有一个良好的秩序，效率便是无根之花、无水之鱼，即使你真想拿巴掌扇人家，恐怕也力不从心。

令人欣慰的是，最近有报章调查反映：外国人眼里的中国人形象已大有改观，在国外甚至有了“和善”“好奇心强”和“有组织”这类的评价，很是长脸，也说明我们在努力修正着自己。

自然界的构成深奥无比，却是每时每刻都在一个合乎秩序的框架内运转，日升月落、斗转星移、四季轮回……星河运转有轨迹，生物存活依赖生物链，包括自然界中物种之一的人类，其结构组成可谓精密、绝妙——心肝脾肺、五脏六腑；气和血，经和络；有投入，有产出；既要物质的，也离不开精神的。每个个体看似简单的一呼一吸间，都不亚于一个程序严谨的小工厂，而秩序是它们得以正常运转的根本保障，哪个环节的失控都有可能导致整个工厂的瘫痪。

自然进程和社会进程中存在着某种程序的一致性、连续性和确定性，这就是秩序。而我们作为社会肌体一分子的每位公民，都是秩序链条上的一环。多么期待有那么一天可以毫不心虚地说：我们秩序井然！

写于 2013 年 9 月

磨剪子来，戗菜刀

儿子出生前一天的傍晚，窗外纷纷扬扬飘起了雪花儿，那一年的冬天来得早，雪花儿也跑得急，因为仓促成行，它们还稍显单薄，以至落到地上来不及看清它那洁白的果实就融化了。立在医院病房的窗前，看窗外舞蹈着的雪花儿，想它们是否是老天送给我那即将出生的孩子的礼物？自己悄悄乐了。不管是不是，就要从一个准妈妈转正了，那份感动使我想张开双臂迎窗外的雪花儿入怀，以免它们跌落而融。

一个月后，我和儿子住到了乡下他的奶奶家。大炕烧得很热，婆婆怕我们不适应，特意在炕角子上给我们开辟了一块儿地方，在那上边横躺竖卧都可以，我们被老土炕融融的气息包裹着。儿子大瞪着眼睛，横横竖竖的窗棂很是吸引他。冬天一步步走来，有风时，窗上的塑料布常被翻弄出“忽嗒”、“忽嗒”的声响。这一天，它还把两声噼噼啦啦的喇叭声从街角儿捎送过来“嘟——啦、嘟——啦”，紧跟着是那声吆喝“磨剪子来——戗菜刀”，它一下子把我拉回到扎羊角小辫儿的孩童时代。

不知是否乡俗，一进腊月，那声悠远而滞重的吆喝便从街巷的一端由远及近。“旧历的年底最像年底。”剪子要磨，菜刀要抢，如同丰富着那个“像”字的注解。我在想，过年是什么？其实过年更像一个仪式，在那个仪式上，时间是主角儿，到场的是所有的存在。时间说：噢，又一年了，你们怎么样？当然，下边的回答长短不齐。

那时候，我家有把老剪刀，妈妈常用它缝缝连连。裤子旧了，剪开翻个面儿，或者两条破的毁成一条好的，或者把我的改改给妹妹穿。老剪刀每天行走于粗布旧衣当中，一年下来也是一副疲惫相。菜刀也是，清苦而劳累。在一年一度的那个仪式上，它们也是到场者。

磨刀的是位驼背老人，看不出他的岁数，也不知他从哪儿来，除了那声嘹亮的吆喝在记忆里扎根，别的大都淡忘了。

我家院儿外是个空场儿，磨刀老人常把他的独轮车停放在那里，然后卸下那条板凳。板凳极老了，裸露的纹理闪着岁月的光泽。板凳一端卡着个手摇砂轮儿，谁家的菜刀若是锛了或用得太钝，老人就用它打一打。挨近砂轮儿钉着块木头，用来顶住磨刀石。另外还有一个盛水的小铁盒，总有热情的男孩儿主动给他舀来水倒在里边，为的是把板凳那端像个尾巴似的挂着的喇叭抢来吹，肚子一瘪一瘪，腮帮子一鼓一鼓，却总是闹得喇叭像打嗝，没个正经调儿。我们笑，那老人也笑。

或打或磨，老人操练开了，锈涩而混浊的水从刀剪上一滴滴滚落，像一点点脱去身上的旧衣服，那一年的日子也随老人的手剥离了去。当时，围观的小孩子里有我，在老人的沉默和手下有节奏的“嚓——嚓”声中，一向问题多多的我却是极安静的，但我心里多想知道他从哪里来，家里是否也有小孩儿，刀磨完了为啥放到眼前瞄瞄，再用拇指试试？就像童年许多没有答案的问题一样，它们也滑进时间的河里，流走了。

真的是久违了——那粗糙的喇叭声，还有那声吆喝。婆婆从席子底下摸出把剪刀，又从外屋拿了把菜刀去磨了。我抱着儿子偏坐在炕上，顺起胳膊，有意让儿子从玻璃窗往外看……宅门窄窄的，看不到街上的情景。其实，从时间隧道深处幽幽传来的声音，来到这世上才三十几天的儿子又能解多少？他用那满是奶香味儿的小拳头划拉我的下颌，我用嘴轻轻含住了他的小手儿，如果可以，我愿意传达给他点儿什么……

上班再加上带孩子，日子过得相当紧张。一把剪刀只用来剖鱼，菜刀从来没磨过，日子似乎被锁定了。或许，它不过变成了一把尺子，握在了儿子的手里。儿子开始蹒跚学步；他能踮起脚尖、伸着小手打开电视了；接来送去，每天跑几趟幼儿园；儿子终于背起了书包，像只小鸽子飞进了学校的大门。儿子及我肩高似乎还是昨天的事，可今晚在门框上给他划下的刻度却已经超过了我。四十号球鞋刚上脚，没仨月，再买就四十二号了。如今，儿子已成了一名很棒的初中生。梦一样，无从把握，无所适从。那把时间的尺子，丈量着儿子，我在哪里？

学校有个歌咏比赛在广场举行，儿子邀我去看。那么多孩子，雏鹰般可爱。儿子作为体育委员带出了他们的队列，我的双眼却让泪水蒙住了……恰在这时，一声粗粗拉拉的喇叭声在马路那边响起，“嘟——啦”、“嘟——啦”，然后就是“磨剪子来——戗菜刀”。像一首感时伤怀的老歌，穿越时间的隧道，从远古悠悠走来，不急不躁，不紧不慢，不愠不火。

那晚，喇叭声突然在我们家里响起，着实吓了我一跳，我脱口喊道：这才刚刚开春儿呀……咳，原来是儿子，他把去体育馆看球赛拿回的小喇叭在我耳边吹响了。

写于 2002 年 12 月

“文明”是谁家的孩子

大马路终于铺上最后一遍“油儿”，人们才得以把呼吸调到顺畅。一段时间以来，县城里大小街道开膛破肚，灰土粉尘肆意飞扬——不亚于一个硝烟迷漫的古战场。一位同事家住街东，上班来要横穿整条街，为求健身，原本每天早晚步行，已坚持数载，那天突然改骑自行车。另一同事在惊异之后表示理解，说：“也是，从你们家走到这儿我可能就不认得你了。怎么呢？成兵马俑了。”言语虽略有夸张，但笑谈中不难看出人们对环境的期待，为了这份期待，又是多么隐忍和包容。

当崭新的乌青色马路中间安上白色栅栏做成的隔离带，给小城人带来的不仅是视觉上的冲击，车行流畅、路人安然，感觉自己的生活品质一下子就有了提升，生存环境的点点改观把我们向文明且高品质的生活推进了一步。那晚，我通过QQ把此作为一件“大事”报告给了在外求学的儿子。我说：如果把余光挡上，不看两边只看马路，会误以为走在北京的某条大街上。对于我的这个说法，厚道的人也许会说我“实诚”，而挑剔的人有可能说我过于苛求。作为生于斯、长于斯的小城人，我每时每刻都关注着它，既关注它的质朴，也目睹它的瑕疵；既欣慰它的美，也羞愧于它的丑陋。当推倒的垃圾桶终又被人打烂；当闪烁的灯箱被人用利刃划破，即便拉上铁丝网也不能幸免于难；当公园里用水泥铸在地上的座椅被人拔起，痛苦地歪向一边；当华美的地灯被非铁锤而不能砸烂的工具砸烂，并最终成为一个个黑窟窿……让人不知是应该愤怒还是应该为此感到悲哀。至于污言秽语、乱丢垃圾、胡贴滥写的行为，在这里则是太司空见惯。

儿子只回我一个“哦”字，算是知道此事了，看上去少有热情。去冬，儿子在家，我们俩去一个水果摊买水果，因为那个摊位品种多、价钱也偏低，差不多是我们每次直奔的地方。那天，摊主正把摊位前的积雪一铲铲扬到马路上，路中间都起了埂子，路人因此走得艰难，他却看也不看，只管扬着。儿子拉起我就走，头也不回地跟我说：“以后不许在他这儿买东西，白给也不要，什么人性！”面对儿子的“决绝”我无言以对。其实，儿子只看到这一家，还有那家，整条街上都在如法炮制。如果较起真儿来，真不知在这里是否还能生存下去，不是因为恶浊，而是因为少有洁净，少有自律。所以，我们往往睁一只眼闭一只眼，随波逐流了，这才是悲哀的根本——造成环境如此之恶劣，不能不说是我们大家共同努力的结果，是我们自己拒绝文明生活。老话儿说：与人方便，于己方便，这且做不到，还上哪儿去挖掘“品质”？

鲁迅曾讲：“中国究竟是文明最古的地方，也是素重人道的国度……”这让我有时难免心生疑惑：果真这样吗？是我们过于自恋，还是曾几何时，我们把“文明”像对待弃儿一样把它赶出了家门？

文明的主要作用，首先是追求个人道德的完善，其次是对公众利益、公共秩序的自觉维护。我们恰恰缺少一种来自心灵深处、自觉自愿的警醒。

马路刚修好那阵，作为后续工程，分布在马路两侧的各个岔路口也铺上石子，打了水泥，这是很人性也很负责任的做法。水泥一时半会儿还没干，施工下班的工人在岔路口周围拉上了警戒带，但不是所有的行人都能被拦得住的。那天正走在马路上的我，见两个小伙子边聊边走近了未干的水泥路面，我脱口“嘿——”了一声，扬手示意他们注意脚下。好在两个小伙子来了个急刹车，立在人行道的牙子上，我长出一口气。哪知道俩人只是略做迟疑，就一同跨了下去……走到中间，一个小伙子还特意来了个旱地拔葱——平地蹦起，用力跺了两跺，然后弯腰看地上深陷的脚印。也许小伙子把这里当成了好莱坞，要留下自己“成功”的足迹。那会儿，他把不该丢的东西给丢掉了，自己又浑然不觉。好在，另一个人的出现，才没让我的心情因两个小伙子的行为而糟糕到底。她是一位从小伙子对面走来的中年妇女，大概也一直紧盯着那两双大步向前的脚，所以随后发出“嘿——”的一声。面对小伙子的做法，她边叹气边摇头，在和我错过的一刹那，她皱着眉说：“也不知是谁家的孩子。”我朝她无奈却也是相知地笑笑。那位看上去极普通的大姐，透着一股由内而外的宽厚。

同是在这条马路上遇到的另一件事，对我来说就不仅是欣慰，而是被深深地感动了。那是两个才四五岁的小女孩儿，家就在街边的店铺里。那天，街灯初上，两个小姑娘在店铺前的人行道上前后追逐，“吧嗒”、“吧嗒”跑着，前边的一个突然慢下来，说：“我累了。”后边的小姑娘还要小一些，她说：“累了就歇会儿。”一来一往很“成人式”的对话已经让人忍俊不禁，没想到的是，接下来，前边的小姑娘很认真地回头儿说：“好，谢谢！”

真想把两个可爱的小姑娘抱进怀里，她们是我从尘埃里看到的两朵小花儿，稚嫩的馨香冲破污浊的空气弥漫开，那一刻，我分明看到小城的夜空变得明净起来。

假如“文明”一如我们曾经遗弃的孩子，那么，顺着新的、宽敞的马路把它领回家，像疼惜我们的儿女一样，视它如自己生命的一部分。有位哲人曾说：“真正的文明是所有人种植幸福的结果。”耕种是收获的一部分，在我们脚下的这片土地上播种文明，然后等待幸福开花结果。

写于 2011 年 8 月

一步一叩首

——缅怀恩师赵金山

绵绵秋雨透着凉。只道春夏秋冬、风霜雨雪都乃自然，“规律”一词便打发去了。孰不知，天幕低垂，是那么沉重，凄风苦雨，常常敲打着生死离别。

生老病死，是大自然的“囊中之物”，从不讲远近亲疏，也不会厚此薄彼。没见过它在权贵面前“摧眉折腰”，更不曾因浊利而改弦更张。所以，我一直抱着笃定的态度，看人来人往，云卷云舒。可是，当九月十日这天的早上，文友德宝告诉我赵金山老师过世的消息时，我一时懵掉了……这怎么可能？刚刚还在说，下午去看他，虽然有一段时间未联系，但关于赵老师，平时总有利好的消息传过来，哪怕是去年他因癌症做过手术，也是恢复得很好，精神不减，信心满满地要着手写他多少年前就想写的小说……怎么可以连声招呼都没有，抬脚就走了呢？我新写的两篇散文正打算交他评判……

1980年底，高中毕业的我由县里分配到文化馆上班。刚刚年满十七岁，懵懂无知，白纸一张，跌跌撞撞中就开启了自己的人生之路。好在上天垂怜，把我走向社会的起点安置在一个阳光明媚、馨香满园的环境里。当时的文化馆，正式职工十几人，虽然他们各有特点，甚至不乏棱角或“各色”，但人品都极佳：待人真诚，不矫饰；各有才华又相融相携。至于对我，从馆长到各位老师都像待他们自己的孩子。在文化馆的图书室工作四年半，是我学习文学创作的最初阶段。原本只是偏爱，因少有调理和训练，仅是对文字天生敏感而已，既不懂章法，也不善结构，甚至都不能顺畅地表达和叙述。创作组的几位老师对我有过极大的帮助和关爱，其中就有赵金山老师。哪怕我写得再粗糙、稚嫩，他们一方面给予鼓励，一方面直言不讳指出问题所在和修改方向，甚至为我圈出一个个错别字……即便他们自己正在创作当中，也会立刻放下手中的笔，接过我递上的文稿。

1987 年从师大进修回来后，我被调整到创作组。1988 年底从文化馆调离。一心想出来“丰富阅历”“见见世面”，后来发现，我成了上岸的鱼，搁浅的船……十年的时间倏忽而过，维系着我那文学梦的，只有每月一本《小说月报》，用来证明我的藕断丝连。这期间的文化馆，在形式上也由繁荣走向了衰败，不仅搬离了原来那座有花、有草、有大树的院落，借居别处，机构也拆分得七零八落，原来的同事们各奔了东西。原来的“创作组”升格儿为“文联”，当它在一个陌生的地方召集会议时，已是十多年以后。眼前的人和物是生疏的，不多的旧同事也生着些许的隔膜。琼瑶有句话：我们是回不去了的。写满世道沧桑中的无奈。

那之后不久，在街上偶遇赵金山老师。我们各自下了自行车，立在路边，他直视着我的眼睛，竟欲言又止的样子。无关紧要地闲扯了几句之后，他终于说：“碰到你几次了，想问又没敢问，知道你孩子又小，还有一份工作，平时还能写点什么吗？”

赵老师一向说话斯文，声音不高，不紧不慢，从他口中出来的每个字似乎都能落地生根。在他迟迟疑疑的语气和关切的眼神包围中，我打了个咳声，说：“我差不多连字都不会写了。”赵老师接过去说：“那真是可惜了，你的功底不错的。”

就那么扶着各自的自行车，我们在路边旁若无人地立了很久，熙来攘往的人流似乎成了我们身边的小河，默默无声地绕开去。那年那月的那一天，我们或曾是别人眼中一晃而过的幻景；或者是两块并不陌生的石头，曾经停靠岸边；或许就是淡而又淡的日子里太平凡不过的一个间歇。可在我，至今想起，依然眼窝潮热。尽管已不很记得当时都说了些什么，却清清楚楚记得，赵老师给了我他的邮箱地址，让我有了作品可以跟他交流。

其实，那时我已经开始试着写些小散文，只是写得很艰难，言语枯竭，脑子锈死一般，根本转不动，甚至连汉字都不能顺畅地落于笔端。把几个羞于见人的短文传至赵老师的邮箱后，就在忐忑不安中等待着回音。

佩服赵老师——岂止是他的人品与人性。他不光有较高的文学造诣，琴棋书画还样样了得。同龄人已拒绝新鲜事物了，他还有着一副敞开与接纳的胸怀和过人的胆识。年逾古稀，数码相机还玩得地道；电脑则不只是充当为文的工具，硬件——可以拆装，软件——可以应用……在对几种“五笔输入法”进行甄别后他告诉我“这个”比“那个”好用。我至今还留存着几年前他送我的“王码五笔输入法”软盘。

重新传回的文稿增添了“厚重”。赵老师把每一篇的长长短短逐条逐款列下来，错字或白字、修改建议、今后应注意什么……这些年来，如此这样的信来信往，在我和他之间织就的是怎样一张细密的网啊！在这网里，我收获的是进步与成长——作品被刊发，他为我高兴；文字结集出版，他为我把关……可这一切对于赵老师来讲，除了付出心血和宝贵的时光还能有什么呢？

我把赵老师的“回信”整理到一起，竟有若干页。

身为60后，接受的基础教育本就薄弱，加之好玩儿，故学养不够，汉语功底很差，阅读量不足，对好多东西一知半解，尤其在写作当中对一些史实或文档的引用，常常似是而非，所以一方面对自己的作品缺少自信，一方面又性格毛躁、不求甚解。灵感来时一蹴而就——不管小说还是散文，然后急吼吼传给赵老师……不对的地方，他会指出来；不妥的地方，他会有建议；而“好”的地方，他会“狠狠表扬”。久而久之，竟心生依赖。赵老师的“表扬”，常常比文章写完最后一个标点时更令我兴奋。

我曾写过一篇儿童小说，里边的父子互称“倭瓜”和“土豆”。赵老师说：“小说写得很精彩，只是……爹管儿子叫‘土豆’还能接受，儿子管爹叫‘倭瓜’，我接受不了，你看能不能换个称呼？”我说：“我也想过了，换啥呢？黄瓜？西红柿？茄子？好像还不如倭瓜，现在的孩子和家长，有时候称呼很随意。”赵老师说：“可能是我老了，要不你往外投试试，看编辑怎么说。”后来，那篇小说被一家杂志刊发，我赶紧把这一消息告诉赵老师。赵老师说：“到底是人家水平高。可我还是感觉别扭——儿子管爹叫‘倭瓜’。”

在这个世上，如赵老师这般真诚的人，恐怕越来越少了。

“‘昨日黄花’好像不准，应该是‘明日黄花’，你再核实。”

“散文看过了，很棒，挑不出什么大毛病，只是错处有三……怎么会出现‘傍晚十分’这样的硬伤？”

……

翻着这些文字，分明觉得赵老师就在眼前，斯斯文文地说话，温温暖暖地看我。他的鼓励与肯定让我笑得很开心，他的“批评”和“更正”让我泪流成行，从此失去了一位值得敬重和信赖的师长……

“文章做到极处，无有他奇，只有恰好；人品做到极处，无有他奇，只是本然。”赵金山老师的为人和为文，让我看到的是纯粹、自然和本真。

还是打算把新写的那两篇散文传给赵老师，不然我的心里过不去这个弯儿。所以，赵老师的电子邮箱里应该会留存这样一封信：

赵老师您好！

写了两个小散文……

还在犹豫是否给您看，因为写得并不理想，再就是担心您的身体……

本想今天下午去看您，看看您最近怎么样。想跟您聊聊天……您一直鼓励我，而我又说不上勤奋，近期还很纠结。想好了，要把纠结的原因跟您聊聊。

我会等您的消息。

不多聊。

中秋佳节就要到了，祝您阖家欢乐！身体健康！

高勤　九月十日晚

哪天，相信我会收到一封来自天堂的回信，会的，一定会！

写于2011年9月

矫　正

小区是比较早的小区，时常有人搬走，也陆续有人搬来。新近搬来一家三口儿，感觉有些特别。迎面遇到的男主人骑在自行车上，会早早把脸转向别处，望天望地的。擦肩而过的女主人，往往把目光顺到地上。有一次，我拉开楼道门正碰上推门想进的她，弄了个对脸儿。我主动招呼说：“刚回来？”她只是含混地“哦”了一声，紧揽着孩子从窄窄的门口儿挤了过去。如此拒绝与他人交流，要么是有心理障碍，要么就是做错了什么，不能怪别人这么想。

单位紧邻一所小学。同事中有位才上班不久的大学生，她的侄女琪琪就在那所小学上二年级，偶尔会跑到这边来跟小姑一起回家。琪琪长着一张胖乎乎的娃娃脸，天真可爱，但说话做事却带着几分老到。比如那天琪琪放学回来，一进门就很兴奋地扑向我的同事，说：“小姑，小姑，我们班新来一个男生——斜眼儿！”

同事笑着接过侄女的书包，佯装严肃地说：“咋这么说同学？多难听！”

琪琪做了个夸张的讨饶表情，又用目光很谨慎地扫了一遭屋里的人，说：“我当面可没这么叫，别人叫，我还批评他们呢。”紧跟着琪琪又趴在同事耳边小声说，“不过——小姑，他真是斜眼儿，你看，这样儿……”屋里人都被琪琪的怪相逗乐了，同事笑着拍一下琪琪的头。琪琪又说：“真的，听说他家就在你们单位后边住，不信你……”同事说：“行啦，还说？”

后来发现，琪琪说的“男生”原来就是我们楼上的新邻居。搬来这些天，我一直没见过他的正脸儿，在楼下碰到过几次，基本上都是站在妈妈电动车的踏板上，整个人面向后，完全是朝着妈妈怀里的。

在一个周末的下午，我和那个男孩儿不期而遇。大概是被楼下孩童的追逐打闹声所吸引，男孩儿在家里实在无心功课，我打开家门那会儿，他正攀着栏杆犹疑着往下滑，看到我，竟不知所措地挂在那里。我也一时愣住，骇然发现，男孩儿的右眼是正常的，但眼神中满是惊恐，左眼则开了小差儿似的落脚在错误的地方，有些诡异地乜斜着，你根本就找不到眼神。就在我一愣的当口儿，男孩儿抽下搭在楼梯扶手上的那条腿，快速跑回楼上去了，只听得防盗门哐的一声响，我一时有些木然……

一个本该阳光灿烂的孩子却丢了阳光，我这才明白他们一家何以阴云满天的过日子。

转眼就到了圣诞节，这种“洋节”本来与中国人无关，许多人甚至不知“圣诞”为何意，但跟风而上的人显然越来越多，尤其是在孩子们中间。琪琪让小姑给准备送老师的礼物。我的同事说：“不找你妈去，找我干啥？”琪琪说：“我妈她不是没时间嘛。”同事说：“哪是你妈没时间，你是怕你妈花钱。”

“没有啊小姑，我让他们多给你出陪嫁。”

“你个小鬼头。行啦，带包装的两个苹果，明天我给你买，行了吧？”

“不行呗！”

“咋啦？不就语文、算术，俩老师一人一个苹果吗？”

“那可不行，还有美术、音乐、体育、思想品德……”琪琪掰着指头数着，“哪个不给行啊？哎小姑，你也别害怕，咱不买苹果，买橙子，橙子便宜。也不要带包装的，你傻呀？带包装的多贵，包装纸我买好了，咱自己包，你看——”琪琪摇摇手里一叠花花绿绿的塑料纸，继续说，“我还知道哪儿的橙子最便宜，我领你去，怎么样，够意思吧小姑，我还能让你花冤枉钱？”

不得不承认，社会在进步，人类在进化，现在的孩子很聪明，也很实际。曾经听同事说，在她毕业前开始找工作时，琪琪积极参与，极力主张她去当老师。教师——这一阳光下最光辉的职业，一向被冠以“园丁”“人类灵魂工程师”等等美誉，其实，说穿了它不过是一个职业，任何的厚此薄彼都有失公允。但以“师者，所以传道授业解惑也”的特殊性来讲，三尺讲台会成就一个人的价值观，老师的一言一行会影响一个人的一生。积年累月，台前过往之众，身后树人成行。学校是社会素质的发源地，教师是人类文明的设计师，如此说来，这又该是一个何等有别于其他的职业啊？

“文革”之后，师道之尊曾不复存在，为重回尊师重教的传统美德，1985年我国有了第一个“教师节”。教育的投入甚至是一把判断国家贫富的尺子，是考量一个政党施政纲领是否具有前瞻性的要件。好在近些年，人们看到了教师的待遇在逐步提高。那么，这一并非特殊的职业，对其从业者的操守就没有一个特别的准则要求吗？

寒假的时候，邻居家的男孩儿做了眼部手术。本来我已习惯了与那一家人的

“沉默世界”，所以，当我迎面碰到那娘儿俩时，就先把目光定到别处去了。

“您上班呀？”

没想到，对面的女人却开口说话了。我一愣：“哦……哦……”抬头间，不知是下意识还是男孩儿那天确实有些醒目，我直直地就把目光投向了男孩儿的脸……那里多了副眼镜，而且左边的镜片上有片淡蓝色的布，遮住眼睛。我一时不知说什么好。

“我们……做了视力矫正手术，趁着假期……”女人说着，原本就揽着孩子肩头的手又用了些力，孩子便贴到母亲身体的一侧。

“哦……是啊……”

“大夫说手术做得特别成功，等过了这个寒假，我们小宝就没事啦，小宝快叫阿姨。”

女人把身边的孩子往前推了推。那个叫小宝的男孩儿，将头靠到母亲身上，顽皮地一吐舌头，在我的期待中，到底没发出任何声音，但那只很正常的眼睛里含着点点羞涩，全没有了我之前见到过的惊恐。

一个手术，能矫正小宝的斜视；一位医生，用他的双手可以为一家人的生活播洒阳光。

每天，都有叮叮咚咚的上下课铃声从那边传来，每天都有朗朗的读书声飘然入耳，这让人难免联想到琪琪以及若干个“男孩儿”……究竟由谁来塑造他们的心灵？又由谁来矫正那些或许已经偏颇的目光？

写于 2011 年 3 月

清明复清明

一枚终于没能盛开、在枝头上干枯的花苞落到地板上，竟然会有一串脆生生的响动，像风铃在早春暮色里的轻叩。

清明节的夜，感知的触角也淋了丝丝凉雨。就在眼前，蝴蝶兰的枝条因花苞的坠落而大幅跳荡后重回静谧。一朵花，一直以花苞的形态从生到猝然落地……谁解花语？对这个世界我们所知甚少。何谓生又何谓死？一息尚存就是生，放下尘缘就是死吗？是夜，一朵盛开过的花儿于干枯后也飘然而落了，就在那粒干花苞身边，在一早的曦光里，它们静静地横陈在乍暖还寒的季节里。一条藤上的两朵花儿就这样最终相遇，你能说哪个美哪个悲凉，哪个有意义哪个无价值吗？也许这就是生命的原意——生是夏花，死若秋菊。对此，我们除了敬重，还能做点儿什么呢？

绕不开的清明就像绕不开的生老病死，秉承什么样的传统？信服哪一种理念？更多的人不是取决于自己，而是依从于外力。其实，落不落雨跟我们的伤不伤悲没有多大关系，杜牧的一句“清明时节雨纷纷”让那份生死别离的疼痛在世间撕扯了1200年，而诗人的落脚处，究竟是清明时的雨还是杏花村的酒？恐怕只有他自己知晓。倒是觉得宋人王禹偁的《清明》带了几分洒脱，也不指东说西：“无花无酒过清明，兴味萧然似野僧。昨日邻家乞新火，晓窗分与读书灯。”像云游的僧人一样无欲无求，品味到的并非就是生活的寡淡，借着邻家新添的一点光亮读一会儿中意的书，该是多么美妙的享受啊！

清明，只是个节气，与农事相关，表明气温开始走高，万物生发，可以开始这一年的栽瓜点豆了。早在两千五百多年前的周朝，清明已作为一年中的重要节气而存在，因与寒食节比邻，后来两节逐渐合二为一。“寒食节”是民间禁火扫墓的日子，清初汤若望的历法改革以前，清明节在寒食节两日之后；汤氏改革后，将清明节改在寒食节一日之前。

据说，寒食节的由来是为了纪念春秋时晋国的贤臣介子推。春秋战国时代，内宫争权逐利，晋献公的妃子骊姬为了给自己儿子继位扫清障碍，施计谋害了太子申生，申生的弟弟重耳也不得不逃生在外，历经磨难，受尽屈辱，随行臣子陆续各奔东西，只剩下寥寥几个死党，其中就包括介子推。一日，重耳于饥寒交迫中倒下。为救重耳，介子推从自己大腿上割肉供其充饥。峰回路转，十九年后，大难不死的重耳终于辗转回国做了君主，即春秋五霸之一的晋文公。文公执政后，大行封赏，却独独疏漏了介子推，经人提及后方才醒悟，等赶到介子推家里时，已是大门紧闭，此时的介子推背着老母躲进了绵山深处。御林军搜山未果，有人出计放火烧山——三面点火，只留一方逃生之路，想以此逼出介子推。孰料大火烧了三天三夜，终究不见那母子身影，待火止烟散众人上山，在一棵烧焦的柳树下看到了亡故的介子推母子。人们从介子推背靠的柳树洞里发现一片衣襟，上书血诗一首：“割肉奉君尽丹心，但愿主公常清明。柳下做鬼终不见，强似伴君做谏臣。倘若主公心有我，忆我之时常自省。臣在九泉心无愧，勤政清明复清明。”懊悔不已的晋文公，把介子推母子安葬在那棵烧焦的柳树下，遂下令将绵山改为“介山”，在山上修建祠堂，把放火烧山的这一天定为寒食节，晓谕全国。自此，每年这天禁忌烟火，只吃寒食。转年，晋文公率领群臣，素服徒步登上绵山祭奠介子推，行至坟前，只见柳树枯而复活，绿枝千条，随风飘舞，文公敬重地走上前，掐下柳枝，编个圈儿戴在头上，还赐名复活的老柳树“清明柳”。

不知这里有多少演绎的成分，也不必深究统治者此举的真情或假意，清明来时自清明，有道是“贤愚千载知谁是，满眼蓬蒿共一丘”。

现如今的清明节，感觉越来越闹腾了。人们越来越注重形式，凡事要做给别人看，做给自己看，静思不足，兴奋有余。这般被打扰的清明、被胁迫的先人，如果能倾诉的话，一定会大倒其苦。

写于 2014 年 4 月

月下汉字也徘徊

汉字是世界上使用人数最多、寿命最长的文字。诞生于上古时期的古埃及、古巴比伦、古印度的文字都早已消亡，唯汉字传承至今。有学者认为，汉字是维系中国南北长期处于统一状态的重要元素，还有人将它列为中国的第五大发明。

往近里说，一个人若写一手好字，实乃人生一大快事，值得自豪和欣慰。冒冒失失来到世上走一遭，即便两手空空、淡如白水，当月色阑珊时，拧亮一盏台灯，拿起一方白纸，端详端详自己手书的几行汉字，若能赏心悦目，那感觉一定是欲醉欲仙的，生活也会变得甘之若饴。这些是我的想象，因为没有切身体会。曾经很努力、很认真地练过，遗憾的是笔下的字非但从没给过我欲醉欲仙的感觉，倒是常常把它们自己搞得跟喝高了一样，八分醉态。写字需要定力，如果神不定，一切枉然。人与字大概也讲究个缘分，你若专注于它，它便给你个笑靥如花，不然，它才懒得理你。如今用电脑多了，动笔就少，有时候也在纸上写写画画，但最终还是要整合到电脑里，而我的那些产自不同时间、不同地点的“灵感”，呈现到大小不一的纸片上，常常跟鬼画符似的，不光别人认不出，就连我自己事后要想捋顺，也得大费周章。不怕您笑话，当产品还未正式出炉之前，若偶感身体不适，我会小有紧张，心下会祈求上天宽限几天……生死不在乎，却在乎别人因猜不出纸上的字而曲解我意，或可坏掉我的一锅汤，哪怕它们全是些粗制滥造、难登大雅之堂的货色。

汉字俗称“方块字”，独属汉民族所有，成熟于商代。公元前 221 年，秦统一六国，秦王嬴政成为中国封建社会历史上第一个皇帝。为加强和方便统治，秦始皇实行了一系列重大改革，其中就包括文字改革。那之前的“六国文字”，是秦国以外的六个国家所用，属古字范畴，纷繁复杂，难以辨识。随秦始皇令下，小篆成为全国统一书体，并“罢其不与秦文合者”的各种文字，当小篆在全国迅速推开，“六国文字”便灰飞烟灭。

文字是历史的载体，是人类智慧的结晶，也有人说它是有着鲜活生命的化石。关于汉字的起源，古有“结绳”“八卦”“图画”“书契”等说法，也有仓颉造字的传说。客观地讲，更靠谱的说法是：“文字是广大劳动人民根据实际生活的需要，经过长期的社会实践慢慢丰富和发展起来的。”

新中国成立后，迫于当时的现状与发展的需要，汉字简化工作很快被提上议事日程。1949 年 10 月 10 日，中国文字改革协会成立。1956 年国务院通过《汉字简化方案》，开始正式推行汉字简化。到了 1959 年，新中国成立后的第一次汉字简化工作分四批进行完毕。这一轮的汉字简化，在一定程度上减省了笔画，消除了一批异体字，使部分汉字的结构趋于合理，为学习和书写带来方便，也为接下来的文化普及与提高提供了先决条件。直至“文革”，汉字简化工作就此停止，1972 年 3 月才重新启动。1978 年三月教育部通知，要求全国统编教材一律试用《二简》中第一表字，开始推行《二简》。然而，仅仅五个月后，在人们强烈不满的呼声中，第二次汉字简化以失败告终。

语言是民族文化的魂，汉字则是语言的第二生命。从最初刻刻划划地以“象形”为主，到可用来传情达意的“合体造字”出现，汉字经历了由甲骨文、金文、小篆到隶书、楷书、行书的演进过程。从形式到内涵，从结构到引义，汉字都有其内在的规律和脉络。回过头来看，汉字的简化确实让我们的古文化受到影响，有的字不光失去了美感，也混乱了字意。曾有香港朋友说：“简化后的汉字，親不见，愛无心，產不生，厰空空，麵无麦，運无车……開関无门，鄉里无郎，聖不能听也不能说，買成钩刀下有人头……”但简化后的汉字，因利于书写和学习，为教育的普及和科学的发展与进步提供了先决条件。

台湾似也有过两次简化汉字行动，但均未获成功，无形中为汉字保留下一个天然博物馆。

我们一向引以为荣的——汉文化的发祥地、民族文化的瑰宝，号称五千年文明史的见证者——汉字，如今又面临着一种怎样的窘境呢？

我从事“窗口”行业，很幸运，每天像看西洋镜一样，看人来人往，然而不幸的是，这一职业又令我颇受摧残。比方说，在我出示的一张票面上有“缴款人签字”一栏，每天的几十、上百号人，别说把自己的名字写得“赏心悦目”了，基本都在惨不忍睹之列——尤其年轻人。他们来自各行各业，有百姓，也有官员；有略通文墨的，也有大字不识几个的；有攒劲攒钱因买辆三轮摩托而兴奋不已的人，也有随便给自家孩子买辆跑车玩儿，却鲜见能把自己名字舒舒展展写下来的人。更叫人抓狂的是，当我把打印好的税票放到台面上，请其签字时，把个“缴款人”不是错读“纳款人”就是误念“交款人”，最离谱的是个小伙子，竟然念成“激款人”。我不由得循声望去，却差点儿被他脖子上金灿灿的粗项链晃了眼。如此，并非要说明什么，汉字之博大精深，即便是研究了一辈子的汉学家，也未必能穷尽汉字的读与写，何况我辈？但是我们不能因此缺少了对汉字的敬畏之心。

号称以笔墨为杖的作家余秋雨，在他的新书《极端之美》中提到：“敬惜字纸”是他为文的“起点”。决非矫情。被誉为“中国原子弹之父”的钱三强，是令人仰慕的杰出科学家，可谓功成名就，却在为“文言文没学好，毛笔字没写好”而深感遗憾。

社会发展到今天，似乎不必再拘泥于对古文明的继承和发扬光大，电视、手机、多媒体等高科技电子产品似乎让我们离文字越来越远，认不准“缴”字，并不影响认得 iPhone，写不好汉字，也不影响玩游戏。为了利益，可以让“咳不容缓”这样的恶搞堂而皇之地占据高位；卖服装的，抛出“老有所衣”；卖杀虫剂的，大叫“默默无蚊”；卖药水的在兜售“痔始至终”……会有那么一天，有人要为今天付出的代价掏钱买单的。

汉字对周边国家的文化曾经产生过巨大影响，越南的许多史学、文学著作是用汉字写成的；为了推广汉字，日本设有专门的“汉字能力检定协会”；新加坡人以说不好汉语为耻；韩国更是在每年的年终岁尾，通过媒体评选出“年度成语”。新近公布的2013年度成语是“倒行逆施”，此语出自中国的《史记·伍子胥列传》，意指做事违反常理、逆历史潮流而动。“年度成语”虽不乏“娱乐”之意，但通过这样一种形式去叩问政治、去诘问政府，也不失为一个渠道。

汉字之美，美在形体，方方正正，自成体系。我一向敬重写有一笔好字的人。都说“字如其人”，不一定客观，但多多少少能体现一个人的素养、气质、审美和禀性。有的大气，有的流利，有的飘逸俊朗，有的清秀洒脱，品味哪一种都是享受。最常见的一个生活细节：逢红白喜事，会有业内请出的临时“账房先生”，一般都是毛笔字写得漂亮的，每一家都会留有他们的笔墨。或被事先请到，或者事后答谢，形式算不上隆重，作为“民间书法家”的“先生”们因备受尊敬而脸上洋溢的几分自豪和少许的矜持，感染并感动着我。

那天，和一家报纸的编辑聊天，他说正在跟手下人掰扯“的、地、得”的用法。我笑了，跟他说：“这个已经不讲究了啊！”他说：“不行，丁是丁，卯是卯！”呵呵，又一个汉字的捍卫者，谢谢他！

清冷的月亮，俯瞰着下面喧嚣却贫瘠的尘世，欲言又止。翻开一本陈旧的线装书，一排排汉字像一排排树木站在月光里，默默地望向遥远的夜空，目光中的寂寥与孤单正穿越千秋万代。

写于 2013 年 12 月

月华如水

经年以后，有些事，有些人，就像起伏的云，在我们的生命里飘来荡去，有意或无心做了一种陪伴。

升入高中体育班是 1977 年的事儿，我打篮球，她练中长跑。她有着两条修长的腿，跑起来像一头跳跃的小鹿——轻松而舒展。爆发力也好，八百米接力，她是无可挑剔的第一棒。那时候我就想：将来无论是上省体校还是走特招，她都是最有希望的一个，因为她天生是块搞体育的料。多年后在电视里看见身披国旗在跑道上放松的王军霞时，眼前晃动的却是我那位同学的身影，然而这时的她与当年的她已经隔山隔水了。人生无常到底有多无常？深不可测！

她姓陆，我们管她叫六丫子。六丫子爱笑，她的笑就像往水里按皮球，按也按不下。四百米的操场，两圈儿下来，别人边溜达边呼哧，她是连呼哧带笑，还不影响节奏，不知是冲刺当中谁碰了她的痒处，还是她就像个淘气的孩子因为抢在了别人前头而乐不可支？

同住那间旧教室大通铺的有二十几个人，大多来自乡下。六丫子的家在县城，尽管离着很近，但也住到学校里来，一方面是她自己愿意，另一方面也是老师的要求，因为早起要训练。

无论什么年代，十四五岁都是一个人最好的年纪，日子因单纯、透明而美妙无比，哪怕从学校食堂污旧的窗口里递出的梯形馒头有多么不规则，轻轻一攥就成个疙瘩，吃起来也是喷香。最忘不了伙房大师傅手里要的窝头模子，左手横握五个焊到一起的铁碗，往半稀不干的面缸里一按，提起，右手从头到脚一胡噜，“嗒嗒嗒嗒嗒”一点，再翻转过来朝着那张像是从前清传来的老旧笼屉上一打腕子，五个无尖儿的窝头就像五个同胞兄弟齐挨挨站下了。这样的窝头吃到嘴里不光像馒头一样松软，更有一股经年累月的醇香。然后用瘪得不成样子的铝饭盒打上两勺白菜汤，相伴着吃下去，那种饮食带来的快感，现在的孩子根本无法体会。

最有意思的是晚上，顶梁上那盏昏黄的灯泡，常常被屋里快乐的气息冲撞得忽闪不止。你瞧吧，一个跑几个追，在南北两行大通铺上跨过来跨过去，因为都是搞体育的，所以个个身手敏捷，尽管追得跟头把式，一般都是有惊无险。直到王老师来拍门："行啦行啦，关灯睡觉，明儿还早起呢。一群疯丫头，一天到晚疯不够。"骤然而歇的嬉笑因为被收进了被窝而压抑成一片蛙鸣。只消一会儿工夫，快乐就被带进了梦里，开始了另一个世界的逍遥游。躺下时各就各位，醒来时不是串了"跑道"就是串了被子。我创纪录的一次是，早上醒来，自己的被子从第三个街坊那儿才找到。六丫子说："再有一棒，接力都到头儿了。"话没说完，她自己先笑岔了气儿。

早起训练，披星戴月。大冬天的谁愿意早起呀？更要命的还有操场跑道上的十几圈儿在等着。可哨声一响，由不得个个又都像受惊的兔子一般，眨眼就穿戴齐整冲出屋去。当然，实在犯懒的兔子也是有的，比如那天，最后一个走到门边的我突然听到床上有人哼哼着说："把灯关上，我再眯瞪会儿。"回头一看是六丫子，还干净利落地躺在被窝里。我抬手把灯关了，门也关了，还拎了把凳子顶在门上，当然，我把自己也关在了门里，心想：我也再眯瞪会儿。脱了球鞋又囫囵着躺下。哪知，这边的门槛儿还没迈过去，那边的门就让王老师撞开了。他拉开灯，门口那只凳子成了给他预备的一只球被扔了过来，落在我俩对面铺上。六丫子像惊飞的鸭子，穿着短运动衣一路咯咯笑着飞出门去。我紧随其后，慌乱中却没忘拎起六丫子床头的绒衣绒裤，一路喊着："嘿，衣裳。"身后还传来王老师不依不饶的叫骂声："鞋，你俩的鞋，不怕扎了你们蹄子。"时至今日我也没搞明白，一年四季两眼红红像闹红眼病的王老师是怎么从黑咕隆咚的操场上那么多男女中发现少了两个人的。

体育班办了一年就解散了，高二时我们被分别插入其他班，对此也没谁觉着不妥，包括看上去是那么块材料的六丫子。我和六丫子被分在两个不同的班里，自此也少闻了六丫子那张扬的笑声。有同学说：没有六丫子就像少了半拉天，清静多了。我张了张嘴没说什么，其实安静时的六丫子是足以让整个世界噤声的，这句话是我成年以后在心里说给自己的。

走夜路的女孩子常用歌声装满黑夜，为的是不给恐惧留有任何制造响动的缝隙。窥见六丫子豪爽、开朗性格的背面，是在一个下午。两节课后我们在宿舍换运动衣，准备各自的训练，突然起了暴天儿，黑云翻卷而来，风沙狂舞，随后大片儿的雨点儿深一脚浅一脚地来了。骤然暗下来的宿舍里可是一派欢天喜地，敲盆儿的，敲饭盒的，枕头、袜子满天飞，一些人为欢庆不用去训练而滚成了团。等我闹累了，却发现六丫子一个人倚着门框，脸儿朝外站着。我轻轻挨过去。

暴天儿过去，雨小多了，细密柔软的雨丝像个多愁善感的大家闺秀斯斯文文一根一条地扯着。六丫子的眼神就跟那雨丝纠缠在一起，我吓坏了，因为不曾看到过反差这么大的六丫子。我轻轻碰碰她的胳膊，窄着声问："嘿，没事儿吧？"六丫子却跟那雨说："为什么要下雨呢？真讨厌！还不如下雪，雪花儿接到手里是热乎的，雨点儿——冰凉。"一行泪从她的眼角儿先挂下来，就像一条偏巧挂在那里的雨线。

六丫子的身世要比同龄人不幸得多。父亲早逝，她的母亲没有工作，还要抚育三个女儿，日子可想而知。多年后偶然从她们一个邻居那里得知，六丫子的母亲在每月的经期连最次的草纸都舍不得买，就兜一块塑料布，走起路来咯吱吱响……这样的文字本不该落在纸上，可我想，这个细节绝不会使一个含辛茹苦的母亲形象更加卑微。六丫子就是个在夜路上唱着歌的女孩子，尽管当时我还不懂，但我的那个季节因为淋了雨而增加了分量。

毕业后，六丫子被分配到县企业局下属的一个地毯厂，离县城不到三十里的地方。我因为比她小一岁，不足十七，在家待业。就在那年的深秋，树上的叶子开始飘零的某个早上，我骑车去看六丫子。

门卫从车间喊来六丫子，我被她领进宿舍。依旧是大通铺，住有十几个人的样子，但比我们做学生时利落整洁多了，六丫子已将脚迈进生活的另一段儿，尽管还是没来由地咯咯笑，但那笑声是被约束起来的。她刷个杯子要给我沏水，我说不用，白开水就行。她说："你不知道这儿的水有多难喝，石头似的，噎人。"六丫子边说边笑了一回。从床下拽出个小纸箱，拿出个塑料袋打开，捏出一点茶叶。又打开另一个塑料袋，里边是个纸包，我伸头看："这是什么？"她说："真笨，连红糖都不认得？"遂将一捏黑红的糖扔进杯子。我十分惊异于水的这种喝法——茶叶加红糖。她说："你试试，你试试。"憋着一串的笑，像个怂恿别人干坏事的小孩子。我接过那杯貌似晚秋枯叶的水，抿了一小口儿……什么呀这是？被六丫子如此调理后，它依然只是犹豫在我的舌尖不肯往下走。六丫子憋着的笑终于喷薄而出，简直又成了跑道上的那头小鹿。我无论如何也笑不出来，努着力像劝"老干部"下台一样一口一口把那杯水喝下去，似乎这样就能和苦中作乐的六丫子站到一起了。

那天，六丫子还领我看了她们的大车间，看她们砍出来的毯子。平生第一次看到那么漂亮的东西，那些女孩子面前高高垂挂的经纬，由她们一刀刀砍出如此的美丽，而那美丽却是以她们手上深深浅浅的伤疤为代价的。六丫子手上也有疤，可她不给我看。挥之不去的是那杯水的味道，它像一道无解的数学题，永远挂在了我的心上——微苦、微涩、微咸，远远的还有点儿甜。

第二年，我也上班了，被分配在县文化馆。“工作了”似乎是给一个人终于长成贴上的标签，那份欣喜与惶惑是无法言说的。人生的帆稀里糊涂张满，飘飘荡荡不知要驶向多么美妙的地方。一晃，大概有一年多没见六丫子了。在一个宁静的晚上，月光水一样洒泼到我窗前的书桌上，凝视着默默无语的月亮，我突然问：六丫子怎么样了？那杯水的味道便乘机弥漫开来。

两年以后，我有个外出求学的机会，又是两年多，等我再回来时，六丫子早已成家，并调进了县城，人白白胖胖的，穿戴也满是那么回事，总之给我耳目一新的感觉。没等我问，她就在大街上和我滔滔地讲起来。她在企业局的一个门市部里，她说：“除了人不卖，什么都卖。”然后就是她那一串笑，我宽心地看着她，看她的笑怎么就像一群掩身于门后的淘气鬼，推开门就跑出一串。后来听同学说，六丫子为调上来可是下了不小的本儿，最后成了择偶的唯一条件：只要能把她调上来，怎么都行。不要以为书中框下的那种有价婚姻必食苦果的逻辑万般皆准，六丫子的对象我认识，他是我们插入普通班时的同学，小伙子蛮棒的，当年考入一家技校，被分在遥远的地方给祖国找石油，可这种工作性质在择偶时竟成了一个缺憾。然而，对于六丫子来说，这倒不失为一个美丽的缺憾。六丫子很快被调了上来。我见到她时，他们的儿子都快满一岁了。

可是好景不长，企业局的形势跟败军似的溃下来，六丫子的单位由阔门阔脸儿渐渐变成了小门小店，由什么都卖改为专卖摩托，后来索性搬到街上像卖袜子似的打起了地摊儿。我曾看见六丫子在夏日街头一棵龙爪槐的荫庇里，坐在一块纸板子上困盹地摇着一块纸片子。听说，那时她只能拿到工资的一半儿。

又过了些时日，龙爪槐下也换成了烤羊肉串的，六丫子他们不知又搬去了哪里。

有同学说，六丫子最近特别不好，可能精神有点儿问题，她对象老远回来，连孩子也不让碰一下，摸摸孩子脑袋，她也说是要害她儿子，晚上还把她对象的手脚捆上……还有人说她已经去了北京安定医院。

在一个月亮高挂的夜晚，我瞪着明明白白、透透亮亮的月亮问：这是怎么回事？

不知过了多久，我在街上遇到一个人，一条玫瑰红的脚蹬裤非常醒目地称着两条长腿，黑白图案的蝙蝠衫，棕色高跟鞋，不伦不类的打扮十分抢眼。等我从那跳跃的小鹿一样的步态意识到那是六丫子时，我几乎从自行车上跌落下来，心里惊悸成一片慌乱。六丫子的脸上扑了过多的白粉，像一张白纸一样没有层次，连睫毛都是白的，红色礼帽下的一张脸非常瘆人。可那张脸又分明笑着，且笑得万分沉醉。六丫子就那么旁若无人地笑着朝我走过来。我想叫她，可嘴巴跟掉了似的出不来声。我的呆愣与犹疑纠结在一起。六丫子就那么笑着从我身边走过去，目光空空，没有这世界，更没有我的存在。

听说六丫子离婚了，大杂院里的那间平房归了她，还有她的儿子。不知道她怎么带儿子。

几年后的一个下午，在理发店里我和六丫子不期而遇。为了图清静，选择午后去理发，小店里除了店家就我一个，这时六丫子推门进来，身后跟着个与她差不多一般高的男孩子。我从对面的镜子里看见六丫子，她穿一件已经很旧的黑色人造棉连衣裙，上边几片暗红的类似蜡染的花儿陈旧无比。她的脸上没施脂粉，除了苍白浮肿，神志并无异样。她指着身边的长椅跟男孩儿说："坐这儿等会儿吧。"然后两个人一同坐下。六丫子没看出正在理发的我，我抑制住怦怦心跳，做出自然不过的样子"嘿"了一声说："你咋也大中午来了？"我的脑袋还受控于人，低垂着。六丫子从声音里听出我来，咯咯笑着走到我近前，对着镜子里的我说："我说睡觉，儿子非得让我跟他理发，你瞅也一人高了，可就是怵得不行。"

说着话，我理完了，六丫子的儿子接着理，我和六丫子坐到了长椅上，我忽然有些不知说什么好，生涩地看她的眼睛、她的脸，再看她的衣裳，裙子上有星星点点虫蛀似的小洞，然后又生涩地问她："怎么样？"连我自己都不知道，问的是她的身体还是她的生活。六丫子笑了笑——无声而疲惫，这让我想起当年那个不喜欢下雨的六丫子。她说："凑合活着吧，给我们娘儿俩的那间房，前些时候拆迁还给扒了，好赖我妈还有一间，她跟我妹子去住了，要不房子也闲着。单位散伙了，每月给一百多块钱，反正钱也是有多多花，有少少花。昨儿我儿子还说呢，说妈您瞅，谁像咱家似的，大衣柜四条腿儿，一条用酒瓶子顶着，跟演杂技似的。我说，这才叫独一无二呢。”说着，她那按不住的笑声就突兀间冒出来，可又被她半截儿按住，下意识地用手背挡一挡嘴。我想随着她笑，可心里酸酸的，就打岔儿说：“儿子学习怎么样？”她说：“就那样儿吧，我早跟他说了，甭死乞白赖跟自己过不去，啥也不如学会自己照顾自己，学习好又管啥？考上大学分老远的，还不如我们娘儿俩守着踏实。”其实，我早瞄了一眼六丫子的儿子，不由得心酸，那孩子给人光照不足的感觉，缺少同龄孩子应有的灵动。六丫子这么说，我就无话可说了，闷闷地坐了会儿，我说我该上班了，就逃也似的离开了理发店。

后来的日子里，要么在街上遇见红裤子、红礼帽一脸粉白嗒嗒嗒走得极昂扬的六丫子，要么是在那间被挤在角落里荒草凄凄的破屋前，望见穿破旧黑裙闲坐的六丫子。两种装备给同一个人两种不同的状态：前者是原本的六丫子，后者是她的背面。如今，原本的背面成了正常的，正面的却变得不能自已，我不知道哪一个才是真实的六丫子。说实话，有时候我连哪一个自己是“真我”都是分辨不清的。不管你承认不承认，人是完全可以被分裂开的。面对两个不同的六丫子，我要么悄然离去，要么言不由衷地问着“怎么样”。

又是一个月华如水的夜晚，难以面对如同六丫子那张涂得惨白的脸似的月亮，我拉上了窗帘。那褪了色的笑声正如沉默不语的月亮，透着惨白。远去了，那纯正、灵动、鲜活的笑声，只剩下挂着丝丝缕缕雨线的沉郁天空做背景，生命的河在流淌，生活的滋味在发酵。水一样的月光啊，以你那纤毫不染的品质，何以俯瞰人世间的杂质和我们分裂成枝枝杈杈的精神？

写于 2002 年 5 月

也作风骨，也凋零

“一场秋雨，一场凉。”哪怕还在“三伏”天里，“立秋”来了，雨便成了秋雨，三两场下来，丝丝凉意便透过皮肤直打到人心里。一个“凉”字，犹如一把剪刀，咔嚓一下就剪掉了人们感情上的暑热，太阳再曝，一早一晚，身心终可舒展开而不再憋闷、焦躁着了。

随之一同被剪掉的还有那鼓噪了一个夏天的蝉鸣。蝉是复活和永生的象征，也是“圣洁”的化身。“垂緌饮清露，流响出疏桐。居高声自远，非是藉秋风。”（唐·虞世南《蝉》）。诗人欲说人还说蝉，物我互释，相得益彰。蝉的一生可谓悲壮。地下若干载，蜕皮五六次，全靠树根汁液和露水为生，一朝破壳而出，似乎只为一个从春到秋的咏叹，当秋风秋雨又秋凉来到的时候，它们要么重回黑暗，要么让生命随风凋零。

席慕蓉的文字格调温婉，浓情四溢：“……那不是花瓣，那是我凋零的心。”感时伤怀、状物喻景，充满女性的阴柔与姣好，俘获了太多人的情感。文坛奇女张爱玲“一顾倾人国，再顾倾人城”。浅吟低唱，写尽旧上海风花雪月。无论才学与容貌，还是修养与身世都堪称“绝品”，感情却在期待与不甘中如一片浮云飘荡在孤寂的天空，生生地凋零了。

女作家三毛曾讲：“世界上的困难没有什么不可以解决，只要你活着。”这文字该是多么鼓舞人心啊！曾经那么率性敢为、风情万种的女子，最后仅用一条丝袜就把自己从生命之树上扯下……三毛拒绝了活着，宁愿目睹自己的凋零，显然她是遇到了此生终难逾越的“困难”，实在令人扼腕。

世间万物，有盛放，亦有凋落，正如花开花谢皆成文章。花盛时美，美在孕育之后自性光辉的最好呈现；花谢时美，美在拥着一份款款离开的优雅。“零落成泥碾作尘，只有香如故。”在南宋诗人陆游的眼里，梅之零落也有风骨。

道格拉斯·麦克阿瑟将军，曾在第二次世界大战中任美国远东军司令，1951

年 4 月 19 日被解职时，他在国会大厦做了题为“老兵不死”的演讲，“老兵永远不死，只会慢慢凋零……”这似乎让人看到那个叼着烟斗的五星上将，和他的老兵们一起，像一片片枯叶一样随风而去，萧瑟的秋风在他们身后哼着悲凉的歌。

被誉为“中国文学家、思想家、革命家和教育家”的鲁迅，是个有风骨的人，他奠定了新文学运动的基石，对中国文化事业做出过巨大贡献。1936 年 10 月 19 日，鲁迅病逝于上海，上海上万民众自发举行公祭，并在先生的灵柩上覆盖一面旗帜，上书“民族魂”三个大字。权重一时的国民党政府财政部长孔祥熙，一直对鲁迅敬重有加，亲自参加送殡，所赠挽联：“一代高文树新帜，千秋孤痛托遗言。”不光情真意切，更表达了对鲁迅先生人格、气节、胆识的高度钦佩。

一场秋雨，足以让树叶飘落，足以令蝉儿噤声，但叶落还会有叶生，寒蝉更是“复活与永生”的代名词，凋零不怕，只要风骨尚在，它在四季轮回与时代更迭里绵延、生长。

写于 2011 年 10 月

陌上花

谨以此篇献给我的从苦难中走来的长辈和那个时代的人们！

——题记

距渤海湾不远的天津市武清区有个大黄堡乡，地势低洼，水多树少，连绵的芦苇荡，群鸟翔集，空旷寂寥。冬天，飘飞的芦花如雾似雪，村庄和原野满目银装素裹。2005年9月30日，“大黄堡”成为天津市市级湿地自然保护区的一部分。在华北平原腹地的京津之间，这片历史悠久、面积辽阔、保存完好的湿地历尽沧桑、阅尽人间悲欢离合。1937年9月2日，高玉荣在这里出生。

玉荣的漂亮不是小家碧玉式的，也不是风姿绰约那种，而是从里到外透着硬朗，像大理石花纹，像木质纹理，每一根每一条的走向都很立体。

高姓是村里大户。当地有话：“高成恩一跺脚，大黄堡四角乱颤。”说的是玉荣曾祖。家境殷实、人丁兴旺自不待言，由前街到后街，不是家宅就是族亲。朝代有更迭，草木有枯荣，万事万物都逃不掉兴衰与跌宕的轮回。民国年间军阀混战，日寇入侵，民不聊生，这是外在因素。随着日升月落，高家逐渐衰败下来，到了玉荣父亲这里已跌至谷底，他因染上大烟瘾，不光赔尽家产，连母亲的陪嫁也被悉数当掉，后被祖父从山西大同遣回老家大黄堡。1945年秋，八路军攻打张家口，父亲参加了支前的担架队，从此便随着队伍打游击去了……这无疑是父亲的绝处逢生，那条通往村外的小路成了故事的拐点。不管是感谢当年父亲的落败，还是感激命运的安排，都已无关宏旨，可玉荣所经历的苦难犹如生命刻刀的雕琢，让她疼痛一生。

一

1949年夏秋时节连降暴雨，沟满壕平，罕见的洪涝灾害波及大半个冀中平原。阴霾天气多日不散，灶间饭铲的木把手上起了绿膜子，囊鼻子蛤蟆没黑夜带白天地叫，大黄堡成了水乡泽国。秋后又是颗粒无收。这样的年景在大黄堡并非罕见，因为低洼多水，十年九不收。虽然阡陌纵横庄稼遍野，但土地贫瘠、盐碱板结，村民的日子朝不保夕。

祖父高世通十八岁那年，随村里人一起远走山西大同。

山西，因其地处太行山以西而得名，中华民族的发祥地之一，矿产丰富，黎民富庶。大同隶属山西省，素有“三代京华，两朝重镇”之称，尤以盛产原煤享誉南北。

高世通在大同落脚后不久，看准收购旧家具再翻新出售这一行当既有市场需求也便于操作，虽是小本微利，可风险相对也低，居深巷浅街，不声不响，便也少了竞争。流水不腐，积粟满仓，因头脑灵活又善经营，加上同乡关照，“世通家具寄卖铺”很快有了起色，且渐渐兴盛起来。

这年，大哥玉亮十五岁，年前已去大同跟祖父母一起生活，玉荣十二岁，弟弟玉明九岁，还有个不满八个月的“小不点儿”在这年的正月出生，也是个男孩儿。

母亲在生弟弟玉明时产后大出血，虽说命从阎王手里抢了回来，但身体从此垮下，家里家外的重活儿已是有心想而无力做，到后来，哪怕是缝缝连连、刷锅做饭的活计也要心慌气短、扶墙扶框的了。

母子三人的生活难以为继，母亲带着女儿投奔二十里外的娘家——赵家牌村。

姥姥养育三个闺女，都已出阁，姥爷曾上过私塾，也算个识文断字的人，村里谁家有个为难着窄、大事小情，都愿意来找姥爷拿主意。老两口侍弄两亩薄地，家境虽不宽裕，总算还能周转。日子危如累卵，再多添几张吃饭的嘴恐怕也难以支撑。母亲思来想去，也只好把玉明留在老家，东家一口饭、西家一口水，叔伯婶子大妈给罩着点儿，完全是看天吃饭，由命活人了。

“小不点儿”在姥儿家出生后，母亲便一病不起。

女儿在娘家生产是个犯忌讳的事。当地流传“宁添一座坟，不见一个喜”的说法。姥爷是极开明之人，他不会耽于流言而置亲人的生死于不顾，一边尽力分担家务，让姥姥更多照顾病弱的女儿，一边为家里的用度操心费力。玉荣被送入村里小学读书。

别人尚可凭着求生的欲望努力挣扎，先天不足的“小不点儿”因饥饿而日夜啼哭，瘦弱得就像一只小兔子。母亲已是灯枯油尽，别说没有奶水喂孩子，她连自己已是自顾不暇，时常陷入恍惚中，寡白的脸上少有生气。

听着“小不点儿”微弱地嘤嘤啼哭，玉荣心急如焚，放学回来抱起弟弟走出家门，打探着谁家正奶着孩子，就进去给弟弟要半口儿奶吃。每天，从前街找到后街，从村东寻到村西，玉荣抱着弟弟这家进那家出，夕阳落日里苦苦挣扎的小小身影，薄凉如初冬的晨露。

“小不点儿”高鼻子鼓相、大眼睛，长相清俊，很乖，只要能吃到几口奶，就安静地睡觉，他似乎深为自己来得不是时候而自责。在回家路上，他在姐姐的怀里定睛地看着姐姐，姐姐就在他那似笑非笑的小脸儿上亲一下：“你要好好活着，快长大，姐姐领你去玩儿，咱去找爸爸——不，和咱妈一块儿去山西找爷爷，找奶奶，还找大哥，坐绿皮大火车，‘哐叽哐’，‘哐叽哐’……”尽管此时天空还阴云未散，脚下的路泥泞湿滑，但这个瘦弱的未满十二岁的小姑娘，内心被希望的光所照耀，通透而温暖。

母亲的病情越来越重，一对失神的大眼睛要么空洞地望着顶棚，要么无力地闭着，大颗的泪珠挂在眼角。姥姥端进一碗米汤，在女儿头前抖个不停。玉荣从姥姥手里接过碗，跪到母亲身边，用勺舀一点米汤贴近母亲嘴角，母亲没有任何反应。玉荣说：“妈，您吃饭啊，不吃饭咋好得了？听见吗？妈，妈——”

姥姥抹着眼泪躲到外屋，姥爷坐在外屋的门槛上，低着头。

姥姥说：“得去找姑爷了。”

姥爷没吱声。

姥姥又说：“听说他在香河。”

姥爷背着几块饼子离开家，朝着香河的方向走去。在这之前有一天，姥姥拉着玉荣，悄声说：“玉荣，姥跟你商量个事儿。”玉荣很惊恐地望着姥姥。

姥姥说：“你姥爷我们俩，给‘小不点儿’找了户人家儿……”

“姥姥——”

“依着老理儿，这样或许能免免你妈的灾，说不定这娘儿俩犯冲呢……”姥姥把脸扭向别处。

一对开明老人，万般无奈之下只好向空洞的世界伸出了求助的手。

“可姥姥……”玉荣一时不知说啥好。

“姥知道你舍不得……你姥爷我俩岁数也大了……给他找的这家没儿没女，稀罕着孩子呢，‘小不点儿’受不了罪，姥知道你是个懂事的孩子……”

“姥姥，您别说了……只要他能活下来，咋都行！”

“对呢，咱先这么说着，赶明儿你姥爷去找你爸再商量，他要是同意，咱就送过去……”顿了一下，姥姥接着嘱咐道，“这事儿……先别让你妈知道！”

姥爷离开家的第二天晚上，母亲的病情突然好转，喝下半碗温水，说有点儿饿了。姥姥赶紧到灶间扒拉一疙瘩面，煮碗片儿汤，卧了个鸡蛋。

一碗热汤吃下去，母亲精神好多了，硬撑着要往起坐，玉荣帮忙把母亲搬起来，倚着被窝垛半仰半坐。

母亲让玉荣把“小不点儿”抱过来，放到她怀里。她掖掖儿子的被角儿，摸摸他的小脸儿，叹口气说：“都快八个月了，连个正经名儿还没有。”

玉荣说：“就叫‘小不点儿’，挺好的，保证没重名儿。”玉荣很兴奋。

母亲疲惫地笑了一下，看着玉荣，过会儿才说：“你们四个，你大哥玉亮肠子顸，只要有书看他啥也不带想的。弟弟玉明太淘气……这个‘小不点儿’不知道往后能咋样，玉荣……你可不吃轻啊……”

玉荣的心里咯噔一下，忙打岔儿说：“让我姥爷给‘小不点儿’起名吧，咱家就姥爷有学问。”

母亲又轻叹一口气说：“看来老高家是把咱们给忘了，那年生玉明我差点儿死掉，你爷当着好多人的面，说要是我活过来，就请戏班到村里唱一场大戏……这么多年了……”

姥姥坐在炕边说：“唉，提它干啥？陈芝麻烂谷子的，啥也不如养好身子骨儿，带着孩子过日子，有你这家是个家，没你了这孩子们……”姥姥说不下去了。

母亲接过话来说：“生死有命，富贵在天。老话儿说，许愿不还愿，都把后账算。我心里膈忌着呢……”

为了不让母亲伤心伤神，玉荣服侍她躺下，没再说啥。姥姥关好院门，挡好灶口，捻灭柜子上那盏油灯，脱鞋上炕。

母亲躺在“小不点儿”和玉荣中间，玉荣紧紧偎着母亲。已是深秋时节，凉风挤进屋来，加上连日阴雨，初冬的寒意似乎提前到来。雨停了，有风一下一下吹打木窗，院里那棵枣树将一团乱影抛到窗户上，跳来跳去扮着怪相。难得的月光泼剌剌洒下来，屋里亮堂了许多，玉荣睁着一双大眼睛，盯着母亲的轮廓。

“咕咕喵，咕咕喵——”

远处传来猫头鹰的叫声，一声近似一声。几番盘旋后落在院里的枣树上，过了一会儿，猫头鹰那像婴儿似的笑声突然响起，一声，两声……瘆得人心里发毛，玉荣感觉自己的头皮阵阵发麻，她用薄被将头蒙住。

三天后姥爷无功而返。

随着旧政权的被推翻，百姓迎来了一个新世界，大街小巷时有锣鼓声和游行队伍的欢庆声传来。人们热情高涨，纷纷投入新政权的建立之中。

母亲微合双目，气若游丝。外面的世界在渐渐离她远去，心里的亲人在被一点点割舍。

姥爷绝口不提找没找到玉荣的父亲。他把“小不点儿”抱走，送去邻村事先说好的那人家，这个在高家还没有个正式称谓的小男孩儿从此与这个家族没有了任何瓜葛，就像一片随风而去的落叶，不知所终。

玉荣在地里捡拾高粱和玉米，涝塌的田野，像一个母亲干瘪的乳房。那些高秆作物七零八落，即便不是倒在水里，也仅有小拳头般大的瘪穗子，找回来以备对付饥荒。从家里出来前，姥爷告诉了她要送“小不点儿”走，玉荣头也不回地说：“要送就送吧，我没事儿。”她不想让姥爷和姥姥看到她的眼泪，甚至不想让自己目睹心上撕裂的伤痛。她踩着脚下咕滋、咕滋的泥泞，挥着镰刀砍下高粱头，镟下玉米穗。天都黑透了，她还不想回家，背上的筐湿沉，坠着她矮小的身子，不时有泥水从筐里滴下，随着她身上分不清是泥水还是汗水的水珠一起往下淌着。

多年以后，玉荣曾打探着找到收养“小不点儿”的那户人家，她太想看一眼这个弟弟了。人家告诉她：家里极宠“小不点儿”，济吃济喝，过年时给他新衣新帽，家人要在手上逗他开心，没想到“小不点儿”乐过了头儿，一口气没上来。玉荣很怀疑这样的说法，不甘心地往里边探望，但也不便更多追问，从此把这个结系在了心里。

农历八月十八这天，黎明时分，母亲永远闭上了眼睛。

姥爷用一口薄棺材装殓了女儿，把她葬在自家地头上。

玉荣没有哭，只是紧紧抓着弟弟玉明的手，宽大的孝袍披挂在两个年幼的孩子身上——一个十二岁，一个九岁。单薄、瘦小的姐弟俩在村人泪眼的注目下送走了母亲，肩上担着与他们的年龄和承受能力不相符的磨难一步步前行。

已是深秋。地里庄稼收尽，裸露的土地泛着苍白。

玉荣坐在母亲的坟前。坟上的新土已经风干，坟头上押着的白色纸幡飘荡着，扑拉拉的响声在沉寂的旷野回荡。

站在姥姥家的院门前就能望见母亲的坟头，玉荣经常跑到这里来，要么痴痴地傻坐，要么放开喉咙哭上一场。累了就靠在坟上睡一会儿，就像偎在母亲的怀里，阳光的暖意透过单衣一点点渗到肌肤上，似梦非梦间任由思绪飘忽。今天则有所不同，玉荣静静地告诉母亲，她要带着弟弟去大同，这一走，不知啥时候才能回来。

“妈，您好好看家，照顾好姥爷、姥姥，玉明我们俩明天跟着玉玺哥还有新嫂子去找爷爷、奶奶，就能见到玉亮哥了，还有大伯、大妈……”

“玉荣，玉荣，回家了——”姥姥在家门口儿喊。

“哎——”玉荣应道。

晚霞一晃就过去了，天色暗下来。远处传来牧羊人如泣如诉的歌声：

山远水远天还远，走南走北走不出地头边。陌上花啊陌上花，有谁知来有谁怜。青麦豆谷棉花白，有春有夏有那长长秋冬天，陌上花啊陌上花，不在心头就在天边。

二

西行列车上。玉荣、玉明和叔伯哥哥玉玺，还有玉玺的新婚妻子瑞英，四个人坐在一起。玉玺和玉荣他们是一爷之孙，比玉亮哥年长一岁，在老家成亲不久。

新媳妇瑞英是个性情温和、腼腆的人。她话不多，但家里家外、炕上地下、喂猪打狗什么都抄得起，用当地的话说：是个很禁柴的人。进得高家门后，她和玉荣很要好，虽说性格上一个急一个缓，一个外向一个内向，但俩人就是能说到一处，好像都在为彼此帮衬着各自的“不足”而欣喜。玉荣长期住在姥姥家，小姐妹相聚的机会并不多，玉荣一边忙于上学一边还要照顾那边生活，距离虽不是很远，有时回来一次，也就是慌慌地照应一下弟弟，和瑞英匆匆打个照面。

玉荣和瑞英挨着坐，玉明和玉玺坐在一起，第一次出远门所带来的新奇让本来就好动的玉明一时一刻也不能在座椅上撂稳，不是趴到窄小的车窗上，就是跑到两节车厢的连接处，随着车的扭动整个人在那里七扭八扭。有人过来，他就跑回姐姐那里。玉荣有时回身顺着通道用眼找弟弟，有时也对跑回来的弟弟虎起脸："你满世乱跑，丢了我可不管啊！"

玉明对姐姐是又亲又惧。姐姐是他的主心骨，如今妈不在了，姐姐是他唯一可以亲近和依靠的人，但有时姐姐的两只大眼睛一瞪，他也是很犯怵的。

看到这情景，瑞英朝玉明说："你甭不老实，等见了咱奶奶就好了，看她怎么整你。"说完掩着嘴笑。

奶奶的厉害是出了名的，四个人中除了玉玺哥在大同跟奶奶一起生活，其他人与奶奶谋面不多，却是早被奶奶的"奇闻异事"灌满了耳朵。

玉荣说："她再怎么厉害，总得说理吧？"

瑞英说："能说理还叫厉害？"

"那当然，厉害跟厉害可不一样，你没听说'得理不饶人'吗？得着理了再厉害那是真厉害，没理瞎厉害，那叫滚车沟。"

瑞英直笑得趴到小桌上。过会儿才起来说："行，到时候你就跟奶奶这么说。"

玉玺看着她们，只是抿着嘴儿乐。

从黄堡到香河，从香河到北京再到大同，驴车换汽车，汽车倒火车，三天两宿后四个人抵达山西大同。

正是傍晚，车站内外，下车的，接站的，担着担子赶路的，推着小车叫卖的，人来人往，玉明东瞧瞧西看看，两只眼睛紧着忙活，有时差点就撞上对面的人，玉荣伸手抓住玉明，紧跟在玉玺哥身后。

出了车站，打了辆三轮车，穿街走巷，不多时来到一座四合院前，玉玺哥喊车夫停下。四合院迎街是一溜儿倒座的门面房，可以望见里边摆放的新家具，门前还摆了几件用于招揽生意的家具样品。进到院里，有东西厢房和六间正房，还有一个简易的棚子当作"车间"，从里面传出叮叮当当的敲打声。

见过爷爷、奶奶。爷爷中等身材，慈眉善目，奶奶瘦小而精干。

在院里见到玉亮哥。离开黄堡还不到一年，他的个头儿又长了不少，十五岁的他要高着玉荣一头，虽然身材单薄一副玉树临风的样子，但到底有了几分大人模样。面对远道而来的妹妹和弟弟，他克制着自己的感情，有些羞涩地轻轻一笑，只说了句：“来了？”就忙他手里的活儿去了。玉亮在给自家的“寄卖铺”当伙计。玉荣心里一阵发热，鼻子发酸，想起已经去世的母亲，想起艰辛的生活，望望眼前这山一样今后可以依靠的哥哥的背影……既痛且喜的情绪在她心里冲撞着，涌动着，轰轰作响。

玉明和玉玺、瑞英两口子被安置在一间新腾出的门面房里，玉荣跟着爷爷、奶奶一起住在正房，生活安顿下来。

转眼一个月时间过去了。一天晚饭的时候奶奶宣布：“明天，玉明去华严寺小学上学吧，让你哥送你。到学校也好有个管兴，省着在家傻淘！”

玉荣在外屋一边吃饭一边支棱着耳朵听奶奶说话。弟弟要去上学了，那我呢？她在姥姥家上二年级，在这边是接着上还是从头儿来？接着上会不会吃力？毕竟耽搁了这么久，如果从头儿念起，年龄大不大呢？玉荣心下这么嘀咕着，奶奶却一推饭碗，穿鞋下炕，蹾蹾着一双小脚出去了。玉荣的心往下一沉。

来这么久，玉荣也看出来了，爷爷一天到晚忙里忙外，照应生意，吃饭要么给他单做，要么饭熟了先吃，晚上一般都是她睡下了爷爷还在外边忙，说上话儿的机会很少，而家里的大事小情多由奶奶料理。奶奶是个封建意识极强的人，讲究个长幼尊卑、父慈子孝，还有严重的男尊女卑思想。俗话说：老儿子、大孙子，老太太的命根子。不光吃济着玉亮、玉玺吃，穿济着他俩穿，每天收了工，不管是去玩儿还是像玉亮哥那样捧本小说躺到炕角去看，饭熟了，往桌前一挪，吃过了把饭碗一推，这在奶奶眼里都自然不过。只要他俩张口，怎么都行。相反，轮到玉荣和瑞英则怎么都不行。要她们坐要有坐相、站要有站相，一脚门里一脚门外不行，踩门槛子不行，扶门框不行……家里时有奶奶尖锐的斥责声，也都是关于她俩的。每天，奶奶会像布置作业一样给她俩布置针线活儿，剪裁、缝纫、织织绣绣，只可管低头针线，不能抬头望望窗外，哪怕直一下背让奶奶撞见，也将是一顿数落。饭桌子上是没她俩地界儿的，等桌上的人吃完了，她们才捧着个碗在灶间吃掉所余饭菜。如果是吃鱼，正经地方端上桌，鱼头、鱼尾、鱼肠子搁在灶间，搀胡点咸菜，上顿下顿，她们要吃上好几天。大门不许出，二门不许迈，每天唯一的一次放风是等天掩黑后把门口儿摆放的家具抬进来，然后抬着垃圾筐去门口倒垃圾，动作稍慢一点，奶奶一准会在院子里急狼似的喊。到了后来，奶奶对她俩的“管束”稍有松懈，也只是允许她们到街对面的商店去买些针头线脑或油盐酱醋。去商店要从一家青楼门前过，玉荣常常抱紧手中的东西低着头甚至屏住呼吸慌慌然从边上跑过，如临大敌。

对于“守规矩”，玉荣并非很排斥，尽管这种接受来得有点儿被动，有时奶奶吼起来她也小有抵触，但这些都能忍得，能和爷爷、奶奶、哥哥一大家子人一起生活是最让她开心的。可她心里还惦记着上学，几欲开口，一直没找到合适机会，又因恐惧奶奶的咆哮，要求上学的那句话只在她的心头到喉咙之间起伏。今天奶奶终于提到弟弟上学的事，她心里怦怦直跳，期待着奶奶接下来会提到她。然而，奶奶穿过灶间从她身边出去，似乎忘了她的存在。等奶奶走到了院子里，玉荣把饭碗往灶台上一墩，追了出去。

“奶奶，我也上学！”

奶奶停下来，回过身，似乎不大确认自己是否听错了。

“我也想上学！”玉荣重复一遍。

“丫头家家的，上什么学？上学有用吗？”

“在老家我上二年级了！”

“那是我不在，在这儿听我的！别动歪心思，老实学你的针线活儿。”

“我不耽误做活儿！”

“犟嘴！就你那活儿且不行呢！二年级，八年级也没用，等赶明儿出门子，光会念书不会做活儿，人家不笑话你，笑话咱老高家没家教！瞧你那犟劲儿，跟你死妈一个样儿……”

“你少提我妈——”

玉荣大瞪着的一双眼睛噙满泪水，就像一池暴涨的洪水时刻要奔涌而出。

一向视“礼数”至上的奶奶，岂容这样的挑战？她“嗷”地一嗓子，瘦小的身子紧成一团，像个黑色炮弹朝玉荣呼啸而来。掩在灶间暗处抖得像筛糠似的瑞英本能地冲出来抱住奶奶。奶奶一边挣蹦一边呼号，院子里一时乌烟瘴气，人仰马翻。

这是奶奶的撒手锏——打不赢就一头撞过去，不管是哪儿，人也好，树也好，墙也好，逮哪儿撞哪儿，虽然撞到的时候不多，可到底有头破血流很惨烈的景象出现过，令人毛骨悚然。

深夜，院里的最后一盏灯熄灭了，四周沉寂下来，更夫值夜的梆声从巷子深处传来，空洞而悠远。

这晚，玉荣睡在玉玺哥这屋，蒙在被子里嘤嘤地哭。瑞英挨在她身边。那边的玉明沉沉地睡着，发出均匀的鼾声。傍晚的那一场他被吓坏了，早早地收拾了自己便上炕睡觉，不再像以往那样跑进跑出——不是挤进书馆去听说书就是和新伙伴去玩弹球或摔方宝，直到哥哥满大街筒子找他回来。他心里是搁不进事儿的，一个是因为年纪尚小，另一个也是性格使然，生活的阴霾难以挤进他那满是阳光的内心世界，也许是因为少有敏感反而强大了免疫力吧。比如对于明天就要上学这件事，他既没有期待，也没有不安，甚至连小小的兴奋都不多，躺到炕上只安静了一小会儿就很香地睡着了。如此这样的迁移、退学、插班成了他由童年到少年的主旋律，从高小到初中不足八年，他在十二个学校才接续完成学业，有时半年就转两个地方，这是后话。

玉明也是不得奶奶欢心的，因为一门心思淘气，没空留意奶奶的脸色，倒是姐姐因为他生了不少闲气，吃了许多苦。他在外面玩疯了忘回家，哥哥又找不到他，奶奶便不让留饭，姐姐和瑞英嫂子省下自己的或偷偷收起个馒头、卷子，藏在针线笸箩里或揣在大襟下，等他回来偷偷塞给他。他时常蹬梯爬高、上房攀树，不是衣服扯破就是新球鞋没几天便拱出个洞，奶奶见了就开骂，骂他就顺带着骂他的母亲。这是玉荣决不允许的，虽然跟奶奶有过一次激烈的碰撞，但玉荣并不因此而收敛“锋芒”，她会和奶奶面对面地哭喊：“我妈活着受你的，死了还让你说三道四，不行，就是不行！”

家里时常烽烟四起。就在争争吵吵、打打闹闹以及奶奶呼天抢地的哭骂声中，日子一天天过去，1952 年的春节来临。

玉荣到底拗不过奶奶，最终失去了读书的机会，每天不是料理家务就是和嫂子瑞英一起做针线，插肩小褂、掩襟小袄，绣个花儿、补个朵儿的，描龙画凤栩栩如生，飞针走线游刃有余。本就心灵手巧，加之赌着一口争强好胜的气，把个女红做到了极致。奶奶尽管当面绷着个脸，但常常会拿着姑嫂俩的“作品”到街坊邻里间去炫耀。

三月的一天，瑞英跟玉荣悄声说：“听说老家按人头儿分地呢。”

玉荣把手里捧着的补袜板儿放到腿上。

“听谁说的？”

“你玉玺哥，他见到老家人了。”

“那——玉玺哥啥打算？”

“他有心思回去看看，咱家这么多人在外面，人不在怎么都不好说，这是个机会，错过了就错过了，可这边一时半刻又离不开……没定准儿呢。”

这天的玉荣总有些失神。第二天晚上，等人们吃过饭各自散去后，玉荣在院子里拦住玉玺哥，拉他到檐下的僻静处，小声说：“玉玺哥，回老家吧，我跟你走！”

玉玺审慎地看着玉荣。

“回去有几亩地种，人就饿不死，我想回去！”

玉玺没吱声。

“我们在这儿吃闲饭，大人的负担也不轻，还不如我俩跟你回去……”

“你俩？”玉玺抬头朝玉荣疑惑地瞪大眼睛。

“是，我得把玉明带走，有我一口饭就不让他饿着，把他留在这儿……我不放心！”见玉玺哥满脸狐疑，玉荣又说，“实在不行，先回去看看，等分了地你愿意回再回来嘛！”

“这你得先和咱爷说好，我当不了家。”

晚上，玉荣一直等爷爷回来，如此这般直说到爷爷点头同意为止。

奶奶从始至终没搭腔，只是乍一听玉荣这么说，很不屑地从鼻子里哼两回。等玉荣他们收拾东西准备走的时候，奶奶才黑着脸跟玉荣说：“往后收收你的性子，过日子不是三天两天，且得磨呢！”沉了一下奶奶又说，“这个拿着，奶奶没多有少，算是奖励你跟我打架的钱。”奶奶从斜襟夹袄里掏出个用月白色手绢打的包递给玉荣，咧嘴算是笑了一下，“有事儿多跟你嫂子商量！”

玉荣本来心里存着对奶奶的怨，这会儿已烟消云散，一是因为又要走了，与亲人离别的滋味儿挺煎熬；二是眼前这个瘦小老太太让她恨不得扑上去紧紧抱住，可又不能。

三

列车东进，“哐叽哐”，“哐叽哐”，像敲打着岁月的舷窗。玉荣带着玉明随同玉玺哥和瑞英嫂子一起从山西大同回返天津武清。

从车窗望出去，北方原野刚刚从寒冬中醒来，万物萌生，青葱的颜色和回暖的大地气息扑面而来。

玉荣望着远处，耳边隐约传来那苍凉的歌声：

山远水远天还远，走南走北走不出地头边。陌上花啊陌上花，有谁知来有谁怜。青麦豆谷棉花白，有春有夏有那长长秋冬天，陌上花啊陌上花，不在心头就在天边。

回到老家的第二天，玉荣和玉明一起去赵家牌看姥爷、姥姥。一别两年，姥爷的背更驼了，姥姥原本灰白的头发完全白了。

姐弟俩在姥姥家住了三天。

生活还得从长计议，商量的结果是送玉明回老家黄堡继续上学。玉荣心里还没放下上学这码事，之所以执意回来，逃离封建又顽固的奶奶是原因之一，更主要的还是想接着上学。姥爷到学校打听，已满十五岁的玉荣如果再接着上三年级，作为“超龄生”只能被学校拒收，插班五年级又不大可能。姥姥家里里外外的活计在等待帮手……玉荣是个明理的孩子，只是闷在被子里偷偷流过一回眼泪，便熄灭了心里那盏渴望读书的灯，默默承担起了生活的重担。后来，工作组进村，组织“扫盲班”，即便是婚后在街道上的“夜校”里，总少不了玉荣瘦小的身影，上学——成为她一生中梦寐以求的事。

玉明嘟着个嘴，挤在炕沿子那里生闷气，他也想留在姥儿家，不想回黄堡。姥爷面露难色。

新中国成立，大黄堡人刚刚迎来解放。就在这一年，土地重新丈量、分配，群众自愿结组，村镇、乡府工作组协调干预，从“互助组”到“合作社”的生产劳动组织形式在全国逐步推开，大黄堡也顺应下来。每家每户的土地都有所增加，姥儿家将面临劳动力短缺的现实。“互助”当以具备尚能“助人”为先决条件，像姥儿家这样只有两位老人的家庭显然处于劣势，好在老两口一向谦谨做事、厚道为人，在村里有着极佳的口碑，所以还不至于无组可结，但拼力劳作、不授人以口实是他们内心一定要咬住的原则。

姥姥有心把玉明也留下，没了娘的孩子就像断了线的风筝，风吹雨打，让人更多心焦。可是，生活的压力又实在让他们自顾不暇……她为难地瞅着老伴儿。

玉荣将这一切看在眼里，她想了想说：“我留在这儿，即使不能当个整劳力，总是个帮手。明天我带玉明回黄堡，跟玉玺哥还有当家子长辈商量，看他们啥意思，如果还认玉明是老高家的后，愿意在我们最难的时候搭把手，那是他们的本分，没的说，我感激不尽；如果他们说负担不起，不想管，那也不过逾，我啥也不说把他带回来，反正有我口粥喝，就不会让我弟弟流落街头。”

玉明最终被安置在老家，到黄堡小学接着上学去了。

玉荣留在赵家牌。读书的心思泯灭了，每天起早贪黑，忙里忙外。正时正晌要和姥爷一起下田除草耪地、施肥浇水。一早一晚在家里帮姥姥烧火做饭、刷锅洗碗。等一切打理停当——鸡鸭上架、猫狗进窝，已是夜阑人静，煤油灯昏黄的光线笼罩着小屋，劣质的煤油不时让灯捻子噼叭爆响，油烟的辣味儿幽幽地升腾着，倒是满带着生活的暖意。

玉荣在纺线，搬到炕上的纺车唱歌一般“吱呀呀”地响。姥爷在一旁用秫秸秆搓棉花搆搆。姥姥眼神儿不济，帮忙递递棉花、整整线拐子。玉荣有时也把纺车搬到邻居家，和小姐妹一起，一边纺线一边唱歌。阳光驻进心里，挤跑了阴霾，日子过得飞快。玉荣纺的线又细又匀，极少断条接线，拿到供销社去交总是上品。纺好的线再换回棉花，一斤线能得到七毛五分的加工费。紧赶慢赶，两个晚上能纺一斤线。

夜已深，静已实。油盐酱醋从手下变换出来，生活有了挨靠，到底是令人舒心的。

父亲回来过一次，来去匆匆，身为香河县良务乡区小队长的他重组新家。这天寄来一封书信，让两个孩子前去与继母相认。

这天早上，玉玺哥套上驴车，带着玉荣和玉明去香河。

玉玺抱着鞭子坐在车辕子上，驴一步再一步地往前晃荡着，榆木的车轮在坚硬的泥土小路上啃出咯楞楞的声响。玉荣挨坐在玉玺身后，两人有一句没一句地聊着天。玉明偶尔插上一句，他的注意力在天边一朵形状奇异的流云或草丛里蹿出的一只野兔上，他为此兴奋得大呼小叫。要不就溜下车去追逐一只蚂蚱，有时候摽着另一边的车辕打吊噜。玉荣任由着弟弟像只放飞的小鸟儿在大自然中雀跃，一双眼睛却又不时被他牵住，总要嘱他一声：“小心磕着！”

“玉玺哥，还回大同吗？”玉荣问。

“回。”玉玺答道。

“啥时候？”

“地分完了，该安置的也差不多了，我想过两天就走。”

“嗯！”

“你俩不走了吧？”玉玺回身望着玉荣。

“唉……”

这时玉明突然“啊”的一声。循声望去，摽在车辕子那里的玉明不见了踪影。木轮车咯噔一声响，车身随之大幅颠簸一下。玉荣呼喊着弟弟的名字，朝着车辕子扑过去。玉玺“噌”地从车上蹦下，朝车后跑。

那头驴仍旧不急不缓往前走着。玉荣一时觉得天旋地转，脑子里一片空白。

驴车过去，玉明像变戏法似的从车下再度暴露出来，一骨碌爬起，拍拍身上的土，紧跑几步，一蹦就又蹿到车上去了。倒是玉玺愣在那里，一时没跟上来。木轮车的轮子从玉明大腿上碾过，竟然毫发无损。

眼泪霎时涌上玉荣的眼眶，她又急又恨地瞪着弟弟，盯着那张被汗水和尘土涂抹得花里胡哨的脸，内心一时翻腾起千般滋味儿。在这世上，这个与她生死相依、患难同命的人，这个让她时时刻刻记挂在心上不得放下，哪怕就是睡着了也要为他举着一只耳朵的人……他上树掏鸟儿，下河洗澡，打弹球，摔方宝，扎蛤蟆……晚上躺倒就着，爬起来背个棒子饼就去上学，不知忧愁为何物。邻村有孩子上学路上用冷硬的饼子互相投掷着玩，竟然把人拽死，他也能当个新奇的故事来听，唯觉好玩。这世上，弟弟是最让她放心不下的人。

玉荣常说：我就是条扁担，一头儿挑着哥哥，一头儿担着弟弟。

后来发生的一件事促成玉荣做出一个决定。她给父亲写了一封信，说有要事相商。

一个月后的某天早上，父亲回来了，他直接来到赵家牌。

临近年底，家家户户都在磨面、蒸糕、拆拆洗洗、打肉、扫房。日子越是清苦，年节过得越是认真、仔细，几近隆重，似乎稍有马虎，这日子便不再叫个日子了。村庄被浓重的烟火味儿所包裹，初阳从深冬的清寒里慢慢升起，倒是一副很家常的样子，哪家的柴狗偶尔象征性地吠一声，否则村庄则静如处子。

姥儿家因为满屋子的人而显得挤迫，有的街坊还在往这里赶，他们边走边议论：“听说高玉荣给她爸开会呢！”

“哦，这闺女，厉害！”

玉荣和父亲的“谈判”正在进行中。

“说啥都没用，今儿你必须把玉明带走！”

“你这孩子，咋就说不通呢？我连个准窝儿都没有，满世打游飞……”

“我不管，甭你们俩图心净！”

“不是你管不管，他在家上学不是挺好吗？等毕业……”

“啥叫挺好？跟个野孩子似的，有的吃吃口，没的吃饿着，挨人家欺负，受气打架，前几天还挂了彩……”玉荣边哭边说，浑身颤抖，脸涨得通红，分不清上面流淌的究竟是汗水还是泪水，整个人就像原野上一朵被狂风暴雨击打着的小花儿。

“我你甭管，死活我认了，他你不管不行！”

“……”

“要想不管也行，你叫我妈活过来，不把我妈弄活，你就得管！”

“……”

街坊四邻、叔伯舅、舅妈，满屋子的人都默不作声，有的不时叹息一声，有的偶尔插上一句，也有的人一直跟着抹眼泪。

哭吵了一个上午，累了的玉荣在炕上沉沉睡去，等她再醒来，父亲已经带着玉明走了。

后记

玉荣是我的姑姑，也一直是我心目中的女神，不仅因她那明媚、清丽的容貌，更因为她说话有条理、办事有分寸。不一样的风韵和不一般的情致浸染出一朵别样的花，在时运和命运的原野上独自怒放着，坚强却不失妩媚。

当年的“玉明”，后来成了我的父亲。

经姑姑的极力争取，父亲到底被祖父带走，上学不到八年，他走了十二个地方，远的有天津静海，河北保定、张家口，近的有香河的多个乡镇。不足十七岁那年，父亲参军入伍。临走，他专程去了趟已嫁到天津的姑姑家，姐弟俩抱头痛哭，一切尽在不言之中。

姑父为人厚道、老实本分，对姑姑疼惜有加，他们育有一双儿女，一家人幸福和美，也算苍天不负。

祖父 1974 年离休，那时我已经是个五年级的小学生。1989 年农历的六月二十八，祖父去世。这年的十一月，我因为儿子的出生而成为一位母亲。

2005 年春天，我们护送祖父的骨灰从河北香河回到老家——天津武清的大黄堡。他的两个儿子和儿媳、一个女儿和女婿，还有一大群孙男娣女，坐满了几辆车子。

到大黄堡之前，我们先拐道去了赵家牌。

停下车，穿田畴，走小路，姑姑领着我们径直来到当年埋葬祖母的地方。在地头儿，依着一条不大的水渠有座简陋的坟茔，其实不过就是大地上的一点点凸起……

时光荏苒，岁月流逝。祖母在共和国的太阳升起来时溘然长逝，半个多世纪过去，世事变迁，社会飞速发展。家国天下，个人的命运维系在这条飞船上，让人不仅是唏嘘。

有人到村里找来一位“表舅”，这些年，一直是他们在为祖母上坟添土。如今要把坟迁走，必须知会人家。

铁锨插进松软的泥土，岁月在大地的体温中醒来。我看见姑姑背过身去，她望向原野，望向村庄。也许她会在心里轻唤一声：妈，我回来了！我们回来了！你在哪儿？远处，还有那苍凉的歌声回应她吗？

山远水远天还远，走南走北走不出地头边。陌上花啊陌上花，有谁知来有谁怜。青麦豆谷棉花白，有春有夏有那长长秋冬天，陌上花啊陌上花，不在心头就在天边。

写于 2016 年 7 月

海边石

写诗的柠檬带了闺女，是个六岁的小姑娘，眉清目秀，黑黑的眼睛很是灵动。妈妈喊她“悦悦”，没经核实，我心下在汉字里挑了这个“悦”字的叠音。与我同座的多多，是个刚刚考入中学的少年，开始小心翼翼模仿成熟，接过阿姨递来的“米饼”还是羞涩地欢喜。孩子带来希望，幼小的生命总是惹人怜爱。两个小朋友的加入，不是刻意安排，无形中为此次“大家文学苑东戴河采风”提升了欢乐指数，温情四溢，同时也暗合了希望之所在。

经过“大家文学苑”编辑团队的精心准备和安排，八月十九日至二十日两天时间，近三十人的文学同道完成了在秦皇岛市文学院、五兴图书广场及东戴河景区的创作采风活动。感动颇多，收获满满。

文学创作是一种精神生产的过程，是作者对生命的一种审美体验。文学作品虽然不是生活必需品，但可称之为人类不可或缺的“精神食粮”。不知是哪位哲人做的总结：“人类文明归为两种：第一种为节约时间；第二种是将节约的时间浪费掉。我们称第一种为物质文明，第二种为精神文明。”物质文明与精神文明是一把尺子的两端，用来衡量社会文明进步的程度。

不管是作家还是诗人，必是一些对文字十分敬惜、对文学抱有虔诚之心的人。看上去他们与常人别无二致，也吃喝拉撒，也生儿育女，可正是多了那么一点点热爱，到底又卓尔不群。他们既平凡无奇又与众不同，既接受生活赋予的形形色色的锻打，也叩问生命本真。

这是此行给我的启发。

无论是诗人国青谈他的诗歌创作，还是李东辉老师谈他的“散文写作四境界”；无论是秦皇岛文学院李霁院长的创作体会及个人经历，还是作家刘剑谈文学的未来和受众；无论是霍民起老师的“咬文嚼字”，还是作家李冬梅的笑而不语……无不体现着真心、真情和真功夫！

匆匆复匆匆，在秦皇岛与文友的欢聚于不舍中惜别。接下来的十八个小时，作家和诗人们将时间交给了朴素而浪漫的东戴河景区。感受夜晚的海边情致，体会清晨的沙滩和日出。海里逐浪、嬉戏，沙滩漫步、休闲。几位和蔼的姐姐和优雅的长者；远道而来的文学伉俪；沙滩上围坐交谈的盛景；豪放的男士在海里也不忘站起来摆个 pose；文静而内敛的女诗人不时抓拍一个个美好快乐的瞬间。为了给游泳的文友拍照，年届古稀的李树德老师穿着皮鞋就站到了海里；梅朵给悦悦扎起一只只气球；雪峰为悦悦撑起一把遮阳伞；有人在海浪的进退中寻找贝壳和石子，交给悦悦种在沙坑里……

在回来的路上，我问身边的多多："为什么叫多多呢？是不是妈妈嫌你多啦？"多多笑着一低头，说："不是！"然后抿着嘴望向车窗外。我也笑了，看着可爱的孩子，心里想：那么一定是感谢多多、幸福多多呗！

就像那五彩斑斓的小石子，在生活的海里，我们有着各自不同的经历和纹路，被海浪拥着，被海水浸蚀。机缘巧合，我们在同一片沙滩上相会，却是前生的相约。当海潮涨起，当分别在即，我们会带着又一份温暖与相知的刻痕去远方流浪，也许天涯海角，直到记忆沧桑。

写于 2019 年 8 月

家有男人

丹麦作家安徒生有篇童话——《老头子做事总不会错》，说的是乡下一对贫穷老夫妻的故事。有一天，他们想把家里的马卖掉，换些更有用的东西。但是，换什么呢？“老头子，你知道得最清楚！”老太婆说，“今天镇上赶集，你骑着马到城里，换点儿好东西吧。”于是她替他准备好早点，然后用手掌心拍拍他光秃秃的脑袋，还亲了一下他的脸蛋儿。故事就这么开始了。

喜欢童话故事，喜欢看动画片，不管别人屑不屑，那是我生活中的“甜点”，不会拿它来充饥，但时常会搁一点儿在电脑桌上，让唇齿间萦绕着欲醉欲仙的感觉，然后就有快乐的文字从键盘上蹦出。专家说，人的大脑每天需要一定数量的糖分，去合成、转换名叫“五羟色胺”的快乐素。现代人很注重养生，人人高举“低盐低糖低热量”的大旗，希求生命高质量的同时，与自然的隔膜却越来越深。生活中处处充满矛盾，吃不上喝不上，难受；吃得饱喝得足，原来也并非万事大吉。口腹之欲尚且不那么好打点，何况其他？

话说那位牵着马到街上去换东西的老头子，见迎面走来一个人，赶着一头母牛，母牛很漂亮。“它一定能产出最好的奶！就换这头牛吧，一定很划算！”他想。于是，用他的马和人家换了那头牛。故事到这里并没有结束，按我们现代人的甄别习惯，一匹马换一头母牛并不亏，现在喝牛奶的人愣多，市场需求空间很大。如果老人乐呵呵地牵着牛回家，老伴儿打开门，喜洋洋地迎出来，再拍拍他的光脑袋，亲一下他的老脸蛋儿，说“老头子做事总不会错”。故事讲完了，结局虽然紧扣主题，但一点儿意思也没有。安徒生高就高在，他让老人家继续在街上走。随后又遇到一只漂亮又健壮的羊，经过一番思忖，老哥把母牛换成了羊。后来又用羊换成了一只肥鹅，鹅换成一只短尾巴鸡……每一次的置换，老人都有充足的理由或者说是堪称完美的逻辑。故事的高潮出现在老人准备结束街上行程到小酒馆喝杯烧酒的时候，一个背着满满一袋子烂苹果的伙计走进来。“这堆东西可不少！总算是一笔财产呢！”他想。于是，他用他的那只鸡最后换得了人家的一袋子烂苹果。

故事看到这儿，简直让人抓狂。你看人家那个叫麦克唐纳的美国人，用一枚红色曲别针，换来换去，最后换回一套别墅，多么励志，多么富有想象力。可难说他不是从安徒生的这则童话里用逆向思维得到的启发。其实，即使在一百多年前的丹麦，这位老哥的做法也还是超出“常规”的。你看，一同喝酒的朋友就说了：“看着吧，回家后，你老婆一定会痛打你一顿。”老人说：“No，我将会得到一个吻，而不是一顿痛打。我的老太婆会说，老头子做事总不会错。”喝酒的朋友不信，他们决定用一斗金币和老人打赌。当然，正像许许多多童话故事的结局那样——青蛙成了王子、拇指姑娘找到了她的安琪儿，欢欢喜喜大团圆。那对老夫妻虽然失去了一匹马，但最终得到了一斗金币。“我喜欢看这幅情景！”那喝酒的朋友说，“老是走下坡路，却老是快乐，这件事本身就值钱。”安徒生用这样的方法想为我们诠释快乐的意义，没错！可我更喜欢那里边的老妇人，喜欢她的智慧，喜欢他们那个每天都其乐融融的家。

家庭生活就像唱歌，调儿的高低、内容的悲喜、效果的好坏由女主人掌控。这么说并不是想突出女人在家庭中的地位重要，非也！现在来品味老妇人的那句话：老头子做事总不会错。关键是她把调儿定在敬重男人上。男人大多像孩子，需要适当的表扬和巧妙的鼓励。这个说法也许不贴切，那么民间还有个比较合适的比喻叫“顺毛儿驴”……就此打住，虽然浮想联翩，但决无诋毁男人之意，无他！越发解释，恐怕真的会“驴不胜怒，蹄之”。

曾有过一家邻居，夫妇俩育有一儿一女。男人很厚道，在某机关坐办公室；女的是企业职工，待人热情，性格豪爽，平时爱串个门子。下班回来，先在外面聊个够再进家做饭。吃了饭，锅不刷，得先去串门儿。外场儿上都是口碑不错的人，就是俩人横竖不捏眼儿。男人嫌女人没文化，粗俗。女人对男人更是怎么看怎么不地道，还老爱拿自己的男人跟别人的比：“你看人家谁谁谁的耳朵是咋长的？跟满月似的，你再瞅你的，嗯？死耗子一样，天生穷命！”男人说话，她不爱听，男人走路，她不爱看，就是男人打个哈欠，她也能指出这样那样的毛病。那时候还是平房，大通院儿，我们住在他家里手儿，他家在边上，墙外是胡同。经常是本来一家子在院里围着小桌子吃饭，突然菜饽饽就互相拽了起来。要么就是擦着擦着鞋油，一只高跟鞋就被男人顺墙扔了出去，女人一边骂一边出去捡鞋。

有一回可巧砸着个路人，跟那人一絮叨，还是同村乡亲，进县城赶集。女人就那么一只手握着鞋刷子，一只手拎鞋，跟人家聊了半小时，等于饭桌上的中场休息，回到院里，接着“上回书”。俩人在一个屋檐下生活了一辈子，也打了一辈子。万般委屈的女人曾起誓发愿：“下辈子就是托生兔子，也决不跟他卧一个窝！”其实，泄泄气，败败火，调整一下方向，说不定生活就会是另一番景象。更何况，她选择的那个共守一生的男人也在为“白来这一世”而懊恼不迭呢！

上大学时有个男同学，一表人才，智商、情商都蛮高，且能说会道。毕业十年同学聚会时，别人都跟打了鸡血似的很兴奋，只有他溜边儿打蔫。有人还拿他开玩笑，说：“这哪是哥的风格？”他笑笑，但笑得极惨淡。听同学说，他正在闹离婚，老婆跟他一哭二闹三上吊。等到二十年再聚时，那位男同学没来参加，据说，涛声依旧。真搞不懂女人！如果你爱他，就放他一条生路，如果你不爱他，就各走各的路。退一步说：你总得爱自己吧？

好沉重的话题。来，听一支歌吧，周华健的《风雨无阻》：

给你我的全部 / 你是我今生唯一的赌注……让我无怨无悔全心地付出 / 怕你忧伤怕你哭 / 怕你孤单怕你糊涂……悲欢离合人间路 / 我可以缝缝补补 / 提着昨日种种千辛万苦 / 向明天换一些美满和幸福 / 爱你够不够多 / 对你够不够好 / 可以要求，不要不在乎 / 不愿让你看见我的伤处……

“男”字会意，从田，从力，古人造字即表明了男人辛苦。打小儿就被灌输——跌倒了不能哭，你是男儿！可以衣不避寒、食不果腹，老言古语都在讲“穷养儿，富养女”。做事要靠谱儿，品学要兼优，因为不光身上寄托着父母、家人的重托，还要为自己的人生之路开好头儿……等到成家了，立业了，社会上的风霜雨雪装在心里，睡觉都得小心，别惊扰了那张一梭一线织成的人情网；家里的春夏秋冬更要装在心里，生来是一对矛和盾的婆媳关系，夹缝中的男人，如何“欺上瞒下”而又不露痕迹？一边是热血热肠的母亲，一边是同床共枕的妻子，如何让她们相安无事？尺度的拿捏时刻考验着男人的智商。

社会家庭，在一个男人肩上，既是两座山，也是两处风景，它们遥相呼应，互为表里，前方要功勋卓著，后院还要保证不能起火。男人等同于难人：生存的难，隐忍的难；繁华处难，孤寂时更难！一辈子拉车爬坡，不能换肩，更不能松套……女人不经意间却成了男人风景里的看客——灯泡憋了，赶紧换上！水龙头漏了，赶紧拧拧！人家老公都正处了啊！楼上老张一笔就挣了二十万——我的天！是的，男人既要顶天，还得立地，谁让你是男人？可是，要知道，男人也是人，而不是神！累了，也想找地方靠一靠，苦了，也想跟人诉一诉；高兴了，要有人分享，郁闷了，也需要有个安慰。这时候的女人，千万别只当自己是男人风景里的“到此一游”。你的男人你不在乎，谁在乎？你不敬他，让谁来敬？

好男人要由好女人来成就；好女人需要好男人来滋养。假若你仰望别人生活中的美好，而心存万般缺憾，就低头看看自己是不是足够好。

有句老话儿说：家中无妻事无主，家中无夫房无梁。女人很琐碎，男人爱吹牛。男人永远不知道如何找到换季衣服，女人永远不清楚男人为啥迷恋酒场。女人扫天刮地，男人不拘小节。不是谁家的新鲜，而是自然法则。社会从有了分工才开始进步，人类从出现雌雄才开始繁衍生息。有一女同事，因公外出几天，回来后发现家里墩布上竟然长出一朵可爱的蘑菇，这至少说明两点：一是墩布把儿为木质；二是温度、湿度适宜……否则的话，让男人学会擦地吗？做你的春秋大梦去吧！

敬重男人，是女人的必修课。如果他夸口说自己的高中化学拿过全县第一，你信他；如果他说自己的作文曾经无人能敌，你也信他；如果他说这事儿非他不可，你信他；如果他说今天见的一个人在欧盟总部供职，你也信他。谁知道奇迹会不会真的出现呢？“夫唱妇随”，没什么道理可讲，但给生活一片阳光，给命运一个交代，向美好和快乐妥协又有什么不可以的呢？

人的生命只有一次，匆忙前行，却时常忘了我们要走向哪里。虽然生活不是童话版的现实，或者命运堪比安徒生笔下卖火柴的小女孩，但是，我们依然可以在梦幻里取暖，即便倒下也要面带微笑。

写于 2013 年 9 月

家有女人

在我国辽东某地有个婚俗，男女结婚那天，女人若先踩到男人鞋子，就能一辈子不受男人的气。

女人牢记娘的嘱咐，入洞房那天，早早将自己的鞋收起，等男人脱鞋上炕，女人赶紧双脚踩到男人鞋上。男人见了说她迷信，狡黠地笑道：“娘说，女人踩了男人的鞋，是要一辈子跟男人吃苦受罪的。”女人不愤，开始试探着管理男人，大事小情……小到拿尿盆、倒尿罐，大到侍弄庄稼，女人咋说，男人就咋做，包括和街坊邻里的远近亲疏全听女人的。不管男人是正跟人闲侃还是正跟人喝酒，只要听到女人一声喊，立马儿掉头回家。一来二去，有人笑他没有男人气概，还拿话激他，说：“三天不打，上房揭瓦。若是我女人，非扇她两鞋底子不可。”男人不急不恼地说：“把你女人叫来，我也舍得扇她两鞋底子。”那人无趣，鄙他没见过女人。村里再有大事商量，男人会被挡出场外，说他反正也做不了主，还是叫你家女人来吧。男人还就真把家里女人喊了来。看着被自己管得服服帖帖的男人，女人心里很受用，直到有一天女人在男人耳边说起婆婆的不是。男人突然就红了眼，朝着她吼：“知道为啥不打你吗？不是怕你，是因为俺娘。娘一辈子不容易，爹脾气暴，对娘张口就骂举手就打，打断过胳膊粗的棍子，打散过椅子。为了俺们几个孩子，娘熬了一辈子。每回见娘挨打，俺都发誓，等俺娶了女人，决不捅她一指头。娘说过，女人是被男人疼的，不是娶来让男人打的。”女人骇然，从此调整政策，一心服侍男人。有人甚是好奇，向其讨教“理妇”秘籍，男人一本正经地说：“打出来的女人嘴服，疼出来的女人心服。”

这故事令人动容，其幸福和美之相也溢于言表，而另一故事听了，也许令人肃然起敬。

后汉王刘秀——史称“牛背上的开国皇帝”，最早在南阳郡的春陵乡起兵时，兵少将寡，装备很差，还曾被王莽的部下王郎一路追杀，由北向南日夜奔逃。战斗中，刘秀手下大将宋弘不幸负伤。当逃到饶阳境内时，宋弘实在走不动了，后面追兵又紧，刘秀只好将宋弘托付给郑庄一户郑姓人家养伤。那户人家很同情刘秀，且非常善良，待宋弘亲如家人。特别是郑家女儿，虽然长得不漂亮，但为人正派、聪明大方，待宋弘就像亲兄弟，煎汤熬药，嘘寒问暖，宋弘非常感动。日久生情，宋弘伤好后，两人结为夫妻。宋弘跟随刘秀南征北战，最终帮刘秀得了天下。刘皇上万事如意，独有一事令他愁眉不展。原来刘秀有个姐姐，早年丧夫，整日闷闷不乐，刘秀多次派人提亲，姐姐概不应允。后来，刘秀得知姐姐是看上了宋弘。他想，我乃皇帝，这点事还不好办？再说，宋弘的妻子郑氏年龄大且不说，模样也远不如咱姐，只要我开口，料宋弘一定感恩戴德，于是派人向宋弘提亲。哪知宋弘听后却回道："贫贱之知不可忘，糟糠之妻不下堂。"来人将宋弘的话向刘秀禀报后，刘秀深为宋弘的品性所感动，不仅没有怪罪，反而更加看重他。

疼爱女人，是男人的天性。你到自然界中去观察，但凡雄性动物都有这么个共性，不管是挓挲翎羽的还是显摆犄角的，在领地上与同性圆睁怒目、冲杀撕咬的，想方设法在雌性面前表明自身的强悍孔武的，一朝拥有，便风平浪静，过和谐美满的小日子去了。

在人的社会学里，敬重女性则是很儒雅、很绅士的行为，是特别具有人格魅力的表现，否则的话，另当别论。

若干年前，一男同事乔迁新居，我随大伙儿到他家做客。房子宽敞、漂亮，羡煞一班人。进了门，我们两个女同胞想直奔厨房，帮嫂夫人准备饭菜，却被那位男同事拦下。他张着两只胳膊就像张着一对翅膀，挡住通往厨房的那扇门，不住地嚷嚷着："甭管她，甭管她，这边坐，这边坐。"嫂子也在后厨大声说："地方小，我一个人还转不开呢，你们坐，马上好！"我们只好落座。嫂子是个能干的女人，没用多一会儿，一桌子荤的素的就齐整了。大伙儿推让一番后，相继就座，嫂子却又转身奔了后厨。有人说："嫂子也吃吧！"嫂子说："不忙，你们先吃。"男同事这时又说："甭管她，甭管她，咱们先吃。"我发现，围起来的圆桌旁根本就没有嫂子的位置，一时如鲠在喉。那以后，同事依然是同事，但心里多少存了点儿芥蒂的：那样的男人，即便才华横溢，不要也罢。

晚清詹天佑因独立自主修造京张铁路而闻名于天下，可他的一套"敬妻哲学"却鲜有人知。詹天佑所处的年代，蓄妾之风很盛，作为在晚清和民国初年都担任过要职的詹天佑，收入自当不菲，政治资本、经济条件、社会环境都不妨碍他妻妾成群，但他终生奉行一夫一妻，尤其是妻子身体不好，常年卧病在床，有人曾劝詹天佑纳妾，都被他婉言相拒。他认为：是男人就必须敬爱自己的妻子，不敬爱妻子的男人，也必定不会信于友、忠于事。一旦听说谁家夫妻不和，他总认为“过必在夫”。工作中，他也不厌其烦地告诫下属要礼敬妻子。受其影响，职工家庭普遍和睦、夫妻谦敬，所以那里也就成了盛产“好男人”的福地。京张铁路本就是新生事物，很是吸引人眼球，常有学生趋之若鹜，所以影响甚广。其中一位日后成为媒体记者的学生对詹天佑的美德大加赞扬，他说：“吾望中国多有若干如詹先生其人者，则不仅国有铁路可以独立修造，妇运之前途，亦将大放光明。更望党政军各机关之长官尽如詹先生之宅心，则全国妇女之解放可立待矣。”

如今，妇女虽是解放了，但真正意义上的男女平等还未到来，当然，这属另一个议题。那么，疼爱女人，当如宅心仁厚的詹先生，或可关乎社会文明的进程?

从生物学的角度看，男女有别是造物主所为。天生来，男人的心脏就比女人的大，而女人的心血管则比男人的细；男性的大脑灰质比女性发达，适于专注某一事物或某一领域，女性的大脑白质要优于男性，理应是交际能手……如果一定要找到女人可以向男人“示弱”的依据，那么，据史学家们研究论证，在远古的洪荒时代，“男人渴望塑造无所不能的形象，从而被众人仰望、被女人崇拜，而这种渴望或者说习惯，很可能与狩猎时代男性祖先炫耀的习俗有密切关系”。这牛吹大发了，不光揽来责任，还得“上税”的啊！遗传了祖先心理的现代男士们除了深挖洞、广积粮——筹得炫耀资本，剩下的就该是等着女人来崇拜了吧?

如果你足够心细，就会发现周围常有这样的男人：只要老婆在身边，他的一双目光就跟卫星定位一样，再也不会自主地放到别处。原来我不懂，现在我会装作没看见。

有一闺密，年长我三岁。当年，初涉爱河，尚不知深浅。她有一当家子二妈，把娘家侄子介绍她交往，闺密有点乱了方寸，要拉我这个平时自诩有头脑、有思想的死党入伙儿。那天，经她安排，我躲在一条胡同里，在他们路过时，我从胡同里出来，佯装偶然碰上，说几句话，然后各奔东西，事后我再把“看法”反馈给她，参谋一二。那是个夏天的午后，太阳老热，胡同里老闷。胡同的西墙投下一片小得可怜的荫凉，刚好能罩住我，可站在荫凉里就看不到闺密出现的方向，站到对面又完全曝在阳光下……那个下午，我就像只跳蚤，在胡同里不时从这边跳到那边，又从那边跳到这边，加上极度的兴奋和紧张，起了一脑门儿痱子。

他的个头儿看上去比闺密还要矮，这是第一印象，然后就是——他像个傻瓜一样总是笑眯眯地望向她，除此就是手足无措，还有点儿小紧张……晚上跟闺密碰头儿，没等她开口，我先没好气地质问道：“那也算男人？”

三十年过去，弹指一挥间。如果可以重来，我一定会改弦更张——很肯定地告诉她：“嫁了吧！”什么也不为，就为他那“目空一切”的眼神。还好，闺密并没因我当年的少不更事而错走一步臭棋，如今，已当上奶奶的她，依旧每天被他笑眯眯的眼神所包围，还有他那在她面前的“手足无措和有点儿小紧张”，积习难改！何故要改？闺密有句话很经典，她说：“只要知道疼你，高矮不是问题。”显然，一切的一切，都不再可能成为问题。

俗话说：丑妻近地家中宝。所谓的妻丑，并非是指女人相貌或身材的不可人意，而是身份一旦从女友转换成妻，就如股票遭遇熊市，市值一路下跌，直至谷底，当最终沦为食之无味的粗茶淡饭——无论如何都要归为“丑妻”之列时，若还能被捧为家中一宝，实在是女人一生万幸中的万幸。

女人是水做的，哪怕她坚硬如冰，只要你把她捧在手心里，一时三刻就会还原本色。百年修得同船渡，千年修得共枕眠。你的女人，不念她的任劳任怨，不念她为你生儿育女，不念她柔弱似水，就因为她是你的女人，这辈子，你再怎么疼她都不为过。如果一定要忽视她的存在，那么，下辈子你做女人。

写于 2013 年 9 月

茶余饭后

一直秉持“文字里只谈感想，不谈感情”，是因一时找不到说辞，也畏惧或被误读而伤及无辜。最近朋友 QQ 空间里常出现一些悲情秋水长天、诘问风月无情的文字，愁肠百结，郁郁寡欢，诱我斗胆操刀上阵，试解其中味。

——题外话

文友相聚，聊起文学长生不老的主题，聊到梁祝化蝶的凄美，聊到刘兰芝与焦仲卿的抗争，聊到莎翁笔下那些超越世俗、门第甚至超越一切的爱情故事……肯定者热血沸腾，激情四溢；否定者据理力争，忿忿不平。饭点儿已过，腹鸣如鼓，当“饮食男女”们终不得以抛却饮食来支付论战的饭票时，焦点便虚软地落在“世上到底有没有爱情这东西”上。组织者出面调停：“咱先吃饭，然后再谈爱情。”大伙儿便齐声说：“好！”

爱情是个亘古长存的话题，几乎和宗教一样古老。从“关关雎鸠”到“青青子衿”，从“长相思”到“蝶恋花”，太多描摹，太多注脚，却千人千种理解。有人倾向于勃朗宁夫人那句：“我爱你，因你是你，更因爱着你的我自己。”爱能使人升华，呈现人生的极佳状态，因为爱着，你会比自己知道的那个你优秀得多，也更丰富和灵动。

一部《荷马史诗》成就了伟大的希腊神话，也成为后世文学创作不竭的源泉，其中叙述的特洛伊战争，持续十年之久，缘起貌美倾国倾城的海伦；英国历史上唯一一位自愿逊位的君主——爱德华八世，为了爱情甘愿交出王位，只因主流社会不能认同和接纳他所爱的是离过两次婚的美国女人……牛郎有织女；人间《凤求凰》；一沓黄纸，几点青墨，成一场红楼秋梦。古今中外，多少荡气回肠的爱情故事，供人消遣，聊解长夜无眠之苦。

那年游历古城西安，在历史厚重的帷幕里，奢丽的缠绵，凌乱的欲望，让虚幻再度迷离人眼。华清池外，细细揣摩《长恨歌》中交织的究竟是浓浓的爱，还是绵绵的恨。恨是爱的背面，爱恨往往同生同行，要么是反目成仇的男女，要么是众叛亲离的情感对垒。哥伦比亚作家加西亚·马尔克斯说："世界上没有比爱更艰难的事情了。"

一个人，只有当他可以坐下来，独自面对内心的沧桑，听岁月如流岚在眉间、在耳畔、在心岸缓缓流过而不惧、不愠、不怨、不痛时，才可以将思绪慢慢开合，让回味静静走来。作家冰心曾讲：缘分是等的，不是找的。那一年，老人家九十高龄。

真正的爱以平等为基础，没有依附或仰慕，不世俗，无功利，不为索取，甘愿付出，是灵魂层面的水乳交融，这无异于"此物只应天上有"。也许这才是马尔克斯所说的难之根本吧？然而，探险与猎奇是人之本性，女人耽于幻想，男人长于狩猎。寻情逐爱，从来就是这个世上常演不衰的悲喜剧。

不久前，偶遇一位旧熟人，神情戚然。她的故事我略知一二，幼时家境不好，兄弟姊妹几个胡乱长成。她自己处了个对象，家里条件优越。男孩儿被娇宠得有点走样儿，也并非花花公子或纨绔子弟，只是贪玩和天真，又结交些同类型的玩伴，整天野马一匹。因两人相爱，他心悦诚服于她为驭手，她也信心满满要打造出一个好男人。尽管不被双方家长看好，尤其是她的父母，态度决绝，闹出"有他没我，有我没他"的战况。最后，她选择只身离家，此后多年与娘家关系寡淡……不可否认，当年这种七高八低的起脚，为他们的将来埋下伏笔。有人说婚姻也是一种赌博，玩得好，皆大欢喜，玩不好，则如临深渊。这自是后话，他们也有过几年琴瑟和鸣的好日子，有了一双儿女，后来却是越过越拧巴，直到儿女婚嫁，男人有家不回，剩下她一个，每天咀嚼着岁月之苦。失败的婚姻犹如一场失败的战役，结果不是牺牲掉快乐就是收获绵长的伤痛。

现实生活中，爱情是爱情，婚姻是婚姻，它们分属两个不同的伦理体系，却时常被我们混为一谈。爱情是心灵的契合，可遇不可求；婚姻是生活的同化，像大排档上的自助餐——有啥吃啥，吃啥拿啥。爱情形而上；婚姻形而下。爱情未必能结出婚姻的果实；婚姻也不一定就长出爱情的玫瑰。两者虽然不是鱼和熊掌的关系，但如果你有幸得到一个拥有爱情的婚姻，且好好经营，那么你的人生无憾。

一个有趣的现象：面对生活中的适龄男女，武一点儿的会问：搞对象了吗？文一点儿的会说：谈朋友没？可绝不会有人关心他或她有没有爱情。在我们的传统文化面前，婚姻常常表现得赤裸裸，而爱情却又总是羞答答。这也就不难理解，婚姻的“恶俗”与爱情的“饥渴”是如何成为当今社会肌体上两个不同形式的痈疮，带来隐忧多多。当然，这是社会学家们操心的事儿，内里乾坤自会有人评说。

马尔克斯写了一部天书《百年孤独》，还写了一部奇书《霍乱时期的爱情》。前者让他获得了诺贝尔文学奖，成为“魔幻现实主义文学”的开山鼻祖，后者则让他的拥趸遍布全世界。在《霍乱时期的爱情》里，马尔克斯给他那跨越半个世纪才修成正果的爱情故事用“一生一世”做结尾，很浪漫也很悲壮。最让人揪心的是，有了一把年纪的他们，最终是淹没在岸上生活的乏味里，还是沉没在爱情的汪洋中？作者没说。2014 年 4 月 17 日，马尔克斯带着他那《霍乱时期的爱情》去了天堂，却把《百年孤独》留在了人间。

爱情是一种信仰，属于虚无缥缈，虽然不足以给人生以支撑，但总会给人带来美好幻想。“你了解爱情，你也就更了解人生；当你懂了爱情的多变，你也就懂了无常、看到自己、看到人心，也明白了聚、散、离、合与有情众生的爱别离苦，一切皆空。”香港作家张小娴，每天在她编织的爱情花园里播播种种，也让绝望生长其间。红尘万里，芳草连天，当你蓦然回首时，不知是谁，站在灯火阑珊处，一眼万年，然后擦肩而过……爱情是个易碎品，经不起任何磕碰，岁月淘尽，终可见它那苍白底色。写不完的悲欢离合，道不尽的人世孤单。叹只叹，如花美眷，敌不过似水流年；长相厮守，莫如相忘于江湖。对此，作家贾平凹有过简洁的概括，他说：“一个家庭组合十年，爱情就老了，剩下的只是日子，日子里只是孩子。”

网上盛传过一首小诗，应和者众，有人说是慕容雪村的，也有人说另有其主，争争吵吵。诗中写道：“走着走着就散了，回忆都淡了，看着看着就倦了，星光也暗了；听着听着就厌了，开始埋怨了，回头发现你不见了……”那情形就像一个肩挑木桶的卖油郎，困于生计，未来暗淡，走在乏味的归路上，一边心里盘算收支，一边口中念念有词，结果油没卖出一勺，人却瞌睡了。活生生的生活画卷，带了钝痛的诗意表达。时常，我们就会被理想的狡黠和现实的敦厚幽上一默。哭也好，笑也罢，只要还在路上，物质与精神就是那须臾不离我们左右的两只油桶，被担在心上。

如今，“感觉”二字时常在年轻人中间出现。陌生男女初见面，喜欢找“感觉”，有感觉似乎才有一起走下去的理由；朝夕相处，也可能因为缺少了感觉而终成陌路。“感觉”是个很玄妙的东西，像是爱情的变种，或者说是一种变通。年轻人能自主情感世界，说明社会的进步与清明，另一方面，“感觉”的内涵也在社会实践中不断被修订和丰富，“爱情”大而化之，更加通俗易懂。如果说颇为时尚的“闪婚”是一时被感觉的雷电所击中，那么“闪离”则更像是感觉遁去后的游戏结束。说到底，“感觉”的基础五花八门，它可以像一件棉布衬衫那样实用，也可以像商场促销打折一样经济实惠……人心向好是基本诉求，本无可厚非，至于如何诠释那个“人”字？答案往往带着鲜明的时代特征。

爱情魔法能让人飘飘欲仙，而人生常态却必须脚踏实地，婚姻及婚姻的衍生物就是让你双脚着地的地心引力。也许，生活就是找个差不多的人搭帮过日子，而不是找个完美的人谈恋爱，只要相看两不厌。为爱而抛弃王位的君主毕竟是君主，不管他当年作为爱德华八世置国家责任于不顾时如何被千失所指，也不管若干年后完美诠释爱情成为温莎公爵的他又如何为万众所称颂，他都不在乎，也与别人无关。可以做的，只是祈愿我的那位路遇熟人，尽快把磨损后的生活修补好，还自己余生以应有的体面和舒展。

我们微如尘埃，但并不妨碍拥有强大的内心世界，即便把日子过成一座比萨斜塔，只要不倒就是风景。该有的早晚要有，该来的也一定会来。如果一切又舍你而去，也不必忧伤，对于命定要来给你上课的人，除了感谢就是命令自己站起来，朝着那个背影挥一挥手。人生是一篇不太好写的游记，走走看看就成了经历，没有彩排，也不能删繁就简，回首往事，唯有花自飘零水自流。当你把一颗心炼到百毒不侵，再去看那些无聊文人如何吃饱了闲扯，就不会被拖累。

写于 2014 年 7 月

给我个理由

发现自己像一片枯黄的败叶，是在一个很平常的早晨。

初升的太阳依然英姿勃发，空气也像少女一样温润可人。因为休息，也因为前一天的一点刺激，在洗漱完毕后，突然有一种冲动，从抽屉里翻找出一块小镜子，来到阳台上，迎着太阳举起来，可从里边看到的不是我，是一片枯黄的、没有了生气、斑斑虫蛀的叶子……不知从何时起，卫生间昏暗的光线和那块壁挂镜合谋，掩盖了一个“事实真相”。

如机器上的一枚螺丝，疯狂旋转，身不由己又别无选择。每个早上醒来，一份疲惫的心情先来挂号了，然后进入“固定轨道，规定转速，模糊控制程序”。眼还没睁好，脚下还有点儿没根，就要泡上一盆昨晚脱下的衣物。右手刷牙，左手清洗洗面池，肢体的哪一部分被闲置都属犯规。洗脸的时候，不忘把上水阀门打开，脸洗完，太阳能的水也正好上满。要么同时干两件事，要么干着一件心里想着一件。早饭盛出晾上，正好去洗泡着的衣物。打着豆浆，定会烤着饽饽，吃着早饭，还要把午饭的需要准备停当，为的是上小学的儿子放学回来能早一分吃饭，多一分休息。还在下班的路上心里已经排列好入厨操练的顺序——以最快的速度、走最简捷的路、做尽可能好的吃食。早上临出门时匆忙套到脚上的丝袜有个破洞，别说缝补，就是脱下再换一只的时间也没有，扭转到脚下以掩人耳目。红绿灯前用脚点地的那一刻，却见那个破洞不怀好意地笑在脚背上。

鲜奶没有了，肥皂该买了，明早的面包要换换口味，儿子的裤子开线了，厨房该擦了……丈夫说：香肠不能吃，果珍要少喝，别有事没事就往超市跑。晚饭煮一锅绿豆汤，夏天别忘了给家人败火，还有饭菜的清淡。晚上陪儿子去学英语，临走，晾上一瓶白开水带上。明天的早餐吃什么？别忘泡上黄豆预备打豆浆……又一轮的疲惫已经等在了夜的深处。尽管有柔和的夜色和弯弯的月亮，轻风撩拨窗扉，真想再听一听那首单簧管的“小夜曲”，可听到的却是“哪这么多事儿，黄脸婆！”这样原汁原味的“生命交响曲”。

本来就是一只粗瓷碗，实用不贵，但掉到地上，一样会破碎得无法收拾。

昨天在街上，和一个熟人相向而过。说是熟人，其实既互不知姓名，也没有过交谈。这个和我年龄相仿的人，是她的“出众”曾被我注意过。她有着高而匀称的身材，微黑的肤色闪着瓷釉的光泽，一双美目，唇红齿白，鲜活而明净的健康气息像阳光一样感染人……这是从前。也不知过了多久，蓦然回首间，那人已近乎一片褐黄的落叶——在飘，成了一面陈旧、破败而没有了灵魂的黄色纸旗，让人不忍倾听它落地时碎裂的脆响，可又无力去承接那份已空洞的生命质量。我一步三回头地看她，不禁又联想到另一位我的高中同学，曾经那样的一张白净而红润的脸，因微笑而细眯的眼睛，左腮上一个小酒窝儿。毕业后，不知她去了哪里，前几天再见她时，竟也是一片灰黄。白净和红润不知忘到了哪里，那只酒窝里竟像落满灰尘。搞不明白这是怎么了，又像突然间明白了些什么，心里很满，又很空。

我们太普通了，普通如一抔黄土，虽然也曾和其他人一样拥有鲜活、硕壮的生命之初，但在后来的日子里，我们因无力消受这种昂贵的馈赠，又悄然无声地把它退还给了日月星辰，只留一点点本色——褐黄，以备最后融入其中。

不知去向谁要一个理由，说明落叶是否有生命？时间是否有重量？星光是否也会老？

生命总是被消耗着，站着也好，躺着也罢。每一个日出与日落，都会在我们的脸上留下痕迹。时间把生命的细节搓成皱折，又将一切掩映其中，如果说没有这一切烦乱和庸常，生命会变得光滑而没有弹性，那么，赋予她几个亮点吧，也好让那一片褐黄不再像一股黄烟一样缥缈而没有看头。

谁说四十不惑？更多的疑惑因为沉重而游走在心底，还有“妄想”做它的背景。举一片希望的树叶，还妄想成森林，洒一滴感伤的泪，还妄想成大海。给我个理由，让生命变得像森林一样悠远，像大海一样深沉，就不怕有一张褐黄暗淡的脸。

写于 2001 年 7 月

且听风声，且听雨

那一刻，感觉自己咣的一声，把什么都放下了。

父亲的突然离世，除了带给我痛，还有茫然。脑子里空了，心里空了，两手也是空空的……在这世上，我算什么？在生死面前，我们何止渺小？在大自然的眼里，人类到底有多肤浅？

曾经，也有过感觉“好好”的时候——天高云淡，闲庭信步；扯相思不得，叹年华空老；指天说地，忧国忧民。皇上都不想的事也敢拿过来虑论虑论。现在回身反观……嘁，还是省省吧！

过去，也曾貌似豁达。看见争权逐利，会摆摆手说：干啥呀，不死吗？看到钩心斗角、鸡零狗碎，会很不屑地想：何必呀，不死吗？那时对生死的认知，只不过基于最浅显、最潦草的好恶罢了，就像微风扫过水面，风动，水动；风停，水则不知若何。所以，难免活得比俗人还俗——放不下的东西太多！想不开的事情太多！抛不开的杂念太多！重读徐光启，这一明末重臣、科学家，却以天主教徒的身份“突围到时代的最前沿，超前而寂寞”。他说：世间事，除了生死，哪一桩不是闲事？真如醍醐灌顶。是啊，给我重重一掌的，不是别人，正是眨眼间转身离去的父亲。

不会就此滑向“悲观”的深潭，或许今后更看重静水流深。

长夜无眠，无事乱翻书。看某人对“我们的敬畏心哪儿去了”的追问，看“当前道德迷局：‘滑坡’还是‘爬坡’？”的争执，看一位老师义愤填膺地直指当今文化现状的恶浊……直到看见某资深人士对王菲那首《浮躁》歌词的热烈追捧，我禁不住哑然失笑。没错，我还能笑得出来，脸上肌肉的牵动是陌生的，不经意间的笑，几乎吓到了我自己。文后所附的歌词，我能懂的只有那么一句：“九月天高人浮躁，平淡无聊，一切都好，只缺烦恼。”乍一上来，还给第一句断错了句，脑中闪念：只有“高人”浮躁吗？噢，原来“九月天高”，人会“浮躁”的呀！这人可真是够矫情，“平淡无聊”会浮躁，“一切都好”会浮躁，缺了“烦恼”一样会浮躁。如今，上至高官显贵，下至黎民百姓；无论文化精英，还是贩夫走卒无不在道“浮”论“躁”，似乎唯有“浮躁”才是当今国人的共同属性。如果哪天，熟人见面，把“您吃了吗？”这一传统招呼样式换掉，弱弱地问上一句：“您浮躁了吗？”不知效果该如何。

“浮躁”一词无所谓褒贬。如果说它涵盖的是当今民众的一种心态，把众多的道德问题、社会问题归结为人心的“浮躁”，则未免过于草率和不负责任。这种局面的形成，有赖现今社会发达的信息流量、媒体、舆论导向和那些时常情绪化的文人骚客的鼓噪，可谓“蝴蝶效应”。不可避免，我们都有人云亦云的习惯，很少有人用自己的脑袋想问题，特别是在市场经济的大背景下，浮泛地看，人心驿动，能守住一份孤独和寂寞似乎变得难能可贵，人们越发盲目、急躁，甚至急功近利，然而这一切不过是表象，不能因之给它贴个标签就随便定了性。

人心是热的、动的、鲜活的，人有各式各样的“情绪”，这与处在哪个朝代无关，只是“那个朝代”的性质也许会左右人们的情绪走向。我不认为祖先在《诗经》里“硕鼠硕鼠，无食我黍！三岁贯汝，莫我肯顾”的表述是平心静气的，农夫面对沉重的剥削和“社会不公”会像享受按摩一样舒服。我不信那吟唱“君住长江头，我住长江尾。日日思君不见君，共饮长江水”的诗人内心没有躁动。更不信当年李白求职不得、抱负无果时会心如止水。

世界从来就是个矛盾体，人亦如此。鲁迅曾讲：“不满是向上的车轮……多有不自满的人的种族，永远前进，永远有希望；多有只知责人不知反省的人的种族，祸哉！祸哉！”问题是，如何兼听兼容、广纳良言，以修正社会不足，扬长避短，使其发展更具合理性和可持续性，更加理想化？这不应该只是政治家们的问题。

至于我们的道德现状究竟是处在“滑坡”还是“爬坡”的当口，前者过于悲观，后者则是多虑。我们不能以一时、一事论英雄，也不能犯管中窥豹或盲人摸象的错误。时代的“特殊性”只是将我们放在了一个打开——融入——鉴别——修正的历史阶段。很荣幸，咱赶上了。都知道台风来了会死人，雨水多了惹人烦，但气象专家告诉我们：没有了台风则会更糟，全世界的水荒会更严重，地球上的冷热会更不均衡，热带会更热，寒带会更冷，而温带将不复存在……自然有它自己的法则，社会也不只是骨感才美。阳光不可或缺，但风声和雨声是自然之乐的和声，它们如果缺席是不“靠谱儿”的。

任何时代都兼有“滑坡”的德性；每个人都会面临选择道德取向的艰难，像爬坡一样吃力的时候，你有，我也有。“红十字会”虽然砸了招牌，但你不能否认还有秦肖娜那样的“爱心达人”。哈尔滨阳明滩大桥垮塌出了人命，你不能就对我们的“神九上天”视而不见。一叶障目不仅会让我们丧失辩证看问题的能力，同时也会自行降低个体生活的幸福指数，乃至因缺乏对生命和生活的热情与信心而眼前漆黑一团。

永远忘不了，当我在经历了人生最黑暗的几天之后，坐在理发店里的那天。面前的镜子里出现一个男人领着两个孩子，大点儿的男孩儿不过七八岁，小点儿的女孩儿也就四五岁的样子。有人招呼他们坐。男人领着女孩儿坐下，男孩子在屋里乱走。一会儿，女孩儿不知为什么喊：“爸——爸爸。”奶声奶气的喊声，却让我犹如雷击，心里难受至极，瞬间眼泪就流了下来……身后，那个瘦小得如同一只蜻蜓般的小理发师发现了我的状况，停下手里的剪刀，什么也没说，什么也没问，只是默默地看着镜中的我，从操作台下边抽出纸巾递到我面前，直到我平静……走进走出的人们无从发现我们这边的异样，身后的生活一如既往，小理发师的善解人意让我心里感觉很温暖。其实不难发现，平常如他这样的人在我们身边还有很多，有了他们，我们就足以鼓起自己的帆，让生命之舟继续远航。

原本，人性和兽性就并存于人体这个躯壳中。哲学家或许管这叫人的自然属性和人的社会属性。它们是客观存在的，不能说，你高雅就完全没有了动物性；当然，也不能说你还是“动物”就可以赤身裸体满大街闲逛。兽性是躁动不安需要驾驭的，所以应该把它锁在笼子里；人性是温婉而祥和的，随便你怎么发扬光大。如果粗茶淡饭尚能满足你最原始、最基本的需求，不错！假若有人更向往锦衣玉食，也大可不必为此而心惊肉跳。当然，你可以对他采用什么样的方式垫起自己的身体以拿到高处的果实而说长道短，仅此而已。只是，某天当上天将考验你智商的诱饵放到眼前时，请淡定！

话扯远了。放下，是一种感觉，那颗敏感而脆弱的心还在，也许依旧会叶落悲秋、花开惊心，依旧会躲在文字里享用孤独，但这些都不妨碍有点滴的感动融入心田，哪怕是一花、一草，哪怕是一声问候、一个眼神。所以说，别灰心！少一些抱怨，多一些倾听；少一些责人，多一些自省；少一些指摘，多一些拥抱，我们原本就走在洒满阳光的路上。

佛家说：随缘。指的是顺应机缘、任其自然。任何时候都别祈望圣人的存在，但君子总还是有的。写到这里，不禁在心里燃起一炷香，祝愿君子有足够多的体力——支撑得住。管他外面是风声还是雨声，做自己才好。人生苦短，匆匆几十年，眨眼即过。有句话说得好：开心了就笑，不开心了，就过会儿再笑。

写于 2012 年 8 月

无所谓

碰到《中国好声音》完全是个偶然。午饭时间，打开电视……只是习惯，并非对电视内容有更多期待。已是初冬时节。这个冬天很强悍，世界各地极多低温、暴雪天气。“好声音”是个比较火爆的节目，据说在这一年的夏天尤其热。不太同意我们有“娱乐至死”之嫌，因为不可以套用二十世纪后半叶美国的文化背景。尼尔·波兹曼的观点是：有两种方法可以让文化精神枯萎——一种是让文化成为一个监狱；另一种就是把文化变成一场娱乐至死的舞台。

没有资格去评价“好声音”究竟是娱乐性多一点还是学术性多一点，或者其他性多一点，只能说碰到它我没接着换台。吸引我的不是歌者的倾情演唱或竞争如何激烈，我更不懂那些个唱功、唱法还有技巧，让我眼前一亮的是节目编导得不框死，或者说很随性，少有地“不做作”，哪怕是做出来的“不做作”，到底给人清新扑面的感觉。似还有一种隐约可感很微妙、很稀罕、很令人兴奋的活泼、自由之风……四位老师之间的插科打诨，学员之间的互相祝福，导师和学员之间的真诚相拥；认可时的呐喊，惋惜时的蹙眉，感动时的眼泪……都是不带包装的真情流露。

有个不太好的毛病：看书喜欢看翻译小说，电影喜欢看译制片。不是不爱国，纯属个人偏好。

很小的时候就喜欢文字了，喜欢阅读。遗憾的是，那时贫瘠的读物、出版物就像我们贫瘠的物质生活一样——清汤寡水。小学二三年级时，曾有过十多本“小人书”——《鸡毛信》《红色小号手》《半夜鸡叫》……在当时可是一笔了不得的财富！它不仅完成了我的启蒙，也是对我幼年营养不良的心智最好的慰藉。老师是慈祥、善良又博爱的，为了丰富大家的阅读，让资源竭尽所能，在班上搞过图书互通有无。于是，我的小人书毫无保留地拿到班上“交流”去了。事态的发展好像并不像老师预期的那样，因为对我来讲，仅仅是有“交”而无“流”。多少天以后，我的小人书们要么像“小号手”一样牺牲掉了，要么就《鸡毛信》变成了“鸡毛纸”……我知道，那天当我面对手上失而复得的“财富”黯然神伤时，它们曾多少次抚慰和陪伴了我那同样孤单又心灵饥渴的伙伴儿们啊！如今，小人书中的某个画面或人物还会偶尔从我的梦中姗姗走来，乡音未改。

稍大一点儿后，就捡拾祖父读后丢到炕上的小说——《矿工怒火》《西沙儿女》《金光大道》……就像在马拉马拉大草原上捡拾残羹剩饭的幼狮，严酷的生存环境没给我养成“择食”的坏习惯。

看到的第一部外国文学是肖洛霍夫的《静静的顿河》，那样的描述，那样的场景，那样的人物，那样的气息……我好像前生见过，没有生疏感。包括后来陆续看过的《战争与和平》《悲惨世界》《约翰·克利斯朵夫》……喜欢它们油画般的质地和大气，哪怕它刻画的是再凡俗不过的小人物；尤其喜欢它们的“不造作”……作家的笔触可以锐利地直抵人性的谷底或社会的灵魂而不必瞻前顾后。

总有这样或那样的原因，让我们远离真情与真相；总有这样或那样的人们习惯虚与委蛇。空气中的“脂粉气”如“厄尔尼诺现象”，恶劣着我们的生存环境，而救赎和被救赎的时日又遥不可及。

哈林的搞怪，刘欢的微合双目；那英的开朗、直白，杨坤的现场演绎；无论是那难以抑制的呜咽，还是画外感人至深的故事，人性在自然状态下的呈现，就像自由伸展的枝蔓——向前、向上奔走，怎么着都不为过。只有具备“无所畏”的胆气，才可以拥有“无所谓”的海量。人世间是否应该保有“真性情”，决不是一件无所谓的事。社会的进步，不是以牺牲人的自然属性和公众审美为代价，却只为博你一笑。最令我动容的是《中国好声音》不再把对一首老歌或一个名家模仿得像与不像作为“好声音”的评判标准，倒是让那些改编、新创、唱出自己的那个人真正胜出……

当一个歌者以他对音乐全身心的热爱来诠释自己的个性或内心独白时，我用泪眼注视着为他们转回身的四位“导师”，心底里充满感激，感谢他们，我们从此看到一个彰显个性、鼓励创新的时代来临了！

写于 2013 年 1 月

晴天　阴天　雨天

周杰伦的歌很“磨叽”，却俘获了无数少男少女的心，也可能正是他的磨叽，为孩子们纯如白开水的生活和情感世界平添了几分沧桑与厚重感。哪怕有着“少年不知愁滋味，为赋新词强说愁”之嫌，但到底有了“欲说还休”般的纠结。作为周杰伦粉丝团的编外人员，我一直默默喜欢着他许多歌的歌词。比方说《晴天》：“故事的小黄花，从出生那年就飘着，童年的荡秋千，随记忆一直晃到现在……吹着前奏望着天空，我想起花瓣试着掉落，为你翘课的那一天，花落的那一天，教室的那一间……”画面感极强！淡淡的思绪、淡淡的失落、淡淡的怀想以及对错失情缘的淡淡哀婉都刻画在一面旧相框里了——晴空下，几朵云，微风拂面。模糊了的人物，不是因为久远，而是因为心的时时摩挲。

心事，无须特定的环境背景来衬托，只要“想”便悄无声息地来了，就像落花无关风月，就像秋千无关时空。

人的一生，不过是走在路上。可以淡然处之的内容很多，包括那些貌似重要的功名利禄。真正留在心里，由着你不时拿出来默想的东西其实少之又少，随着时光流逝，经年的沉淀最终会让它们成为一坛陈酿，存储心里。未必能一品它的甘醇，却一定是陪你到最后的极品珍藏。每念及此，心里定会豁然敞亮，也定会为自己的拥有越发敝帚自珍。

宋代有道高僧无门慧开禅师曾写下一首很有名的《颂》：“春有百花秋有月，夏有凉风冬有雪。若无闲事挂心头，便是人间好时节。”依我们凡俗之人的理解，不外乎是说心胸的豁达、为人的从容和不为琐事所烦扰的至高境界。然而吸引我的不单是此，还有禅师的法号——无门慧开。我发现，仅仅四个字，正读是一个含义，倒着读则有另解，可谓高深莫测，一字洞天。北宋大文学家苏东坡也有过如此的至理名言：“江山风月，本无常主，闲者便是主人。”人如果能活出一个“闲”字来，才可谓当了自己的家、做了自己的主。

关于“门”或“窗”的借喻、隐喻在许多文章中出现过，智慧人生中守着门还是守着窗的说法也比比皆是，尤其《圣经》故事中“关上一扇门，必打开一扇窗”的哲理更是尽人皆知。偶然间听到李宗盛作词、莫文蔚演唱的歌曲《阴天》时，我突然有了另一种顿悟——人，本是生活在巷道里，周边是既没有门也没有窗的……“在不开灯的房间，当所有思绪都一点一点沉淀，爱情究竟是精神鸦片，还是世纪末的无聊消遣……谁都以为热情它永不会减，除了激情褪去后的那一点点倦……爱恨，情欲里的疑点，盲点呼之欲出那么明显……感情说穿了一人挣脱的一人去捡……”沦陷后的人们，于黑暗中的挣扎，似是非是，似懂非懂，哪里还有心思去找寻可以走出去的门或可以跳出去的窗啊！

风也罢，雨也罢，情也罢，恨也罢，满腔的愤懑也罢，都是大地上开出的花，只是，有的恶俗，有的却自带冰清玉洁的风骨。

阴郁的天气并非人生之常态，但它的经常造访不可避免。当阴云密布、山雨欲来时，当天空暗淡、电闪雷鸣时，请收拢思想、休养生息，迎接就要来临的暴风雨，穿过这段泥泞的路。

同事当中有个很有趣的人，好酒，平时言语不多，但小酒儿微醺后会面露喜色、滔滔不绝。在他，可以拿来喝酒的名目实在太多。大晴天——要喝，因为“莫辜负大好时光”。阴天了——要喝，因为不喝酒的话“心事要发霉”。当然，窗外雨声、窗内仨俩好友则更是要“小雨儿溷溷，烧酒半斤”了。

酒是好东西，它不仅能满足人的口腹之欲，还能把生活中让人感觉不畅的棱棱角角弥合掉，把四季的分明模糊掉，把风霜雨雪的性格淡化掉。像这样你中有我、我中有你、心中无有闲事挂碍的生存智慧，难说不是无门慧开高僧为我们所开启的。接下来再听周杰伦那首叫《晴天》的歌，其实那恰恰唱的是一个阴雨天——“等到放晴的那天也许我会比较好一点……”原来，晴好的天气是他歌中的希望，而阴雨连绵正是歌中所要表达的痛。

写于 2013 年 6 月

学点女红

女人的世界总跟她们的穿着一样色彩斑斓、热闹非凡。哪怕是在伙房用餐，说笑声也会如四月的柳絮不时在她们中间飘摇而起，看上去还竭尽克制。那天，被说笑声搅扰了的邻桌男士，在面面相觑后，有人悄声说：“搁过去，女人得食无语、睡无声，就是睡着了咬牙、放屁、吧嗒嘴儿，也会给人家休掉的。”结果，更大的笑声就像一场突降的暴风雨在餐厅里响起来。她们不仅嘲笑了迂腐，也表达着对旧礼数的蔑视。

从易卜生让娜拉摔门离家的那刻起，关于女性到底是应该融入社会还是应该回归家庭的争议似乎一直有着。鲁迅先生一针见血地指出，缺少经济独立地位的女性出走后面临的只有两条路：“不是堕落，就是回来。”仿佛为争论明确了方向，实则是让其没有了实质性意义。女人，即便你有本事革了旧制度、旧秩序、旧文化的命，却未必有勇气革一革自己的命，怎讲？雌性阴柔，雄性阳刚；女人感性，男人理性，这是自然法则。如果女人“飒爽英姿五尺枪”去了，看倒是好看，其实挺吃力的。替父从军的花木兰那是迫不得已，脱去战袍，便急火火还我女儿装，还要“当窗理云鬓，对镜贴花黄”。反过来，若让男人去拿绣花针，并非完全不可以，心秀的男人比女人更心秀，但这不具代表性。始祖一起笔，就这么谋篇布局，给了男人和女人各自不同的形式和内容，你一定要南辕北辙借锄耪地，并非最终不及目的，不能物尽其用，但总是一种资源浪费。

关于女人的归属问题不是我所能掂量的，假使不自量，也无意革旧图新或复古倒退，充其量只是想跟女同胞探讨一下女红的话题。

如今，女人不再囿于封建形式的窠臼——大门不出、二门不迈。家庭的大门虚掩着，女人貌似可以出入自由，社会也给了女性一个“欢迎加入”的绅士动作，于是，女人们欢天喜地走马上任去了，以为可以就此改变属性，进而改变世界。当然，到头来属性是属性，世界还是那个世界。德国总理默克尔，下了班也挎篮去超市买菜，普通如邻居大妈。有铁娘子之称的英国前首相撒切尔夫人，再忙也不会忘记为老公亲手做一份早餐。著名学者钱钟书盛赞杨绛是“最贤的妻，最才的女”。大小姐出身的杨绛，不仅美丽聪慧，且生活中能苦能甜，既有著名学者的社会身份，又不失为一位贤妻良母，丈夫钱钟书称她是把“妻子、情人、朋友”这毫不相容的三者完美集于一身的人，家里老少更是把她尊为“上得厅堂，下得厨房”的最好样板。

我有一位“小朋友”，就要走进婚姻殿堂，我为她高兴，称她慧眼识珠。她却自谦道：“也就是平平淡淡的生活吧！”呵呵，蜜月就那么短短的三十天，接下来的便是几十年平淡生活，能把平淡生活过扎实、过出滋味，还真是一门很有难度的学问呢！它就像一篇报告，读的人昏昏欲睡，听的人不知所云，但随便掐出一句话，都能自成体系——吃喝拉撒、柴米油盐；不平淡的生活很丰富，五彩缤纷，关键在于你是否渴望得到，得到了是否有能力驾驭，它就像一篇散文诗，你可能被它点燃，也可能因它而燃烧殆尽。

小时候，生活拮据，租住的老屋灶间就是厨房，简陋而贫瘠的它艰难地守望着一家人的生活，也成为我的女红启蒙地。那时粮食短缺，每顿饭都要精打细算。因为好奇，抑或天性，第一次抢着下手和面，是在奶奶的强烈反对下。至今记得奶奶作为场外指导在一旁是如何焦灼不安，等我嘻嘻哈哈将一只难以自拔的手突然从面盆里扬起，奶奶几乎是带了哭腔“哎呀——小祖宗！”要扑上来，目标不是我的手，而是我手上沾满的面……

那时候，村里有一家裁缝铺子。裁缝将一块布料在台面上抖开，用一把木尺横竖蹚蹚平，捏一片画粉探身在上面勾勾画画的样子，在当时我这个孩童眼里既神秘又好看。女伴们到一起，时常交流布包的缝法或毛线的编织。当时不过才十多岁的年纪，她们已经学着替家里分担生活，课余加工补花，挣得手工费补贴家用。领来桌布、台布、茶盘布，或签边，或补缀，一枝一叶地学，一针一线地修炼，积累着对生活的认知，同时也是为将来走进生活的竞技场赢得一张入场券。那时的她们，实际上已成为若干年后若干个家庭中的最基本元素了。中国短篇小说王刘庆邦有过一篇极精致的小说——《鞋》，女主角守明做的一双准备送给未婚夫的鞋，不仅有入职考试般的难度，还有就职宣誓般的神圣。

如今，女红一事，被现代年轻女性所看淡。只要肯花钱，一日三餐都可以有人送上门，既省事又合养生之道，至于缝缝连连的技能，已被束之高阁，被褥不必拆洗，老式棉服遭到淘汰。需要什么，鼠标一划拉，网上应有尽有，只有你想不到的，没有网上找不着的。我所认识的许多年轻女孩儿，电脑内行，手机门儿清，工作能力也都很棒，但她们会举着一粒从衣服上掉下来的扣子满世界寻找外援。

其实，爱美的女人，拥有一套女红手艺，就如同拥有了一件完美、合体的服饰，举手投足皆成风景。对女人来讲，戒指远比顶针华丽，但有时候，戴顶针的手更能触摸到生活的柔软处。心灵手巧，不光是性别特征的体现，也是自己的一份财富，拥有它，不仅为生活提供方便，还会为婚姻的和美、幸福增加筹码。

几年前的一个场景令我至今难忘。

原本，我和一位女同事因缺少沟通，关系一直不咸不淡。一天，隔壁一位男士来屋里找针线，去缝他那开了边的裤脚儿。女同事让他把裤子拿过来，说不是担心他把针弄折而是怕他把手指头缝在裤子上。说话间，她拉开抽屉，拿出个小巧的针线盒。我们这边聊天，女同事那边缝裤脚儿。聊着聊着，男同事的语速突然磕磕绊绊起来。诧异中我发现，他的注意力就像一粒铁屑被某块磁石完全吸引去了，投向那边的目光中满带温暖、欣赏和怜惜，又因努力遮掩而神情稍显不安。我顺着他的目光看过去，窗前的光线勾勒出女同事柔美的曲线、专注的神态、抿起的双唇、细眯的眼睛、微翘的小拇指……

整个人随着手里针线的行走，如春风拂柳，难怪有“耕者忘其犁，锄者忘其锄，来归相怨怒，但坐观罗敷”之效果。这是一次有趣的经历，通过异性的目光来观察女人——真乃妙哉！

写于 2014 年 4 月

月到中秋

知道《彩云追月》是支名曲，活泼、俏皮，很好听，仅此而已。至于云月故事——云是云，月是月，我是我，远到我们彼此没有相知的欲望，偶尔抬头望望，不过蜻蜓点水。中秋年年过，翻过来调过去都在折腾月饼，月亮是个引子，走在央视晚会的节目串词里，联结成思亲、圆满、祝福的意思，年复一年。舞台背景很逼真，月满如盘，月桂树的叶子黄了，一只兔子静卧树下……

不能怪我们的一双眼睛太过潦草，是心里太满，满到腾不出空间来搁置一盏盛着闲情逸致的茶，或几句多余的话。

一春一夏，又一轮生发与躁动过后，人们从暑热的挤迫与滞重里一点点退出来，天高了，云淡了，一些感慨在这个季节里开始舒枝展叶，这才发现：时间过得飞快!

月到中秋年过半，细细想来，这个“半”在一年当中竟有着“大半”的分量。气象学意义上的秋季只是一个由夏到冬的过渡，每年的大概九至十一月。在我们的感官上，秋天气温不高不低，瓜果飘香，五谷喜人，色彩层层叠叠，适宜感怀和抒情，遗憾的是常常不等人们咂摸透它的味道，西北风就愣头磕脑地来了。如果说春天是希望，夏天是生长，那么秋天就是守望，春播夏管——所有的付出、努力、期待和情感都要在秋天给个交代，评个分晓。或许也有侥幸，或许也仰仗风调雨顺，但揭开的谜底，你的终归是你的。

人至中年好比月到中秋，路已走了大半，日头偏西，天儿有点凉了，眼前的世界色彩斑斓……又是一处新风景。奥地利著名诗人里尔克的一首《秋日》，借喻秋天景象，写尽中年人生况味，读来贴心贴肺。诗中写道：

主呵，是时候了。夏天盛极一时／把你的阴影置于日晷上／让风吹过牧场／让枝头最后的果实饱满／再给两天南方的好天气／催它们成熟，把最后的甘甜压进浓酒／谁此时没有房子，就不必建造／谁此时孤独，就永远孤独／就醒来，读书，

写长长的信 / 在林荫路上不停地 / 徘徊，落叶纷飞。

中年是一杯由岁月酿造的浓酒，还有水的温和，波澜不惊，个性里那点辛辣与苦涩已内敛成韵致，唯有相知一遇把酒言欢时才将醇厚的品质绽放出来。

人生的不同阶段会面临不同的风景，而同样风景在不同年龄的人眼里是不一样的。青春年少，意气风发，是个可以肆意挥霍的季节，因为有新生的鲜活和饱满做资本，可以不怕对错，可以由着自己，可以藐视一切，可以像只“愤怒的小鸟”一样去战斗，去拼，去搏，甚至去抢……然而青春并非无限。季节更迭，不知不觉中，岁月淬去身上的青涩，同时也带走朝气；时光掠走我们的一切，反过来也送给我们一份成熟。

一位男士，在小区内看到一位醉酒的朋友在楼下跌跌撞撞，遂搀扶他回家，哪知对方酒后无德，反骂他多事，且骂得令人齿冷，路过的人不明所以，侧目而视。那人把朋友放到家门口，一言不发地走了。第二天一早儿，他去朋友家叫门，还跟来开门的弟妹逗了两句贫嘴，然后拉朋友一起下楼。来到僻静处，等朋友一脸诧异地看着他时，上去就是一耳光，丢下句：“我没你这个朋友！”转身就走。这就是中年男人，如果是位老人，要么没了体力去管别人的闲事，要么是被人污辱能忍就忍了；如果是个年轻气盛的小伙子，则不能把一口恶气忍到天明，更不会那么周全——等人酒醒，还给对方在女人面前留足面子。

秋天的信息总是温情送达，微微凸起的肚腩，懈怠了的身形，以往的蓬勃与昂扬，转之以含蓄和蕴藏，就连步态也不知从何时起不再轻盈，而有了几分沉着、稳健。刑侦学上，从一枚脚印也能判断其主人的大致年纪，这只能惊叹于造物主的细致。在自然界的规则里，人只是其中一员，恪守规矩是件没商量的事。

年轻时，穿什么都好看，因为青春美到无敌。到了中年，穿衣戴帽却要有些禁忌，要提亮肤色，要顾及身形，要扬长避短。那么，中年女性的温婉、雍容和阅历就一定输给年轻人吗？不一定！中年男性的练达与小有成就，在毛头小伙儿面前或许还要略胜一筹。没有高下，有的只是一份“风景这边独好”的心态。

忙碌的人生，忙碌的身心。人的一生是瞪大了双眼去争抢，等回过头来再看，其实人生是个不断被剥夺的过程，不仅是握在我们手里的时间，还有亲人、亲情、健康、快乐……甚至连生病的日子、痛苦的日子、绝望的日子都不是你可以永远抓在手里不放的。如果你看开了，就会明了：人与自然、与生命不是抗争，也不是妥协，而是最终的和解。苏轼的“此生此夜不长好，明月明年何处看？”不是悲观，倒是一种豁达、惜时的人生态度。

人到中年，当疲惫前来造访，不妨把心思腾空，卸下负累，让一汪明月走进心海。

今年的中秋月实在太美！不是概念中的又大又圆，它清亮、迷人，月晕四周有五彩的云缠绕，雍容华美，难得一见。为了看月亮，我特意远足到了空旷少光的亚太城里，这个叫“城”的地方，因建成后搁置日久，经济和经营都未正式启动，像个废弃的城堡，安静而神秘。凝望圆月，心里竟然是空荡荡的，没有它清朗皎洁的身影。不知道这些年它在哪儿，我又在哪儿。耳边似有弦管和鸣之声，悠然自得、从容不迫，张弛有度的节奏中透露出不动声色的活力。

但愿人长久，阴晴圆缺无妨。莫问今夕何年，邀月共平生。

写于 2014 年 9 月

桌上维菊

文字是无声的，却又能囊括这世上的所有声音。依稀间，听到自己的感情在文字间流动，细微而又怅然。

忘记了是在什么状况下买回的那束花——黄花绿叶，搁在一只仿陶的罐子里，罐子小到盈盈一捧。记得，那是旧街区上的一家小杂货店，老照相馆还站在街对面，回味着旧时光。傍晚的光线疲惫，照着店家的神情也是疲惫的。那是个中年男人，话极少，样子甚至有些生冷，作为生意人，显然他是勉强的。冷清的气氛在小店中弥漫，并非因为一时的空无他人。正像孙红雷的那句广告词，直觉告诉我：这是个“有故事的人”。后来，这场景被我搬进了一篇小说，他也成了我小说中的主角，就在那灰暗而凝滞的色调里，我编织、铺排了“他”生活中的一段是是非非。至于“他”是谁并不重要，重要的是“他”根本不会契合我小说中人物的命运。在那排货架的各色商品和若干束假花中，我发现了简单又普通的那一束，问店家那花的名字，他答：“不知道！”三个字竟有噎人之感。那个傍晚，我一定不是为一束等在那里的干花推门而入的，目标也许是一只暖瓶或几缕棉线，因为破碎了的暖瓶需要更换，拆洗后的棉被需要缝起……目的是直白的生活，却偶遇了内心火花般的一次悸动。

生活的板块继续着它的漂移，当初明确的目的早已不知所终，而那束本无意于我的花却不管不顾地留了下来。如今，街区几经改造，店面更是几易其手，短短十几年，白云苍狗，物是人非。老照相馆融化在了生活的河里，有些念想如同陈旧的纸张，泛黄了，散发着淡淡的霉味儿。

罐是假陶，花也不是真花……记忆像烟，缭绕在脑海里的某号仓库，那里成了无需场地又不计费用的“小城故事”摄影棚，回放的全是过眼云烟。店家的言语神态尽管还带着它当初的粗粝和冷硬，但经时光的浸泡已经像一件兑过金纺的外衣了，除去造作的香气，所剩无几。

那束花还在！它藐视时光的霸道，也不计较环境的好坏。不求关爱，不索养分，不贪恋阳光，更不惧怕黑夜。可以多少天忘记它而不必挂心。有了灰尘，在盆里涮涮，随便一抖，色彩依然，模样依然。十几年里，桌子换过，电脑换过，屋里的格局换过，包括貌似与你相识的我——小情绪、大波折、身上细胞的生生死死，又哪里还敢妄称初心尚存？倒是这束没讨来名姓的花——我不认为它没有生命，相反，它有着超乎一般的执着与韧性，不光有生命，还有感情，有信念。时常，我心里什么也不想，干干净净，就那么看着桌上的她，看花无欲无求，看叶远离尘嚣，看那个轻贱的小罐儿是如何与一束假花经年累月地在一起——不生倦怠。

凭着脑子里那点儿约略的知识存量，我叫它雏菊，其实，它也可能叫太阳花或别的什么。那天在“一城”，路边开着同样的花，我竟然他乡遇故知一般兴奋地喊道：“看，雏菊，跟我桌上的一样！”身边的人“嗯”了一声，并认真地看了看那花儿，我一下子感觉很温暖，瞬时就把这个画面存进了心里。往往，没有人在意你怎么说，更不会有人在意你怎么想，不只是你人微言轻，即便你是九五至尊又如何？人，到底是最难沟通的动物！所以，当偶然间被在意了时，心里的感觉真个是天高地阔般地敞亮。你说假花儿好吗？不！你说雏菊不好吗？不！是因为你在意了，它才好，形式不重要。

某天，有人告诉我说：喜欢你的文字。吓了我一跳，随即警觉起来。不是别的，因为我的文字一向很随性，我不会刻意为了说什么而说，有时候偏执，有时候过激，更多的时候是不负责任的。这样不小心却遭到别人喜欢，唉，说来惭愧！不希求有更多的人能看懂我的江湖，但有时也渴望有一个半个能读出我的言外之意，然后相视一笑，足矣！其实，生活远不是我们在文字里描摹的那样简单——非黑即白，就如同这世上没有绝对的好人也没有绝对的坏人一样。以常规的道德律和普世的价值观去衡量一个人，评价的也只不过是那个人偏好一点或偏坏一点罢了。关于这类话题，孔子有过一些表述，见《论语·子路篇》。子贡问曰：“乡人皆好之，何如？”子曰：“未可也。”“乡人皆恶之，何如？”子曰：“未可也。不如乡人之善者好之，其不善者恶之。”大意是，子贡问老师：“全乡人都喜欢、赞扬他，这个人怎么样？”孔子答：“这还不能肯定。”子贡又问：“全乡人都厌恶、憎恨他，这个人怎么样？”孔子答：“这也是不能肯定的。最好的人是全乡的好人都喜欢他，全乡的坏人都厌恶他。”我觉得，孔圣人在这个问题上耍了个滑头，既然“好人说好、坏人说坏的人才是最好的人”，那么，那些个有话语权的、纯粹的好人和坏人又是由谁来界定、怎么界定的呢？如果他们互相界定，那么这个好与坏是否就大打折扣了呢？或者这世上根本就没有一把尺子可以准确衡量一个人的长短。

钻了回牛角尖儿。

更多的时候，我们生活在灰色地带，既不是很好，也不是很糟；不是你想要就可以拥有，更不是你厌倦了就可以丢弃；既做不成慷慨悲歌之士，似乎也没资格遗臭万年。每天的我们不过像一只只工蚁，为生计奔忙，也在奔忙中老去。今天和昨天没什么两样，明年和今年的日子也大致相同。有时候也想玩一把“激情燃烧的岁月”，可是朋友，火柴呢？假若心情一味如此灰下去，恐怕离“抑郁”也就不远了。所以，萧瑟的视野中还会有一束雏菊，在与它的凝望中，让希望与不甘像一粒饱满的种子从内心深处顽强地生长，再生长！

1928 年在民国历史上有着标识性意义，蒋介石与桂系军阀达成协议后开始北伐；国民政府颁布《训政纲领》；张学良宣布东北易帜。踌躇满志的国民政府宣称要建立一个“新中国”。在“大一统”的激扬声里，民众热烈争论、积极谋政，共同勾画美好未来。其中最具代表性的是上海《生活周刊》于 1929 年 5 月 4 日刊登的《十问未来之中国》，曾引起极大反响。现将“十问”内容抄录如下：

1. 吾国之军权何时归一，分散之军阀何时湮灭？ 2. 军人治政之权何时尽除，吾国之行政权何时统于中央？ 3. 三十四国治外法权何时可废，吾国之司法何时自主？ 4. 由北洋至宁府，元首概为军界强人，吾国何时诞生文人执政？ 5. 吾国何时举行真正之代议选举，何时举行真正之国民普选？ 6. 吾国何时可稻产自丰、谷产自足，不忧饥馑？ 7. 吾国何时可自产水笔、灯罩、自行表、人工车等物什，供国人生存之需？ 8. 吾国何时可产巨量之钢铁、枪炮、舰船，供给吾国之边防军？ 9. 吾国何时可行义务之初级教育、兴十万之中级学堂、育百万之高级学子？ 10. 吾国何时可参与寰宇诸强国之角逐，拓势力于境外、通贸易以取利、输文明而和外人？

文作者署名“醉梦人”，既醉且梦，足见其悲观虚妄之意。他在文后说：“吾举十问，实不知其答案。私以为，能实现十之五六者，则国家幸甚，国人幸甚！”

近百年的时光过去后，当我们重新面对“十问”，似乎无须再回答什么。我们不可以离开历史背景谈历史，但是我们可以顺着那些个文字去探访前人的思想、愿望，抑或梦想。

前些日子，连续的雾霾天气给全国大部地区人们的生活带来严重影响，心情万分不爽，我在QQ空间留言：“酱缸里做梦，眼含PM2.5，鼻孔里抠出豆豉来。”本以为能得到相同的回应，不曾想却看到这样几个字：“姐，咱俩打赌，一切都会好起来，我押上身家性命，你呢？”

后来的这些天，我常常对着桌上的雏菊发呆，不敢开机上网，因为不知如何回应，尽管我们都是很在意这个“家”够不够完美的人。

写于2013年12月

人生风景独到处

年头岁尾，总会生发一些感慨。从生命之河的波峰或浪谷划一片平静出来，独自面对，细细品察。惊心岁月，已流年暗转，且喜且悲中，又有几多日子从身边溜走。子辈在成熟，长辈在增寿，感觉自己就像一手托着太阳，一手托着月亮。太阳是我的希望，月亮是我的牵挂。就这样一边感知生命传导的能量，一边体会岁月无情的凛冽，这时，看看左再看看右，割舍的刀一下一下切在心上，只有痛，一时竟忘了自己。

“忘了自己”倒也不失为一种人生境界，尽管带着几许不情愿，但一个人若真能活得超然物外、忘乎所以，也算是活成了人中“极品”。生活中，常有人笑指那些聊发少年狂或行为有失“常规”之老者，听起来有种刺痛感。持此态度者不外乎是以常为理、教人墨守成规。窃以为，忘——并非刻意回避，倒是一种超脱，人生进入少有负累、笑看生死之佳境，实乃绝好！对有如此气节和胆识的人你非但无权指摘，反而应为其击掌称道才是。

偶尔，会被一些网络语言打动，因为它的精准和简练。比方它讲——人的烦恼不过四句话：放不下，想不开，看不透，忘不了。仅仅十二个字，却力透凡俗的命理。可悲的是，芸芸之众有多少人劳碌一生、拼尽性命却终不能从自己布下的网中挣扎出来？抛开一切窠臼和束缚，放自己一马，是多么难能可贵！

“夕阳无限好，只是近黄昏”，是感慨，也透着无奈。日暮苍远，红霞满天，温婉而圆润的太阳在跋涉一天之后，呈现出冷静与姣好，本无他意，只为在片刻的安闲中享受一下自我。至于唐代诗人李商隐强行注入其中的酸涩，相信早被浓情四溢的晚霞融化掉了。其实，“夕阳芳草本无恨，才子佳人空自悲”。人的一生，在有过阅历与积淀之后，自会有一股淡定、从容、豁达的韵味由里而外弥散开来，如同瑰宝的光芒，不经岁月的洗礼，终不能底蕴悠远。那些抱定“但得夕阳无限好，何须惆怅近黄昏！”之心态享受生活的人，往往是达观的长者。

喜欢“京城痞爷”王朔的调侃，他说：谁没年轻过？可是你老过吗？是啊，“老”不失为人生中的一种境界，非能抵达，无以言说。

“汉字”作为世界文化中最高深、最玄妙的伟大贡献，被公认是使用人数最多、寿命最长的文字。甲骨文中的“老”字，就像一个头发散乱、手拄拐杖的人。头发散乱而不束，这在古代是很失礼的行为。那个手拄拐杖、不再拘于“礼节”的人，也就是享有特权的“老人”。就是说，他可以像孩童一样率性而为了，也可以像“痴子”一般忽略这个世界了。

享有“汉语拼音之父”美誉的周有光先生，生于清光绪三十二年（1906年），这位世纪老人，不光把他的学识、修养贡献于世，更是用自身实践创造了一个不朽的现代神话。2011年3月，老先生以一百零六岁的高龄出版了自己的新书《拾贝集》，那俯瞰全球的文化视野，洞悉人类文明进程、反思中外历史的经验，在回忆、札记与思索中娓娓道来的文笔，自有一种超然物外、物我两忘的胸襟和气度。然而最可贵的并非老先生在这样的年纪还能阅读、笔耕不辍，而是他那与生命同在的强大思想。

老人，活的是一种心态。我国药理、毒理学领域的科学家，中国工程院院士秦伯益，年近八旬，不光建树颇多，至今耳聪目明，思维敏捷，同时他还是位热衷云游四方的旅行家。在退下来后的近十年，秦老坚持自费独游，踏遍祖国名山大川，寻访历代人文古迹。当有人向他讨教“养生之道”时，他用八个字概括自己的健康状况——“清楚、通畅、不高、不大”，即：头脑清楚，呼吸和两便通畅，血压血脂血糖不高，心肝脾前列腺不大。他说：快乐是一种心境，是一种主观感受，“养老”更多的是靠自己。与人生中的其他阶段不同，老年有成熟之乐、天伦之乐、发展个性之乐、领受兴趣之乐，还有享受孤独之乐。有的人身在福中不知福，把好日子也过苦了。反之，有的人在任何境遇中都能找到快乐，随遇而安、知足常乐。有的人沉湎于以往的“热闹生活”：出则舆马，入则高堂，上一呼而下百诺。可一朝从峰顶跌落，马上精神萎靡，牢骚满腹，根本适应不了退下来后的清寂，郁郁寡欢，不得而终。可有的人收放有度，知道自己什么年龄干什么事，为老年生活及早做好打算，心态平和，安享晚霞余韵。

最近，看过日本老人柴田丰写的诗，很是感动。柴田丰八十二岁开始写诗，九十八岁出版第一本诗集《别灰心》，第二本诗集《百岁》在2011年她的百岁寿辰之际也奉献给了读者。柴田的诗歌在日本被称作“人生的救援歌”。一位女读者在给柴田丰的信中写道：“当我气馁时，就会拿你的诗出来念，不经意地就流下感动的眼泪。”另一位七十七岁的老年朋友写道：“人并不是年龄大了就会老，有着自己个性的人，即便岁月流逝，也总保持着向前看的样子啊！”

人活着是要有一点儿精神的，就像盖房要打地基，只要人的精神不倒，任什么也打你不倒。人生是条单行线，七八十年也好，八九十岁也罢，生命之舟撑过激流、险滩、暗礁、风口浪尖终于驶进一片恬静、祥和、景色秀丽的生命之河，是一件多么值得庆幸的事啊！

“老有所养”是社会进步与文明发达的重要标志之一，至于是否“老有所为”，标尺要量力而行，像周有光、秦伯益、柴田丰那样的老人固然可敬，但其高度由学识、修为、胸襟、经历等等做铺垫，常人往往难以企及，可这并非就说明我们“百无一用”。作为自然界的一分子，我们每个人为社会做贡献的机会是均等的，其价值也不分伯仲。身为年长者，不用别人的搀扶、能在阳光下悠然散步，即开心乐事；餐桌前荤素不忌、食之有味，就是恩泽。能安享晚年、身心健康、乐观知足、让子女无忧就是一位老人对家庭、对社会的最大贡献。

俗话说“家有一老是一宝”。国——家，国——家，国大还是家大？没有家哪有国？哪一家没有老人？谁又能永远不老？二十一世纪是人口老龄化时代，中国更是早在2000年开始进入老龄化社会。尊老、爱老、养老、奉老已是重要的社会问题。时代在飞速发展，GDP连年增长，可如果老无所依，那是时代的悲哀；如果老无所养，那是国家的堕落。换言之，如果老无所乐、老无所为，则应该从自身或家庭中寻找原因了。

父母是子女的城堡，无论你到什么年纪，有父母在，你都是幸福的，因为有人为你遮风挡雨。无论你年长几何，失去父母的庇护，在这个世上你都是孤儿。父母健在，做儿女的安敢老去？可是，当父母的背不再直、脚步开始蹒跚、言语失去自信、眼神中充满孩童般的依恋……做父母的后盾吧，为人儿女这是唯一的选择！告诉父母：不要怕，有我在！这不是递上一碗水，端上一口饭就可以了事，也不是偶尔到他们跟前“点个卯”即可，而是攥住他们的手，用心陪在身边，看彩霞满天，看夕阳无限。拥一份安然与淡定，一同坐在风景外……要知道，对待“老之将至”压根儿不是父母个人的事。

借用百岁老人柴田丰的诗句送给老年朋友，希望更多的人能坚强、乐观。

喂/说什么不幸/有什么好叹气的呢/阳光和微风/从不曾有过偏心/每个人/都可以平等地做梦/我也有过/伤心的事情/但活着真开心/你也别灰心。

写于2015年10月

也说发呆

天不知不觉暗下来，原本鲜亮的颜色逐渐褪去，冬天的傍晚在我呆呆的注视中很素淡地来了。铅灰色的背景下，铝合金窗框几横几竖——横平竖直剪裁出内外有别。丝质窗帘无声地依于两端，恍惚间，不知自己置身于人生的台前还是幕后。上亮子的窗玻璃上，夏天的雨点在灰尘上勾勒出图案，既抽象又刻板，很久远的样子。

已经许久没坐在字台前发呆了，渐渐地，几乎淡忘这一小小嗜好。曾经，因为写作，因为心事或因为没有原因而坐在某个地方发呆，长长短短。并非就此写出了华彩乐章，也不是呆到无解终有答案，发呆——纯纯粹粹地发呆。或小憩，或冥想，或只是把自己引领到一个寂静无声、无烦无恼、无有杂念的纯净世界里沐浴一场，再回来，一切都变得自然不过。

心理学教授冯永熙说："发呆是正常人的一种心理调节，偶尔发呆无伤大雅，还有利健康。处在发呆状态下的人们会突然不愿意思考，使自己停滞在一个安静的氛围里，忘记一切。会发呆的人，觉得发呆是一种享受，因为发呆的时候可放开所有，不再有烦恼和忧愁，整个空间都属于自己，因此，在发呆的时候，人是轻松、快乐的。"这也许只是其一，还有另外种种，比如适时地发呆不仅能快乐自己，还能愉悦别人。

电视某栏目在访谈网红"天仙妹妹"，主持人问她：最初被发现时在做什么？答曰：在发呆。我早已过了追星年纪，对网络上或其他光彩夺目的红男绿女们少有兴趣，对于"天仙妹妹"更是知之甚少，可因为碰到的这个镜头和她的这个回答，让我对清纯、秀美的小姑娘有些喜欢。在美丽又朴素的羌族山寨，一个佩戴民族服饰的小姑娘倚门而坐，心无旁骛、目光空悠地望着远处发呆，是可以入画的。不信你看陈逸飞的《多梦时节》《红影》《微醺》《静谧》《双桥边》……画面上莫不是江南水乡一个个清丽、温婉却发着呆的女子。

拉斐尔·桑蒂一直非常喜欢母亲呆坐在一边回忆往事时那种幸福的神态，于是人们从《格兰都卡圣母》《冬纳·维拉达》，从圣西斯廷修道院的壁画上都看到了拉斐尔对此神态的倾心讴歌。如果说达·芬奇的《蒙娜丽莎》也是发呆中的一种，可能有些勉强，对那近乎五百年的神秘微笑人们莫衷一是，但对那藏在永恒笑意里边淡远而空悠的眼神大概总无异议。那在呆望中浮现出的微笑，没有功利、没有搏杀、超凡脱俗，而这正是“发呆之美”能感染人的地方，只是这种美，也像人身上某些退化的功能一样，正在一天天从我们身上退去。

无缘领教冯教授的更多观点，也不知是何人把“发呆”划分为上中下“三品”，有一种“发呆”不止给人美感，还给人以震撼。比如那写下“前不见古人，后不见来者。念天地之悠悠，独怆然而涕下”，于孤独与悲愤中呆坐在幽州台上的陈子昂。那避乱江南，独自漂流，茫然行走于深秋落叶黄花中的李清照，是怎样“守着窗儿”陷入深思？那份“秋风秋雨愁煞人”的悲苦谁人能解？当王昭君别长安、出潼关、渡黄河、过雁门，一路驻足，对中原呆呆的回望时，留给人的是撕心裂肺的痛。

不知道发呆是否也有“属性”，点开来，是否也有“长短、容量或内存”。不知道，经济发展了，GDP 不断增长，发呆是否也要与时俱进？如今，听到人们说得最多的是一个“忙”字。是啊，谁还有工夫发呆呀！

当然，要“天仙妹妹”在做完一个广告拿到数万元的报酬后还一如既往地坐在羌族山寨里发呆，可能有些搞笑。对于更多的人们来讲，“天仙妹妹”只像个符号，它标记着人们对浑然天成之美的怀想与希冀，只是这种美原本像人身上的一块胎记，要么被淡忘，要么被遮盖，已经羞于示人。

下了一夜的雪。醒来，窗玻璃上结满冰凌花。初升的太阳打算从冰凌花中间挤进来，结果把自己搞得支离破碎，我呆呆地望着这样一面在冰凌花上镶嵌着阳光碎片的玻璃窗，出神。

写于 2008 年 12 月

约见自己

这个秋天，在人们的渴望中如约而至。

夜里一场小雨，不仅送给我们一个清新的早晨，淡淡凉意就像一幅晕染开的水彩，丝丝缕缕，即远即近。骑车出门，加一件罩衣，有一点点燥，脱了它，又有一点点凉。好在，不管怎样，在这个平常的初秋的早上我出发了。带着闲散、简单，又稍稍有点企盼的心情，奔着新城广场而来，赴约一般。

每个早上，都免不了厨房里的一场“混战”，刀枪剑戟、斧钺钩叉。然而，即便是十八般兵刃的操练中，也总能捕捉到从后窗隐约飘进的音乐声，如烟似雾。我知道它们来自新城广场。新城广场去年秋天登台亮相后，我去过几次，还招人待见不待见地写过一篇小文儿——《广场之广》，其中鼓吹了它的可喜可贺，也通过一些细节表达了我的隐忧，权当杞人忧天吧！其实，心里已经当它是朋友了，难免时常有些惦念，特别是每天一闻它如烟似雾的声音，叹息般柔软，一丝一缕都牵动着我的神经，不时萌生“去看看它”的冲动。怎奈，冬天嫌冷，夏天嫌热，不冷不热时，不是瞎忙就是没有心情。前些天，有朋友把新城广场上猎得的“奇花异卉”晒到 QQ 空间，不光让我眼馋，而且心动，遂决定无论如何也要走一遭，免得错失花期徒增憾事。

又是几天的耽搁，等终于成行时，哪成想繁花已过……时不我待呀！难怪古人讲：“花开堪折直须折，莫待无花空折枝。”并非企图将它们的美据为己有，只为养养眼、净净心。没有什么景致会为什么人有所保留，更没有什么拥有能固若金汤。时光是缓缓流动的河，机会是拿到我们手上的桨，要快要慢，取决于我们的双手，而命运就是那船，谁知会漂向何方？

错过花期，虽然小有遗憾，但我的这个早晨到底不虚此行。四季里唯偏爱秋天，与收获无关，喜欢秋天里那份不薄不厚的苍凉。一直以为春天太滥情、夏天太闹、冬天又太自以为是，只有秋天因为成熟而含蓄令人心生怜爱。广场上的花是少了，但绿意还浓，无论是深绿的松还是浅绿的柳，或者耐寒的珍珠梅还擎着它奶白色的花苞陪伴冷清下来的季节。或许，花能带给人感观上的愉悦，但莹润而略带忧郁的秋天总能启迪人的心智。

景入镜，心入景，全赖一个“闲”字。“因病得闲殊不恶，安心是药更无方。”“安心”便是苏轼开出的包治百病的良方。闲的根本也全在心境，如果正为五斗米弯腰，花虽好、月正圆，料你也无心去赏。如果慌慌然于出逃的路上，苍山洱海、西湖晓月再美，相信也与你无关。即使凡俗的我们，过着市井生活，心灵也多有负累，房子不够大，车子不够好，老婆不达标，孩子不争气……总有这样或那样的不如意牵绊脚步，累我们气喘吁吁，不光错过花期，更忽略了一路上的风光美景。

也许是我们悟得不透，也许是现实太迷乱，所以，少见心无挂碍的智者，却是满眼的狂奔客。佛说：放下吧，放下吧。他说：不行，不行，都有用。“这个人”往往是“那个人”的镜子，看见了别人的愚，当应该照见自己的蠢。

新城广场突出的是一个“新”字。脚下的路，桥边的石，碗口粗的树还需要左膀右臂来支撑；几棵合搂粗的槐树只是一截截移来的树桩，就像一座在建的桥刚刚立起的桥墩，只是齐整的头顶上生着一簇簇新枝。不知它们那些沉默于地下的根，是如何在一个陌生环境里苦苦地挣扎……任何新事物的诞生，都免不了阵痛的洗礼，即便是看上去很美的广场。当我独自一人，沉浸在这可谓奢华的空寂里，感受着它的孤独，也照见了自己的内心深处。水塘里突然响起一声蛙鸣，特别唐突，岸上的我，一时不知身在何处。

去年七月，父亲突然过世，这致命一击，让我接下来的生活陷入一片混乱，难以自拔。每天都当世界末日般地过，没有了章法。

日本作家村上春树有过这么一段话：每个人都是一座两层楼，一楼客厅、餐厅，二楼有卧室、书房。大多数人都在这两层楼间活动。实际上，人生还应该有一个地下室，没有灯，一团漆黑，那里是人的灵魂所在地。自己常走进这个暗室，闭门不出。日子久了，就有一篇篇东西出来。

不知道是否也有那么个空间，留给我自己独处，但我知道自己常常有一种失魂落魄的感觉，挺无语的。走出广场时，我又回身望了望它，知道它离我不远，每个早上都会把叹息样的声音从我的窗口递进来。这样的日子，每天都如沐浴在秋天温煦的阳光里，没有被抛弃。

写于 2013 年 9 月

琴瑟和鸣，连理同枝

县城正东二十华里，紧邻通唐路有个店子村。早在上世纪九十年代初，店子村以玉嵌加工工艺的兴起率先致富，不仅支撑起一个乡镇的财政收入，还是整个县的重点税源，村民富庶，村街整洁，这里不乏深宅大院，也不缺新式小楼。

一路打探，最终找到的那个庭院嵌在富足深处，就像一枚果核深陷在丰腴的果肉里。不高的围墙，两扇铅铁的院门对掩。正房五间，红砖红瓦。没有东西厢房或其他的附属设施，一条甬路从中间分开左右两片菜园，简洁明快。一路寻来，没有明确目的，不管面前这扇门是否为我打开，不管这里还生活着怎样的人，都与我的造访无关，因为我要找的人已于三年前相继驾鹤西去。

相遇是件很美的事。不管前生也不问来世，遇到了，是巧合也是宿命。天下之大，芸芸众生，千山万水后执手相看，常常令人动容。

1989 年秋天，经人撮合，王生和许素兰这两个中年丧偶的人走到了一起，这年，王生六十一岁，许素兰五十有五，望桑榆云晚。二十余年时光倏然而过，再回首——满是对生命和生活的感激。王生曾在他的诗词《兰》里这样写道：

一株碧绿兰，生长天地间。相伴二十载，年年朔月妍。

王生对古诗词早有偏爱，只因过去这么多年，整天忙忙叨叨，少有心境。上世纪六十年代初，在乡下小学教书的王生被调到城内一小任教导主任，三十出头正意气风发、踌躇满志，随之而来的“文革”却给了他当头一棒，王生被下放到村里。1972 年“教育回潮”，一纸公函，王生到一所乡村小学当校长去了。上任后他大刀阔斧调整师资、规划校园、启动“社会、学校、家庭”联动办学的新机制。几年下来，学校走出了“散、乱、差”的困境，他也收获了上下一致的颇多掌声。改革开放后，王生返回城内一小任校长，直到退休。

王生留恋校园生活，钟情于教书育人，多年的省级“优秀小学教育工作者”

和县里的“小学教育台柱子”的光荣称号让他乐享其中，王生曾借诗词表达他的这种情感：

少壮继母业，甘当孩子王。呕心卅余载，花朵放光芒。（《忆昔年》）

退下来的王生，老老少少依然称他“王校”，他却有意淡化这一切，每天以街边下棋、找老友聊天为营生，看上去日子过得风淡云轻，其实他是压抑着自己，努力调整人生方向。后来，当老友拿来一本薄薄的杂志——《燕赵诗词》，王生便一下子跌进去，如同找到了精神的温柔之乡。从此，他每天不是抬头望月就是低头沉思，不是四五个老友一起谈诗话文就是吟哦讽诵。

许素兰识字不多，早年因家里兄弟姊妹多、家境拮据，十九岁远嫁东北，育有两儿两女。那些年，她在企业食堂帮厨，每天起早贪晚儿，加上男人身体不好，整个家全靠她苦苦支撑。直到男人久病不治、孩子们各自成家，她才有了另谋生活的打算，只身从东北回到河北老家。

王生和许素兰新打鼓另开张的日子在柴米油盐之间夹杂着一份拘谨。陌生感是不言而喻的，前窝后继，本身就多了超现实的复杂，即便不是如履薄冰，可总像涉水过河，要试探着前行。素兰出去买菜，必先客客气气地问王生吃啥。王生就说：“你想吃啥买啥。”王生见素兰一件蓝袄穿了洗、洗了穿的，就说：“我跟你上街买件衣服吧？结婚不办酒席没啥，依你，怎么着也得买件新衣裳吧？”素兰说：“不用，整天厨房转，要啥好儿？都这大岁数了，谁瞅？”王生说：“那不是太委屈你了？”素兰跟着说：“没事，委屈惯了！”王生一时语塞，拎上马扎到外边找老友下棋去了。

俩人都为改善关系做着努力。甭管大事小情儿王生跟素兰有商有量；寒了暖了，素兰也是长一声短一声问王生。为了向素兰示好，王生让素兰到学校财务室去领他的退休金。两来的家庭，钱是中间最为关键的杠杆，因为可以撬动多方利益，也常常是制造事端的罪魁，为此人脑子打出狗脑子来的不在少数。

素兰却一口回绝了王生的美意，理由是“我一个睹字不识的老婆子，谁都不认得，不去！”王生说：“你不是上过识字班吗？骗我？”素兰说：“骗你？没那工夫！上过识字班不假，就趸那点字儿都还老师了。”王生笑了。虽然素兰没去领钱，但王生领回的会悉数交到她手上，素兰再推托，王生就说：“这是菜金，劳动你管管罢了。”

一封电报彻底打掉了他们之间的矜持。

素兰的孙子高烧不退，当地医院怀疑是血液问题，儿子急昏了头，向母亲求助。素兰泪眼婆娑，抖个不停。王生二话没说，骑车就出了家门。动用他的人脉，联系上北京儿童医院专家，又发电报让东北那边速速来京。最后从贴身衣兜掏出存折，支了一千块钱，这才回家。以王生每月一百一十元的收入，前几年给妻子看病又落下亏空，一千块钱，差不多是他仅存的全部财产。

孩子转危为安，王生也初战告捷。

王生的老家小营村，在城南十几里外，家里还有老母亲和他的三个儿子、孙子和孙女儿。

许素兰蹬着辆破三轮车，隔三岔五就往小营村跑，不是送去自己做的糖包、豆包，就是送点儿学校菜地分的黄瓜、豆角、西红柿。入冬前学校分了两百块蜂窝煤，她也吭哧吭哧拉去了小营村。看着她从老家回来汗湿着头发、花狸猫似的脸，王生有点儿心疼，批评道："你全鼓捣回去，咱烧啥？"素兰说："剩不少煤面子呢，赶哪天我拍点煤饼子。咱好对付，老家冷，又老又小的。"

冬天天短，五点不到里外就黑了，这天王生从外面回来却不见了许素兰。几个月来，他习惯了到点儿回家，天黑了有灯光，开开家门有人，饿了有饭香，有来声有去语，家才像个家。现在屋门锁着，黑灯瞎火，从门框上摸出钥匙打开门，他下意识地在屋里喊"素兰"，声音撞到墙上弹回来，耳朵里嗡嗡响。王生从家里退出来站到胡同口，东张张西望望，终于从离他有两个路灯远的光影里发现了蹬三轮的许素兰，他的火腾地顶上脑瓜门儿。

素兰来到近前，见王生木着一张脸，就咧嘴一笑，说："这儿站着干啥，齁冷的？快，家走家走家走！"

学校分了几十棵大白菜，下午素兰给老家拉去一半儿。回来时天已擦黑儿，路上谁丢的半块砖头，车轱辘在上边一颠，她心一慌，连人带车滚下了旁边的渠沟子，人被压在车下，等费劲巴拉钻出来，渠坡又太陡，直到有人路过才帮她把车子拽上来。

王生命令道："下次不许再单独行动！"

目光交融中温情涌动，彼此的相互接纳这才一点儿点儿落到了实处。

王生沉迷在诗词歌赋中，开始素兰觉得新鲜，老王不再整天往外跑，她心里直乐，可年纪一大把了还为字儿着迷，她又有点儿不解。一边伺候王生的吃喝拉撒，一边看着他在自己的世界里喜怒哀乐，插不上话。有老友来，几个人为"是推还是敲”争争吵吵，她沏上茶就躲进里屋，缝缝连连或织织毛活儿打发时光，累了就躺到床上，听外边“平平仄仄仄平平”。日子久了，竟然听出点儿门道来。

那天，王生一个人在写字台前冥思苦想，素兰探头观看：《心未老》，七秩又八龄，心田痴笔耕。朝夕平仄伴，老鸟也啼歌。

看着看着素兰一指最后两个字，说：“你觉得合适吗？”王生一愣：“你懂？”素兰说：“不懂！”“不懂说啥？隔山买老牛，咋知道合不合适？”“凭感觉！要是换成‘飞腾’，‘老鸟也飞腾’你觉咋样？”王生一拍脑门儿：“我这儿执拗半天了，好，‘飞腾’好，有意境！老伴子，真有你的！”

俩人合作的《心未老》在《燕赵诗词》上变成铅字，谈古论今、切磋诗词技艺已成为老两口在生活中开垦出的一片田园。王生给素兰讲古诗词之美，讲“李杜白”，讲什么是“工对、宽对、借对、流水对”。素兰谈对某个年代的看法、对某首词的理解，甚至还可以给王生的作品“号脉、把关”，对文字的天生敏感彻底被激发出来。每有王生的“诗友”来，她也不再只是躲在屋里听，而是参加到大家的讨论中。

王生曾写过一首《偏爱》送给老伴儿。

老妻汉字面皆生，偏对古诗别有情。拙作吟安先问汝，有无味道品分明。

可谓是情景的真实再现。诗词把二人领进了连理同枝的情感世界，这时的他们已经分别是七十九岁和七十三岁的老人，却在浪漫而儒雅的情爱世界里应和酬唱、恩爱有加。

王生好久没出去下棋了，素兰又隐隐有些担心，再激情四溢，再诗心不老，谁能保证身体这架机器也永远意气风发呢？素兰就建议出去走走，或者拽他下盘象棋，换换脑筋。

王生曾惊讶于老伴儿的深藏不露，问她：“你还会下象棋？”素兰说：“嘁，你以为？”王生说：“好，来来来，五盘三胜，我先让你仨子儿。”老两口摆开阵式，叮叮当当杀将起来。

王生有诗云：

老伴痴迷下象棋，五盘三胜论高低。一心打个闷官炮，不慎丢车拍腿急。（《棋痴》）

有一天王生很正式地问素兰：“老伴儿，还有没有啥是你不会的？”素兰认真地想了想，答道：“还真没有，你会的我都会！”她率真而毫不谦虚的样子让王生扑哧一下笑出声来，然后点着她的鼻子说："不是吧？再想想。"

素兰笑了，越想越觉好笑，竟然笑到不能自持，招得王生也大笑起来。

原来素兰怕洗衣机。

家里那台老式洗衣机，洗起衣服来像架老火车山响，甩干更是不得了，飞起来的衣服叮咣敲击桶盖，甩到最后洗衣机还能大踏步前行。素兰只要听到洗衣机响就先跑远了，如临大敌。于是，王生包揽了洗洗涮涮的家务。有诗为证：

紧紧螺钉机又鸣，沾污衣裤荡涤清。绳悬杰作品茶赏，老伴喃喃夸老公。（《老掉牙的洗衣机又工作了》王生）

快乐的时光总是短暂。

2011年冬，许素兰罹患乳腺癌。不久，做了切除手术，跟着是放疗，几经折腾，人便脱了形。

王生的儿子们想接老两口回小营村，这样照顾着方便，许素兰的孩子们希望他们去东北。王生征求老伴儿意见，去哪儿都行，只要和她在一起。

素兰想想说："还是去店子吧。"

许素兰有个当家子外甥女，和丈夫在外地做生意，老家有房闲着，一直张罗着让他们去住。以许素兰的性格是不愿意给任何人添麻烦的，知道自己时光无多，她选择了坚守他们的两人世界。

这年开春儿，王生带着老伴儿住到了店子村。简单收拾后便开始了他们的田园生活。沟一畦葱，点半畦韭菜，撒上香菜籽，栽一架黄瓜、西红柿，挨着南墙根还捋上几十棵玉米。王生说："咱俩都是庄稼户出的，耄耋之年刚学种地，老伴子，铆铆劲儿，怎么着咱俩也得凑成一个合格农民。"

素兰说："早就寻思着能有个小院儿，有片儿地，种点儿瓜果蔬菜，养点儿花花草草，能浇浇水、捏捏虫也好啊，用你们的话说这就叫梦想成真吧？"

没过多久，小院里便绿意葱茏、春色满园了。王生给庭院封号"隐仙源"，一对神仙眷侣采菊桃花源，每天日出而作，日落而息，吟诗对仗，耕种锄耪。瓜菜吃不迭，送给街坊邻居，孩子们来了，给他们大包小袋地装。老诗友们还延续着一周一聚的"老规矩"，每到周一，他们搭乘公交车来，在村后下车，老两口相跟着去迎。有人带鱼，有人带肉，至于菜，想吃啥自己动手去摘。小院里除了诗词唱和还有欢声笑语一波波飘出，在日渐浮华而功利的世界里，如半天朱霞旖旎而暖人。

冬天来了，萧瑟难掩春光。外甥女给装上了暖气，孙子拉来了大同块儿。一个土筐老两口搭进搭出。老伴儿在前，王生在后，只要一起步，王生就把土筐往自己这边拽。素兰佯装不知，在前边甩开胳膊迈开大步，恨不能演一个十八年少的青春背影永远留给亲人。

一春一夏一秋一冬，胜过多少人的一生一世？在王生心里，时间是嘀嗒嘀嗒过的，而许素兰体会的却是“一寸光阴一寸金”的宝贵。

且看王生的《赋于老伴患病期间（两首）》：

为命相依一伉俪，逍遥自在度余生。吾妻蓦地病魔扰，一棒当头击老翁。

万里晴空旭日升，老妻病愈喜回庭。家人即刻愁眉展，庐内春风今又盈。

生活中有太多不可知，来拂逆人们对美好的守望。转年春后，许素兰病情突然恶化，两边的儿女都聚拢来，守在她身边。

许素兰异常冷静，着手安排身后事。与王生几经商量，将城里仅有的两间平房卖掉，得款二十四万元。这天，医院的一间病房里，静悄悄的。许素兰将钱一分两开，她先从自己的十二万里拿出一万，说留给外甥女，这一年多跑来跑去，没少叨扰人家。剩下的十一万，她往前一推，指着王生的孙子晓林说：“你去买车！”

晓林一听就急了：“奶奶，买什么车呀？这都啥时候了？谁跟您说买车啦？奶奶，咱好好瞧病，别的您啥也甭管！”

“你是没跟我说过买车，车本儿不是都拿了吗？咱家这些孩子就出你这么个教书的，你爷我们俩以你为荣。车必须买，不为别的，就图上下班方便。”

“奶奶……等我有能力了，自然会买，拿您的救命钱买车，您让我……”

许素兰说：“啥是救命的？啥又能救命？你奶奶我这辈子不屈了。听话，这钱你要不拿，病我也不瞧了，咱回家等死！”说着动手去扯输液管子。

晓林扑上去按住奶奶的手：“奶奶……您看您……啥比看病重要啊……”两个重孙女儿一人抱住许素兰的一条腿哇哇大哭起来。

许素兰松弛下来，过了许久，吃力地说：“我这辈子……该经的……都经过了，没遗憾。咱……不填无底洞，你……别让奶奶……不踏实……”

病房里静极了，吊瓶里药液的滴答声似乎漫溢出来。

晓林流着泪点头应允，许素兰疲惫地笑了。

晓林一路哭着去挑车。在汽车城，他选中一款银灰色捷达，十万五千元。没有现车，就用手机先拍下，急忙赶回来给奶奶看。

从王生的那部分钱里许素兰拿出三万说留作看病：“就这样吧，济钱吃面，看到哪儿算哪儿，省着遗憾。”

看着日夜守在身边憔悴不堪的王生，许素兰情自难舍，她提出去东北。

搭乘救护车到了东北，一个月后许素兰故去。得到消息时，王生只说了一句话：“素兰，我妻！”此后就再无只言片语。半年后，王生追随老伴儿去了，这年他八十五岁，可谓高寿，与亲与友，泪巾空盈，在他，却难说不是一次愉快的远行。

后记

曹伯是我非常敬重的一位长者。他热爱中国传统文化，尤爱古诗词，曾把一叠手书《中华古韵》送我。虽然理解老人的期待，可心浮气躁的我辈何以置身一方清新、雅致里而洗却满心凡尘？偶尔在路上遇到神情凝重、神思飘远的曹伯，点一下头、抬一下手而已。这个极热的夏天，某个早上急火火骑车上班的路上，我被曹伯拦下，他说：“给我二十分钟，给你讲个故事！”

那个晚上我彻夜无眠。随后开始了寻找，寻找故事主人公曾生活在我们身边的佐证，寻找他们赖以培植精神世界的蛛丝马迹。城里已是高楼林立，他们和他们以往的生活场景已完全被淹没，无从落眼。抱着一线希望，我前往店子村。

在那个庭院前我问自己，来此是感受一对寻常夫妻的不寻常人生还是带了一颗参禅的心？短短一年零一个月——王生和许素兰在一起的最后时光……如果说“人生如戏，戏如人生”，那么，作为一个生活场景，在这里还是在别处，对他们来讲都不过是道具的铺排。

曹伯把一个刻骨铭心的故事给了我，表达的不只是他对老友的一腔追念，更是萦绕于心的一份无法释怀的美好。然而，因想象乏术、笔力不逮，我无法企及那个境界。好在，可以借此表达我向一个纯净世界的礼敬之意和对至真、至善、至美心灵的感激之情！

写于 2017 年 8 月

秋风与落叶

秋风来时，秋叶还在路上。

季节是个操盘手，盯着地球的转动就像盯着“趋势图”，然后决定建仓，吸筹，还是出货。

风是季节里的常客，来来往往，谈笑自如。然而，风又是善变的，脾气秉性迥异，甚至让人感觉它们并非同类。奶奶曾说“秋风是大家闺秀”。那时我还小，不懂。细细想来，春风甜润、轻柔，像母亲拥孩儿入怀；夏天的风黏腻、滞重，暑热难耐里你呼它不出，唤它不来，要么就急吼吼地来了却又夹枪带棒；冬天的风性情刁蛮，见缝就钻又无理可讲。相形之下，秋风显得有些孤傲——不急不缓、姗姗而来。经历了整个冬天的雕琢，又经过一春一夏的浸润，有过孕育之时的欣喜与惶惑，有过期待之中的困苦与焦灼，也有过欢娱之后的疲惫与满足。当雍容华贵的它一出场，怎能不艳惊四座？

秋风和秋叶是一对搭档。

当秋风启程时，秋叶的“述职报告”也念到了结尾，随后就是把自己从树身上一点点剥离。人们用耳朵捕捉到的天地间那若隐若现的声响，并非是秋风与秋叶间的招呼，而不过是它们的相视一笑。当那些鞠躬尽瘁的叶子终于可以荣归故里飘然而落时，是秋风迎上前去，挽着它们，捧着它们，徐徐地拥着它们。其实，是秋风不想让秋叶落入街边那汪污水、急驰的轮下还有被人踩和被犬踏，而是带着它们到公园、街角、沟壑、渠旁或山水间。秋风停处，便有秋叶娴静的身影等待羽化。当一个橘黄色的身影蹲下来将一堆落叶点燃，那袅袅上升的青烟是它们这一生最后的吟唱，那清苦的味道则是它们内心的回味。

“万美之中秋为最。”儿时并不知晓其含义，在物质极度匮乏的年代，当秋深后，生产队净了地，就可以到地里去翻白薯、找花生、拾黄豆。虽然贫瘠的土地被大人、小孩儿过筛一样翻过数遍，瞪大眼睛深挖、细找，总会有斩获。最重要的是秋天可以拾柴火——扎子头儿、秫秸秆儿、棒秸叶，一冬天的烧火做饭外加取暖都指望着它！就连豆地里的豆叶、渠沟里的风旋柴和落叶也要用耙子搂回家，垛起来。韩家四哥特意为我做过一只小耙子，八号铁弹撼的八个齿儿，柳木的把儿被细致刮过。当时还远未强健起来的我背着一只不大的荆条筐，扛着小耙子，倒也相配。耙子轻巧是轻巧，只是看到三三两两的落叶要左搂右搂，几次三番才能把它们攒到一起，远不及四哥他们那些十六个齿儿的大家伙。在空寂了的豆子地里，他们只要拉着耙子昂首阔步往前走就 OK 了，豆秸叶子争先恐后跟着他们跑，直蹚起一溜儿“狼烟”，威风极了。我好羡慕他们，但这与我特别珍爱那只小耙子并不矛盾，曾有个小伙伴儿前来讨借，那么渴望玩伴的我也只是给他瞧瞧、耍耍，就紧着收了回来。

那天的战绩实在不佳，饥肠辘辘转回家的我在后门口儿将背筐放下，很泄气地把半筐树叶往起杪腾着，为的是让它们看上去尽量高大丰满一些，也好在奶奶面前满足一下我的小小虚荣心。因为倒腾得比较专心，加上翻动的树叶发着沙沙的响声，连奶奶开门出来立在那里我都没发现，直到她吼我：“你在那儿干啥呢？该吃饭不吃饭，都凉了！有多少算多少，你揍那假诱子干啥？”本想讨得口彩，反倒被逮了个现行，那份尴尬与惊吓一时让我呆若木鸡。正在这时，书元背着满满一大筐树叶弯腰弓背从后面过来，朝着我吃吃地笑，看上去极度幸灾乐祸，这让我尤为恼火，恨恨地想：哼，还同学呢！亏我还向着过他！

可能是我的横眉立目和眼睛中的怒火烤到了书元，从我近前走过时，他小声而又神秘地向我讨好道：“我找着一个树叶特别多的地方，谁也不知道，后晌儿我带你去，就是远点儿，你走得了吗？”

我马上冰释前嫌，欢欣鼓舞地说：“走得了，你走得了我就走得了！”

书元是个男生，平时比较淘气。忘记那天课上是因为什么，老师叫他到头前站着，劈头盖脸数落完后，气哼哼地朝座位上的我吩咐道：“……回头儿你告诉他妈。”我小声嘟哝道：“我可不那么献浅儿（饶舌）。”“你说啥呢？站起来！”老师大概也就是从神情上猜度出我的违拗之意，越发地恼羞成怒。我是个唯老师之命是从的孩子，一向乖顺、听话，受到的多是表扬，鲜有批评，那天被罚站的羞辱，在我也就有了刻骨铭心之痛。之所以那么决绝，也并非因为他是书元而不是别人。书元家住我们西邻，他家的院子里有架葡萄。我管书元的妈妈叫“大妈”，大妈很疼我，每年的第一串葡萄熟了，说话柔声细气的大妈总会招呼我过去。当秋风来临，秋色渐深时，大妈也总能在稀疏了的葡萄架上找到“幸存者”并摘给我，在少有吃食的那个年月，大妈家的葡萄是我一年之中最细水长流的鲜果。

大妈家，也就是书元家的人员构成有些特别。一家三口，却是大妈、书元和书元的大伯，据说书元的爸爸在外地上班，可我却很少见他回来。大妈的一只眼睛有残疾，虚虚的一个黑洞，我为她不安过，可从未觉得她丑。大人们凑到一起，有时难免会“交头接耳”，说到大妈，他们往往神情怪异，但我终不得其含义。十三岁那年，我家彻底搬离了那里。一晃十几年过去，1987 年的某天，已在县城工作的我突然有一种要回去看看的冲动，于是在那个秋天的一个周末，我骑车前往在那里出生并生活了十三年的地方。

那曾经是地主家的一个宅院，后来收归生产队所有。典型的北方民居，高门楼儿，青砖黛瓦，拱脊飞檐。正房五间，中间的叫“外屋”，东西各跨一个里外间，门口儿有四五步石阶。院子里青砖墁地，东西两侧各三间厢房相对，稍矮于正房。原来的房主人，只剩下一个人称“曹老太太”的孀居老人，住在正房的西面两间（能容忍其居留，可见此地还算民风淳厚）。老太太的儿子在牢里，原本还有儿媳带着一双儿女和她生活在一起。男孩儿稍长于我，叫燕明，女孩儿则小我两岁，是个哑女。曹老太太是个见过世面的人，瘦小精干，也很凌厉，常常那边电闪雷鸣、乌烟瘴气，这边一干人鱼贯而入去劝架，我也曾尾随其后。但见其儿媳只是哽咽，语不成声，燕明在窗台那里嘤嘤地哭，哑女在地上哇哇地叫，老太太则口若悬河、怒目金刚般地挥拳舞臂继续着她的陈述，当然，还是孩子的我连一句也没听懂。后来，儿媳就带了一双儿女走了，不知去了哪里。我非常仇视曹老太太的刁蛮，加之当时的学校教育，越琢磨她越像课本上描绘的那个刻薄、狠毒、阴险的“地主婆”，甚至想象夜半时她会有鬼祟的活动，还想过夜里起来监视她的行动。怎奈，每天我都是一觉睡到天亮，奶奶做好了饭，叫都叫不起来，所以监视“地主婆”的想法也就一直没能落到实处。

东面两间，住着一位我称“周奶奶”的老人，听说她也有儿子，在远方，只是我从未见过，倒有老人的一个姐妹，偶尔会过来小住。和曹老太太一样，周奶奶也是个小脚儿女人，正是她让我看见了一双真实裸露着的小脚儿。平时，周奶奶屋里我也是常来常往，因为周奶奶爱说典故，很是吸引我，而我也常常是扒开门帘儿就进。那天，从门外一跃蹦到门里的我却被眼前的情景惊呆了，说起来不过是周奶奶正面朝外坐在炕上洗脚，大概是水还有些热吧，一双脚架在木盆的沿子上。一头撞进屋的我被那双奇丑无比的小脚儿骇住了……那哪里是脚啊，分明是两块畸形的白薯。同样惊惶失措的周奶奶急忙忙想抽下双脚，还险些打翻那盆水。她有些气恼地责怪我："你这孩子，进来咋也不言一声儿？"那双终于被一块布慌乱遮住的脚，到底把它的丑陋深深刻在了我的脑子里，真是难以形容的丑。若干年后，读天津作家冯骥才的小说《三寸金莲》时，我脑子里一直盘旋着的是周奶奶那令人骇然的双脚。

我奶奶有双半大"解放脚"，走起路来时常脚下生风。她说是自己小时命苦，无亲无故，当初也曾试着裹过几天，因为实在受不了，就给放开了，反正也没人管她。没想到，正是那份苦命成全了她双脚的解放，真是名副其实啊！

说到周奶奶，还有一样特别。在我家和周奶奶家的两房连接处，有个不大的空当儿，是个比较隐蔽的柴棚，在与小伙伴儿捉迷藏时我曾躲进那里。看到有一垛干草，就扒了扒想藏进去，没想到只三两下就扒出个黑红色的棺材头，它像只雄狮一样蹲坐在那里，吓得我一声惨叫。奶奶听到动静，慌忙赶过来，看明白了原因，拉起我边走边说："嘿，这有啥可怕的，那是你周奶奶怕烧着疼，给自己预备的。"那时好像刚刚实行殡葬火化，宣传声势很大，管得也很严，周奶奶却不言不语地给自己藏了副装备。

我家住的是东厢房，西厢房里是韩姓一家人，有六口，算上老爷子，整整六条光棍儿。那年，当兵退伍的二哥从外地带回个对象，家里却连一床像样的铺盖都拿不出。女孩儿实在无法接受，有心回家。二哥一面苦苦挽留，一面迁怒于龟缩在墙角儿一言不发的父亲。争吵声伴随着二哥绝望的哭声，在院子里回响了好久。我躲在奶奶的怀里，一言不发。记得那也是个秋天，院门口唯一的一棵枣树上，残存的叶子已经开始变黄，正零乱地不知飘向何方。

难以忘怀的是宅院里的热闹。每年的开春儿，生产队会派来几名妇女，为韩家爷儿几个拆洗被褥。棉线被一根一条地从旧被褥里抻出来，洗净后晾晒在院子里那根南北牵拉的铁弹上，等着再重新穿行于棉絮间。还有那洗净浆过的里子或被面，潮湿不干的时候叠起来，放在捶布石上。一番捶打后，布质变得平整而挺阔，见棱见线的纹路会让接下来的操作精准而又省时、省力。正房的檐下有一块捶布石，一尺见方，一拃来厚，纹理细密平滑，仔细端详会看出有水波纹从中心漾开来。当儿领炕席在院子里铺就，那几位妇女或蹲或跪或坐，抻抻、拽拽后便开始飞针走线，一直伴随着她们的是欢声笑语……既然是公派，就得是记工分的，针线活儿是女人的强项，而拿捏绣花针远比到地里风吹日晒能赢得她们欢心，所以，这样的机会是备受欢迎和珍惜的。

那些寡淡清苦却细致绵密的日子，难道也像这秋天的落叶随风而去了吗？叶子还有一春的鹅黄和一夏的墨绿，还将自己的身体作为接受阳光雨露的媒介，传情达意，大树记得它的那份心意和那份怀想，重新生发的叶子，会努力长成它原来的模样，可那些日子呢？难道就如此了无痕迹，什么都不曾留下吗？

我来到西院大妈家。大妈在，可巧书元也在。已接替父亲在北京上班的书元那几天因为肿痄腮在家休息。我的突然出现让他颇感意外，但也只是在我刚进门的一刹那，与我四目相对的半秒钟，然后就一直坐在炕沿上沉默不语了。

我问起东院儿的情况。大妈打了个咳声，说："全没了，啥啥都没了。""没了？房子没了？人也……"大妈说："房子还在，破烂不堪的。老韩家早搬走了，曹老太太还有你周奶奶早死了，燕明回来过，疯疯癫癫的，后来就吊死在那个西屋……"

心里的感觉真是少有地凄凉，世事无常，人生无解。当我重新站到在我的印象里是那么高大威风的老宅前时，其破败程度简直让我无法描述。门楼儿没有了，只剩下斑驳的门框，我抚摸着它的粗粝与冰凉，往院里望过去。东西两边的厢房已经半坍不坍地成了两片废墟，正房虽然还坚挺着，但越发成了瘦骨嶙峋的瘦高老人……秋风从木质窗棂里穿过，发出呜呜的声响，听上去极度夸张。几缕挂在窗棂上的塑料布被风反复撕扯过，如同飘荡着的经幡。变化不大的只有那几条作为台阶的条石，在阳光下反着白刺刺的光。曾经，我，燕明，还有哑女，就依在那些台阶上摔"破锅"。每人手里捧着同样的泥巴，燕明摔出去，响声清脆悦耳，就在那清脆悦耳的响声里，"锅底"爆然而开出一朵灿烂的"花儿"。我也如法炮制，把泥巴在手里团团，在中间按个坑，可摔下去总是噗的一声，泥巴还是一团泥巴，无精打采受了天大委屈似的。哑女也是。我很丧气，哑女却啊啊地笑。后来还是燕明手把手教我，我才有了那一次的眉开眼笑……那时没有舒肤佳，生活却依然洁净，尽管举着的两只手涂满泥巴，尽管奶奶会尖锐着声音说："好好洗洗你的脏爪子！"

如今，人去屋空，破败了景象，也破败了心情。春夏秋冬的风一遍遍过，一层层掏，一丝丝侵入，老屋成了一具经年的骷髅。燕明——那早早跌落的灵魂，你在这里该有过怎样的挣扎？

我的目光在废墟之上徘徊，走过那块捶布石安卧的地方却没能看到它的身影，要知道即使秋风再强劲，也不能像带走落叶一样带走捶布石的。

午饭是在大妈家吃的。我和大妈一边吃饭一边有一搭无一搭地说着话儿，书元一直闷头吃饭，还是沉默无语，但我知道，如果你问他那顿饭吃的什么，他一定回答不出。那个顽皮的少年已经走远，正如我们往日的单纯无邪就像那一秋的落叶终要被秋风带走一样。

生活注定前行，除了我们，还有那一季又一季的秋风和落叶，它们相携相伴相互依偎，在这条路上，如果没有落叶，秋风可能会寂寞；如果没有了秋风，落叶将不知魂归何处。秋风与落叶是季节里游走的歌手，就像我们的生活，只要你注意倾听，总会有人在歌唱。每年的落叶不同，秋风似曾相识，只要它们存在，世界便存在；它们安详，这世界便也安详。

写于 2011 年 11 月

起飞的姿势

没想到这辈子还能与职中有什么交集。往常，家门口的路上有半大孩子从身边急驰而过，从他们的校服和所去的方向猜那是职中的学生，心里就会莫名地轻叹一声。偏见在背阴处生长，任我也奈何不得。

今年三月，机缘巧合，因为职中要搞校志，已退休半年的我走进了职中的大门，就此打开另一片天地。

一直喜欢学校，甭管大小，甭管名不名、贵不贵。学校有操场、跑道、绿荫荫的树，有琅琅的读书声，因为有蓬勃而旺盛的生命力，似乎学校上空的天都比别处的蓝。

学校该有的职中都有。办公楼的墙上刻着校训——“敬德砺能，自强不息”；篮球场上的身影同样生龙活虎；排队集合的孩子们也会兴奋无比，互相之间假装你一拳我一脚；跑起来吧嗒吧嗒响，呼啦啦就像放飞的鸽子。课间也会三五成群去小超市买根雪糕或香肠，边走边吃。碰到老师会不好意思地笑成一团，然后举给老师说：“您吃吗？”这情景看得我心里不禁一阵阵潮热。

人是奇怪的动物，随着年龄增长，不但没有久经沙场后的饱经沧桑，反倒越来越脆弱，假若有幸到了幼儿园，如果孩子跌倒，很可能我会跟着哭鼻子。在职中的这段时间，面对过来过往的孩子们，不管男女，也不管高矮胖瘦，看着都是满心喜欢。

学校是教育场所，教育的宗旨是“教书育人”，是“传道授业解惑”。与“普高”不同，职中的价值取向应该是“育人教书”。同样四个字不同的排列组合，说明侧重点不同。“普高”侧重于“教书”，而职中的发力处在“育人”。明白了这一层便清楚了作为一名职中教师尤其不容易，这世上还有什么比为一个活人“塑形”更难的事吗？你不仅要有因材施教的灵活性，还要有见微知著的洞察力；不只像母亲一样细致，还要像父亲一样理性……见过职中的朗读比赛，老师从一个字的发音如何表达情感，从一个表情的张力如何刻画内心，一点一滴地浸润；也见过校园里的航模表演，从程序到操控，从个人到团队，从简单到繁复，当表演成功时老师与学生一起喜极而泣的场面；见过已经走上社会谋得一份工作的学生重回校园，坐在老师身边，就像家人一样；也见过因找不到监护人无法为学生高考报名的老师如何打电话四处求救而急哑了嗓子（户籍为外省市的学生若想参加本地高考，需要监护人提前半年到本地办理“居住证”）。有个女生，随改嫁的姑姑从外省来到这里，因父母双亡，作为监护人的祖父已经七八十岁，没办法千里迢迢赶过来；还有一个孩子，父亲亡故、母亲失联，家里其他人又无权做他的监护人……你若生在蜜罐里，永远不会知道不幸的人该有多不幸；你若活得顺风顺水，就永远不会了解在艰难困苦中讨生活是一种什么样的滋味儿。恰恰有些孩子又因为生活太过优渥，脑满肠肥而壅塞了心智。

看上去职中的孩子与其他学校的孩子没什么两样，要说他们有什么不同，那就是职中的孩子理应得到更多人的关爱、得到社会更多关注、得到家长更多的关心，精神上、学习上得到大家更多的呵护。这些孩子同样也是社会的产物，是家长的一面镜子。如果社会是浮躁的，攀比成风，价值观混乱，那么孩子身上必带有同样的DNA。同理，孩子的一言一行、一举一动，无不折射出其家长身上的不足之处。每个孩子的成长自有属于他自己的那块土壤，好习惯的养成、自律精神的建立、向好意识的培养……都是那块土地给他提供的养料。总有那么一天，他们也将成为某个学生的家长，会复制一块相同的土壤来养育子女，乃至绵延千里。

一位老师说：“其实他们也想好，谁不想好呢？”这话听来叫人心酸。是啊！因为他们手里少了“要好”的本钱，才导致缺了“要好”的底气。职中老师肩上担的不只是一项沉重的“重塑”工程，难的是要帮孩子找回内心的一份迷失，树立起自信、自强的人格。

终于有了与职中孩子零距离接触的机会。

临时起意学画画，到职中上班之前刚开始依葫芦画瓢。经与班主任沟通后，我成为幼师班的“插班生”，跟班学画。

所谓职业教育，“是指让受教育者获得某种职业或生产劳动所需要的职业知识、技能和职业道德的教育”。职业教育有着极强的目的性，其目的是“培养应用人才和具有一定文化水平和专业知识技能的劳动者”。根据人才市场和劳动力市场的需求方向，职中有多种课程设置，分门别类。

显而易见，幼师班学生的将来走向是“幼师岗位”，面对的将是白纸一张的娃娃。可是，当我捕捉到身边那些眼神中的迷茫和少有生气、疲疲沓沓无所事事的状态时，还是颇感震惊和隐隐地担心。

第一天上课，我问同桌：“人家都在画，你咋不画呢？”她说：“我没纸！”我从袋子里拿出一张：“给，我带着富余。”她又说：“我没笔！”我马上拿出一支铅笔给她。可她又说：“我不画，多麻烦啊！”

差点被这个一直没停下打“手游”的女孩子气乐。若说“三岁就有一个代沟”，那么我和这个女孩子之间隔着若干代。她的经历和成长环境不是我所能理解的，她的志趣爱好也不是我能懂的。科技进步，时代飞速发展，与这些正值青春年少的孩子比，我是落后于时代，面临被淘汰出局的人。更何况将来究竟会怎样，谁又能说得清？可是，不管怎么样，不管你是谁，不管到了哪朝哪代，即便不为了生存而拥有一种劳动技能，总得有精神上的需求来关照自己的内心吧？如果人活得只剩下一副皮囊，到了什么年月，想想也是挺无趣的。

我们的教育时常被诟病，说它是“应试教育”也好，说它是“填鸭式、灌输式”也罢。客观地讲，高考对于中国大地上的每个孩子来说，还是提供了一个相对公平的机制，是一种成人礼，是你选择社会或被社会选择的初次洽谈，理应争取。

作为一个旁观者，不能说我就此读懂了职中、读出了职中老师的难处、读透了这里的孩子。管中窥豹，难免失之偏颇。值得欣慰的是，在职中校园里，你可以看到“商焜”“中青研”“翰文”“春招”班的孩子们整齐划一的队列和坚定有力的步伐，看到他们，就像感受早晨八九点钟的太阳——生机勃勃，完全可以将自己的心舒展开。看天，还是那么蓝的天；看校园，到底是希望之所在。

写于 2019 年 8 月

风　筝

最早得知春天音信的，不是二月的风、缠绵的雨，也不是五九、六九里的河边柳，也许是风筝！

住处附近有个小公园，每年春节过后，花红柳绿的风筝便挂到两树间的绳上，长长的飘带一拖到地，在依旧寒凉的空气中一摇一荡，很是撩人。从旁路过，不经意间瞥到它们，目光便被那雀跃欲飞的样子抓牢，当看到围拢着的孩子脸上洋溢的欢喜，心也跟着一动：春天就要来了！

风筝到底是几时挂出的？往年没在意。每天风风火火地来、风风火火地去，心思无暇旁顾。是的，和大家一样，我们都在“风风火火”里讨生活，也势必同在“风风火火”里渐行渐远渐飘零。不知哪天一抬头，哦，风筝就停在初春的跑道上。

与往年不同，这是个终将被写入历史的“春节”。新型冠状病毒感染肺炎疫情从武汉暴发，迅速蔓延，形势超出我们的想象。

大年初七——武汉封城第九天。小公园里一个瘦瘦的中年男人蹲在地上整理他的风筝，里面有活泼的花鸟鱼虫，也有憨憨的福禄寿喜。遗憾的是，没有因好奇、兴奋而欢跳的孩童围在身边，那个在两树间拉上绳子预备挂上风筝的人显得非常突兀和牵强，似在上演一出没有观众的独角戏。我隐隐地担心，接下来是否会有人回应他的召唤。

公园像是睡着了，一片死寂。原本车水马龙常常拥堵时时高峰的街道，此刻空旷如野；原本摩肩接踵熙来攘往的街人被一声号令惊散，各自退避家中。街上寥寥行人，也是武装到只剩一双谨慎而惊惧的眼睛。躲避同类，替代了烟花爆竹，成为这个正月里相互间不算问候的问候。突然而至的疫情搞得年不像个年，日子不像个日子。飞驰向前的生活被踩了急刹车，瞬间人仰马翻。

“不出门！不出门！就是不出门！”与病毒的拼死抵抗，只剩下这最笨也是最有效的一招儿。闷在家里过起足不出户的日子，电视开到热，手机搓破了皮。看新闻，翻疫情，遛朋友圈。多亏这些现代化的电子产品，孤寂才不至于那么面目可憎，每个独处的人也不再是孤军奋战。有钱没钱都能晓通天下，只要还有电。

要命的是，门外不挤了，门里突然变窄的空间却暴露出生活中另一张诡异的脸。往常，家里先生每每到酒场仗剑天涯去了，剩下我一个人陷在自由惬意的王国里，独乐乐，自乐乐。半个馒头、一杯酸奶也许就是一顿午饭。本就无心美食，更怵头吃喝程式上的烦琐与无趣，只要不用进厨房，天天都是太太万岁。拎个马扎到阳台，背对一小片儿阳光坐下来，既得到温暖又补充了钙质。如果多上一碟酱拌萝卜丝，就拉把椅子过来，边吃边听喜马拉雅。小说、散文、音乐、相声、段子……海纳百川，每一朵浪花儿都是笑呵呵的，一小时光阴就这样舒缓地流去。疫情来了，饭不光一天三做，且要顿顿齐整，一丝不敢苟。才吃过早饭就商量午饭，刚吃过午饭就虑论晚上吃什么。除了这一天三吃，就是看着一个“熟悉的陌生人”在我的私人领地像头困兽一样走来走去，原有的秩序全盘皆乱。为了改进状况以利再战，我认为有必要办个家政服务速成班，当然，学员只有一个。结婚三十年，终于有机会教先生怎么擦地、如何刷碗……和谐美好的家庭氛围成了一款奢侈品，趁这个时候挤进家门。如果不是被沉重的疫情压迫，真要笑掉下巴。

有人说，疫情过后，要么吃成胖子，要么饿成瘦子；将来最忙的一定是民政部门，要么是因为找到了真爱去领证，要么是婚约失效去画押。

和疫情一同暴发的还有诗人和他们的诗情，除此似乎不足以表达万众内心的激荡。有文友说：这样的日子，也在教育人，要学会简约地生活。

是啊，刚解决温饱，就学着奢华，即使人无怨，天也会谴的。想到这一层，不禁看一眼桌上餐。遗落在厨房的两根胡萝卜抽巴成了手指粗，搁以往会毫不犹豫丢进垃圾桶，现在却像找到宝贝一样泡泡洗洗切进菜里。原来芹菜只吃梗儿，现在不光每片叶子都舍不得扔掉，连根儿也当成人参做了汤。

素有江城之称的武汉，一城秀水半城山，有着厚重的历史文化，是中国重要的工业基地。我曾经有幸登上“天下绝景”——黄鹤楼，眺望古代圣贤，也曾在吉庆街上体味那里的风土人情，寻找哪一个是卖鸭脖儿的来双扬……如今，武汉在疫情里成为重灾区，全中国人的心一下子被揪紧，也只能无助地观望。看世态炎凉，也看慷慨悲歌。

总有一些人，用他们的付出换取更多人的得到，哪怕以生命为代价。从来，这些人都被称为民族的脊梁！难能可贵的是，当数十万人逃离武汉，一队队白衣战士却逆行而上，成为一道道令人鼓舞的风景。他们当中多为80后、90后的年轻身影，恰恰是这些简直还稚气未脱的背影联成一组群像，为我们遮风挡雨……在历史的际遇中，这是被独生独养的一代人，在我们的印象里，除了“娇贵”似乎也指望不上他们什么，然而，在突如其来的灾难面前，他们义无反顾的担当，着实惊呆了世人，这便是希望所在吧？

家国一日，平安是福。

生活不会是一个简单重复的圆，要么盘旋上升，要么盘旋下降。当灾难来临，最考验一个人、一个家庭、一个民族的底气。我们到底想要什么？我们到底该怎样生活？这是今后不得不考虑的问题。现世安稳，才是百姓的最大福利。如果，无辜被剥夺的生命、瞬间支离破碎的家庭、众多背负阴影的心灵都不能令我们警醒，那么，这世间也许太过悲凉。

从没感觉过时间竟然如此漫长，一天又一天，这是个难挨的冬天。习惯了风风火火的我们，比任何时候都渴盼春天的到来，可时间却像被无情抻长，地球就像是个厌食症患者，懒洋洋前行，如果不是一把向心力的约束，它可能会像一只小小的风筝飘去外太空，那么，一切的一切将不知所终。

疫情过后，我要去买一只风筝。虽然早已过了追逐风筝的年龄，但渴望再次体会放飞的快乐，到户外，到原野，我要亲手把风筝升上天空。

写于2020年2月

轻卡上的日子

2017 年住进的这个小区是一处回迁楼。

工程进行到三期，也就收了尾，此时，前边的入住已经饱和十来年，楼里楼外都蒙了些风霜，电梯动起来气喘吁吁，似有了一把年纪。最后两幢楼坐落在小区东北角儿，其中前边一幢作为商品还待字闺中，后边这幢入住率不足百分之十。一个手里握着十套回迁房的原住民，因为在河套里养鸡蚀了本儿，急于“救火”而出售楼房，我才得以走近回迁部落，成为这“不足”中的一分子。

从二十四层楼上望出去，没有“一览众山小”，拉近眼前的一切倒是动摇了我与这世界原本的距离感，比如楼下停的这辆轻卡。

车的概念在我是个盲区，它们的复杂对我来说实在是一种浪费。知道了车的名字，顺带知道了世上还有“轻卡”一词以及它背后的含义。那时，夏天正准备撤离，秋天整装待发，路灯下有二三十人在跳舞。这种被泛泛地称为广场舞的运动形式，近些年在大江南北鲜活着，像这样在两楼之间不大的空场，只要一转腰一踢腿磕碰不着，草坪边的牙子上支起个 iPad，哼哼嗨嗨地唱，老老少少跟着节奏动起来，也叫广场舞。一辆砖红色的汽车从环道上抹过头来，大灯闪了两闪收掉后它迟疑着，不能停在路口，也不便继续前行，见人群不予理睬，就往前又挪蹭几步，停下来熄了火。

有人跳热了，脱掉外衣回身搭到栏杆上，那是前幢楼门口旁侧坡道的围栏。有人一边嚷嚷热一边到台阶上七零八落的袋子里找水喝，临了却猛然想起自己匆忙出来忘了带。

于是有人笑她：“都六十多啦，记吃不记打，天天就你个水痨儿，还十天有八天不带。”

“我这不是忙嘛，你敢兴吃凉不管酸儿。快说，哪个是你的？先借点儿喝！”

“渴你不会吃三顺车上大桃儿？还解馋！三顺刚回来。”

“你快拉倒吧！那还不把傻三顺坑死？得了，我还是上楼喝去吧。”

一个矮墩墩的身影离开了舞场，就像离开她劳作的农田，松弛的背影已然制式化的，犹如一个在模具里经加热、浇铸而后冷却过的铸件，从那背影，也不难数出生活里的日升月落。

果见车厢里码着专门用于盛放水果的黑色塑料筐，从它的缝隙可以看到里面红绿相间的桃子，那个叫“三顺”的人一时还没从驾驶室里出来。

每天一早一晚，我在楼下遛弯儿，却从没注意过这辆车。小区有地下车库，能进的都去了那里，不能进的留在外面。遛弯儿的人并不多，尤其早上。每天迎头相遇的总有两个人，一前一后隔着有一米远。一望便知是一对父子，不仅长相一致、穿戴一致，甚至连走路的步幅、频率、身体前倾的姿势都一模一样，若不是儿子高于父亲，简直就是两枚黑色感叹号，在小区的水泥环路上每天完成他们一圈又一圈的喟然长叹。

秋天一眨眼过去了，气温在一天天做减法。晚上站在窗前凝望外边的清辉冷月，感觉自己就像一只蚕，弯在旧色的茧里。低头看见那辆车静静地待在朦胧的月光下，身旁一盏路灯额外补了片光，使它看起来更像一片深秋的落叶，带着几分倦意泊在舞台上。这时候已经知道了它的名字——奥铃捷运，这名字不像是给一辆车，倒像是从《诗经》里跑出的句子。我曾在没人的时候走近它，当辨认出前额上写的是“中国勒芒轻卡耐力赛唯一指定赛车”时，心里似乎还释然地“哦”了一声。

每个凌晨的四点十分，奥铃捷运就在楼下“吭吭哧哧”启动，沉闷的声音传上来，尽管很克制，浅睡中的我还是会在它轰然一声远去的亢奋里彻底清醒过来。有时可能再度沉入梦乡，有时则漫无边际地七想八想，等到天亮时，生活一如既往。

那辆车一走一整天，没人也没车的前后楼之间空空荡荡，空气舒展到稀薄。汽车停过的地方有几片柴油的污迹，深深浅浅，从旁经过，冲鼻子的味道冷不丁冒上来，就像寻常日子里一个恶俗的伏笔，不及草蛇灰线的轻巧，更没有伏脉千里的耐性。想到那不过是奥铃捷运的排泄物，不由得心里又苦笑了一回。

晚上，吃过饭的人们陆续从各个门洞里出来，散步的散步，跳舞的跳舞，遛狗的遛狗。七点十分，奥铃捷运准时从小区门口盘盘绕绕游过来，停到原地。

有两次看到过那个叫“三顺”的人。第一次是他从停稳的车上下来，三十大几的样子，普通如一面旧磨盘。来到平地上，他边走边打开一个拉扣，从身上卸下黑色的腰包，一只手拎着。那一小兜暗色，想必会变成他以后日子里的薪柴，换来些许暖意。

另一次是在街上，那天我是去超市买油盐酱醋。

在相隔两条街的一个路口，一辆看着眼熟的砖红色汽车，头朝里，车帮敞开，半车鲜艳的橙子朝向大街，地上还有两箱豆角和几捆小白菜。这时我看到那个叫三顺的人正将一兜橙子放到一个人的车筐里，骑车的人带着橙子走了，三顺坐到马扎上，肩头倚住车尾巴，翻看手机。显然他是每天去早市批发果蔬，然后在离家并不远的地方卖掉或卖不掉地守着一整天。

如果不是采购日用品，轻易我不去超市，吃菜的问题小区门口就解决了，方便又便宜，菜也新鲜。小区后边有条大堤，堤后是河套，一条大河坦坦荡荡自西流向东。小区里有不少人家的口粮田就在河套里，所以当那个卖菜的男人说他的菜是自家种的时，我一点儿都没怀疑。那男人六十多岁，雪白的头发留着板寸，黧黑的脸，身形标准地弯着。不怎么厚道的是，有一天我买西红柿，他说欠点儿，再给你添一个。递给我扎好的袋子，等到家才发现，那个西红柿坏透了。跟着一同坏掉的还有我的心情，说起来可能是行业里的约定俗成，但这种小聪明到底挺招人烦的。

好在卖菜的不只白发板寸一家，还有左邻右舍。他的旁边是个壮汉，笑起来哈哈哈震山响。他卖的生菜竟然有几种都是超市里不曾见过的，青秧活性儿，鲜脆得要轻拿轻放，否则就给你来个一拍两散。有意思的是这个人没手机，遇到不带现金的主顾，他让人家去扫旁边女摊主的二维码。如今的小商小贩，可以没有秤，可以不带钱包，摊子上断断不能少了一片塑封的二维码，那是标配，可壮汉偏偏没有。一斤菜一块五毛钱，称完了一斤六两，他直着俩眼问我："多少钱？"见我疑惑不解，他接着说："你算吧，我不会。"然后自嘲地哈哈大笑。问题是这个我也不灵光。一来二去，再买菜时他会说："拿去吃吧，甭给钱，自个儿家出的！"哪能不给呢？不但给，菜价我还不问了，零头儿也不必找，直看得旁边的白发板寸脸色铁青。

自打拉黑了白发板寸，我对他基本上视而不见。有时候最先入眼的是地上湛青碧绿的萝卜，等停下脚步抬头看清一张脸时，拔腿便走，哪怕我就是为买青萝卜才去的。

买菜的人本就不多，三三两两地路过。那天，因为不是正时正晌，白发板寸和壮汉坐在他俩的平板车之间下象棋。直到我挑好两样菜装进袋子也没人搭理。我说：“嘿，还要不要钱啊？”没等摊主壮汉说什么，倒是白发板寸接过去说：“冲啥不要！不要这儿干啥呢？”尽管说这话时他一直没抬头，但里边的恶气是爆了表的。我愣了一下，放下菜就走，身后传来喊声。

人与人之间长出芥蒂，竟像地里的草，那么容易生存又喜欢四处蔓延。

卖菜的壮汉说他“十年前栓过”，语气之平淡像是在说他的几沟葱或几畦韭菜。这是个像牛一样强壮且能朗声大笑的人……我以为生活里的磕磕绊绊、为难着窄会绕过这样的人，看来这是我的一厢情愿。

偶尔看到白发板寸从一个楼门里将菜筐搬进搬出，从别人口里知道他跟着闺女住，就在离我不远的一幢楼里。可以想见，不大的空间里，挤挤蹭蹭，姑爷是否好脾气？闺女是否也奔波劳碌？一个“多余的人”是否要使出浑身解数来证明自己的不可或缺？壮汉说河套里没有白发板寸的地，他的菜都是早上从批发市趸来的。尽管我不去买他的菜，可看到有人走近他的菜摊儿，还是莫名地感觉出了宽心。

冬天说来就来。“感叹号”的头上各自多了一顶蓝黑色同款毛线帽。春节前后，一场突如其来的“新冠肺炎疫情”暴发，他们的脸上也多了片蓝色的一次性口罩。这对像晨钟一样每天在小区里敲响的父子是一幅暖人的画面。

爷儿俩每天都是边走边聊。说张三李四家里的新闻旧事，也说疫情的拐点；说卖菜的全给轰了，也说小区外头那些买不起车位又不甘心租车位的车，被物业像羊群一样赶来赶去……

这天，父亲说：“这儿有个纸箱子。”

儿子说：“嗯，里边还有仨酒瓶儿。”

父亲说：“捡着吧。”

儿子说：“嗯，那我是先搁楼下还是先送上去？”

父亲说：“搁楼下那还不丢喽？！”

关于三顺，最意外的一次是从他停稳的车里开门出来个女人。小巧、清瘦的样子，大概是他的媳妇。马上就要过年了，两人手里拎着大大小小的袋子，这也是唯一的一次见到他们两个。

没过两天，武汉开始封城，小区开始限制出入，里里外外鸦雀无声，奥铃捷运在楼下茶呆呆发愣，它本来是做足功课要在春节期间大干一场的，五彩缤纷的节日礼盒端端正正排满整个车厢，现在却只能按兵不动。一天不出车，一天就没有收入，停摆的不是一辆轻卡，而是轻卡上驮的日子。

大年初四凌晨四点十分，我又在奥铃捷运的轻吼中醒来，接下来却不知道是该给它松心还是更多担心。

又是早出晚归，又是车上东西时多时少。在已经没有任何行人的小区环道上，这天，奥铃捷运七点十分没回来，八点多也没有，到了第二天也没见它的踪影，地上大片小片的油迹在一点点变浅。这个春天，在人们闭门不出的日子里，独自默数着准备迈出的脚步。

写于 2020 年 3 月

槐　香

春天来了，又是一年槐花儿开，馨香蓬勃，在古老的街巷里穿云破雾。每天，有事没事我踯躅在那条街上，捕捉一缕若有若无的香甜，这是我与槐香每年极短暂的约会，若错过了，还要等来年，而等待的过程着实令人心焦。

那年去外省，席间，有位文友悄声问我："你们那里真有一条香味儿的河吗？"我愣住了，过有五秒才叹息般地朝她笑笑，却没回答有还是没有。

不错，我从"香河"来！那是华北平原北部、京津之间，一个享有"京畿明珠"美誉的小县，458 平方公里面积，30 多万人口。如果你看地图，"香河"作为河北省飞地的一部分，说它似珠玉环佩，也算名副其实。早在六千多年前这里已有人居，辽宋建制，辽太宗时代设立的"淑阳郡"，今天还叫"淑阳镇"。"淑，清湛也"（东汉·许慎《说文》）。"阳"字古取"明亮"之意。"时城东南滨水，掬觉微香，故名香河。"关于这个名字，当地民间故事中亦有过丰富多彩的诠释，但我从没认真看过，因为大体知道民间故事的"生产"过程。若不是文友那充满好奇地一问，才不会管它河香河臭，红河还是绿河。总之，这是一方极普通的水土，如北方原野上的一棵树或一株草，至于叫它什么，有何关系呢？同样凡俗的我们与它相依相伴，每天陷在庸常和琐碎的日子里，想象的空间终是被挤掉的。然而，这名字给别人以遐想，我的心到底被暖了一下，恍惚间似真的有花香弥漫、蜿蜒缠绕的小河从身边流过。

其实，"香——河"没有，这里倒有着一条很有特色的街，那是怎样的一条街啊！

老城的中心从一个叫"阁底下"的地方延展开，是个坡地，"阁"在坡顶，伸展出的四条主街是四条延下去的坡道。以朝南的这条街——"老鱼市"为例，从坡顶到坡底有百余米长，跨度最宽处有二三十米。沿街两旁摆有果筐、鱼盆、肉案、菜摊、成衣摊子。其间既分布散兵游勇的贩夫走卒，也有安营扎寨的"留守部队”。上游是几个水果摊子；中游集中了菜、鱼、肉和海产品；下游则是几家靠一点点扩展地盘儿而把路挤成葫芦口的固定摊位。在他们的背后，有机关也有民宅，有高楼也有平房。正是居于此的人们的生活所需催生了这条街，同时也滋养了这条街，尽管它一年四季腥臭盈满、污水横流。若干年来，一波一波的治理和一波一波的春风又绿相互交叠，市井的嘈杂声伴随每个日升月落，成为我们生活的底版。

没有下水道，鱼贩把脏水随便折到路上，剖出的鱼脏、刮下的鱼鳞也摊到路边，每天为这里的污水长流和腥臭无比添薪加柴，且不分春夏秋冬。下游的瓜果蔬菜们，各自在摊前垒梗打埝，甚至在马路上凿出三指宽的导水槽儿。曾见一个骑电动车的硕壮女子，因前车轱辘突然被卡进导水槽儿而人仰车翻，摔出去老远，当她从烂泥地里挣扎起来时，真的是惨不忍睹。挓挲着两只滴着泥汤儿的手，她站在街上破口大骂。水果摊里坐着的中年男人，一张黎黑的脸上表情漠然，路上的行人也都是满脸茫然。大家似乎不晓得她骂街的理由和方向，乃至少了关注的热情，事情只能潦草收场。

到了冬天，泥水冻成冰，污物结成坨，日积月累，一个险象环生的溜冰场就此形成。推车的、走路的陪着小心还保不齐时常有人摔倒。因为跟头摔得五花八门，常常引得看客们笑声不断。去年冬天的一个晚上，我从此处路过，当时已是行人寥寥，街灯昏黄，有三辆汽车——一辆面包、两辆轿车，车头朝南的、朝北的，还有横着的，同时卧于一处。发动机撵劲儿哼哼，车轮子在冰沟里凄厉地嚎叫，可就是动弹不得。路两旁的几个行人，在迷蒙的光线里一副副意犹未尽的表情。

那会儿，文友的问话不在我的脑子里，至于后来想起，全是因为槐花儿的味道。

每年的四五月间，晚春初夏，也是在这条街上，阵阵清冽甘甜的槐花儿香劈空而至，令人猝不及防。想起古人“槐林五月漾琼花，郁郁芬芳醉万家。春水碧波飘落处，浮香一路到天涯”，不禁心生感慨。可根本找不到槐树的影子，更别提槐林了。那香味儿似乎从街巷的缝隙中渗透过来，带着几分固执和勇气扑刺刺冲将出来，空气中原本恶浊的味道也不得不退避三舍。路人如同坠入一个似有若无的梦境，在虚幻与现实之间飘忽不定。

看不到那些树的样子，不知道它们身高几许、树龄几何。是孤独一棵站在古朴的农家院里，还是星罗棋布在街巷深处？谜一样不动声色的它们唯有浓郁的清香、甘甜奔涌而出，沁人肺腑，也将五月中的小城带入梦幻般的仙境。

这个时候的我，不知道可不可以借此悄声回复当年文友的疑问——香河，真的有一条香河呢！

偶然的一天，走在街上突然发现街相变了，不仅拆除了欺街占道的私搭乱建，还清理了污物陈迹。街面一下子敞亮、整洁了许多，一眼望出去，顿觉心里豁亮。又过了些时日，发现最为污浊的老鱼市也被整治一新。那天，竟然看到三两个摊主蹲在路上用铁铲和斧头削去导水槽儿的边棱……这种纯自发的民间行为，让路过的我一时愣在那里，不知所措，就像在嘈杂的街市偶遇了槐香，不由得耳热心跳起来。

写于 2009 年 5 月

后　记

父亲不是一个保守的人，可情感的表达却含蓄得有点儿老派。

我上初中一年级时父亲从部队转业回来，算正式参与到我们的生活中来，多少带着“咯生”。上高中的时候，在“体育班”里打篮球的我学习上马马虎虎，却疯狂地爱上手抄小说，《一只绣花鞋》《七口棺材》什么的。父亲发现后没说行也没说不行，背着我在手抄本的空白处写下几行字：“惊悚怪异，胡话连篇。身为学生，不能乱看。”字写得龙飞凤舞，煞是好看，有效震慑了当年的我。

高中毕业后我被分配到县文化馆工作，开始接触文字或称文学，整天鼓鼓捣捣、写写画画，父亲既没支持也没反对。那时他在乡镇，几天回一趟家。后来他调到县委组织部，再后来又到了农业局。好像我们一直都各忙各的，交流不多，关照也不多。直到有一天邻居阿姨跟我说：“你爸说起你呀……嗬……那可真是……”字面以下，瞬间我就懂了，才注意到不管是报纸还是杂志，哪怕上边有我很小很小的一个豆腐块儿，父亲也会悉心收存，这让我涂鸦的个人行为不再那么纯粹。

1985 年，我到河北师大作家班进修，有一天父亲和妹妹来看我，除了带些吃的还带来几本书。父亲说是浩然来过香河，送给我的。浩然是大师级人物，一直为我所仰慕，幼时因为祖父爱看小说，时常丢下一本在炕上，我便拾起来看，作者一栏大多写着“浩然”二字。浩然的文字陪伴了我最初的青葱岁月，也可以说我是看着他的小说长大的，做梦也不敢想与之取得联系，虽然那时他已客居三河，与香河比邻。甚至有老师给过我“带上你的作品去见浩然”这样的点拨，在我到底因畏惧而没能成行。至于父亲同浩然老师在什么场合见的面，都聊了些啥，父亲只字未提，只将拎了一路的六七本书放进我的箱子里，看上去才松弛下来。当我有幸到三河参加“浩然文学奖”的评奖初审时，已是若干年以后的事情了，此时，也只能到“浩然文学纪念馆”瞻仰一代大师的文学成就和他那传奇的一生。

2012年仲夏，父亲也离开了我。

写作是一条线，连缀起我的生活片断，贯穿于我的人生之路，或者说它就是蛰伏在我的生存之外的全部精神生活。除却结婚生子带孩子完全停掉的十余年，基本上是信马由缰、无拘无束的状态，题材、体裁，赶到哪儿算哪儿。报告文学抢过市级刊物的风头儿，小说上过《儿童文学》头条，诗歌也有过走南闯北的经历。2007年曾出版一本粗浅的文集——《回家》。这本《陌上花》是本散文集，主要是近年所就。集腋成裘，浅简贫疏，但希望能借此告慰先父和师长，同时表达我内心深处对文学的礼敬之意。

笔下没有宏大的主题，也没有多大的担当和责任感，更多的是小情、小调、小意思，笔触所及零零碎碎、鸡毛蒜皮。在我的世界里，与人相处、与万事万物相守，都不会比与自己的相搏来得更艰难。前者可进可退、可攻可防，后者则常常无计可施、无路可逃。面对自己的内心、惯性及世界观，还有素养的不高、学识的不足……挺挣扎的！

"认识你自己"刻在希腊先贤苏格拉底的墓碑上，既是他的哲学理念，也是生活宣言，更是他留在这世上的一缕清风。每一个文学表达，都是读者与作者灵魂的一次恳谈。写作是个关照内心与自我救赎的过程。我用文字轻叩圣殿的门环，用笔做竹杖，摸索在人生路上，用自己执拗的性格反复修改、涂抹着另一个孤单的背影。

感谢命运，置我于荒原之上！感谢生活，温暖我的身心！感谢父母的养育之恩还有家人的支持！

经"大家文学苑"主编毕树志先生力荐和出版社老师的艰苦努力，拙作《陌上花》得以付梓，在此深表感谢！

承蒙师兄向东为集子作序、霍民起老师为文字把关，感动之外获益匪浅！

感谢香河县作协领导的教诲和鼓励！感谢师友的关爱和同道的帮助！

与文学相守，可以体味人生更多滋味儿。让生命里的每次遇见都是重逢；守望心底里的每个日出，定不负今生。

高勤

庚子年春分于潮白